CONSTELADO

千 里 远 景 ， 如 在 尺 寸 之 间 。

W

我们捡些木头，我们去山上生火。

阿尔布卓夫戏剧六种

[俄]阿·尼·阿尔布卓夫 著
白嗣宏 译

中国工人出版社

阿尔布卓夫戏剧的启示

白嗣宏

二十一世纪中国话剧舞台上出现了上演苏联著名剧作家阿尔布卓夫作品的新潮流。他的作品在二十世纪五十年代开始介绍到中国以来，一直得到中国戏剧界和观众的关注。他本人也曾到中国来参加国际戏剧节，也曾以苏联文化代表团成员的身份访华。他的剧作真正被理解则是二十世纪八十年代拨乱反正时期。中央戏剧学院上演《老式喜剧》和《伊尔库茨克的故事》得到好评。到了二十一世纪二十年代，北京人民艺术剧院上演《老式喜剧》和《我可怜的马拉特》，场场满座，掀起一股热潮。这个现象值得深思。

阿尔布卓夫是苏联时期最受欢迎的剧作家。一出《伊尔库茨克的故事》，仅在1960—1961年内上演了令人吃惊的9000场。那时我正在列宁格勒大学和列宁格勒电影戏剧音乐学院研习苏联当代戏剧，目睹了剧场的盛况。《老式喜剧》风靡全球，被东西方文化一致认可。这就给了我们重要的启示。

俄罗斯戏剧的重要传统之一是继承和发挥了俄国文化的人文主义

精神。果戈理、托尔斯泰、奥斯特罗夫斯基、契诃夫，都是写人的命运。他们揭露人性的扭曲，歌颂人的奋斗精神。阿尔布卓夫写了两部戏。一部是早年写的《塔尼娅》，一个年轻的女大学生，沉浸在美丽的爱情之中，然而她走出了家庭的小圈子，走向社会，做对社会有益的工作，成长为一位成熟的、自觉的医生，精神得到了升华。另一部是晚年写的《女强人》。随着苏联社会的发展，出现了新情况、新的人性扭曲。一个女人为了得到个人利益，不惜牺牲道德和爱情，看似过着如意生活，成了"女强人"，但是她并没得到人生的幸福，同塔尼娅形成明显的对照。

爱情是人生重要的内容。阿尔布卓夫把爱情提升到人生空前绝后的地位：爱情在他的笔下是人生幸福和人际关系和谐的首要标准。他的每部戏里都有爱情故事，主人公通过爱情的考验，寻求人生的意义。阿尔布卓夫戏剧的独到之处，是他善于写国家重大事件与人的关系：苏联农业集体化反映在了他的《六个恋人》里；莫斯科地铁建造反映在了他的《路漫漫》里；卫国战争更是他重点撰述的国家历史重大事件，他写了五部以此为背景的戏（《城郊小屋》《夜忏悔》《我可怜的马拉特》《千古不朽》《漂泊的岁月》）；描写"共产主义建设大项目"的有《伊尔库茨克的故事》等。《我可怜的马拉特》写卫国战争给青年人带来战后思考有关个人幸福的问题。剧中人物战后寻找人生意义、寻找爱情，阿尔布卓夫给此剧最初的剧名是《勇于做一个幸福的人》，就说明了本剧的主题。《老式喜剧》里的女主人公，当年的女杂技演员唱出内心的呼喊："呜呼！恰似流水无情义！只剩下斑斑

点点的回忆 。皎皎女星早被您忘记，她却把您永记心底。”记在心底的就是爱情。喜剧《阿尔巴特旧区的传奇》里，对主人公巴里亚斯尼科夫来说，爱情就是生命。“我总觉得，如果她离开的话，生活也就完了。”

阿尔布卓夫巧妙地把社会需求同人的命运融为一体，是他的剧作独一无二的特色，也是值得我们重视与学习的原因。中国观众喜欢阿尔布卓夫的剧作，正是因为中俄两国人民有着许多共同的历史命运，有着许多共同的价值观。这些共同的价值观是中俄人民伟大友谊的基石。在文化领域，人们有许多共同的价值观。这些共同的价值观增进相互理解、相互尊重、友爱平等，促进建立人类文化命运共同体。

增进交流，共创新世界！

2024 年 1 月 3 日

目录

老式喜剧

两部演出本

歌词由贝拉·阿赫玛杜琳娜编写

—人物—

莉吉娅·瓦西里耶夫娜——她还不满六十岁。

罗吉昂·尼古拉耶维奇——而他已经六十五岁。

故事发生在一九六八年八月，里加海滨。

献给

玛丽娅·伊万诺夫娜·巴巴诺娃[1]

——作者

1 苏联著名话剧演员。

第一部

一　她的第六天

[这个故事记得是一九六八年七月底，在里加海滨开始的。

[一个阳光明媚的日子，疗养院的总医师罗吉昂·尼古拉耶维奇，一位身材魁梧，仪表堂堂的男子，跷着二郎腿，坐在藤椅上。在接待病人的时间里，罗吉昂·尼古拉耶维奇不大喜欢待在自己的办公室——他只是在阴雨天才这样做，而在阳光灿烂的日子里，他喜欢望着蔚蓝色的苍穹，时而放下公务，细心地欣赏周围的花草树木。他叫人把一套简单的轻便家具布置在自己办公室的窗前，一棵高大的栗树下。这样，就把这一角变成办公室的夏季分部。

话说在那个值得怀念的早晨，罗吉昂·尼古拉耶维奇正在翻阅公文，莉吉娅·瓦西里耶夫娜第一次出现在他的面前。这位女士，遗憾得很，我不能说她还年轻。然而，如果我们望着一位女子，猜到她年轻的时候是多么迷人，难道年龄还会那么重要吗？诚然，假如仔细观察她的话，我们可以看到，她的生活并不一直是吉星高照的，而现在要交好运则更非常事。尽管如此，当她出现在罗吉昂·尼古拉耶维奇面前的那个早晨，她的衣着不乏雅致……我重说一遍——不乏雅致，尽管有点花里胡哨。

她看到罗吉昂·尼古拉耶维奇后，仔细地端详了一番，然后用略带傲慢的口气同他谈话。

她 我好像没有什么可怀疑的了：您的大名是罗吉昂·尼古拉耶维奇。

他 的确如此。

她 如果是这样的话，那您肯定是本疗养院的总医师了。

他 这一点也不违背事实。

她 既然如此，那我就更无法理解，您为什么要笑嘻嘻的。

他 虽然令人奇怪，但我也不明白。

她 可是您仍然笑嘻嘻的。

他 （沉下脸来，一副严肃的样子）请注意，闲话到此为止。

她 我在办公室里没找到您。我遵照值班护士维尔塔·瓦吉卡的劝告，下楼到花园里来散散心。找到您我很高兴。

他 请原谅，我除了接待时间，一般喜欢待在办公室窗外的花园里。请坐。

她 谢谢。（坐下）不过，您原可以早一点想到请我坐的。

他 您说得对。但是我没有立即想到这一点。

她 为什么呢?

他 因为我一见到您，就感到非常惊讶。

她 （冷淡地）您惊讶什么呢?

他 我自己也不知道。虽然我确实十分惊讶。我甚至觉得，我们过去就认识。

她 （同样严厉地）难道就是这一点使您发笑吗?

他 大概是的。

［停顿。

她 您为什么不说话呀?

他 您认为我应当说话吗?

她 当然该您说。因为是您找我来谈话的。

他 请原谅……您在我们疗养院休养吗?

她 （骄傲地）我还以为您知道呢。

他 不过……我是想知道您的尊姓大名。

她 热贝尔·莉吉娅·瓦西里耶夫娜。

他 （仔细地从头到脚看了她一遍）热贝尔? 就是她?

她 （矜持地）就是她? 如何理解这句话? 您承认吧，这句话听起来是有点怪。（哼了一声）就是她!

他 请原谅，热贝尔同志。但是，我是请您早上十点钟来的。随您怎么说，现在可已经是下午一点多了。

她 这算不了什么! 难道这有什么关系吗? 我到底来了。

他 （小心翼翼地）当然，这使我很高兴。但是，十点钟您为什么没来?

她 时间不合适。十点钟的时候我要喂海鸥吃东西。（严厉地）我每天早餐之后就喂它们。

他 我还是认为，您迟喂它们一次也没什么关系。

她 （不容置辩地）不，这样就是违反作息制度。

他 有人给您规定这个制度吗？

她 当然不是。我一切都是由自己做主的。

［停顿。

这是棵什么树？

他 （惊奇地）栗树。

她 这些小树呢？

他 （更加惊奇地）这是金合欢。

她 我必须把这些树都记住。唉，这些年来我的生活远远离开了大自然。我常弄错花儿和鸟儿的名称。根本不记得它们的名称。现在我应当想起它们的名称。但是，您为什么老是不说话？我来了，同您一起坐在这儿，浪费时间——而您却不说话……好像躲着我似的。难道是我的心电图不太妙？验血的结果很糟？或者是别的烦恼事？您别瞒着我。

他 （急忙地）不是，不是……暂时没有任何值得担心的材料。问题完全不在这儿，热贝尔同志。您知道吗……我们的疗养院在某种程度上说，是一个治疗机关……这里不是旅店，甚至也不是休养所。这里必须保持绝对的安静和秩序。而……

她 我对您的话很感兴趣，罗吉昂·尼古拉耶维奇。

他 您的表现，使周围的人很有意见。您在我们这儿才待了六天，我们收到的批评意见却有一大堆……请相信，我们疗养院从来没有过这样不寻常的女病号。

她 首先，我要指出，我根本不喜欢“女病号”这个词儿。这个术语必然会使每个正常的、怀着一颗纯洁真诚的心到贵院来的人感到苦恼。

他 您知道……这个术语不是我规定的……不过制度如此。

她 （轻蔑地）“制度”！……制度通常是由那些无所事事的人规定的。

他 请原谅，我不这样看……

她 都指责我些什么呢？

他 首先说您妨碍周围的人睡觉。

她 （冷冰冰的口气）我倒是怎么妨碍周围的人睡觉呢？

他 您躺在床上，半夜里忽然大声朗诵起诗来，弄得您的邻床病人感到非常突然。

她 难以想象！您看，她们不喜欢我朗诵诗！难道她们以为打鼾要好一些吗？您知道的。我的邻床——我们就叫她X女公民吧——她的鼾声如雷，连我床头上的花儿都直打战——请您相信——全是她的鼾声震动的……同一时刻，我的另一位邻床——我们就叫她Y女公民吧——在梦中又是呻吟，又是哼哼，简直使人觉得她不久于人世了……但是，您看，我毫不灰心丧气，老老实实地忍受这些呻吟。

他 好吧，就算是这样……但是还有，天不亮您就突然唱起歌来，把周围的人都吵醒了。

她 难道您认为，在阳光明丽的夏天早晨，能忍住不唱歌吗？请您注

意，阴雨天我是不唱歌的，我也不打算唱歌。同时，我唱歌的声音很低，勉强听得见。（轻声唱道）

我漂泊在天涯海角……

旱獭随我到处奔跑……

您自己看吧，这样的歌声能吵醒人吗？

他 您唱得十分动听，但是您得注意，有人睡觉特别容易惊醒。难道我们有权为了满足个人的愿望而去剥夺他人清晨的美梦吗？

她 没什么，没什么——她们少睡一会儿没什么！再说，什么都不像酣睡那样会缩短我们的生命。这样会错过大量有趣的事。您总不会否认，一般来说，生活在世上是很有趣的。

他 当然，这一切都对，不过清晨的美梦……

她 （打断他）您再想想，我的邻床们尽管早就待在这儿，可是一次——您明白吗——一次都没欣赏过日出！而照我了解到的情况看，海上日出会给人留下奇妙的印象。

他 我完全同意您的话。但是，照受害者的说法，您为什么要在深更半夜从窗户往花园里跳，而过一会儿，您又采用同样方法回到病房里？许多被惊醒的人耐心地等待您的归来，为的是等您进来后再睡一会儿。但是您有时候大约过一个半小时才回来，这样您就更把她们害苦了。

她 那是因为值班护士维尔塔·瓦吉卡夜里要锁上大楼的门。而我呢，有时渴望半夜到花园里去观赏月色；踱到海滨，单独同大自然待在一起……您要理解我，我是一个城里人，多年来一直没见到过大海，没有机会在树林里散步……这里周围的一切完全使我沉醉了……（她忽然为自己的倾诉感到不好意思）不过，大概您对这一切都是无动于衷的。这不是已经有半个小时了，您一直从小盒里拿糖吃，吃得忘了神。您继续吃吧，罗吉昂·尼古拉耶维奇，看来这是您唯一的特长。

他 （深受侮辱）对不起，不过……

她 我可以提出一个替自己开脱的理由——我跳窗户是极其小心的。十分谨慎。

他 遗憾的是，我掌握的情况完全不是这样。昨天夜里，您从窗户跳下去的时候，打翻了三瓶酸牛奶。据目击者说，三瓶都打得粉碎。这样您不仅把您病房里的人吵醒了，而且吵醒了整整一层楼的人。

她 请相信我，罗吉昂·尼古拉耶维奇，今后我一定万分小心地跳窗子。

他 真见鬼！同您谈话实在是够困难的。

她 （同情地）许多人都这样对我说过。但是我完全不明白，这是为什么。我在和人交往的时候，一般是满怀善意的。

他 哎，得了吧！您具有大事化小、小事化了的奇才。

她 自然是这样：我总是拼命赶上时代的步伐。您对我还有什么意见，大夫?

他 您知道……为了更好地了解我们的……哎……病员……我们进行了一种试验，请病员们填写一张简表。直截了当地说吧，您填的内容弄得我有点莫名其妙。我们先说“年龄”这一栏吧。您画了一道杠。

她 （生硬地）我认为向妇女提这种问题是不妥当的。真的，您可以提别的问题。年龄——这纯粹是每个苏联公民的个人问题。并且我坚信，在这种问题上，国家替每个同胞都保密。而且一般来说……为什么要有这种不健康的好奇心？比如我就不问您贵庚多少。

他 （骄傲地）您本来可以问的。我同您这位妇女不一样。您不知出于什么莫名其妙的原因，要隐瞒自己的年龄。我可以坦率地回答您——我很快就满六十五岁了。

她 真的吗？

他 什么——真的吗？

她 我以为您还很年轻。

他 哼……您是这样想的吗？（又变得严厉起来）无论如何，确实如此。

她 那好吧，您的坦率很合我的心意。我也尽量以坦率相待——我还不到八十岁。我想，您满足了吧？

他 （生硬地）真的，我不明白，满足我哪一点？然而，我们谈下去吧。在“您的职业”这一栏里，您填得太笼统：“我在杂技团工作”。

她 我确实是在那里工作。在杂技团。

他 担任什么工作？您的职业是什么？

她 您认为这有助于治疗动脉硬化吗？您的医生们总算在我身上找到这个病了，但是，我的动脉根本就没有硬化。

他 哎，我真的要失去耐性了。（暴怒地）您的职业是什么？您在马戏团里干什么，热贝尔同志？翻筋斗？敲鼓？活吞青蛙？

她 您这种不健康的好奇心总有一天要毁了您。（突然哧哧地笑了）我表演魔术。像我这样年龄的女人还能干些什么呢？罗吉昂·尼古拉耶维奇？（摊开双手）我表演魔术。我想这个问题就谈到这里为止，行吗？

他 那好吧……就算是这样。还有，您为什么没有填“婚否”一栏？

[停顿。

您结婚了？

她 要简单地回答这个问题，有时并不那么容易。

他 （不耐烦地）真见鬼……您到底结过婚没有？

她 （沉默片刻）您知道吗，这个问题使您这样激动，真有点可爱。这一点在某种程度上也使我感动。那好吧，只好向您和盘托出，我根本没结过婚。根本没有。现在您满足了？您没别的什么新问题了吗？您问题提完了？罗吉昂·尼古拉耶维奇？那好吧，我可以坦率地告诉您，您已经使我腻烦透了。世界上没有一个人像您这样使我厌烦。您尽提些不知深浅的问题，拼命想知道我结过婚没有？谢天谢地，没有。而您自己竟然连白大褂都没穿。（严厉地）您应当穿着白大褂提问题，而不应该穿这件没熨平的西服，上面连扣子都不全！真可怕——您叫我来谈严肃的事，而您自己却一直在吃糖。这还算是苏维埃医生——可耻可悲！我不愿意再看见您。

他 （大为生气）原来如此——够了！……她不喜欢我吃糖……您知道吗，我一直在吃糖，是为了改掉吸烟的坏习惯。您简直是个好斗嘴的女人……已经半个小时了，您一直在狡猾地挖苦我。够了！要么您重填一份表，要么我请您马上出院！

她 （庄重地）您如果再不停止胡闹，我就叫警察来。（从他的小盒里摸出一块糖，放到嘴里，关上盒子，优哉悠哉地下）

他 （惊慌地望着她的背影）一个多么怪的女人！

二　她的第八天

［海滨一家小咖啡馆。时近黄昏。气候宜人。

［罗吉昂·尼古拉耶维奇孤单单地坐在小桌旁，吃着小甜面包，喝着咖啡。莉吉娅·瓦西里耶夫娜·热贝尔走向他的小桌。她手里端着一杯柠檬茶和一只放着蛋糕的小碟子。

她 （坐到他的小桌旁）您看，我也来了。在这儿遇到您我非常高兴。真的，谢谢您的十分好意。

他 （惊奇）好意，什么好意？

她 您在这儿，本身就是好意。我应当坦白说——我非常喜欢新交——他们比旧交好得多……老熟人总是老生常谈，而新交偶尔能谈出点新东西……我同您是前天才认识的，当时谈得多么有趣……我一直想到您……

［停顿片刻。

您干吗这样瞪着眼睛，罗吉昂·尼古拉耶维奇？

他 （被弄得稀里糊涂）您认为我在瞪眼睛？

她 您瞪着眼睛，这一点毫无疑问。

他 嗯……是啊，我应当强调指出，您的性格大概是变化无常的。

她 许多人都这样对我说过。然而我有多大罪过呢？太阳从乌云中跃出，难道我们能不高兴？今天我爱所有的人。我完全爱所有的人！也爱您，罗吉昂·尼古拉耶维奇……您怎么啦，可怜的人儿？

他 （咳嗽一声）真是不走运……我好像被这个甜面包噎住了。

她 哟，原来您喜欢吃甜食。看来您经常到这家咖啡馆来啰？

他 常来。（说私房话似的）这儿常卖带罂粟子的小面包，好吃极了。（把一块糖放进嘴里）

她 顺便问一句……您什么时候戒的烟？

他 大约十五年前。

她 也许您值得重新吸起烟来？这样可以戒掉含糖果的坏习惯。

他 您说得对——在这个世界上有许多问题得不到解决。

她 是的，是的啊……譬如，今天，确切说是刚才，当我路过这家咖啡馆的时候，看见您一个人孤单单地坐在小桌旁，手里拿着个甜面包，我是很怜惜您的。

他 怜惜？

她 我突然一下子想到——这个人是不是遇到什么不幸的事了？这么好的天气，他却钻到咖啡馆里去了，而且孤零零地坐在角落里，喝着浓浓的咖啡。

他 我看您有点言过其实。真的，我的情况并不那么糟。

她 那太好了！我到小吃部再给您买一个罂粟子小面包来，您想吃吗？今天我真想看到周围都是一张张幸福的笑脸。

他 不啦，谢谢您，我已经吃饱了。

她 问题在于我刚刚收到丈夫的信。原来他此时正在里海边上。信里写的事情简直令人惊奇。譬如说，那里的鱼堆积成山……

他 但是，请原谅……前天您说您没结婚。

她 难道我说过吗？

他 请您相信我的话。

她 这么说，您记在心上了？这真奇怪。很显然，我那天在生他的气。因此就说我没结婚。我常常是这样做的。一切都归罪于我那变化无常的性格。就像您说的那样。尽管如此，我的丈夫还是很爱我。到目前为止还爱。偶尔给我寄来一件有趣的小玩意儿。他是个好人。但是我看，这一点使您很不高兴。

他 为什么不高兴？我很高兴。（不知为什么生气了）我几乎感到激动。

她 使人感兴趣的男子一般不常见。差不多都是一个模样。不伦不类！端详一阵子，你就会想：怎么搞的，亲爱的，你外貌平常，苍白无力，忧郁苦闷。

他 应当指出，对妇女，有时也很难说些什么悦耳的话。

她 真的没什么好说?

他 根本没有。我总算是疗养院的总医师——我同成千上万的人打过交道。我当然不能指所有的人，但是，有时候有这样的人……就拿上个月来说，来了一位女士——解开头巾一看，竟是一头蓝色的头发。

她 不可能!

他 我向您发誓。确实是蓝色的。淡紫色的头发我已经习惯了——有五个淡紫色头发的女士到这儿玩过。但是蓝色的！还是头一次……还有这些超短裙，超长裙，中长裙！……裤子像丑角演员穿的那样，裤腿又肥又大……难道不是丑八怪？还是二十年代好，姑娘们都穿着皮夹克……多漂亮啊。

她 现在也有人穿皮夹克。也很雅致。

他 但不是从前那样的皮夹克。不是那样的！完全是另外一种样子！……不像从前那样的！……

她 这一点我完全不同意您的看法。女人总是应当打扮得像个样子，仪态端庄，清洁美观，优雅迷人……还有，女人根本不应该忽视时髦……也可以说，女人应当光彩夺目，雍容华贵！……还有，无论如何不能任人摆布。任何情况下都不能!

他 （还在生气）这些说法有问题……很成问题——朴素的打扮使女人更加漂亮，还有要稳重，懂得分寸；而这些头发卷儿，叮当响的小玩意儿……（越来越兴奋）譬如说吧——您头上戴着一件什么怪东西……一座什么怪建筑物？要是姑娘戴还马马虎虎，而您，总不能说是个妙龄女郎吧……我甚至想说，是一位上了年纪的妇女，却突然……请原谅——真是乱七八糟。

她 （失魂落魄，绝望）真的吗？真是乱七八糟？

他 毫无疑问。

她 多可悲……我没想到……我是多么喜欢这块缠头巾。（抱着希望）这本来是块缠头巾，罗吉昂·尼古拉耶维奇。

他 缠头巾？您这样认为吗？而我看是一顶帽子……而且有点吓人——真狡猾。

她 真狡猾？

他 您为什么要戴它呢？对不起，请问您是怎么想的？您是想讨人喜欢，迷住别人的心窍！而您应该考虑考虑自己的灵魂。考虑考虑灵魂，热贝尔同志！

她 真是瞎说！……这不关灵魂的事！毫无关系，可爱的罗吉昂·尼古拉耶维奇，真正的女人到老也应该是迷人的。到临死的时候！

他 看——谈到哪儿去了。没说的……直到临死的时候……这真可怕！谁要躺在棺材里的美女？您尽说些蠢话。

她 您是个无情的人！真想不到会扯到这上面去——您干吗说到棺材！您不害臊吗？还说我是老太婆！

他 我没说您是老太婆。

她 说了。

他 没说。您瞎说！

她 瞎说什么?

他 说我说您是老太婆。

她 那么我是个妙龄女子? 您又在肆无忌惮地说瞎话!

他 (失去耐性)不行,同您谈不拢……

她 有意思,我同您有什么必要要谈拢? 说实在的,有什么可谈的?(大为愤怒)我的缠头巾不知为什么您看不上眼! 您看看自己——西服上的一个扣子根本就像没缝上过! 不仅如此,另外一个扣子也勉强挂在线上……简直令人奇怪,您的妻子怎么不管?

他 (冷淡地)请原谅,我是个光棍,热贝尔同志。

她 (略为迟疑)是吗?

他 真是这样。

她 那您就更应当衣着整齐。您总有几个珍惜您、喜欢您的……至少是赏识您的熟悉的女人……

他 (忍住愤怒)为了把话一下子就说清楚,我应当告诉您,我公务繁忙,根本没心思想女人。我已经指出过,我对女人完全无动于衷。完了,对任何女人都无动于衷!

她 难以想象! 您对我说了一大堆谎话,其目的何在? ……还算是疗养院的医生! 而且是个独身汉——这一点请您注意。毫无疑问,您的罗曼史数也数不清。

他 数不清? 我的?

她 这也很自然。您确实是个仪表堂堂的男子。我甚至愿意说您是个壮实的男子。

他　壮实？……热贝尔同志，您怎么这样不知羞耻？

她　我不明白，什么东西使您这么害怕？爱情会使一个人变得愉快。特别是男人。

他　不可思议！您从哪儿学来这些庸俗的话？

她　这算什么庸俗话？（满怀热情地）我是说爱情。您怎么，否定爱情？（笑得十分迷人）否定情欲的爆发？

他　多吓人！

她　（冷静地）您指什么？

他　您的腔调！……轻佻极了。对某些事情开玩笑是有罪的。爱情是圣洁的。我是作为目睹者说这句话的。我结过一次婚。

她　您除了她以外，从来没爱过别的人？

他　如果我始终不渝地爱她，我有什么必要再去爱别的人？

她　（轻声说）不可想象。

他　请原谅，我要走了。我应当指出，我最讨厌女人身上那种庸俗和不知羞耻的习气。您精神上的堕落叫我吃惊，热贝尔同志！（走向出口）

她　您没有糖果怎么活呀？

［他站住。

（悲哀地）糖果在这儿——您忘在桌子上了。

他　（返回，把糖果盒塞进口袋）我们是不同的人，不管怎么努力，我们彼此是永远不会理解的。因此我才希望我们之间的谈话，只局限于治疗——疗养问题的范围之内。仅限于此！（走出咖啡馆）

她 （望着他的背影）真是一个怪人。

三　她的第十一天

［里加市。道姆大教堂前。雨刚停。暮色深沉。远处传来悠扬的管风琴声。

［莉吉娅·瓦西里耶夫娜走出教堂，站住，望着天空，似乎在倾听音乐。

［很快，罗吉昂·尼古拉耶维奇在她之后走出来。他走出教堂，看见她一个人孤零零地站在那里，犹豫不决地走向她。

他 晚上好。

她 （无动于衷地）是您吗？

他 是我。

她 （默然片刻）您来听音乐吗？

他 我坐得离您不远……第十二排。

她 我没看到您。

他 那是自然的……我看见您听音乐时的表情了。

她 是吗？

他 您满眼泪花……您为什么离开大厅？

她 （考虑片刻）这就足够了。

他 什么足够了？

她 这……一切。

他 您平静一下吧。

她 我没哭。（掏出手帕，迅速擦干眼睛）您今天为什么这样和蔼可亲？

他 不知道。

她 可我知道。（笑了）音乐……（沉默片刻）那您为什么要离开音乐会？

他 您既没穿雨衣，也没带雨伞。我注意到了。

她 那有什么？

他 您可能会淋雨。

她 雨停了……

他 也许还会下。

她 （忽然注视他一番）您倒是个有心计的人……（她说这句话的时候，带着不太赞成的口吻）带伞来了。一个人去听音乐的时候，不应当怀着心计。

他 （沉默片刻）您喜欢管风琴吗？

她 我不知道……我没想过……我有二十年没听过这种音乐了……也许更久。生活是多么怪呀，您说对吗？活了一辈子，再回头看看，周围有多少宝贵的东西。但是您却置若罔闻。很可怕，对吗？您看——我来听音乐会……怎么能不来呢——到底是道姆大教堂呀！——应当来看看……可是后来，管风琴开始演奏，突然之间，一切都揭开了。我看到自己的往事：童年，三一节[1]，雨中花园，圣诞节，林中雪地……我突然回想起了一切往事！……

他 我常到这儿来。只要花上一个卢布——就能使人幸福一场。遗憾的是，不能使所有的人幸福。

她 做一个自高自大的人不好。不应当这样。

他 又下雨了。

她 飘些雨点而已。

他 打开伞吗？

她 等一会儿再说。

[他们沿广场走去。音乐声渐远。他们走进狭窄的小巷子。

他 夜色中的古老里加……很有意思，对吗？

她 我已经到这儿来过。离别大海使我很难过，可是又想到旧城来。夜幕刚刚降临，在这里散步是美妙的。（轻轻地）忽然使人觉得从那扇小门里走出来一个中世纪的炼金士，头上还戴着尖顶帽。

他 您是个幻想家……

她 不。（随便地）我是个售票员。

他 售票员？

她 是的。

他 可是您填的是……“我在杂技团工作”……

她 我是在杂技团工作。不过是当售票员，不是魔术师。今天我们听

1 三一节在复活节之后的第五十天。

到的音乐多么美呵。听过之后，不能说谎话……（沉默片刻）我是一个售票员，您不喜欢吗？

他 （忽然觉得不好意思）不，不，看您说的，请别说了。

她 当然，这不是在舞台上演出……完全是另外一回事。不过，在售票处有时候也很有趣。常常不得不玩有意思的魔术！……然而一般来说，我还是喜欢自己的工作。罗吉昂·尼古拉耶维奇，有时候售票也给我带来特殊的快乐。我们的观众本来就比较特殊——孩子们、外地来的人，或者是好奇的莫斯科人。他们要能弄到当天票，就特别高兴。因为这不是剧院——观众知道，晚上在这里一定会得到享受。请您注意，我们的丑角演员特别有才能。内行人都认为，世界上哪儿也没有这么好的丑角演员。

他 是的，很可惜，然而……我完全没注意丑角演员的情况……根本没接触。

她 等您到莫斯科，我一定给您搞一张票。如果您愿意的话，可以搞两张。

他 十分感谢。确实是该看一看丑角的表演。

她 还有，您看，我日子也过得很快活。在我们杂技团是不可能感到烦闷的。周围都是一些十分活跃的人。社会生活也朝气蓬勃。我担任大量的工会工作——有的工作简直叫人着迷。一点点空闲的时间都没有。总之，非常快活。（沉默片刻）不过，有时候一回到家里，一个人也没有……就好像感到有点空虚……好像不怎么快活。

他　不过……您的丈夫在。

她　（稍停）他出差了。

他　不过，他大概经常回来的吧？

她　有时回来。他是个名演员。总是忙得不可开交。还有，您知道吗——他是一个很好很好的人。

他　您说过了。

她　我已经说过了？不过也没什么奇怪的。好消息就是想告诉别人。您早就住在这里吗？

他　二十多年了。战后就来的。

她　从哪儿来的？

他　我是个老列宁格勒人。

她　那是座非常美妙的城市！我到那里去的时候，总是非常高兴的。总不想离开那里。

他　是的，过去是这样。（沉默片刻）不过现在不同了。

她　您一直是一个人生活？

他　哪里，看您说的！女儿有时来看我……而且一般来说，时常来。（活跃起来）大概很快又要来了……她打电报来说的。她有一个常住的房间……就在我的别墅里……我在这里有半套别墅，幽雅得很。花园还是独用的。种着草莓和各种花草。我十分重视花园，是个热心的爱好者。（略微激动地）还有，您知道，从女儿房间的窗户里，可以望见大海！有时候我夜里上楼去，坐在窗边，聆听海涛的呼啸声……什么也不去想……什么也不去回忆——全神贯注地听着。

她 您知道吗——同您谈话倒是很有趣。

他 真的吗？

她 （沉思地）我们杂技团里根本没有像您这样的人。不过。当我第一次看见您的时候，我看您真像我过去熟悉的一条狮子狗。虽然爱唠叨，但是驯化得很好。不过，它当时已经不演出了，只是跟着大伙走，陪着全团。

他 请问它为什么不表演呢？

她 年纪大了。当时它已经吃不消了。

他 原来如此……您巧妙地击中了我的要害。

她 不对，不对，您误解了……如果把您同它相比——那您完全是另外一回事……您是一个精力充沛、热爱生活的人。

他 您这样认为吗？

她 我确实相信这一点。不过……您一个人不寂寞吗？

他 一个人？（觉得受到很大的侮辱）请原谅，这实在可笑。我周围经常有大批的人。甚至可以说，围着我的人太多了！有时会遇到许多有趣的人，可以观察到许多种遭遇！……医生可以知道任何凡人不知道的东西。我的每个病员的遭遇，都是一本活的书，你会怀着最真诚的兴趣去阅读……看起来是他人的遭遇，然而一旦你以医生的身份去干预它，它就在某种程度上变成你的了……这里哪存在孤独的问题？不，不，只能用您对这件事的一无所知来解释您对我的错误看法，热贝尔同志。

她 您看，您又生气了，罗吉昂·尼古拉耶维奇。

他 （喃喃地）我根本没生气。

她 是生气了，是生气了。

他 没生气，真见鬼！不过，谁要是同女人进行严肃的谈话，女人就会把谁气得要死。

她 我不明白，您为什么这样讨厌她们——那些可怜的女人？

他 首先，她们作为病号，一点用也没有。甚至根本无法把她们同生病的男人相比。其次……哦，这完全是我个人的事。

她 第三呢？

他 也是我的事。

她 我想，您对您的妻子不会这么严厉吧？

［停顿。

您为什么不说话？

他 （小声地）我的妻子曾经是一个非常好的女人。（沉默片刻，微笑，又说道）非常好的女人。

她 （轻声地）现在她在哪儿？

他 （仔细地环顾四周，几乎平静地说）她走了。

她 我明白……真是不幸……她离开您了……把您甩了？

他 正是这样，说得很对。甩了。

她 那么，您真的再没有爱过别人吗？

他 （苦笑）谁说没有呢？有过一次可悲的事件。突然产生了这种念头。甚至想结婚。

她 后来呢?

他 我吓坏了。

她 为什么?

他 不能相比。太渺小了。(忽然严厉地)太荒唐了，热贝尔同志。

她 (甚至有点惊异)哦，我明白……谁也代替不了……谁也不行!她们……其他的人……世上的一切人都显得渺小、可怜、愚蠢……

他 (热烈地)正是这个意思!说得一点不错。

她 真奇怪!……我和您多么相似啊。

他 您也这样看吗?

她 看……又下雨了。

他 是的，雨下大了。

她 下得好大。

他 我们躲到门洞里去吧。

她 算啦……那儿很可怕。

他 请您相信，一点也不可怕。

她 怎么不可怕……我害怕……这简直是发疯!

他 真荒唐……您真是个怪女人。

她 我一点也不怪……而且街上一个人也没有!不，我怕……

他 既然这样，我把伞打开……

她 您别空发议论!……最好还是快点打开伞。我的上帝，这个人做事这么慢吞吞的……我们要被淋透了。

他 (打开伞)为什么说我做事慢吞吞?一着急，就会弄坏伞的……

来，拿着伞把儿。

她 拿好了。

他 现在好了吧？

她 马马虎虎。

他 这把伞好得很。够大的。您知道，这儿还很舒服呢。

她 很满意吗？……

他 为什么这样说呢？

她 过去我非常喜欢雨。我的上帝，我曾经多么喜欢雨啊！在雨中我产生过许多美妙的遐想……所以我特别恨雨伞。还有，我喜欢在水洼里跳着走！……现在我不年轻了，因此害怕……大概是怕伤风感冒……所以尽量快地往伞下钻……样子十分狼狈。真有点难过，老天！

他 请问这有什么好难过的？

她 怎么，样子不丑？我急着往伞底下钻的样子不丑吗？还有我那有失体面的胆怯不丑吗？听我说吧，让我们把伞折断吧！

他 为什么？

她 我们把它折断吧！我们要反抗……别向它投降……

他 向谁？

她 向老年。都是因为它！……肯定是它！我们绝不投降！我们折断伞，就在雨中淋着吧……就像年轻的时候一样！真见鬼——让我们把这根愚蠢的棍子折成两截吧！

他 您这是干什么？住手！

她 （合上伞）现在我就用膝盖把它折断！……一！……哎……不那么简单……（注意到他摇摇晃晃，站不稳）等等……您怎么啦？

他 没什么……我要在台阶上坐一会儿。

她 为什么？（吓坏了）您不舒服？

他 没什么。（掏出药片，吞服）常有的事。

她 心脏不好吗？

[他点点头。

真可怕……附近连个鬼影都没有。

他 您的大名？

她 热贝尔同志。

他 不对……名字叫什么？

她 莉吉娅·瓦西里耶夫娜……莉达……怎么？

他 我不知道……忽然想知道您的名字。

她 为什么？

他 还不知道。

她 （大吃一惊）您坐在湿台阶上！……

他 我穿着雨衣。我甚至觉得挺舒服。还很喜欢。

她 您好一点啦？

他 没有。马上就会好的。您看吧。

她 那您就快点。

他 雨停了吗？

她 停了。

他 我的伞在哪儿？

她 扔到水坑里啦。

他 是您把它折断了？

她 没折断。

他 多好的消息啊。（叹了一口气）好啦，看来过去了……（抬起头，环视四周）您只要看看周围的情况……

她 我看过了……怎么样？

他 （惊奇）活着是多么美好呵，热贝尔同志……莉吉娅·瓦西里耶夫娜！

四 她的第十五天

［里加市郊区的一所医院。阳光灿烂的早晨。罗吉昂·尼古拉耶维奇手拿着一本书，坐在花园的长凳上。他穿着住院服装，头上戴着一顶白麻布遮阳小帽。

［莉吉娅·瓦西里耶夫娜提着包，沿花园小径上。她看见他后，站住不动，端详着，似乎在研究他。罗吉昂·尼古拉耶维奇抬起头来。他看见她。

他 （惊诧不已）是热贝尔同志吗？

她 （客气地提醒他）莉吉娅·瓦西里耶夫娜。

他 对，对，请您原谅，莉吉娅·瓦西里耶夫娜。不过，您在这儿干什么？

她 您看，我完全是偶然路过医院的，后来忽然在门口停了下来。我大概是突然想起四天前您住进了这所医院的风湿性心脏病科。应当说，是我们的值班护士维尔塔·瓦吉卡把情况统统告诉我的。她近来对我十分和蔼。因此偶然路过这所医院时，我就临时决定来看看您的身体如何。我心里一直感到不安，我一直在想，是不是因为我的缘故，您才被送到医院来的？还有，您遭遇这样的不幸，是不是因为我的过错？

他 （冷淡地）首先，并没有发生任何不幸事件，也不可能发生。其次，有时我的心脏确实害点小毛病，这您是看见的。最后，只不过建议我换一个环境休息几天。

她 那就好极了！请您相信，您这样快就痊愈了，我真高兴。

他 我再说一遍，我没生病，因此也谈不到痊愈。我的自我感觉良好，再过三四天我就回去上班。

她 就算这样吧。不过，您有没有一个大一点的玻璃瓶，能插几枝这种丁香花的？连我自己也不知道，为什么刚刚我在花店里买了这几朵花。（从包里取出几枝丁香花，胆怯地交给他）

他 那好吧……（有点激动）我一定找一个玻璃瓶。这您根本不用怀疑。我一定找到，热贝尔同志。

她 （温和地）莉吉娅·瓦西里耶夫娜。

他 是的，是的，请原谅。

她 我还想了解一下，您在这儿的伙食还可以吗？

他 坦白地说，饭做得不怎么好。菜都没有味道。太像病房伙食了。

她 既然这样，也许您愿意尝尝我做的清汤。我自己也不知道，为什么今天早晨在我们的护士维尔塔·瓦吉卡的大力协助下，炖了这锅汤。就是现在开始对我怀着明显好意的那位护士。

他 （埋怨起来）首先，我不明白，您为什么这样见爱于我……（温和些）其次，大概我一定要喝点您的清汤，因为，直截了当地说吧，我真有点想吃家常饭菜。（尝清汤）

她 （屏住呼吸）味道怎么样？

他 （沉默片刻）您为什么对我撒谎？

她 撒谎？

他 （沉思地）您不是售票员。

她 （吃惊地）怎么不是？

他 您是厨娘。您是个巧厨娘。

她 （激动地）既然这样，您再把这三块肉饼吃下去，这一点，大概也不难做到。这三块肉饼我也不知道为什么买了来煎熟的。

他 等会儿我就把肉饼吃掉。说实在，如果一个男子汉觉得自己身体很好，他什么东西都吃得下。

她 趁您喝汤，我还想告诉您一件事，使您高兴高兴。这几天我同自己那一层楼的邻床搞好关系了。事情甚至发展到她们中有些人学我的样子，现在夜里也到花园里去散步，一些特别积极的人有时还去观赏日出呢。同时，扰乱安静的现象实际上已经没有了——我们不再跳窗户了，因为那位喜欢我的护士维尔塔·瓦吉卡给了我们一把大门的备用钥匙。

他 （担心地）您不觉得，这样一来……嘿……本来是个别人违反规定，现在变成集体行动了吗？

她 难道这有什么要紧吗？重要的是我们团结成一个统一的集体了。比如，每天早晨大家简直是求我唱点什么。不仅如此，有些人甚至和我一起唱。

他 我想，这层楼的其他病房还是比较安静的吧？

她 这我就没把握了。不过现在吃早餐时迟到的人减少了。（感兴趣地）您现在已经在吃第二块肉饼了，您觉得味道怎么样？

他 放大蒜的分量说明，做肉饼的人是个烹调能手。

她 听见这句话，我太高兴了。因为我的丈夫也称赞我做的饭菜。（沉默片刻）您还是说说，您心爱的雨伞在哪儿？您知道，我觉得引起您不适的原因，就是您总怕永远失去那把雨伞。

他 （意外温和地）我们这里雨水多，这把伞的确经常帮我的忙……但是，问题不在伞……说实在的，我的心脏常常犯点小毛病。毕竟是经历了两次战争，而且两次的遭遇都很奇特。

她 难道您也参加了国内战争？

他 我年轻的时候，在彼得格勒近郊打退过尤登尼奇的部队。（陷入沉思）饥饿、经济崩溃、围困……多少灾难啊！最好的朋友在我身边牺牲了，可是我却无法救活他们。大概就是因为这一点我才去学医的。后来是上大学……学知识，挨饿，快活地玩乐。朗诵马雅可夫斯基的诗，参加关于梅耶荷德[1]的讨论会，同叶赛宁气质[2]作过斗争；反对搞新经济政策……什么事都干过——对吗？我记得，为了买条裤子，要好久才攒够钱。省吃俭用——总算买了一条。第一天就叫烟卷给烧了一个洞。您知道——就在膝盖上烧了一个大窟窿。当时我们大笑了一场。

她 现在的人无法理解这些事情。

他 有许多事情理解不了。有时候我觉得我是一头古象。我在街上走着，四处看看，才明白自己是一头古象，一头恐龙。

她 不，那是幸福的年代……当时我学戏剧专业。我在当售票员以前，本来是话剧演员。您不相信？我们全年级到钢城马格尼特卡和第聂伯水电站去表演过。我的老天，抱着多大的希望啊！

他 第一个五年计划期间，我也跑遍了全俄罗斯……哪儿创业，我就急着往哪儿跑——不是去勘探队，就是去出差。现在真难想象我当年的样子。

她 我倒是能很生动地想象出您参加某一个辩论会的样子，比如讨论“共青团员能打领带吗”这样的辩论会。

他 想当年您大约也是一个活跃的姑娘？

她 那当然啦！有时候我自己都觉得怪可怕的！……在马蒙托夫卡

1 梅耶荷德（1874—1940），苏联著名戏剧家。

2 叶赛宁（1895—1925），苏联著名诗人。叶赛宁气质是二十世纪二十年代流行的一种说法，指悲观、颓废、堕落等倾向。

镇，我们隔壁的别墅里住着一群耐普曼[1]。我每天夜里到他们的花园去……裹一条白被单，装神扮鬼。他们吓坏了。七月中就从别墅搬走了。

他 在那光辉的年代里，您多大年纪？

她 十四周岁，罗吉昂·尼古拉耶维奇。三年以后我就出嫁了。婚后一年我生了个儿子。

他 那么早就生孩子？别瞎说！

她 不，真的……（笑了）名字叫彼佳。

他 那您的丈夫……他当时就是演员？

她 哪里！我当时的丈夫完全是另外一个人……毫无共同之处！我已经结过几次婚了。不过，这都是战前的事。后来我有点懂事了，冷静下来。战后只结过一次婚。

他 是吧，您看……同您打交道很危险。

她 指现在吗？唉，罗吉昂·尼古拉耶维奇……唉！

他 他是个什么人……您的第一个丈夫？

她 斯涅任斯基吗？不大像样，很差劲。一生下彼佳，我立刻就明白，我再不需要丈夫了。

他 不过，您不觉得他对孩子还是有好处的吗？

她 斯涅任斯基吗？他生来就是个大傻瓜。彼佳在襁褓中就猜到了这一点。这件事对他产生了非常坏的影响。毫无疑问，他以后一定

1 耐普曼指苏联新经济政策时期的资本主义分子。

会恨我，说我给他找了这么一个人做父亲。

他 那您为什么要嫁给他？

她 您问为什么？当时我爱他爱得发疯。

他 （越来越生气）您爱他什么？

她 我怎么知道呢。这种事谁也搞不清。永远也搞不清。是呀，有时候想出种种理由……都是为了安慰自己。但是我对自己总是绝对坦率的。我尊重事实——斯涅任斯基是个傻瓜。

他 真可怕！

她 算了，罗吉昂·尼古拉耶维奇，可爱的人，请别难过……这样对您是有害的——您看，我在求您呢……我可是改正过来了，我现在完全是另外一个人，一点也不轻浮……二十年前又结婚。最后一次！至今我还爱他。温柔忠诚地爱着。

他 温柔、忠诚地爱着？

她 是，温柔、忠诚地爱着。好了，您现在放心了。

他 在某种程度上说，是这样。（沉默片刻）二十年是段不短的时间。

她 是呀。

他 但是我们毕竟是很不同的人。您父亲……他是干什么的？

她 陪审官。

他 您看是吧！

她 什么“您看是吧”？如果您想了解，我可以告诉您，我父亲是红军，给科托夫斯基[1]当过文书。后来他很为在科托夫斯基身边工作过而自豪。

他 我说呢！

她 他还同科托夫斯基一起喝过三次茶呢。

他 （略微迟疑）然而，尊敬的莉吉娅·瓦西里耶夫娜，既然您父亲同科托夫斯基的关系那么密切，那后来您就更不该太轻浮了。

她 不过，我已经对您说了，现在我完全改了。一点也不轻浮。（略微迟疑）您呢，爱妻子也爱得很久？

他 （陷入沉思）大概爱了一辈子。

她 （又惊奇又羡慕）一辈子？这大概很有趣。

他 有一回，我双手抱着她走了八公里路。

她 为什么？

他 我不知道。我想这样做来着。

她 那到底为什么呢？

他 因为很高兴。

她 她怎么样呢？

他 她睡着了。

她 多么无情啊。

他 完全不对。几个月以后，她给我生了个女儿。

她 那……当然是另外一回事。

1 科托夫斯基（1881—1925），苏联国内战争时期的人民英雄。

他 我们结婚十年没孩子。听起来怪可笑的。但是有时候我们很苦闷。突然出现了一个特别有礼貌的小女孩。叫卡佳。一个半月之后，战争爆发了。

她 当时我的彼佳几乎是个成年人了……十四岁……孩子漂亮得出奇。完全不必依赖大人。他是个很好玩的孩子——朝我望着望着，就忍不住笑起来……“你笑什么，”我说，“真有点不好意思。”他说：“你是世界上最滑稽的人。”我说：“我怎么是最滑稽的人？我在剧团里只演正剧角色。”他说：“那因为你是个优秀的演员，不过，他们没看出来，你比大家都滑稽。”说完就吻我。

他 他现在同您住在一起？

她 您知道吗，他从小就喜欢看排练。有时能提出正确的意见——大家简直惊讶不已！他十二岁就写了一部长篇正剧：《奴隶起义》。对于他这个年纪来说，写得并不坏。不过，后来他把剧本烧了。我非常反对。但是他却坚决地说，果戈理就这样干过。

他 那么，现在他在哪儿？

她 他早就不在人世了。（含着歉意，微笑）他在柯尼希斯贝格被打死了。就在战争结束前夕。那时他刚满十八岁。您知道，事情真不巧——那些天我正好在前线，同演剧队在一起……在柏林城郊。总之，就在附近。我就是在那儿庆祝胜利日的……我真高兴，（突然轻声说道）当时我什么情况都不知道。

他 （沉默良久之后）就他一个孩子？

［她含着笑意点点头。

真不幸。

她 他早就要上前线。因为他受到很好的爱国主义教育。您知道吗，他特别爱祖国。总之，是个好孩子。（望着罗吉昂·尼古拉耶维奇，悄声笑了笑）我的话没完没了……我老是在说啊，说啊……一点也不顾您的病情……尽管我知道，您实际上已经恢复健康了。（从凳子上站起来）您知道，我决定今天去看里加杂技团的演出。再说，我有个好朋友参加飞人节目的表演。她不久前同丈夫离婚了。真不幸。（有点慌乱和尴尬地从包里取出一盒糖果）全忘了……（把盒子递给他）您喜欢的糖。

他 （特别激动）我谢谢您……太谢谢啦……我真是受之有愧……

她 除了我，还能有谁送给您呢？（快步下）

——幕落——

第二部

五　她的第十八天

［疗养院的休息室。这时屋里昏沉沉的。莉吉娅·瓦西里耶夫娜像小孩一样蜷起腿，坐在沙发上，旁边是一架亮着的落地灯。邻屋传来人声、音乐声——那里大概是在放电视。外面大雨倾盆，雷电交加。强烈的海风呼啸着。

她 （轻声、沉思地唱着）

我漂泊在天涯海角，

旱獭随我到处奔跑……

［罗吉昂·尼古拉耶维奇从门口上。看见她，站住，听她唱歌。

（看见他）是您呀！……您回来了？冒着这么大的雨！……您完全，完全复原了？

他 （意味深长地）我休息得非常好。

她 （慌乱）是的，是的，那当然。

他 您看……我给您预备了三枝丁香花……（把花递给她）

她 真的吗？好极了。

他 您……为什么一个人？

她 他们都去参加音乐会了……还有几个人在看电视……而我呢，一边思考——一边听这哗哗的雨声。（朝他看了看）我知道您今天回来……是的，我相信您今天一定会回来。

他 为什么？

她 我不知道。（沉默片刻）海上波涛汹涌……不同寻常！我刚才到海边去过。海滨浴场连个人影都没有……游泳场更衣间被海浪吞没了，电光闪闪……不过，我在那儿没法待太久，首先，淋透了，其次，怪怕人的。

他 我不知道，不知道……像您这样的年纪，这样做简直是荒唐。

她 您老是说我的年纪……（笑了）您知道一个聪明的法国人说什么来着？做老人很寂寞，但这是长寿的唯一办法。

他 长寿并不难。要生活得有趣这可是个难题。

她 嗯……怎么样啊？这几天您生活得有趣吗？

他 特别有趣。每天早上我都梦见您做的清汤。

她 这算什么！白菜包肉才是我的拿手好戏……我丈夫常常大加赞赏。（沉默片刻）现在我常常考虑动身的事——我的疗养期已经过了一大半。真滑稽！……我要走得远远的，而您依旧漫步在这里，议论各种事……真滑稽。

他 有什么滑稽？

她 不过，如果仔细想想的话，莫斯科也有大量有趣的事在等我。

他 （沉思地）究竟是什么事呢？

她 各种各样的。大大小小的。比如，我打算整修房间！换换糊墙纸……一般来说，我特别喜欢整修房间——而且根本就不感到累。或者是把家具重新布置一番……按新样子布置房间！比如，放桌子的地方，改放床。挺有趣的，对吗？（活跃地）您要是愿意，我可以替您统统重新布置一番。

他 （快活地）您晚了！这两天我刚整修好女儿的房间……糊墙纸也换过了。您知道，我急着等她来。由于客观情况的需要，我女儿同她丈夫在我国驻日贸易代表处工作。您看，我住在这儿，而她呢，却生活在日本人中间，您说滑稽不滑稽？但是，上天保佑，这几天她就要来度假。（笑了）不过，我老是算不出来她哪一天能到。

她 是啊，是啊，各人有各人的难处……您的事，毫无疑问，都是很正经的，而我的——全是些鸡毛蒜皮。您猜，是什么事天天夜里在折磨着我？

他 要是能知道，那倒是很有趣的。

她 我带来了一些非常漂亮的服装，我穿在身上——真是美极了！……但结果我好像没有机会穿——完全没有地方可去！最后决定穿上这些服装去参观博物馆，但是幸亏及时改变了主意。无论怎么说，到博物馆去要穿得严肃点，而我那些服装有点……不，不，不是说太肆无忌惮，不过总有点……总之，一次也没穿就原样带回去，实在太可惜，太遗憾……简直可怕！不过，您是不能理解的——因为您不是女人，罗吉昂·尼古拉耶维奇。

他 确实如此。（小心翼翼地）但是，也许值得您一到莫斯科，就穿给大家看？您可以穿上到音乐喜剧院，或者到非常非常时髦的塔甘卡剧院去展示一番。

她 不过，实在可惜，一次不穿就带回去可真遗憾！……毫无疑问，这件事有点令人难受，我认为甚至有点悲剧的味道。尤其是这些服装在此地是能轰动全城的……我愿意打赌——肯定会轰动全城的。

他 也许您可以穿上这些服装，参加我们的文娱晚会？

她 不行，不行。我不愿在疗养院的环境中显得过分突出。请相信我，这样做会显得不知分寸……（沉默片刻）同时，另一个问题也使我有点不安。

他 到底是什么问题？

她 您喜欢去餐厅吗？

他 至于说食堂或者小吃部的伙食，我都不太感兴趣。一般说我喜欢吃家里的饭菜。

她 我想您没听懂我的问题。我并不是把伙食问题放在首位……我提到餐厅的事，是指那里可以散散心，跳跳舞，至少可以喝杯香槟酒……或者干点别的事。

他 到底是什么事呢？

她 比如说吧，理个新发型出现在餐厅里……或者穿上至今没穿过的时装，在大厅里出出风头。

他 我直截了当地对您说吧，在这些问题上，我还没有形成固定的意见……近年来我不仅没去过餐厅，而且也没理过新发型到餐厅去。无论如何没有搞过！（考虑片刻）在莫斯科，您的丈夫在这次久别之后，肯定会陪您上餐厅去的。

她 哪里，不大可能。尽管他与我同时返回莫斯科。这是有趣的巧合，对吗？而且，也许我们会见面的。不过，他在莫斯科忙得很。

他 我总搞不清楚……弄不明白……看来，您和您丈夫之间的关系很特别？

她 这有什么好奇怪的？归根结底，婚姻本身就是非常独特的现象。结婚十分简单，而维持夫妇关系却十分困难。（默然片刻）顺便说一句，您知道我丈夫是干什么的吗？告诉您吧——他是一个有名的音乐丑角。

他 您这种好运简直叫人难以相信！做一个著名音乐丑角的妻子，大概是极大的幸福。

她 （严肃地）这没什么可笑的。我的丈夫是个才华出众的人。细腻的演员，音乐家。他年轻时所引起的轰动，不是用言语可以表达的。我第一次看到他的时候，简直完全惊呆了。他吹着一把好大好大的铜号，同时又要演奏几个小手风琴……同时演奏，您明白吗？除此之外，还要表演各种各样的魔术。简直妙极了！……他那不可思议的特技，一下子就征服了观众。许多人高兴得简直哭起来了……所以不难想象，我爱他有多么深！当时我还不到四十岁——完全是个姑娘……而且当时对戏剧很感失望。为什么？将来再告诉您……这样我就离开了剧院，跟着他到处转……他对我多温柔、多和蔼、多体贴啊……他看见我也需要搞点名堂出来，也需要掌声——因为我本来就是演员嘛，这一点他非常理解……后来我们就编了一个共同演出的节目。（兴高采烈地）我身穿银色短斗篷，粉红色紧身裤，头上还带着浅灰色的假发。乐队开始演奏，我向观众鞠躬，唱起开场歌：

杂技团之歌

让我们忘记，让我们忘记，
我们的争吵和挑剔！
我们心地善良，如同小弟弟，
我们在杂技团里只讲友谊！

啊，这头象多么聪明伶俐；
真是天下的奇迹！
杂技团爱我们，始终不渝！
我们在团里，个个都讨人欢喜。

啊，多好的节目，多妙的特技！
一切变了样，一切都有趣。
啊，多少劳动，多少精力，
却像一场小小的游戏。

剧场圆顶高高，并非无意，

多少精彩的表演，多少惊险的技艺！
一位女演员在台前站立，
那清脆的歌声能叫您着迷！

呜呼！恰似流水无情义！
只剩下斑斑点点的回忆。
姣姣女星早被您忘记，
她却把您永记心底。

我们活着，期待奇迹，
我们在团里，才能创造奇迹。
我们活着，就要待在团里，
只有在团里，我们才光荣美丽。

他 是的，毫无疑问，当年我没看到这个节目，实在遗憾。看来现在没希望看见这个节目了。

她 大家只能回忆这个节目……仅仅是回忆。您无法想象，罗吉昂·尼古拉耶维奇，我是多么感谢自己的丈夫，感谢他为我所做的一切……多亏了他，我在杂技团舞台上才取得了最大的成就。请您相信，他不仅是个优秀的演员，而且是一个精神崇高的人。

他 从您的话里看得出，你们并不经常见面，这是唯一的憾事。

她 有什么办法呢？这有什么办法呢……问题在于我的丈夫早就同另

外一个女人结婚了。

他 （大吃一惊）结婚了——这是什么意思？……

她 一般来说，意思很简单：结婚了——就是这么回事，毫无办法。

他 不过这回事……鬼知道是怎么一回事！

她 您这样认为吗？（无力地）我不知道……从另外一方面说，他有什么办法呢？

他 （愤怒地）什么……有什么办法？

她 十年前他遇到一个女人，他爱她爱得发狂……这有什么不好？他爱上了她，难道是他的过错？我认为丝毫不是！再说，还应该考虑到，我比她年纪大得多。总之，这一点也起了不小的作用。说实话，上了年纪的女人没年轻女人有魅力——我想这一点您不会反对。

他 但是，您听我说！……不！……总之！……真见鬼！……您等等！不！我不知道。

她 （理智地）我们还是要考虑到他是爱她的。而爱情是神圣的感情。总之，您应该设身处地替他想想。

他 说什么也不行！

她 您简直是个不明事理的人……完全落后于时代的人……您实在使我感到惊奇。他对我一直很好……帮助我，温柔地爱我……我相信他现在还非常爱我。何必怪他呢？他什么都没瞒我，没欺骗我……开诚布公地对我说："你听我说，亲爱的莉吉娅，我爱上了另外一个女人……"说话的时候，几乎还噙着眼泪呢。

他 哼，看您说的！……

她 后来我们甚至还有一段时间在一起演出。不过接着出现了一些困难——因为在巡回演出中，我们不得不三个人同行，这一来我们大家都有点感到不自在……但是一切都顺利地结束了——她在舞台上也能出色地代替我。应当说，我们花费很多精力来培养她，所以后来她也卓有成就……说实在的，把我的漂亮服装——比如银色短斗篷——改了给她穿，是有点心痛，不过，总之，没办法……

他 活见鬼……我看，把她枪毙就好了。

她 那怎么行！她的音乐感特别强。同时，节奏感也好。就连我刚才唱给您听的那首开场歌，她唱得也很动听，有才气。当然，不足的地方总是有的。还有，她的身材特别优美——简直是个女神！您知道，她对我也很好，这一点没话说。而特别重要的是——她对他非常忠诚——非常忠诚！据我看，她永远不会对他变心的。

他 这么说，出了这件事之后，您就开始干杂技团售票员的工作啰？

她 根本不是那回事！您可以相信——我并没有立刻服输……我搞了一个独立的节目……有的人还向我表示祝贺，您知道，这个节目我在舞台上还演了一个多月。

他 这以后呢？

她 您知道……后来不知为什么这个节目就不大热门了……所以过了一段时间，因为一般说来我是个好动的人，我的朋友们就把我调到售票处工作。我交了不可想象的好运，您说是吗？因为我非常爱杂技团！

［他非常激动，沉默一会，然后抓起她的手吻着。

（抽出手）如果您是可怜我，那您这样做就很愚蠢。我和丈夫的关系特别好……希望每个人都能有这样的幸福！不到两个月以前，他动身去里海的时候，还向我借了一百五十卢布呢……也许会还给我的！可能全部还给我……肯定会全部还给我！（十分生气地跑出房间）

［罗吉昂·尼古拉耶维奇神情恍惚地站在那里。雨点仍然不停地敲打着窗户。

（又飞快地跑回来）多大的暴雨啊！多大的暴雨啊……

他 （爱抚地）您平静一会儿……求求您。

她 我还有话对您说，但是全忘光了。

他 （庄严地）莉吉娅·瓦西里耶夫娜，我求您认真地对待我的话，我真诚地请您明天一定去餐厅吃饭……当然，这一点不能让我的同事和疗养员们知道。老实说，我简直是急不可耐地想看一看您那在此地从未穿过的服装。

［电光闪闪，雷声隆隆。

六　她的第二十一天

［露天餐厅入口处前的小花园。夜色深沉。星斗满天。天气宜人。从餐厅里传出音乐声。

[餐厅门开。莉吉娅·瓦西里耶夫娜和罗吉昂·尼古拉耶维奇沿台阶走下来，进入花园。他们感到十分快活。

她 好像已经很晚了。

他 好像已经很晚了。

她 您笑得有点怪。

他 没人看见我们，真幸运。

她 很幸运。（沉默片刻）不过，要是我们疗养院有人到餐厅里来看看，那倒是挺有趣的。

他 那真丑死了。

她 特别是您试着跳列特卡舞的时候。

他 那是一时的糊涂。

她 不过，您的病号都是些规矩人，老老实实睡在那里呢。（惊奇地）您真怪，为什么在那里原地踏步？

他 我在找帽子。很可能我把它忘在餐厅里了。

她 您手里拿着呢。

他 真是的。

她 您戴上吧，这样就各得其所了。

他 （戴上帽子）您说得对。一切事情似乎都明朗了。（思考片刻）但是，我们为什么还在原地踏步，这不奇怪吗？

她 那是因为我们特别喜欢待在这里。

他 那，我们为什么不坐到凳子上去？

她 那是因为我们想现在坐下来。

［他们坐到长凳上。

他 （搓手）行了！大功告成——我们展览了时装！

她 那您喜欢这些时装吗？

他 够显眼的！甚至有点光彩夺目。

她 香槟酒味道也特别好。

他 是啊……我发现了生活的另一个崭新的方面。有那么一会儿我甚至自言自语地说——嘿，好家伙。

她 “好家伙”？说得好极了。

他 我从来没想过可以这样快活。

她 然而这是极为有益的事。快活是健康的保证。请您把这个口号挂在您办公室的门上吧。

他 会被撤下来的。

她 撤谁？

他 先撕下口号，再撤我。

她 他们不敢。

他 那些不快活的人吗？胆子才大呢！

她 要是能组织人围攻那些不快活的人就好了。

他 他们不会同意的。（考虑片刻）坐船到塔林去玩玩该有多好啊。

她 人家不会理解我们的。

他 真遗憾。（考虑片刻）夜里凉快了。

她 满天都是星星……

他 要下雨。

她 让它下吧。我喜欢这里的一切——雨啊，太阳啊，海涛啊，还有星星。

他 这是一首诗？

她 也许是的。

他 我们坐船到皮亚尔纳去玩玩吧。

她 不行，有人会生我们的气。

他 谁？

她 别人。

他 这太可怕了。

她 我们经得住。还是讨人喜欢的人多。

他 可能是的。他们舞跳得有点怪。您注意到了吗？

她 我仔细看过。挤得水泄不通。

他 有一个人全身都挂满穗子，不知为什么老是在我脚下爬。

她 那是扭摆舞。——您太落后于生活了。

他 我真给吓坏了……完全吓呆了。当时我正在喝葱花汤——突然他在我的脚下爬。天知道这是怎么一回事。

她 刚开头有点怕。后来就会习惯的。

他 您这样认为吗？（尴尬地）是的，我有好几年没上过餐厅了。（不愿表现出是个保守派）无论如何，我们已经迈步前进了。

她 著名的学者认为扭摆舞是针对看电视产生的。在沙发上坐了很久以后，需要活动活动。扭摆舞正好可以避免骨骼僵化。几个轻松的动作（表演扭摆舞片段）……肌肉就松弛了。又可以欣赏蓝色屏幕了。不过，不值得这样严肃地谈论扭摆舞。实际上，它已经不时髦了。

他 是吗？这一点使我精神振奋。但是别的舞也同样使我感到……惊奇。（倾听音乐）就拿这个说吧。他们都乱七八糟地挥着手。无论怎么说，这个情况不能不引起注意。

她 这个问题我根本不同意您的看法！挥手舞把个性还给每个人。个性在舞蹈中完全是无意识地表现出来的。（倾听音乐，做出跳挥手舞的样子。她跳的挥手舞简单而滑稽）我觉得自由，轻松……我的性格都表现在舞蹈中……这是因为不受事先规定的形式的约束……我是幸福的。我在即兴表演！……（乐队停奏，她也同时结束跳舞）您看，怎么样？

他 很有意思。不过，毕竟太不成体统了。

她 您简直是个野蛮人。是个保守派。您活像个卫道士！我想象得出来，您年轻的时候是个很呆板的人。

他 您这样认为吗？可您知道，在新经济政策时期，我跳过民间的列兹金卡舞和喀马林舞，跳得筋疲力尽呢！……不错，是为了抗议那些腐蚀青年的舞蹈——西密舞[1]和那个查尔斯顿舞[2]。

她 怎么，您从来没跳过西密舞？

---

1 西密舞是一种浑身上下颤动的狐步舞。

2 查尔斯顿舞是美国查尔斯顿市的一种舞蹈。

他 跳过。查尔斯顿舞也跳过。但是这并不妨碍我后来鲜明地批判这些舞蹈。

她 您简直是个舞场上的两面派。不，我永远不会相信您能跳查尔斯顿舞。跳这个舞需要具备不可言传的迷人的优雅风度，真挚！欢乐！

他 （执拗地）可是我对您说，我跳过查尔斯顿舞。

她 那您来证明一下。

他 在哪儿？

她 就在这里。

他 什么时候？

她 现在，此时此刻。

他 我就证明给您看。

她 跳吧。

他 （从凳上站起）好吧，等一等……先是这样跳……不，不对……您等一等……（坚决地）我不能跳。

她 为什么？

他 没有音乐伴奏。

她 您别灰心丧气。您马上就可以听到伴舞音乐。（低声唱着古老的查尔斯顿舞乐曲，一边用手打拍子）跳呀——您怎么啦？不好意思……怕出丑……

他 （激烈地）绝不是！……（没把握地做了几个动作，既有点像查尔斯顿舞，又有点像列兹金卡舞）请放大伴奏音乐。响一点！

她 绝对不行。

他 响一点！

她 会把我们抓到警察局去的。

他 随他便！（有点狂热地，已经较为有把握地踩出复杂的舞步）您看怎么样？

她 有进步……不过，总的说来跳得不怎么样。

他 （不跳了）我明白了。查尔斯顿舞是双人舞。

她 （警觉地）您就想说这些？

他 一个人是没办法跳的。

她 您是不是认为，我应该和您一起跳？

他 毫无疑问。

她 那警察局呢？还有志愿治安员也会来的。

他 已经迟了，您阻止不了我了！

她 唉！听天由命吧！

［他们跳舞。当然舞技远非完美，但是逐步转好。

他 嘿！您瞧……我们能跳！

她 稳一点！别这样蹦。腿别死劲乱踢！分寸感在哪儿？您记住：要有优雅的风度！行了……跳够了。

［停止跳舞。

他 我看还过得去。

她 （客气地）在一定程度上。

他 您看是吧，（凯旋似的）——我跳过查尔斯顿舞！

她 很可能。但这是很久以前的事。

他 四十年前！当然有些舞步可能忘了，但是总的轮廓……

她 罗吉昂·尼古拉耶维奇，您的话我有点相信了。

他 （挑衅地，两眼发亮）而且我也跳过西密舞！

她 别胡来！……注意您的心脏。

他 我不怕。请奏乐吧！

她 我可真没想到您是这样一个没有节制的人……

他 绝不能半途而废——既然跳舞，就要跳个痛快！

她 哎，我们的好运快完了！……

［他们跳起西密舞来，一边哼着曲子给自己伴奏，看来这个舞他们跳得比较成功。

他 （跳着舞）请看——我也能跳西密舞……嘿，您看！

她 平稳点。您抖得过分了。

他 不，这个舞就得抖。

她 不过没这么厉害。应当微微抖动。微微抖动——全部妙处就在这儿。

他 好吧，微微抖动。

［几乎跳得很好。

她 够了。

［他们停止跳舞。

出乎我意料。您是个好样的。

他 您也不差。

她 尽管如此，我们完全需要休息一下。

他 好吧。这个主意对。

［他们愉快地坐到长凳上去。

她 我的上帝，多好啊。

他 妙极了。

她 我们毕竟是好样的。

他 我也这样觉得。（默然片刻）不管怎么说，西密舞和查尔斯顿舞比现在的时新舞要优美得多。

她 那您当年为什么那样激烈地反对这些舞蹈呢？

他 可谁能料到，这些舞归根结底是一些正派的舞蹈呢？

她 不，生活是美好的。

他 您说得对。我们坐船到卡乌纳斯市去玩吧。

她 不行。这事会引起流言蜚语的。

他 怎么？难道我们还处于那种年龄？

她 怎么不是呢！

他 （看了她一眼）见鬼——您是个危险人物。

她 不过对您来说不是的。您怎么会忘记您本来是个讨厌女人的人。

他 确实如此。（热情地）难道世上还能找到……像她那样的女人吗？找不到了。一切都成为往事了。

她 是——啊。看来一切都成为往事了……男人也是……像他那样的男人也找不到了！

他 男人找不到了……女人也找不到了……

她 一切都成为往事了。

他 真可怕呀。

她 但是这一点对我们来说是无所谓的。我们记得自己是被人爱过的。

他 确实如此。有这一点我们也就满足了。

她 （突然）您这样认为吗？

他 （精神一振）您呢？

她 我吗？……（淡淡地）为什么不呢？……我是这样看的。

他 我也是……（小心翼翼地）这样看的。

她 这就好了。我们两个人都是这样看的。

他 （坚决地）我们都是这样看的，这就行了。

她 有些蠢人……还劝人相信，仿佛孤独使人害怕……

他 真叫人难以想象！

她 并不令人害怕……

他 想想真可笑……（突然）然而有时候晚上……会突然感到悲哀。

她 （考虑片刻）确实有那么一点点……

他 一点点。

她 稍微有一点。

［餐厅里乐队奏圆舞曲。他们从长凳上站起身。他搂着她的腰。她微笑着，于是两人翩翩跳起圆舞。

七　她的第二十三天

［海上夕阳刚落。暮色渐起。罗吉昂·尼古拉耶维奇和莉吉娅·瓦西里耶夫娜正漫步在松林小径上。

他　您笑什么？您半天不吱声，现在却又笑起来了。

她　我和您毕竟是好样的。

他　您坚信这一点吗？

她　已经一个多小时了，我们还在散步，怎么也停不下来。

他　是的，我的生活中出现了新现象。比如，我刚才观察了一番晚霞。

她　今天的晚霞很美，不常见。

他　可能是的。但是，我和您在一起，一定要倒霉。完全有理由认为，我已经堕落了。前天夜里在餐厅外边还跳查尔斯顿舞！

她　是啊，丑态百出。

他　真可怕！一想到我们的胡作非为，我就吓得发抖。

她　那何必呢。一切都令人愉快。我真没有想到您还有这一手。

他　要是有人看见我们呢？比如我们疗养院的某位医生？

她　您要是怕承担责任，那您算什么首长？

他　要是听您的话……

她　那您就听我的。剩下没有多少时间了。（沉默无语）顺便说一句，为什么整天不见您的人影……

他 我进城去了。今天我在医院里做了一台手术。

她 真怪……难道您还做手术？

他 我的专业是外科医生……应当保持良好的技术状态。对我们这行来说，不练习就会完蛋。外科有军事意义。（笑）什么情况都会发生。

她 什么情况？

他 谁能打包票不发生呢。

她 （默然片刻）这真可怕啊。

他 可怕极了。

［他们走近烈士公基。公墓坐落在海滨。一条公路从高大的松树旁向前转弯蜿蜒伸去。四角形的大理石墓碑，上面刻着烈士的姓名。一座沙砾面的雕像耸立在墓碑中间，上面雕着三顶战士的钢盔。

她 这是烈士公墓……我到这里来过。

他 我们走吧，不必在这里逗留。

她 为什么？

他 不必了。

她 您真有点怪。

［他默然无语。

公墓选在这里也真有点怪。就在海边上。

他 一九四四年十月，这里进行过激烈的战斗。敌人拼命反抗……我军遭到巨大损失。（又默然无语）他们就在这块地方，就在海边牺牲了。后来就葬在这里。

她 您在这里打过仗？

他 没有。

她 那您怎么知道？

他 我听说的。

她 这都是过去的事，想起来真可怕。

他 但是必须记住。

她 记住死者？

他 是要记住他们。

她 您仍旧认为……这一切会再次出现吗？

他 应当为了不使它再次出现而生活。

她 （感激地望望他）说得真对……（稍停）我累了。（坐到长凳上）

他 那就休息一会儿吧。（坐在她身旁）

她 您记得吗，我答应告诉您，我为什么不再爱戏剧了。是这样的——事情发生在彼佳去世之后。（苦笑）就是战争胜利之后。我身上发生了一种莫名其妙的变化……后台道具枪一响，我就感到问心有愧……惭愧极了。人们的痛苦、牺牲——这些对我来说是神圣的——这不是艺术……我无法扮演……因此我离开了剧院。（又默然片刻）而杂技团里喜气洋洋，一片兴高采烈的笑声……这是一种超脱。

他 我很难理解这一点。

她 我知道。朋友们也不理解我。有什么办法呢——我喜欢笑声，欢乐……也许我是个胆怯的人。但是有什么办法呢？（默然片刻）您笑什么？

他 我想起了初次见到您的时候。

她 那又怎么样呢？

他 当时我差一点哈哈大笑起来。不，不，并不是您使我感到可笑……只不过是因为我觉得很快活。

她 不过，我不知道，这件事是否使我高兴。

他 （稍停）您……后天走吗？

她 是的。（微笑）到期了。

他 （茫然若失）我已经同您相处惯了。

她 （感到惊奇，但不露声色）您会抛弃这种习惯的。

他 大概是的。

她 （生气）这使您高兴吗？

他 不……它使我悲伤……如果严肃地说——使我悲伤……当然，这样有点愚蠢。

她 为什么愚蠢？

他 我说不清楚。愚蠢，就是这么回事。算了。见它的鬼去吧。归根结底，我已经习惯于孤独了。（苦笑）孤独不会使人寂寞的。

她 我想问您一件事，您别生气……您没说，我也不能理解，为什么您的妻子抛弃了您。发生了什么事？

他 （低声）发生了战争。

她 那又怎么样?

他 她去打仗了。没回来。（苦笑）就这么回事。情况就是这样。一切都很简单。

她 （轻轻地）好了，您别说了。

他 我不想说。是您叫我说的。（稍停）不过，为什么不说呢? 故意沉默也没有什么必要。她，像我一样，是一个外科医生。战时，外科医生的岗位在前线。这本来就是很清楚的。我们在不同的战场上作战，从一九四一年起就没见过面……她两次负伤，两次归队……一九四四年她牺牲了。终于牺牲了。她远离我生活了整整三年。（陷入沉思）也许，她变样了? ……我不知道。但是我不能忘记她。不应当忘记。（默然片刻）当我回到列宁格勒时，我总是觉得她还活着；在大街上走着走着，就想到：她在家等我呢。女儿才满六岁……我带她到涅瓦大街散步，到夏花园去玩，打闹玩乐……但是心里想的却是她。

她 那您为什么离开列宁格勒呢? 那可是您的故乡……您爱列宁格勒吗?

他 我爱。

她 那为什么要离开呢?

他 客观上造成的。

她 但是您可以回列宁格勒呀。

他 不。

她 为什么呢?

他 （几乎是粗暴地）不能回去——没有别的。

她 （轻轻地）您过去很幸福吗？……（碰一碰他的手）当时……战前？

他 大概是的。

她 可是我不知道，我过去是不是幸福。只记得我当时很快乐。一般来说，世上没有完全幸福的人……也许因为这种人很少见……不过……（活跃起来）您听我说，我遇见过一件有趣的事。有一次我在街上看到一对非常幸福的人……我是深夜在阿尔巴特大街上遇到他们的。他们慢慢地走着——年纪已经非常老了，但是衣着整洁，和蔼可亲……老头儿小心翼翼地挽着老太婆走，他们还非常高兴地笑着。（想了一下）我再也没遇见过比他们幸福的人了。

他 您当时羡慕他们吗？

她 （轻轻地）羡慕。

他 也许我也会羡慕的。

她 （赞佩地笑着）他们互相挽着走去……是那么快活。

他 我想对您说，莉吉娅·瓦西里耶夫娜……您可别以为我在责备您……忠诚是毅力的最高表现。

她 是吗？（沉思）也许是的。（朝他看看）也许是的。（朝周围看看）我常到这里来……我自己也不知道为什么。在这里严肃地回忆往事……感到很崇高……是的……一种剧烈的疼痛触动着我……简直无法忍受。（走向基碑，读碑文）"阿基莫夫·彼得中士。一九二四年生。一九四四年十月二十三日牺牲"。他才二十岁。这座墓碑边上，不管我什么时候来，总放着一束鲜花。不寻常，对吗？看来每天都有人来……（读）“谢苗诺娃尼娜，少校军医。一九一二年生。一九四四年十月二十五日牺牲”。她，这个尼娜，已经过三十岁了……现在活着的话，已经是个上年纪的人了。（从墓碑上拣起一枝花，闻了闻）还是鲜花呢……有人早上放的。

他 （低声）您别碰它。

［她突然醒悟过来，注视他，后来微微点点头。

她 我的上帝啊……请原谅我……

他 （微笑）为什么呢？

她 我老是在说说笑笑……总是在开玩笑。

他 没什么。

她 （突然一下子明白过来了）这就是您逗留在这里的原因……就是因为这个。

他 天完全黑下来了。我们走吧。

［她一句话没说，飞快地跑步离开他。

八　她的第二十六天

［下午。细雨蒙蒙。疗养院铁栅栏的大门旁，莉吉娅·瓦西里耶夫娜撑着伞坐在皮箱上。她穿着朴素的旅行服装，裹着头巾。身旁放着另一个皮箱和一网袋苹果。

她 （轻声唱）

我漂泊在天涯海角，

旱獭随我到处奔跑……

［罗吉昂·尼古拉耶维奇走到大门口。莉吉娅·瓦西里耶夫娜看见他以后，不再唱歌，惊恐地望着他。

他 合上伞吧……雨停了。

她 真的吗？

他 您不难为情吗？

她 （淡淡地）难为情？……为什么要难为情？

他 我到处找您……

她 是吗？

他 您到哪儿去了？

她 什么时候？

他 我们没见面的这两天……

她 我去远足了。

他 不。您躲着我！

她 我没躲着。只不过是决定把最后几天用来旅行。（振作起来）归根结底，我应该不应该去旅行？

他 那您在这里干什么？……穿着一件怪衣服躲在这里……坐在皮箱上！……还有一袋苹果。

她 我在等出租汽车……我要走了。我的丈夫……他爱吃苹果。

他 您的火车晚上开，而现在是早晨。

她 （努力保持自己做主的样子）但是我忽然想去里加市玩玩……临走前到我喜爱的咖啡馆去看看，那里总是卖非常好吃的苹果蛋糕。

他 好极了！……您决定临走前去咖啡馆看看，却不想同我告别！您决定利用我早上进城做手术的时机，悄悄地离开疗养院。

她 （无辜地）为什么说是悄悄地？小心上帝惩罚您……我已经出院了……同大家都握手告别了……

他 那您为什么不来同我告别？

她 不想去。

他 那为什么呢？

她 我不知道。我有许多行为连自己都说不清楚。

［停顿。

反正我的疗养期今天结束了……

他 可是您自己说过，您还有十天时间。你们杂技团九月十日才开始演出……还有，我是可以给您延长一周治疗时间的，这没问题。

她 那又何必呢？

他 （语无伦次）总之，您还没完全恢复健康……您的动脉粥样硬化症……

她 （有点得意扬扬地）迟了！我出院了，我已经吻过维尔塔·瓦吉卡了，我的床位已经有人住上了，东西收拾好了，出租汽车立刻就来。

他 活见鬼，您为什么这样急于回莫斯科？

她 我必须立刻回去。我丈夫这几天要到首都来，而他又非常盼望着见我，一直在盼望这件事。

他 他不会盼望。

她 我对您说——他会盼望的。

他 您说谎！他根本就不会盼望。

她 （突然沮丧起来）也许我是在说谎。（绝望地）那怎么办呢？

他 真的，那怎么办呢？（沉默片刻）您别难过。我同您谈话的腔调很不好。我简直太放肆了——这一点毫无疑问。

她 是的，是的，一切都糟透了。

他 糟透了？

她 当然是的！我的大皮箱上面的拉链忽然坏了，因此箱子里的东西老是露出来。

他 确实难看……但是，至少可以修得好。

她 看来是我在收拾东西的时候太着急的缘故，……毫无疑问，我办事不应当这样生硬！（摊开双手）上帝知道，我今天多不走运！……

他 （忧郁地）我也是。我收到女儿来信……您是知道的——我一直在盼着她来……

她 结果怎么样呢？

他 她不来了。

她 出了什么不幸的事？

他 没有……总的来说，没有。如果理智地看待这件事——那算不了什么。

她 （轻轻地碰一下他的手，几乎是低声地问）到底出了什么事?

他 您知道……我对您说过，我的女儿、女婿在日本。女婿是个非常可爱的人，有一段时间还是个运动员，现在经过冷静考虑，决定不做运动员了。女儿每年都要到我这儿来度假……她理解我……但是去年没来成。因为女婿当时必须去苏呼米探望他的姑母。总之，没来成……本来我对今年秋天抱很大希望，但是……又没空了。他们要到撒马尔罕去。因为从来没去过那儿……回来的路上又要在莫斯科办事，还有……总之，她未必来得及到这儿。（沉默片刻）当然，总有点遗憾……我早就做了种种准备。买了各种有趣的饮料，各种各样的糖果……是的，还有，我还买了一只新的、造型特别奇特的长沙发……（默然一会儿）总之——很可惜。女儿说，明年夏天一定来……（十分激动，不再作声）

她 （轻轻地）鬼知道是怎么回事。

他 您指什么?

她 什么也不指。

［无语相对良久。

他 看来只好如此。

她 您指什么呢?

他 （笑了一声）我也是什么都不指。

她 出租汽车来了。

他 是的，来了。

她 司机把车停在指示牌那儿了，我去叫他开过来。

他 （叫道）等一等！

她 什么事？

他 （着急地）我想说……我头脑里突然闪过一个很不错的主意……女儿的房间完全空着……还有，请您注意，屋里我都收拾好了……房间面向着大海，因此，您完全可以在那里住个把礼拜……请相信我，我绝不来打扰您。如果您愿意的话，我完全可以不在您跟前露面……然而，从另一方面来说，晚上为什么不能一起喝点茶……吃点果酱呢。

她 罗吉昂·尼古拉耶维奇，我非常难过……但是请您相信——这完全不可能。

他 到底为什么呢？

她 不，不，……永远不行！（跑向出租汽车等她的地方）

［他走到她的皮箱前，望着她的背影。

九　她的第三十三天

［罗吉昂·尼古拉耶维奇的别墅。一张饭桌上餐具已经摆好，略显隆重的样子。莉吉娅·瓦西里耶夫娜和罗吉昂·尼古拉耶维奇犹豫不定地在屋里走来走去，一直没有坐下来就餐。

［黄昏即将来临，但是太阳尚未落山。天空晴朗。

八月底一个平静无风、凉爽适宜的日子。

她 您在找东西吗?

他 这一个礼拜您把这里的东西都重新布置过了。毫无疑问，屋里显得舒服多了……不过，我想说，有点不习惯。比如，我怎么也找不到自己的衬衫，就是我已经习惯穿的那几件衬衫。

她 您别生气，我昨天洗好以后放在小橱里了。

他 您错了。我的衬衫自己洗。这样做能增强我的信心，甚至在某种程度上能使我感到兴奋。

她 但是，把掉下来的扣子缝到衬衫或西服上，未必是您的嗜好。

他 这种事我总是拖。不过，这几天我的扣子都神秘地自己跑到衣服上去了。

她 哎，应当承认，我一直不断地给各式各样的西服缝扣子，已经缝了快四十年了。

他 我只有感到自豪了，因为我的西服也加入了这个光荣的大团体。

她 亲爱的罗吉昂·尼古拉耶维奇，您只要稍稍生一下气，立刻就会失去全部魅力。

他 许多事情我都不喜欢。

她 到底什么事情?

他 我自己也想弄明白。(看看表)晚了。该吃晚饭了。动手吧!

［他们在桌旁忙碌着。

请允许我祝酒。

她 我洗耳恭听。

他 （举起酒杯）我想谢谢您，莉吉娅·瓦西里耶夫娜。

她 就这些吗？

他 您答应“洗耳恭听”来着。我重复一次祝酒词。（富有感情地）我感谢您，莉吉娅·瓦西里耶夫娜。

她 这回说得动听多了。

他 我从来都是喜欢简要的祝酒词。

她 做得对。酒杯斟满了，何必拖时间。

他 这一点我们意见一致。妙极了！

［他们开始吃东西。

她 应当承认，您买的奶酪很好。毫无疑问，比我前天买的要好得多。

他 可是前天您买的肝浆灌肠好吃极了。今天我买的香肠就差远了。

她 这个意见我看值得怀疑。何况您今天买到了香喷喷的海鳗。还有，您系上这条特别漂亮的领带，也是件大好事。

他 这条领带还这样时髦，这完全是想不到的，它已经用了三十年。

她 您的领带真漂亮。（斟酒）现在我们还要为什么干杯？

他 我想说的话，都说了。现在该您说了。

她 （举起酒杯）为八月干杯。同时也是为您干杯。因为您也是在八月出现的。您是同雨水、日出、拐角上的咖啡馆和古老的里加市一起出现的。我过去活着，一点不知道这些乐趣……现在一下子都出现了，这并非梦境——真滑稽！……我把这个八月看成是某种归宿……所谓告别音乐会。谢谢参加者。为八月干杯！

［他们饮酒。

（低声）您感到失望吗？

他 （声音非常轻）为什么？

她 因为我是一个爱唠叨的女人。

他 （犹豫一下）您是一个奇迹。

她 哎，不是……别说了。

他 那好吧，别说就别说。（沉默一阵）然而……为什么不说呢？

她 您知道的不比我差。

他 我不知道。

她 （沉默片刻）我非常珍视您今天留在墓地上的那束花。她那里永远会有花。每天早晨。这一点是改变不了的。

她 为了这一点，我感谢您。

他 （沉默片刻）这一周过得很好。

她 非常好。

他 您为什么笑嘻嘻的？

她 我算了一下，我们两个人的岁数加起来是多少。

他 这很可笑。

她 然而这一周过得很好。

他 是很好。

她 该走了。（看表）

他 出租汽车迟到了？

她 还有一会儿。

他 会来的。

她 当然会来的。（斟酒）最后一杯……为出发干杯！

［他们饮酒。站起来。

嗯，好像都结束了。

他 是的。都结束了。

她 我真怕……

他 怕什么？

她 （指着箱子）我可怜的拉链。

他 我把它修好了。

她 那太好了。（打起精神）我一坐上火车——万事大吉！我也就走了！我多么喜欢流浪呀！

他 （学她的腔调）流浪多好呀。

她 觉得自己挺自由……想上哪儿就上哪儿！……

他 美极了！

她 不受任何人的管束……您说，这不是奇迹吗？……

他 太吸引人了！……

她 归根结底，单身……他……（奇怪地挥挥手）啊？是真的吗？

他 （非常兴奋）单身？妙啊！

她 自己当家做主……自由自在！彻底的自由自在。

他 完全自由自在！……难道不是奇迹吗？

她 （朝窗外看看）出租汽车来了。

他 是的，来了。

她 谢天谢地。（沉默片刻）终于来了。

他 是的，您要走了。一切都完了。

［沉默。

地 （突然急忙地）您要是到莫斯科来的话，请一定打电话给我。

他 好的。谢谢。

她 我也感谢您。一切都很滑稽。

他 （同样急忙地）也许，我们会再见面的。

她 （不由自主地）当然，我们会见面的。

他 再见吧。

她 再见。（惊叫一声，真的吓了一跳）您为什么提皮箱！这有害于您的健康。不行。

他 我只是交给司机。……箱子不重。请等一等。（提箱子下）

［她快步走到床头柜，从抽斗里拿出一个镜框，把桌上一张女人的照片放进镜框。罗吉昂·尼古拉耶维奇返回房间。

都搞好了。可以走了。

她 我有个爱好……我喜欢做放各种照片用的镜框……您这里照片就这么放着……会沾上灰尘的。特别是军人的照片……这样不行。再次谢谢您……不用，不用，您留步吧！（跑步下）

［罗吉昂·尼古拉耶维奇孤独地站在屋子中间。久久地望着照片。然后走向窗口，看了看外面，转身回到桌旁，斟酒。看着酒，不喝。漫无目的地在屋里走来走去。四面顾盼，然后冲向

门口，停住，双手捧心口，苦笑一声退回到沙发椅旁。他轻轻坐下，闭上眼睛，似乎将永远坐在这个沙发椅子上。乐曲声悠扬而起。那是莉吉娅·瓦西里耶夫娜唱的杂技团之歌。乐曲渐响，接着我们听见她的歌声。歌词传到我们耳朵里，尽管不是很响亮，但是却很清晰。罗吉昂·尼古拉耶维奇默默地含笑坐在沙发椅上。

剧场圆顶高高，并非无意，
多少精彩的表演，多少惊险的技艺！
一位女演员在台前站立，
那清脆的歌声能叫您着迷！

呜呼！恰似流水无情义！
只剩下斑斑点点的回忆。
姣姣女星早被您忘记，
她却把您永记心底。

我们活着，期待奇迹，
我们在团里，才能创造奇迹。
我们活着，就要待在团里，
只有在团里，我们才光荣美丽。

［门轻轻打开。莉吉娅·瓦西里耶夫娜站在门口，慢慢地把箱子放在地板上。他从沙发椅上站起来，望着她。远处的音乐声渐渐沉寂，一片寂静。

她 我不能离开……真可怕……我让出租汽车开走了。

他 （轻轻地）谢谢……

她 我不知道怎么对你说。

他 你什么也不要说。（沉默片刻，笑了）你知道吗，我差一点没死去。

她 是的……很可笑……大概我一生只做了一件事，就是不断地接近你。

——幕落——

我可怜的马拉特

三部对话

—人物—

马拉特

丽卡

列昂尼吉克

—时间—

第一部：一九四二年三月至五月

第二部：一九四六年三月至五月

第三部：一九五九年十二月

—地点—

列宁格勒

第一部

一九四二年三月三十日

［芳坦卡大街上一幢半毁的大楼。楼中保存下来的少数住宅之一。

［屋里几乎一无所有：东西都烧掉了，只剩下一个笨重的食品柜，还有一张宽大的软榻。丽卡躺在上面，随手抓了一件东西裹在身上。时近黄昏，屋内一片列宁格勒春季暮色景象。

［门轻轻地打开了，马拉特出现在门口。他有点惊奇地扫视一遍房间，看见了丽卡。

［长时间的沉默。

丽卡 （不安地）您是什么人？

马拉特 你又是什么人？（稍停）不，真的，你在这儿干什么？

丽卡 我住在这儿。

马拉特 是谁放你进来的？

丽卡 扫院子的女工娜斯佳大婶。这套房子里没有死人。还有，这里的窗玻璃完好无损，整个一层楼就这么一块。简直是奇迹。（轻声地）你想把我赶走吗？

［马拉特什么也没回答。

别赶我。我在这里住了将近一个月。已经习惯了。

马拉特 （打量房间）这里原来有些东西……家具呀什么的……现在都在哪儿？

丽卡 我都烧了。

马拉特 全都烧了？

丽卡 全都烧了。

［马拉特默默地坐到窗台上。

您是谁？

马拉特 我从前住在这儿。这是我们家的房子。

丽卡 （稍停）那后来您到哪儿去了？

马拉特 流落在外面。（沉默片刻）听我说，这里，两扇窗子中间原来挂着一张水兵的照片，装在镜框里的……你没看见吗？

丽卡 我烧了。

马拉特 （生气地）嘿……你真有办法。烧了这张照片，你能得到多少温暖啊？……只不过是一小块硬纸片！……

丽卡 我不仅烧了这一张——这里原来挂着许多照片……（辩解似的）放在一起——毕竟起点作用。您知道，镜框烧起来多带劲？非常好的引火材料。

马拉特 你把食品柜弄得不成样子了。

丽卡 干吗这样说呢？它还好好的。我只从上面劈下几块小木片。

马拉特 你挺能干。（低声地）这么说，你把我的童年烧掉了？

丽卡 （不知为什么快活起来）现在我认出您来了……从照片上认出来的。您就是坐在小船上的男孩……还有，骑着自行车！……在小河道边上，同水兵在一起……因为我不是一下子全烧掉的……我先看一遍。

马拉特 那怎么样——我烧得挺带劲？

丽卡 您开什么玩笑？

马拉特 （严肃地）我要大哭一场。你同意吗？

丽卡 （低声）请原谅我。

马拉特 （转身）你干吗躺着？吃不消了？

丽卡 不，我刚从街上回来……没什么——我想暖暖身子。

马拉特 （嘲笑）这样怎么能暖和……（严肃地）你为什么不把食品柜烧掉？

丽卡 劈不动，太大了。

马拉特 （环视周围）这里……只有你一个人吗？

丽卡 就一个人。

马拉特 你不害怕？

丽卡 当然害怕，难道我是个傻瓜吗？打枪的时候并不觉得可怕：到底有点生气……可是突然静下来的时候……倒觉得怪可怕的。（疑惑地）我自己也不知道怕什么……街上不会有人进来……人家都以为我们这幢楼炸毁了。楼梯也勉强撑着，外人非常担心……实际上它挺结实，只不过外表看起来不行。我们这个单元里只剩两套房子住着人。不过一套房子里的人已经不出门了——我从店里给他们带面包来，帮他们收拾屋子……为此他们答应把家具送给我当柴烧——如果他们完全用不着的话……（沉默无语）

不，真可怕。

马拉特 六号呢？一个人也没有？

丽卡 空的。（稍停）是您的熟人吗？

马拉特 那里过去住着一个……叫廖莉娅的。她原打算秋天到梯比里斯去的。

丽卡 大概走了。

马拉特 你原来住在哪儿？

丽卡 六单元……

马拉特 我好像不记得你。

丽卡 战前我还小呢。

马拉特 六单元……是啊，您真不走运。

丽卡 连墙都炸毁了。

马拉特 （沉默片刻）当时家里有人吗？

丽卡 保姆在。我妈妈在前线，她是军医。我和保姆留下来了。她在我们家已经待了十二年，像亲人一样……当时我到花园街去领面包——这里就被炸了……我跑回来一看，一无所有——只有你们这幢房子还在。这是三月一号的事。后天就满一个月了。

马拉特 你自己怎么样……身体弱得厉害吗？

丽卡 一般来说，我觉得自己还好。因为今年冬天飞行员从妈妈那儿给我带来了三个包裹。（稍停）现在不会再有包裹了，因为他们再也找不到我啦。

马拉特 只要他们愿意，就能找到你。看来，你的运气挺好。

丽卡　您这个人真坏……

马拉特　你为什么用“您”同我说话呢……听起来怪滑稽的！（刺耳地）你几岁了？

丽卡　再过两个星期，我也许会满十六岁的。

马拉特　为什么——也许？

丽卡　什么事都可能发生。

马拉特　你别悲观了！明年我该满十八岁了……即使这样我也不紧张。我相信——会满十八岁的。

丽卡　我很小的时候，就想我满十六岁时会怎么样……想自己身上会发生什么变化。您记得吗——“十六岁以下儿童禁止观看此片”？当时总感到太委屈了！……不过，我当然常常混进去——因为从外表上看，我的岁数要大得多。（沉默片刻）如果活不到的话——那就太遗憾了。

马拉特　现在你活得到。

丽卡　也许活得到。因为现在我用两张配给卡维持生活。已经整整一个月了！保姆是一号被炸死的。

马拉特　你满足了。

丽卡　（稍停）您干吗这样开玩笑？

马拉特　因为我是个乐天派。不过运气没你好。（从衣袋里掏出两张面包配给卡看了一眼）我只剩下一天的了。三十一号，明天的。

丽卡　你不要……你不要哭。

马拉特　我不会哭的。我对一切都习惯了。

丽卡 （看了看配给卡）妈妈的？

马拉特 姐姐的。（低声）你看见——夹克衫上的这粒扣子吗？是她早晨给我缝上的。就是今天。

丽卡 你住在她那里吗？

马拉特 在石岛[1]上。战争一开始我就搬到她那里去了。房子小，又是木头的——只有两层……完全不值得去轰炸它。（稍停）八月份，她丈夫当民兵去了，她这个傻瓜，一个人留了下来。……当时我对她说，回家吧，那里本来就是自己的家嘛。可她却不愿意，她说我们石岛上比较好……还有，要是柯林卡真的回来呢？不，我应当留在家里！（沉默片刻）要是她听了我的话，现在就会坐在这里，（轻声）还活着。

丽卡 谁能预料到啊。（仔细端详马拉特一番）父亲呢？

马拉特 父亲原来在海军陆战队。四个多月没来信了。（稍停）什么都没留下来……连一张照片也没有。当时我从墙上摘下来就好了。……（看了一眼丽卡）

丽卡 （轻声）当时我不知道呀。

［附近某处一颗炮弹爆炸了。

不远。

马拉特 是啊。

丽卡 要我走吗？

1 列宁格勒的一个区。

马拉特　你能到哪里去呢?

丽卡　(谨慎地)那你也没地方可去。

马拉特　是的。

丽卡　这间屋子的角落里原来有一张小长沙发……

马拉特　要是留着，现在倒是可以用了……

丽卡　当时谁料得到呢……

马拉特　(稍停)你叫什么名字?

丽卡　丽吉娅·瓦西里耶夫娜……丽卡。你呢?

马拉特　马拉特·叶甫斯吉格涅耶夫。小名是马里克。

丽卡　要是有一个小床垫就好了……

马拉特　算啦——软榻够宽的。

丽卡　那怎么行……

马拉特　咱们俩睡得下。你头朝墙，我头朝门。

丽卡　(沉默片刻)不行。

马拉特　为什么?

丽卡　总归不大好。

马拉特　你还是个小姑娘呢。

丽卡　(迟疑地)瞧你说的。(想了一想)如果把软榻劈成两半呢?

马拉特　里头是弹簧……小傻瓜。

丽卡　明天反正要试试看。

马拉特　到各家各户去找一找——也许那儿有东西剩下来。

丽卡　已经有人找过了。

马拉特 （坐在软榻边上）我们凑合一下吧。

丽卡 （轻声）好吧，幸亏剩下两个枕头。（递给他一个枕头）不过，你离远一点。

马拉特 （轻蔑地）好吧……

［沉默。

你……笑什么？

丽卡 （怀着快活的惊奇神情）你在喘气哪……

马拉特 那还用说，我在喘气。

丽卡 （勉强听得见）这一下寂静被打破了……

马拉特 别再嘟囔啦……

四月四日

［屋里出现了一个旧床垫，马拉特睡在上面。墙角整整齐齐堆着一垛木柴——那是食品柜的全部残余。

［早上五点多钟。远处有射击声。

丽卡 （刚刚醒来）马里克！……马里克……

马拉特 （醒来）啊？……你怎么啦？……

丽卡 空袭警报，马拉特……

马拉特 真是胡来……几点啦？

丽卡 五点多……

马拉特　（突然生起气来）你干吗要吵醒我？

丽卡　你在这里只待了五天。我并不知道你是怎么看待空袭警报的。

马拉特　怎么，怎么……讨厌它呗。

丽卡　（沉默片刻）你说，我们怎么办？

马拉特　我们爬到房顶上去吧……

丽卡　我们这里早就没有人值班了。

马拉特　为什么呢？

丽卡　因为我们的房子已经毁坏了，人家都以为这里是没人居住的地方。

马拉特　既然我们的房子已经毁坏了，那你干吗还要吵醒我呢……

［不远处落下一颗爆破弹。

丽卡　哎哟……

马拉特　你还是去地窖吧——就这么办。

丽卡　现在我不出去……因为会把暖气放走的。

马拉特　我还是弄不明白，你干吗要把我吵醒。

丽卡　那好吧……我们再睡吧。

马拉特　现在可睡不着了。（叹口气）我做了一个多好的梦啊！……

丽卡　什么样的？

马拉特　梦见白面包，带葡萄干的……后来音乐响了，还有，我同一个熟悉的小姑娘接吻。

丽卡　我不明白，你干吗要对我说这些话……

［近处一颗爆破弹爆炸了。

马拉特　算啦，我们到地窖去吧。

丽卡　他同意了……大家看看，多高尚的人呀。也许你不过是个胆小鬼？

马拉特　哼，看你说的……我在房顶上过了六个月，你知道我从房顶上扔下去多少燃烧弹吗？

丽卡　我不知道……她怎么——是你同班的？

马拉特　谁？

丽卡　你跟她接吻的那个小姑娘。

马拉特　这和你有什么关系？

丽卡　是六号的吗？是廖莉娅吗？

马拉特　就算是吧。

丽卡　想象得出……大概她在梯比里斯还混得不错吧。

马拉特　听我说……去她的吧。还在扫射呢。

丽卡　空房子有的是。明天你换个地方就是了。

马拉特　我不离开这儿。

丽卡　那为什么？

马拉特　没有我你会完蛋的。

丽卡　到目前为止我没完蛋，今后也不会完蛋。

马拉特　你说——呸，呸……[1]

丽卡　我不说——呸，呸！我运气好。

1　民族风俗，说“呸，呸”表示别失了好运气。

马拉特 （怒气冲冲）什么东西救了你？是妈妈的包裹。还有保姆——她留下来的配给卡！但是这些东西不会再有了！……除非我在某个地方被烧死，你就能从我的配给卡上得到点东西……但是，你别太指望这一点，因为我也是个交好运的人……呸，呸……如果你想知道的话，你过去做得不对！脱离了大家……像头小野兽，在这儿搞了个窝……

丽卡 （愤怒）别忙，什么窝？……

马拉特 当然是的！你一个人藏起来，脱离了大伙儿。完全脱离了！难道这样做配得上苏维埃儿童的称号吗？……

［这次爆破弹的爆炸地点更近了。

丽卡 这到底是怎么回事啊，上帝呀……（哭起来）

马拉特 （从床垫上站起来，走到窗口）大概是落在桥边了……喂，你嚎什么呢？

丽卡 你是个傻瓜！我算什么儿童？……

马拉特 那好吧——就算是姑娘……有什么了不起，能有多大区别！不管怎么说，你这样做是很不对的——完全脱离了人民的共同斗争，正是孤独的生活引起了营养不良症……

丽卡 这一切都是你这位聪明人自己想出来的吗？

马拉特 （愤怒地）如果你愿意知道实情的话，我告诉你，我吃的东西比你少一半，但是我的自我感觉几乎达到令人满意的程度！……这是因为我在做每一个普通的列宁格勒人应当做的事。甚至也许稍微超出一点。

丽卡 你只不过是个吹牛大王。

马拉特 不，我不是吹牛大王。

丽卡 （擦去泪水）那就是一个爱撒谎的家伙。

马拉特 这是另外一回事。

丽卡 这五天来，你不止一次对我撒谎。你说不是吗？

马拉特 我当然不否认。

丽卡 （忽然颇感兴趣地）那你为什么要撒谎？

马拉特 这样快活些。（尖锐地）还有，你听我说，别再脱离大伙儿了。今天我送你到生活服务队去，你会做一些有益的事。因为你的身体还是健康的——看着你简直难为情……你应当帮助那些身体衰弱的人。

丽卡 我是帮助过的……

马拉特 帮助邻居吗？那还不够。不足挂齿！应当全天为人民做好事。不知疲倦地——你明白了吗？

丽卡 好吧。

马拉特 什么好吧？

丽卡 我同意。

马拉特 不然你就整天坐着念屠格涅夫的书。难道能这样吗——全部图书都烧了，只留下屠格涅夫的书。

丽卡 要是我喜欢他的书呢？

马拉特 去他的——贵族之家的歌手！……难道他能鼓舞人吗？

丽卡 他能鼓舞我。

马拉特　好极了！今天我们就上服务队去，你去报个名。

丽卡　我已经说过了——好。（稍停）可是现在我们干什么呢？

马拉特　（愠怒地）不知道。

丽卡　（小心翼翼地）马里克……

马拉特　什么事？

丽卡　我们把小火炉生起来吧。

马拉特　不行。要珍惜食品柜。

丽卡　它的木板还多着呢。

马拉特　不太多了。

丽卡　也许邻居会留下一点家具的。

马拉特　（发火）你也不害臊吗？你在等人家死掉，好把他们的家具据为己有？……

丽卡　这太可怕了……太可怕了……（哭了起来）

马拉特　（走近她，坐到软榻上）听我说，别哭了……这样不行。你哭得太多了。

丽卡　从前一个人的时候，我没哭过……

马拉特　又是我的错？

丽卡　不是……但是你不应当那样想。我根本就不希望他们死，无论如何也不希望……我只是想，如果他们……不，不，是真的，这真可怕……（轻轻地啜泣）

马拉特　你真是个小傻瓜……简直是个小傻瓜。（小心翼翼地抚摩她的头发）

丽卡 （吓了一跳）你干什么？

马拉特 没什么……我这是在安慰你。

丽卡 是吗……

马拉特 不行吗？

丽卡 （稍停）可以。

马拉特 你别哭了——邻居会活下去的，我们也会搞到木柴。

丽卡 真的吗？

马拉特 当然啰。

丽卡 那我们现在就把炉子生起来……（温柔地絮语起来，祈求着）我们生炉子吧……春天就要到了呀……

［马拉特又抚摩她的头发。

生炉子……你听见吗，（微笑）马拉特·叶甫斯吉格涅耶夫？（突然不安起来）不，你别再安慰我了。

马拉特 我不啦。（抽回手来，从她身边挪开了一点）

［远方某处爆破弹的爆炸声。

丽卡 这是在车站那边。（沉默）马里克……你干吗这样看着我？……

马拉特 不谈啦。

四月十四日

［时近黄昏。丽卡站在桌子旁——她面前放着从小木箱里倒出

来的食品。马拉特走进来。

丽卡 （扑向他）马里克！……

马拉特 别忙！先分礼品……（递给她一朵纸做的红玫瑰花）现在您可以高高在上，让电影院所有的查票员都见鬼去吧！

丽卡 亲爱的马里克，这朵花你是从哪儿搞来的？

马拉特 跟一个家伙换的。这玩意儿妙极了——立刻使你想起甜面包。你看，还有……一小块白糖。

丽卡 谢谢……现在你闭上眼睛。走过来。（把他带到桌子旁）现在你把眼睛睁开。庆贺吧——来呀！……

马拉特 （轻声地）包裹……

丽卡 你怎么，不高兴吗？

马拉特 我的糖比起来就逊色了。

丽卡 永远不会！你愿意的话，我现在，此时此刻就把它吃掉！（把糖放进嘴里）多好吃呀！嗨，这个马拉特·叶甫斯吉格涅耶夫！我们也给他一块吧。我们咬一块下来。就这么办。

马拉特 他是怎么找到你的？……

丽卡 原来他是一个聪明的机灵鬼……你瞧瞧……炼乳，罐头焖肉……甚至还有果酱！还有一封信。妈妈身体健康，得了一枚奖章……

马拉特 你真幸福。

丽卡 亲爱的马拉特——你也会这样幸福的……你看好了。别愁眉苦脸的。我终于达到目的——我满十六周岁了！来，我们来开个宴会。

马拉特 这是她给你的。

丽卡 （严肃地）你是个坏蛋，马拉特。

马拉特 （轻声地）我们来开个宴会吧。

丽卡 （低声）这才像话……

马拉特 （望着她）从前有个国度，那里住着一个老头和他的老太婆……

丽卡 你说什么？

马拉特 这个你不懂。

丽卡 我就那么笨吗？

马拉特 不，你不笨。（严肃地、缓慢地）你是个什么样的人，我本来可以告诉你。可是我不说。

丽卡 那你就见鬼去吧。水开了……你开罐头吧。

[一颗炮弹在附近爆炸。

开始了。

马拉特 这是礼炮——向你致敬呢。

丽卡 （沉默片刻）这个玩笑开得很蠢。

马拉特 今天我是个笨蛋。可怜的笨蛋。我本来可以说明为什么，可是我不说。

丽卡 这样也好。你把罐头打开了？

马拉特 快打开了。我们吃一半。不许多吃。你明白吗？

丽卡 我服从。

马拉特 服务队的情况怎么样？

丽卡 我们检查了十七号……所有的住宅都走遍了。（略为惊异地）你知道，我一点也不怕死尸了。习惯了。这样好吗？

马拉特 大概是的。

丽卡 你挺聪明。

马拉特 聪明得很。

丽卡 你今天都干了些什么，你这个很聪明的人？

马拉特 修理自来水。如果我们让城里的人都用上自来水，那就好过点……已经是春天了……再过两星期就是五一节了。（沉思）你还记得……五一节吗？

丽卡 怎么不记得！有一次，我和妈妈还上过观礼台呢。

马拉特 （倔强地）这一切将来还会有的，会有的，会有的！

丽卡 不，再不会是这样的了。

马拉特 那到底会是什么样子的呢？

丽卡 我不知道。将来会是另外一个样子。

马拉特 更好一些吗？

丽卡 也许是的。不过你知道，是另外一个样子。

马拉特 我可不要别的样子，我就要原来的样子。

丽卡 可怜的马拉特。

马拉特 就算是吧。走着瞧。

［沉默。

丽卡 味儿香得简直叫人发疯。你闻到了吗？

马拉特 当然闻到了。（用鼻子深吸一次香味）

丽卡 可爱的焖肉……

马拉特 （站在炉子旁）它在锅里多好看呀……

丽卡 我们快点把它吃下去。

马拉特 （端着盘子）你要放一般多……不行，不老实！

丽卡 可是锅底是我的。你掰一块面包来。

马拉特 上帝呀，有的人日子过得真好啊……

［他们默默地吃着。

丽卡 （推开盘子）这真好吃呀，好吃极啦。

马拉特 （舔舔嘴唇）可是吃完啦。

丽卡 现在呢——吃炼乳。拿杯子来。

马拉特 一个杯子里放一勺。

丽卡 今天放两勺！

马拉特 好吧，放一勺半。

丽卡 还有饼干呢。

马拉特 一人两块。

丽卡 今天一人三块！

马拉特 谁是司务长？我是司务长。

丽卡 没有你，我早就完蛋了。我听过了。

马拉特 注意——现在我要演讲，就是说要发表祝酒词。

丽卡 就是说要发表祝酒词——这太滑稽了……（哈哈大笑起来）

马拉特 你安稳点吧。（站起来，举起牛奶杯子）我祝贺你，丽卡。一年前我也满十六周岁了。总之，我知道这是怎么一回事。祝你幸福，丽卡。丽卡……（沉思地）丽卡——这个名字有什么含义？我本来可以告诉你，可是我不说。

丽卡 好哇，多好的演说家！

马拉特 叫希特勒咽气吧。绝不放过他。丽卡万岁！（他们碰杯）现在呢，我来吻吻你的手。你是成年人啦——理应如此。（吻了吻她的手）你满意吗？

丽卡 叶甫斯吉格涅耶夫亲自吻过我的手。叫人永世难忘。

马拉特 你……你过去接过吻吗？

丽卡 （稍停）我爱妈妈，所以绝不会使她苦恼的。

马拉特 大概你的操行成绩都是五分？

丽卡 一点不差。你呢？

马拉特 从来没超过三分。

丽卡 这一点不难看出。

马拉特 这么说，你没同任何人接过吻？

丽卡 嗯，接过吻……就一次。

马拉特 （不知为什么慌了）为什么呢？

丽卡 不得已。（沉默片刻）年幼无知。

马拉特 （有点沮丧）原来如此。

丽卡 妈妈写信说，我应当疏散到莫斯科去。现在，她已知道我们的房子没有了，保姆去世了……她一定会想出什么点子来的。

马拉特　（沉默片刻）那也没办法，你去吧……

丽卡　那你……愿意让我走吗？

［沉默。

马拉特　（细声细气地）噢，别把我一个人撇下，丽吉娅·瓦西里耶夫娜。别走，可怜可怜我们小孩子吧。

丽卡　你是个傻瓜……

马拉特　毫无疑问。你简直不知道我有多笨。（严肃地）我本来可以告诉你，可是我不说。

丽卡　天黑下来了。你把炉门打开。

马拉特　暖气会散掉的。

丽卡　我要这样。今天是我的日子。

［马拉特略为打开一点炉门。房间抹上一层闪闪发光的金色。

（低声地）我们跳个舞吧？

马拉特　没音乐。

丽卡　不需要音乐。我们自己唱……慢圆舞曲——就是这首曲子……（低声唱起来）你知道吗？

马拉特　知道。

［他们一边哼着圆舞曲，一边慢慢地在屋里旋转。

射击声离得很远。

丽卡　马里克……

［他们停下来。

周围那么多的不幸，而我们却……这真可怕。

马拉特 （轻声）不是我们的错。

［他们又慢慢地在屋里旋转起来。后来他们的歌声停了。他们停止跳舞，依偎着，久久不作声。

丽卡 （激动得透不过气来）马里克……马里克……

［于是马拉特吻了吻她。

我的上帝啊，……现在会出什么事呢?

马拉特 （轻声地）我本来可以告诉你……（悄声地）可是我不说。

丽卡 （微笑，十分幸福）亲爱的……可怜的马拉特。

［门开了。列昂尼吉克摇摇晃晃地走进屋来。他什么也没看见，朝炉火迈去，沉重地倒在地板上。丽卡和马拉特一声不吭地向他扑去。

列昂尼吉克 （断断续续地）引火柴……一根易燃的引火柴……

四月二十一日

［一周之后。屋里出现一个自制木床。他们把列昂尼吉克安置在这个木床上。又是一个四月天的黄昏——窗外夕阳斜下。

丽卡 （站在门槛上）他在睡觉吗?

马拉特 （坐在列昂尼吉克身旁）是的。你怎么这样晚才回来?

丽卡 服务队有事把我拖住了。你喂过他了吗?

马拉特 我一到家就给他热了稀饭。他有点腼腆，非常怕医院。不知道是什么原因。这个人有点怪。

丽卡 是个怪人？

马拉特 是呀——一个有趣的家伙。不过挺可惜的，他把你包裹里的东西都吃光了。然而从另一方面说，他正在复原。

丽卡 起先我以为他得了肺炎。现在清楚了，他是感冒了，如果是肺炎的话，那他根本就挺不住的。

马拉特 是啊，他真可怜。人死的情景我是看够了。而这个人倒挺讨人喜欢的。

丽卡 全部问题在于他不像任何人。所有的人都像某个人。这个人却不像任何人。

马拉特 那么我像谁呢？

丽卡 （考虑一下）你同时像所有的人。

马拉特 我可真了不起！

丽卡 不，我这个大夫的女儿不是白当的。——一个星期就把他治好了。当然，你配合得很出色。

马拉特 一般来说，我是个出色的人物。同时像所有的人。真不简单。

丽卡 有意思。他的名字为什么那样滑稽——列昂尼吉克。

列昂尼吉克 （睁开眼睛）有时候他[1]本人也在想——为什么？

丽卡 你没睡吗？

1 列昂尼吉克在剧中常自称“他”，含有某种自嘲的意思。

列昂尼吉克　列昂尼吉克——确实挺滑稽。（笑了）当妈妈的什么事都会想到的。（沉默片刻）你的母亲还健在吗，马拉特？

马拉特　不在了。（微笑）我从来也没见到过她。

丽卡　你说话的口气简直太可怕了。

列昂尼吉克　为什么呢？马拉特是个男子汉，他爱父亲。

丽卡　你们俩都有点疯了。

列昂尼吉克　我们不是疯子。我们不过是看破了红尘。看破了一切。

马拉特　你听我说……你镇静一会儿。悲观失望对你有害。

列昂尼吉克　列昂尼吉克……毫无问题，挺滑稽的。（稍停）你们暂时别说话，我给你们谈谈情况。再说，就像满腹忧愁的马拉特说的，他吃光了你们包裹里的东西——现在你们是他最亲近的人。下面这番经历我一定要向别人谈谈……一个人放在心上有时实在不快活。（沉默片刻）我曾经热爱过自己的母亲。爱得非常深。父亲是个大忙人，在单位里忙得不亦乐乎，大家都称赞他。好像就我一个人不知道他到底好在哪儿。尽管他每个星期天从两点到四点都要同我认真谈谈，不过……他总觉得我比自己的实际年龄要小两岁……（沉思）大约五年前他去世了，就在我生日的那一天——那一天我正好满十二周岁……许多人到墓地去悼念他，异口同声说他是个非常好的人。也许是的。我没异议。但是，他去世了——我的生活丝毫没有变化……只不过伙食差一点。（突然笑了）妈妈对我来说就是一切——她是个欢乐的、滑稽的、善良的人。我们像两只永不分离的猴子，处处在一起。后来出现了一个人……一个人……她简直把我忘了——你们明白吗？为什么这样呢！……他并不见得那么年轻，一点也不漂亮，总是轻轻地唱歌给她听……每逢晚上我听到他们在隔壁房间里跳舞……两个人！战争开始以后，没批准他参军……怎么行呢——他眼睛近视得非常厉害：猫狗都分不清。幸亏他不是那种惹人厌的人——飞机轰炸的时候，他并不怎么惊慌。饥荒开始了……我看见他们的身体越来越衰弱，到元旦的时候，彻底垮了。（尖锐地）你们听我说——我可怜他们，可是也不能原谅他们……（急忙地）有一次，情况已经非常糟了，我看见妈妈把自己的一部分面包塞给他。他什么也没注意到就把它吃下去了。妈妈一天天衰弱下去。但是因为他近视，所以分不清伙食数量上的区别。但是我看得一清二楚！……甚至在弥留之际，她还朝他望着……尽管离别的话是对我说的——你照看照看他，列昂尼吉克……（沉默片刻）从前他不太注意我，现在一切都变了；他开始给我讲自己一生中的各种经历，还有他在没遇到妈妈之前，生活得多么不快活。有时候他甚至轻轻地给我唱歌，就是他给妈妈唱的那些歌。他说，他年轻的时候，是业余文娱活动的中坚分子，还得过奖。有一次，他朝我看了很久，后来突然说道：你真像她呀，列昂尼吉克。从那一天开始，他把自己的面包常常塞给我——我当然没拿，可是他怎么也不安心。有时候他骗过了我，就高兴得不得了。我知道，我应当原谅他的一切……我应当爱这个人——可是我不能！……一直到临死的时候他才突然明白了一切，并求我原谅……他死去的时候，我哭了，尽管我没原谅他……我做不到。现在我也做不到。

［他长时间地沉默无语。他们望着他。

你们看，我是怎样了解到爱情是什么东西的。

丽卡 （低声地）不过，这可是真正的爱情。美好的爱情。

列昂尼吉克 只有我一个人永远不能理解这一点。

马拉特 你是个奇怪的小伙子。你干吗说这些呢？

列昂尼吉克 我不知道。有时候他觉得挺可怕。现在这段故事你们也知道了。（微笑）也许他会好受一些？

丽卡 （沉思地）一个人为了别人，应当永远牺牲自己的一切。

马拉特 哎，这不是事实。

列昂尼吉克 （向丽卡）你怎么不吱声？

丽卡 （低声地）我不能忘记你讲的事。

马拉特 噢—噢—噢。

丽卡 （猛醒过来）什么？

马拉特 过站了。

［沉默。

丽卡 你想做一个什么样的人，列昂尼吉克？

列昂尼吉克 （微笑）诗歌作者。

丽卡 做一个诗人？

列昂尼吉克 哎……这么说多好听呀。

丽卡 你呢，马里克？

马拉特 驯狮人。

丽卡 （惊奇地）你在开玩笑吧？

马拉特 你们朝这儿看看……（把两段木头放在地板上，然后架上一块木板）建桥！（突然激动地）把两岸连接起来，你们明白吗？难道没意思吗，丽卡？

丽卡 也许有意思……（向列昂尼吉克）妈妈一直想让我做医生……所以我从小就下了决心：我将来当医生！不过不是一般的医生，不是穿着白大褂、黑套鞋，给人量体温的医生。不是这种！而是医学研究者……开拓者，你明白吗？

列昂尼吉克 当然明白。

马拉特 （细声细气地）应当听妈妈的话。只有坏丫头才不听妈妈的话。

列昂尼吉克 喂，请你少说几句吧。

马拉特 （用难听的鼻音哼出来）妈妈，我要小便……

丽卡 （走近马拉特）你想挨耳光吗？

马拉特 （突然驯服地）该睡觉了。（躺到自己的沙发上）你们说得轻点。我明天一大早就要上班。

列昂尼吉克 （沉思地）最困难的还是理解自己。

丽卡 （感兴趣地）你这样认为吗？

［远处炮弹爆炸声。

四月二十九日

［一个阴沉多风的春日。

［丽卡和列昂尼吉克从外面走进屋来。

列昂尼吉克 你累了吗？

丽卡 累坏了。（环视屋子）马拉特没来过。

列昂尼吉克 他会回来的。你听过今天的战报吗？我看我军在南方准备……某种行动。

丽卡 要是也在我们这儿搞就好了！……冲破围困——你知道我梦见过多少次？……

列昂尼吉克 （非常温柔地）你歇一会儿吧……今天你的工作挺累人的。

丽卡 不愉快的工作——这样说准确些。（躺到软榻上）有一点使我感到可怕：我们对一切都习惯了……习惯了。

列昂尼吉克 那也没什么……这样对我们会有好处的。

丽卡 在哪儿？

列昂尼吉克 在战争中。

丽卡 （突然感到惊奇）你要上前线去吗？

列昂尼吉克 秋天大概会征召我们入伍——我和马拉特同年。

丽卡 （苦笑）也许突然之间……活不到秋天呢？

列昂尼吉克 （沉思地）也可能等不到秋天。

丽卡 （朝他望望）你有什么打算吗？

列昂尼吉克 没什么。我利用自己的可怜处境，什么事也不考虑。他总共才出门两天。坐在完好无损的长凳上，看你们收拾院子，搬运尸体。（沉默片刻）我们去把邻居的家具搬过来吧？

丽卡 我不想。我们挺得住。（突然惊叫一声）马拉特在哪儿？……

列昂尼吉克 黄昏的时候市中心遭到扫射，他可能在别人家过夜。

丽卡 （激动地）在谁家呢？

列昂尼吉克 修水管的不止他一个——那儿有他的朋友。……你记得吗，他说过——一个神奇的尤拉·舍伊金和非常不一般的斯维塔·卡尔采娃。

丽卡 斯维塔……斯维特兰娜。这姑娘的名字像工厂的名字一样！[1]

列昂尼吉克 （微笑）你嚷嚷什么？

丽卡 （从软榻上跳起来）看啊，留下来过夜……我想象得出！你根本不了解这个叶甫斯吉格涅耶夫！……再说他是一个爱撒谎的人……他撒谎，骗人！时时刻刻都在撒谎。有一次他拿回来三百克小米。我问他从哪儿搞来的？他说是一个小女孩掉到冰窖里去了，他救活了她。她的父母送给他这点小米，表示感谢。后来才弄清楚，他根本没救过什么小女孩，实际上是用皮帽子去换来的。……还有呢——你还会大吃一惊的，列昂尼吉克！……

列昂尼吉克 好吧，我大吃一惊。不过现在不要说。以后再说，

---

1 列宁格勒有一个工厂叫“斯维特兰娜”。

行吗？

丽卡 （生气了）你怎么——对马拉特不感兴趣？

列昂尼吉克 感兴趣，不过有时候不感兴趣。

丽卡 （不赞成地）你有点儿孤僻……（略感兴趣地）听我说，你真的会写诗吗？

列昂尼吉克 （微笑）试试。

丽卡 你念一段。

列昂尼吉克 诗挺蹩脚的。不像话。

丽卡 （怀疑地）你不过是在摆架子。

列昂尼吉克 不是。

丽卡 （感到惊奇）那你到底干吗要写诗？

列昂尼吉克 还抱着一点希望——也许有朝一日我会写出好诗来的。

丽卡 （哼了一声）你这人真可笑……

列昂尼吉克 能笑死人。

丽卡 你脸上抹了些什么？来，我给你擦掉……我用口水把手帕打湿，然后……（笑了）小孩都是这样的……

［马拉特走进屋子。

你的眼睛真蓝啊，这才是真正的蓝眼睛啊！

马拉特 （细声细气地）蓝蓝的，蓝蓝的。

丽卡 亲爱的马拉特！

马拉特 就是本人。

列昂尼吉克 （快活地）我不是说过嘛——他会回来的。

丽卡　你的手怎么啦?（惊呼一声）你受伤了?

马拉特　（不在乎地）有那么回事。

丽卡　什么事?

马拉特　算啦，不提吧。

列昂尼吉克　你不该这样粗暴……丽卡整天在替你担心。

马拉特　荣幸之至。她是一个热情的姑娘。向你致敬。

丽卡　你在胡说些什么?

马拉特　我不是在胡说……（转身向他们，尖锐地）我俘虏了一个德国伞兵。

列昂尼吉克　你?

马拉特　昨天没让我们去修水管，派我们到基洛夫工厂附近去修防御工事——那里有些设施坏了。是这样的，黄昏的时候我们都规规矩矩地登上了应当去的高地——这时射击就开始了……我们躲在掩体内过了一夜。夜里我醒过来了，想出来看看每个人的情况怎么样。走出来一看——一片漆黑，下着毛毛雨……突然我模模糊糊地看见——有个人朝倒塌的大楼爬去。我跟在他后面——别动，浑蛋！……他反抗起来——用刀把我的手划破了。没用。我解除了他的武装。一阵短暂的搏斗之后，我把他交给了赶到现场的战士们。

丽卡　（抚摩他包扎着的手）你……是个真正的人，马拉特。

列昂尼吉克　好样的。没说的。我羡慕你……叶甫斯吉格涅耶夫。（仔细地朝他们看了一眼，慢慢地走出屋子）

丽卡 （轻声地）我为你急死了。

马拉特 （忽然温情脉脉地）真的吗？

丽卡 你完全变样了，马拉特，跟从前不一样……你好像在离开我。你别离开我，你想想，我们在一起相处得多么好。

马拉特 我是一直记在心里的。（长久的沉默）不是我，而是你在离开……有时候我甚至觉得你已经完全离开了。

丽卡 （轻声地）没有……（特别亲热地）我在这儿，马里克。（朝他望了一眼）你怎么啦？……眼泪汪汪的？

马拉特 （生气地）唉——我真恨自己……一个可怜虫。

丽卡 （莫名其妙）为什么？

马拉特 算啦……见鬼去吧！（在屋里走了一圈）现在你听我说——应该离开服务队；你有能力做更多的事。我在医院里谈了你的情况；你去当助理护士……

丽卡 什么时候给你包的手？

马拉特 黎明的时候。

丽卡 我给你重新包一下。

马拉特 不必了。你要考虑到——医院的工作会把你累哭的。不过需要这样做。需要——你明白吗？

丽卡 我还是给你换换药吧。我有一个急救包……服务队发给我们的。

马拉特 我不愿意，明白吗？你先当一两个月的助理护士，然后去考护士。既为大家干好事，你自己也不吃亏。你同意吗？

丽卡 是的……伤口需要冲洗。一定要，马里克……（拉住他的手）

马拉特 对你说不行！……

丽卡 可是我会呀。服务队都教给我们了。我会给你包得特别好，你看好了。

马拉特 （突然沮丧起来）那好吧……

［列昂尼吉克返回，站在门口。

丽卡 现在你别动。安静地坐着。（开始小心翼翼地解绷带）那个德国人有劲吗？

马拉特 有劲。

丽卡 个子很大吗？

马拉特 一般。

［丽卡解下绷带，久久地望着他的手。

（犹豫地）那个德国人够厉害的。

［丽卡转过身来，看见列昂尼吉克。

丽卡 伤口多深呀……我马上冲洗一下。就这样……（望着马拉特的眼睛）怎么……痛吗？

马拉特 （轻声地）痛得厉害。

丽卡 （开始给他包扎手）会好的。

列昂尼吉克 （走近马拉特，轻轻地拍一下他的肩膀）伙计，忍着点……

丽卡 （严厉地）别碰他。

五月四日

［阳光灿烂的晴日。屋里只有丽卡一个人。她在洗东西。马拉特进屋。一阵尴尬的沉默。

马拉特 （不知是胆怯地，还是蛮横地）你好！

丽卡 早上我们见过面。

马拉特 记得挺清楚。（沉默片刻）列昂尼吉克在哪儿？

丽卡 出去散步了。医生批准他从明天起干活。

马拉特 医生真不错。列昂尼吉克真不错。我们都不错。他多亏我们。

［丽卡忧郁地长叹一声。

我应当闭住嘴了吧？

丽卡 随你便。

马拉特 你上医院去过吗？

丽卡 没有你的忠告我也活得下去。（几乎无动于衷地）你为什么这样早就回来了？

马拉特 宣布休息了。

丽卡 你这样装腔作势还没感到厌烦吗？

马拉特 （胆怯地）哎，你朝我看看。

丽卡 （没放下活）为什么？

马拉特 （轻声地）你已经有六天不愿见我了。

丽卡　也许你从冰窖里又救上一个小女孩了吧？……或者又抓到一个伞兵？

马拉特　（严厉地）抓了四个！（握紧拳头，低下头来）

丽卡　你怎么能这样愚弄人？……周围那么多的苦难，孩子们就在身边死去，而你却能（严厉地）……你说老实话吧，你手上的伤是哪儿来的？

马拉特　（稍停）摔倒了，碰在铁丝上，扎破的。

丽卡　（突然平静下来）服务队到底教会了我一点本事。是铁丝。我一下就猜出来了。（沉默片刻）幸亏给你的伤口抹了点碘酒，否则会感染的。（带着有点过分怜悯的神情，望了望他）可怜的孩子……

马拉特　丽卡……

丽卡　别吱声！我在列昂尼吉克面前替你害臊，我也撒了个谎："伤口多深呀……"一想起来就恶心！你呢，不吱声，你还指望我相信你。（突然轻轻地说道，几乎伤心地）你本来不会这样做的，如果你对我哪怕有一丁点儿……（激怒了）你笑什么？

马拉特　（狂怒地）谁对你说我在笑？……

丽卡　过去点！你简直无法想象我是多么鄙视你。

马拉特　（轻声地）鄙视我？

丽卡　是的。这件事到此为止。永远结束了。

马拉特　（几乎听不见地）这一点你错了。

丽卡　（转身）你说什么？

马拉特 错过了。

［丽卡端起洗衣盆，走出屋子。马拉特取出自己的小箱子，匆匆忙忙地把一些杂七杂八的东西放到箱子里去。回头望望，把一小张纸放到箱子上，迅速地写起来。

列昂尼吉克 （进屋，看见马拉特）你怎么来得这样早？（走近他）又有两条线路的电车通车了……

马拉特 （继续写）有那么回事。

列昂尼吉克 隔壁大楼的水管子开始放水了。是你干的吗？

马拉特 喂，对着阳光站着——让我看看你。你呀，蓝眼睛，列昂尼吉克……（细声细气地）蓝蓝的、蓝蓝的，绿的红的球……（突然拥抱他。走近丽卡的沙发，把纸条放在她的枕头上）你交给她！（提起箱子，几乎跑向门口）

列昂尼吉克 （不安地）你到哪儿去，马拉特？

马拉特 （快活地）上澡堂去！

［丽卡回到屋里来，马拉特夺门而出。

丽卡 他跑哪儿去了？

列昂尼吉克 他确实是个怪人……到澡堂去……当然是撒谎。

［丽卡沉默了一阵子，然后痛哭起来。

看你，丽卡……别哭了……别哭了，亲爱的……

丽卡 （抓住他的手）听我说……听我说，列昂尼吉克……（轻声地）也许我爱他。

列昂尼吉克 （稍停）这你本来是不必对我说的。

丽卡 他经常撒谎……伞兵那件事是他编出来的——手上不过是碰伤了一点……当时我瞒着你，我替马拉特害臊，不过我再也不能这样下去了——你同他谈谈吧。你是我们最亲近的人，列昂尼吉克。

列昂尼吉克 （突然地）你们都是傻瓜！（没把握地）正当周围发生最沉痛的悲剧时刻……（生自己的气）无论怎么说，这太不严肃了。你们还是些毛孩子。

丽卡 （叫道）毛孩子？……这是谁对你说的？

列昂尼吉克 （沉默片刻）他留了一张字条……在这儿。

丽卡 （擦去泪水）哎，这个不幸的撒谎大王又编造了些什么？“给你和列昂尼吉克”。这是给我们俩的。（把纸条交给他）你念吧。

列昂尼吉克 “好吧——我没抓到过伞兵，这是真的。然而我却结识了阿尔焦莫夫少校。这是一位可贵的人。那天夜里我和他畅谈了一次。我用不着等到秋天和征兵。一切都谈好了，现在我同你们告别。我要报仇，报仇。我保证，你们会听到我的名字的。丽卡，祝你身体健康，而你呢，列昂尼吉克，别灰心丧气。丽卡，你明天就到医院去，明天就去！完了。”

丽卡 马里克……（把纸条拿过来，朝它望了望）不，他在撒谎……他还在撒谎！我不相信他。他马上就会回来的……

列昂尼吉克 这回他没撒谎。

丽卡 你从哪儿知道的？

列昂尼吉克 那是因为他今天成了一个男子汉。（微笑）每个人都会发生这种事。

丽卡 你……也想走吗？

列昂尼吉克 他不是走了吗？（温和地）他没给我留下别的出路，你要明白啊。

[遥远的炮声。

丽卡 我的上帝呀！

列昂尼吉克 你怕什么？远着呢。

丽卡 现在每一次射击都是对准他的……只对准他。

列昂尼吉克 他是幸福的……

——幕落——

第二部

一九四六年三月二十七日

［还是那间屋子。但是很不容易认出它——因为战争结束了，生活又走上了和平轨道。黄昏时刻。丽卡，这个二十岁的、独立自主的姑娘，舒适地坐在软榻上，她身边放着教科书、课堂笔记。

［无线电低声广播着。广播员报告一九四六年三月的新闻。

［电话铃响。丽卡把无线电声音拨小一点，取下听筒。

丽卡 是的，是我……（停顿之后）哎哟，多庄严的沉默呀。有意思，这个沉默会被打破吗？请回答呀……（惊叫一声）什么……是你吗？……终于来了……你什么时候到的？……当然，我等你；我是昨天才收到电报的……可怕？我怎么能不感到惊奇？……四年没见面，你从阴间来了，不知你为什么站在楼下，而且我们还在电话里谈话！……请你马上到楼上来。现在有电梯……（放下听筒，从软榻上跳下来，心情十分激动，在屋里走了一圈。忽然笑了，接着有点伤心，照了照小镜子，试着把屋子整理一下——此时听到门铃声。快步走出，立即返回，回头望着门说）哎，你进来呀……

［列昂尼吉克穿着军大衣走进屋子。他长大成人了，变化很大。

列昂尼吉克 等等……（默默地走到沙发旁，坐下去，用手捂着眼睛）

丽卡 你怎么不说话呀？

列昂尼吉克 （放开手，微笑）四年来，我就梦想这个时刻。（从沙发上站起来）我可以吻吻你吗？

［丽卡热情地吻了吻他。

（环视一番）这里的一切变化多大啊……我的小木床曾经放在这儿，而这里是我们的小火炉……

丽卡 你干吗不脱大衣呢？

列昂尼吉克 你知道吗……这对他不太方便。（有点困难地脱下大衣，丽卡明白了：他左手是一支假肢）你看，就是这么回事。

丽卡 （不知为什么微笑一下）算啦，战争呀。在劫难逃。

列昂尼吉克 当然啦。（也笑了）说实在的，正是由于这个原因，他才打电话给你咕哝了半天……不想吓着你。

丽卡 上帝，我见得多了。你真走运。

列昂尼吉克 不完全走运。我是在敌人投降前一周的时候，在海拉尔失去左手的。当时有点苦恼。（像是在辩解）我给你写过信，告诉你我受伤了。在满洲里和哈巴罗夫斯克都写过……（不好意思地）哎，详情就不想谈了。

丽卡 我明白。

列昂尼吉克 （忽然笑了）听我说——难道我真回来了？一下子就回来了？……

丽卡 （也笑了）你回来了——真的！……

列昂尼吉克 今天早上他一看见涅瓦大街，还有远处的海军大厦顶尖……还有这世界上唯一的列宁格勒的天空……（发慌）我的话挺可笑吧？

丽卡 一点儿也不……（轻声地）我都明白。

列昂尼吉克 （塞给她一包东西）这是送给你的。

丽卡 皮鞋？……

列昂尼吉克 家里穿的，日本货……样子挺滑稽吧？还有，梳子也挺好的。

丽卡 （在镜子前试梳子）嗬，真像卡门！[1]……（转身向列昂尼吉克）谢谢……你是一个细心的、出色的、特别好的人。你想喝茶吗？

列昂尼吉克 正想呢。

丽卡 （把电茶壶通上电）那你就等一会儿。

[他们坐在那里互相望着。

列昂尼吉克 哎，你说话呀……

丽卡 说什么呢？

列昂尼吉克 这些年来你生活得怎么样。发生过什么事。

丽卡 我有时候想——什么事没有发生？大概都发生了。（沉默片刻）不过，你从我的信里都知道……从你们参军以后，我打听到妈妈已经去世……当时要走是不可能的——于是我就到医院里去了……还能上哪儿去呢？我就这样生活着——学习，工作……

1 法国作家梅里美的小说《卡门》的女主人公，吉卜赛女郎。

嗯，射击当然非常碍事。（笑）就是这样过日子的。

列昂尼吉克 现在呢？

丽卡 在医学院读二年级。

列昂尼吉克 总之，一切都如意？

丽卡 （迟疑地）不是一切都如意。

列昂尼吉克 （没把握地）你努力吧。

丽卡 （苦笑）并非全由我们决定。

列昂尼吉克 不，一切都会好的。

丽卡 你是这样想吗？

列昂尼吉克 坚信如此。（抚摩她的手，比常礼略显久一点）

丽卡 茶开了。

列昂尼吉克 好样的。

丽卡 谁？

列昂尼吉克 茶。开得是时候。

［沉默。

丽卡 （沏茶）你住在哪儿？

列昂尼吉克 堂兄弟家里。他早在春天就从疏散地回来了。这是什么果酱？

丽卡 木瓜。

列昂尼吉克 我跟他是不一样的人。不一定能合得来。（快乐地）实际上我就剩你一个人了，世界上唯一的亲人。

丽卡 唯一的？

列昂尼吉克　你和马拉特。我们三个人。四二年春天的事，永远忘不了。对吗？

丽卡　对。

［他们沉默无语，沉浸在回忆之中。

列昂尼吉克　果酱挺好吃。

丽卡　再盛点？

列昂尼吉克　好吧……你还记得我是怎样把妈妈寄来的蜂蜜吃掉的吗？

丽卡　（微笑）马拉特伤心死了。

列昂尼吉克　他只是装装样子——他总是给我增加营养……马拉特是个滑稽的人。（看了她一眼）

丽卡　是的。（稍停）今后你打算怎么办？

列昂尼吉克　他也不完全清楚。

丽卡　还不清楚？

列昂尼吉克　可能到报社去工作。三年的战地记者生涯不是白过的。不过报社只是个立足点。你知道，他带回来了一箱子的诗……

丽卡　怎么样——如今有好的诗吗？

列昂尼吉克　好的——还没有。将就过得去的——开始有了。

丽卡　那就不错。

列昂尼吉克　我把你的木瓜都吃了吧。

丽卡　我们不吝啬——吃吧，报社里的耗子。

列昂尼吉克　哎，不——第一年他在前线，那时战争对他特别客气，真奇怪。当时他还有一群朋友——但是活下来的不多了……是的，他总是非常走运的——甚至他走进了这个屋子，看见了你，并吃光了你包裹里的东西的时候，也是这样。

丽卡 现在你不走运了?

列昂尼吉克 现在看来也走运。你看，像以前一样，把你的东西都吃光了。（指着假手）他只有一次不走运。

丽卡 （低声地）这是怎么回事?

列昂尼吉克 抓到一个伞兵。

丽卡 你在说笑话吧?

列昂尼吉克 真的。

丽卡 （笑了）如果这是真的——那挺有趣。

列昂尼吉克 （稍停）他依然没有来信吗?

丽卡 没有。这些年来我只收到过他三封贺信。都是在我生日那一天寄来的。一九四三年、一九四四年、一九四五年……

列昂尼吉克 这些只是贺信吗?他没告诉你地址?

丽卡 没有。（她的口气中流露出绝望的情绪）没有！……（沉默片刻）再给你倒点茶。

列昂尼吉克 木瓜吃完了。

丽卡 那你啃面包圈吧。

列昂尼吉克 好吧，你再倒点……（尝了一口面包圈）不过……（用面包圈敲桌子）嘿，真够硬的。

丽卡 就着茶吃还可以。（热情地抓住他的手）列昂尼吉克！……（抱着希望）你想……他还活着吗？

列昂尼吉克 （微笑）大概在你过生日那一天会知道的。还有两个星期，贺信就该来了。

丽卡 他不会忘记我们的……对吗？

列昂尼吉克 （坚决地）他不敢。

丽卡 （忽然平静地，有点肯定地）他被打死了。

列昂尼吉克 他是个怪人。（稍停）面包圈根本不能吃。

丽卡 这么说，你不喜欢堂兄弟？

列昂尼吉克 不喜欢。他没有进取心。

丽卡 这是个重大的缺陷吗？

列昂尼吉克 我认为不小。

丽卡 你留在我这儿吧……看在老交情的面上。我们想办法隔一隔。

列昂尼吉克 （笑了，走近她，吻了吻她的鬓角）谢谢……时代不同啦。

丽卡 你要走吗？

列昂尼吉克 茶喝完了，木瓜吃完了，面包圈咽不下去了。

丽卡 （严肃地）你是个傻瓜吗？

列昂尼吉克 （考虑片刻）是的。

丽卡 你明天来吗？

列昂尼吉克 如果需要。

丽卡 我需要。

列昂尼吉克 那我就来。（下决心穿上大衣，但是未能立刻穿上）

丽卡 我帮你穿。

列昂尼吉克 （尖锐地）不需要。

丽卡 为什么？

列昂尼吉克 一切都由他自己干。（微笑）否则他就完蛋了。

丽卡 哎哟。

列昂尼吉克 胜利了！——大衣穿上了。（朝门走去）

丽卡 真奇怪，对吗？……结果我们彼此什么情况也没谈。

列昂尼吉克 你这样认为吗？

[他们又沉默了一阵。

明天见。（快步下）

四月十七日

[白昼已经结束了，但是屋里仍然充满春天的阳光。列昂尼吉克舒适地坐在窗台上看书。

丽卡 （走进屋子）你好。

列昂尼吉克 追究责任！你迟到了四十分钟！

丽卡 开大会呢。（莫名其妙地，但是快活地）你怎么跑到这儿来了？

列昂尼吉克 三周以来我成了这套房子特别受欢迎的人。你注意，现在邻居甚至夜里也会放我进来的。

丽卡 原来你是一个怪人。

列昂尼吉克 公众的宠儿！把你这儿所有的老太太都给迷住了。木霞大婶甚至问我——我是不是很快就要把户口迁到这儿来？

丽卡 （止住笑）那你是怎么回答的？

列昂尼吉克 （略为迟疑）我说，有关这个问题的材料要由你提供。

丽卡 这不是你最出色的玩笑。

列昂尼吉克 （失色）请原谅。

丽卡 你买电影票了？

列昂尼吉克 九点的。照原来说好的——巨人电影院。

丽卡 你真有本事。

列昂尼吉克 在这个问题上，我自己没把握。

丽卡 （轻声地）别生气，好吗？

列昂尼吉克 他并没有生气。可是他的处境特别困难。

丽卡 （无可奈何地微笑）我们别谈这个问题了。

列昂尼吉克 好吧……可以谈谈别的事。你做得对。非常对。不过，我有个想法……看电影前我们先到一家不太差的餐厅去吃顿晚饭。

丽卡 这个建议很好。不过，你不觉得你酒喝得有点过量吗？

列昂尼吉克 （严肃地）你知道，如果认为我是借酒浇愁的话，那么，大概离标准量还差得远呢。

丽卡 你又来了……

列昂尼吉克 （沉默片刻）我是个惹人厌的人吗？

丽卡　有那么一点。不过你得注意，你的身体并不那么好。下星期你到我们门诊部来检查一下……我已经联系好了。

列昂尼吉克　据我所知——我完了？

丽卡　战争结束了，亲爱的，该聪明点了。

列昂尼吉克　好吧。可是今天我们好好喝两杯。

丽卡　这是为什么呢？

列昂尼吉克　（从军便服里掏出钱）第一次收入。

丽卡　（高兴地）诗的稿费？

列昂尼吉克　讽刺小品《多尔米冬特是怎么修理的？》。

丽卡　（略感失望地）我还以为是什么大作的稿费呢。

列昂尼吉克　诗歌是买不到的。我们痛痛快快喝一顿吧？

丽卡　好吧，我豁出去了。

列昂尼吉克　我们要一瓶摩尔达维亚的葡萄酒“丽吉娅”……你记得吗，你生日那天，我们喝了整整一瓶。“丽吉娅”和你的名字一样。[1]你是喜欢的呀。

丽卡　非常喜欢。我喝了一瓶以后，就坐在那儿哭了一场。真荒唐。

列昂尼吉克　（谨慎地）也许它……电报……还会来的。

丽卡　不会来了——已经过去五天了。现在已经不是战时，邮电局工作正常，电报不会来了。不过，为什么不会来呢？他把我们忘记了……也许他已经不在人世了吧？（流露出不快的心情）你的看

1　丽卡是丽吉娅的昵称。

法如何，列昂尼吉克同志？

列昂尼吉克 （轻声地）别生我的气。我从战场上活着回来……而他没回来，难道是我的错？

丽卡 （稍停）你不相信他会回来？……

［列昂尼吉克没回答。

还有……你干吗相信这一点呢？……你要他马拉特·叶甫斯吉格涅耶夫干什么呢？

列昂尼吉克 （握紧拳头）你……你想说什么？

丽卡 你自己知道。

列昂尼吉克 （大叫一声）住嘴！

丽卡 （坐到沙发上）唉，真糟啊……

列昂尼吉克 （慢慢地走向衣架，取下大衣）我还是走吧……

丽卡 不！……别扔下我，听见吗？……（轻声地）如果你现在走的话，我会非常难过的。

列昂尼吉克 那我就留下来。

丽卡 谢谢。你是个好人。

列昂尼吉克 细心的、特别好的人。

丽卡 你以为我还在爱他吗？可是我几乎把他给忘了。我只记得自己——自己——当时是什么样子。勇敢的、快乐的和幸福的！似乎我仍然是那个一九四二年的小姑娘……处处听她的话。

列昂尼吉克 （走近她）我们到外面去散散步吧？

丽卡 不过你可别以为我是个不幸的女人……我在学习喜爱的专业，

将来当医生……现在有什么能妨碍我呢？
谁？（快活地）出去走走！（拿起大衣，决定帮他穿上）

列昂尼吉克 （尖锐地）我不是说过吗……你别帮他的忙！一切都由他自己干。

丽卡 请原谅……

［铃响两次。

这是来找我们的。你等一等，我去开门。（出去后立即返回）院子里的一个小孩送来一张纸条……（打开纸条）是马拉特写的！

列昂尼吉克 （跑到她身旁）他出了什么事？

丽卡 你念念……（把纸条递给他，扶着门几乎出了神，看了列昂尼吉克一眼）

列昂尼吉克 “我来了。现在我就上楼来。如果你已经忘了我，或者不愿再见我，那就对小家伙说一声。我会悄悄离去的。完了。苏联英雄马拉特·叶甫斯吉格涅耶夫。”

丽卡 （一动不动）他还活着。

列昂尼吉克 你看是吧。

丽卡 （急切地）应当告诉小孩……他在哪儿？（惊叫一声）他走了！……（冲出屋子）

列昂尼吉克 （忽然笑了）马里克……（莫名其妙地掏出梳子，梳起头来）

丽卡 （返回）你知道吗——过道里的灯泡坏了……

列昂尼吉克 你平静一下。

丽卡 我把大门给他打开了——亲爱的，这没什么，对吗？

列昂尼吉克 你怎么啦？

丽卡 头有点晕。

［丽卡在屋里走来走去。列昂尼吉克看着她。

我去接他……

列昂尼吉克 你披上大衣呀！

丽卡 没关系！（冲向门口）

［马拉特·叶甫斯吉格涅耶夫走进敞开的房门。他的军大衣敞开着；里面穿着一身军装，是近卫军大尉。尽管令人奇怪，可是他几乎没变，还像个小孩子一样，只不过饱经风霜，皮肤显得粗糙而已。他看见丽卡，默默地站了一会儿，似乎在研究她。

马拉特 你好。

丽卡 你还活着？

马拉特 当然啦。（向她走去，突然发现列昂尼吉克）是你呀？！（拥抱他，吻了吻）我们真走运……对吗？

列昂尼吉克 （微笑）是的，本来可能会更糟呢。

马拉特 你干过什么？

列昂尼吉克 步兵。后来是战地记者。你呢？

马拉特 侦察兵。

丽卡 马拉特！……你……你把我给忘了。

马拉特 他可是个战士呀，傻瓜。（吻了吻她）嗯，这下都好了。现

在看谁敢动我们一下。（脱下大衣）

丽卡 你说谁？

马拉特 我不知道。

列昂尼吉克 （看了看他的勋章）哎哟，金星勋章！……

马拉特 没想到吧。

丽卡 （悄声地）但是……你为什么不写信呢？

马拉特 别问为什么。重要的是我回来了。其余的都没有什么意思了。（向列昂尼吉克）难道不是这样吗？（看了他们一眼）等等！……你们结婚了吗？

列昂尼吉克 这个问题暂时还没有解决。

马拉特 伙计们，你们是好样的。

丽卡 三天之前……我多么焦急地等待你的电报。

马拉特 这样一来，我会破坏整个效果的……难道会得出这样好的效果吗？

丽卡 （略带嘲笑地）听我说，列昂尼吉克，这颗金星也许是他偷来的。

马拉特 （恼怒地）什么？

丽卡 有趣……我本来以为你牺牲了。

马拉特 你不了解我。（向列昂尼吉克）对吗？（拍了一下他的手，突然不吱声——明白那是只假手）原谅我……

列昂尼吉克 （似乎在道歉）有什么办法。

马拉特 （严肃地）这我不喜欢。

列昂尼吉克 （微笑）我也是。

马拉特 （尖锐地）我比你更不喜欢。

列昂尼吉克 为什么？

马拉特 以后有机会我告诉你。

列昂尼吉克 （向丽卡）看来我还得跑一趟商店……发表祝酒词的好机会。

马拉特 你把我看成什么人了，列昂尼吉克？（从大衣口袋里掏出一瓶白兰地）

列昂尼吉克 好极了。

马拉特 你没想到吧……（开酒瓶）丽卡，你不仅漂亮……而且非常像太阳。只能眯着眼睛看你。

列昂尼吉克 （斟上白兰地，举起酒杯）为什么干杯？

马拉特 （考虑一阵）喝杯闷酒吧。

五月二日

［又是一个阳光灿烂的日子。窗户敞开着。远处传来音乐声。

［丽卡在倾听马拉特的谈话。他在屋里不安地走来走去。

马拉特 ……从柏林出发的时候，我坐的是道格拉斯飞机。天气晴朗，万里无云，令人气愤的破坏景象看得一清二楚。（怀着某种内在的愤怒）秋天我去上大学。我一定去！以后我们开始建设桥梁。桥梁！神圣的事业。联结一切的东西。（沉思）我快满二十二岁了。从前我认为这已过了半辈子了。当然，这是胡说。（走近丽卡）当时，一九四二年的时候，我们什么事没幻想过呀……

丽卡 （苦笑）是啊……就好像在忙乱中偶然曝光的照相胶卷。

马拉特 两星期前我走进这间屋子的时候，我不知道这一切并不那么简单。一年前占领了柏林，但是只有在这里，在列宁格勒，我才明白，战争结束了，一去不复返了。

丽卡 这一点你感到惋惜吗？

马拉特 我有点儿害怕。

丽卡 害怕？

马拉特 哎，就是说孤独呀……就好像我又失去了家庭。（回头看看）一个亲人也没有。

丽卡 一个也没有吗？

马拉特 原谅我。我应当习惯起来……

丽卡 习惯什么？

马拉特 习惯生活。习惯你。（苦笑）我有时不相信自己还活着……还有，不相信你还是依然如故。

丽卡 （轻声地）那你就该相信……

马拉特 （他想自己的心事）这四年的时间，有时候觉得是几十年……真难以忘怀……

丽卡 你……爱过什么人没有？

马拉特 各种情况都有过。当然，也许不必谈这方面的事，但是我们还是正视一下现实吧。

丽卡 好吧，正视一下。

马拉特 你怎么啦？

丽卡 没什么。

马拉特 是的，挺可笑……在世上混了半辈子，结果对自己一无所知。（突如其来地）你了解自己的一些情况吗？

丽卡 （暴躁地）一切都了解！

马拉特 （尖锐地）这个"一切"是假想！

［丽卡没回答。

你带的颈饰真漂亮。

丽卡 喜欢吗？这是你送给我的。

马拉特 你别撒谎……什么时候？

丽卡 （怀着一种狂喜的心情）去年我生日的那一天。一个老太太出售这个颈饰……虽然钱是我付的，但是我相信这是你送的……而且将来永远相信。

马拉特 （稍停）谢谢。（走近窗口，然后转过身来）颈饰的故事是你……编的吧？

丽卡 也许是的。

马拉特 这个故事至少很动人。

［屋外传来圆舞曲的乐声。就是一九四二年他们在她生日的那一天跳舞的那首曲子。

你记得吗？

丽卡 （轻声地）记得……

［他们默默地站在那里听着。

后来列昂尼吉克进来了……

马拉特 把你包裹里的东西都吃完了。（看了看表）顺便问一句，他在哪儿？我们本来说好三点钟见面的。

丽卡 会来的，他办事很认真。

马拉特 他的变化很大。一九四二年的时候，看上去我年纪最大。现在不是了。

丽卡 当时就不是这样的。

马拉特 你比我看得更清楚。（沉默片刻）我常常想起他。

丽卡 我也是的。

马拉特 希望他能过得好。

丽卡 非常希望。

马拉特 他的诗有什么价值没有？

丽卡 （若有所思地）那些诗不太一般。

马拉特 这样不好吗？

丽卡 也许是的。战时我喜欢屠格涅夫、托尔斯泰……我读得入迷，就像犯了精神病一样……而现在我喜欢儿童书籍。特别是使人感到愉快的书。（笑了）我认为，十四岁是人生最好的时光。

马拉特 十四岁——美妙极了！

丽卡 咳—咳—咳……我们像两个小老头。

马拉特 （突然）是的，希望他能幸福。

丽卡 他的左手真不幸。

马拉特 不，是我不幸。（看了她一眼）他说过他爱你吗？

丽卡 好像……没说过。

马拉特 不过看得出来。

丽卡 可你也没说过。

马拉特 等等，我会说的。也许是的。

丽卡 也许是的。

马拉特 我不喜欢争先恐后。（稍停）值得吗？

丽卡 你先说吧，然后我们再走着瞧。

马拉特 同我相比，列昂尼吉克手里有过硬的王牌。

丽卡 什么王牌？

马拉特 还有，我太骄傲了，丽卡。我骄傲得连自己都感到讨厌。你看，给我分配了一间很不好的宿舍。我不抱怨……毕竟还是个英雄。

丽卡 马里克……我早就想说——这间屋子理所当然是属于你的，所以……

马拉特 （打断她）关于这个问题——你就别说了。

丽卡 （嘲笑地）那天他们在争论住房面积问题。

马拉特 他们什么也没争论。难题就在这里。

列昂尼吉克 （几乎跑进房间）康尼吉瓦！康尼吉瓦！——这是日本话，就是日安的意思。（开始久久地客气地鞠躬）现在开始分发五一节礼物。（向丽卡）报春花献给你。哨子“走吧，走吧”献给苏联英雄……大奖过一会儿再评定。

马拉特 战地记者，我看你在外边灌饱了。

列昂尼吉克 就喝了一丁点儿，还是同我那忧郁的堂兄弟一块儿喝的。（把随身带来的一瓶葡萄酒放在桌子上）急切期待继续干下去。

丽卡 我马上把你赶出去，听见没有！……

列昂尼吉克 马拉特不会允许你的。马拉特爱我，因为他是人民的朋友。

［马拉特使劲地吹哨子。

马拉特，你告诉她，说你爱我……还有，罐头刀到底在哪儿？

马拉特 你把罐头刀给他呀。

丽卡 决不给！门诊部里最好的教授给他检查过身体。他有三十三种病，心脏病更是严重。

列昂尼吉克 （眏眏眼睛）他快伸腿了，马拉特。

丽卡 真是个傻瓜。

列昂尼吉克 你到底给不给我们罐头刀呀？

丽卡 不给。

列昂尼吉克 五一节是国际劳动人民的节日。

丽卡 不行。

列昂尼吉克 战友重逢！

丽卡 这个重逢会再拖延两周。

列昂尼吉克 （伤心地）我再不喝了！

丽卡 （把罐头刀给他）这可算是最后一次。

列昂尼吉克 没说的，我的孩子。（走近窗口）今天这个日子有点像战前的样子，对吗？船上的旗帜、音乐、舞蹈——就好像没有过死亡和破坏，没经历过那五个年头！

马拉特 （严厉地）不管怎么说，有过！你记得吗，丽卡，我同你争论过，我希望战后一切都保留战前的样子。结果还是你正确——昨天在观礼台上我才体会到这一点。依然是乐队奏乐，部队向前走着，父母背着孩子——但是这一切包含着另一层意思。于是我突然看清了，我们生活在另一个新纪元，往事一去不复返了。

丽卡 （小心翼翼地）也许因此我们也成了另外一种人了吧？

列昂尼吉克 我们？我们是些什么人？这一点能了解了解倒是挺有意思的。

丽卡 我们……是指那些虽然已经成年，却仍然在读儿童书籍的人。

列昂尼吉克 当原子弹扔到广岛的时候，我正在同日本人作战。那一天我明白了一点道理。（略为迟疑）也许，我们就是那些幸免于难的人吧？

马拉特 （怒气冲冲地）不，我们是取得胜利的人！正是如此——胜利者！如果我们忘记这一点，我们就会完蛋的。

列昂尼吉克 你过于沉醉在胜利之中了，伙计。小心醉后的痛苦……

马拉特 你可是——考虑得太多了。

列昂尼吉克 丽卡，你注意——马拉特不让我考虑……他是个独裁者。乌拉——一个游牧独裁者向俄国奔驰而来。

丽卡 你们别争了，烦死了。

列昂尼吉克 你同独裁者联合起来了吗？那好极了，我爱你光明磊落，丽卡。我爱你——我毅然向周围的人宣布这一点。周围的人——你们明白我的话吗？……

马拉特 看来他大概是喝多了。

列昂尼吉克 压制人！总之，公民们，我们刚才讨论了什么是胜利。我们现在来讨论下一个问题——什么是爱情……它是怎么回事。

丽卡 （低声地）别这样，列昂尼吉克……

列昂尼吉克 马拉特发言。注意，苏联英雄谈爱情。请吧！

马拉特 （走近列昂尼吉克）胡扯个没完没了……简直不堪入耳！（尖锐地）要是你想知道的话，那真正的男子汉没有爱情也活得下去。

列昂尼吉克 好极了。怎样才能成为真正的男子汉？

丽卡 （稍停）马拉特大概在讲授这门课。

列昂尼吉克 （向马拉特）你把我登记上。每星期六三点到五点。试一下何尝不可？

马拉特 我担心，你已经不可救药了。

列昂尼吉克 （发火）处于你的地位，我不会开这种玩笑的。

丽卡 （惊慌不安）小伙子们，你们别吵了……

列昂尼吉克 当然啦，女士们宠爱苏联英雄。

马拉特 说得对。她们不能容忍胆小鬼。

列昂尼吉克 （走到马拉特身边，紧对着他）看来你忘记了，我失去的不是右手，而是左手。

［列昂尼吉克猛击马拉特的下巴，后者慢慢地倒在地板上。

丽卡 （扑向马拉特）浑蛋……看你把他打成什么样子了？

列昂尼吉克 没关系。略施小技。给他点阿莫尼亚水闻闻就好了。

丽卡 （在屋里焦急地跑来跑去）在哪儿？我把它塞到哪儿去了？

列昂尼吉克 （坐到桌子旁，卷了卷餐巾）你有吃的东西没有？想吃极了。

丽卡 没说的——你们两个人都是好样的……打起架来了。

列昂尼吉克 他活该如此，没别的。喂，你找到阿莫尼亚水没有？

马拉特 （在地板上）见鬼……不需要阿莫尼亚水。幸亏我的头摔到地毯上了。

丽卡 喝口水吧。

马拉特 你原谅我吧，列昂。是我说话走了火。

列昂尼吉克 算啦，你也别生气……我没想到会那么巧。

马拉特 （摸下巴）是啊……第一流的拳击。

丽卡 看这些傻瓜们！（看了看马拉特）现在他脸上一片大青块……我们怎么到涅瓦河边去散步呢？

马拉特 那有什么关系？节日挂青块——理所当然。

列昂尼吉克 得找一个小铜钱来。[1]

马拉特 这就是轻敌的结果。

1 小铜钱放在青斑上可以消肿。

列昂尼吉克　这一点你要牢记在心，直到下一次。

马拉特　丽卡，他又在威胁我，你听见没有？

丽卡　（是不是在开玩笑？）对那个没有爱情也能活下去的真正的男子汉来说……不足挂齿！

列昂尼吉克　现在你来分发吧……最好的五一礼品！儿童的乐趣！最幸福的人才能得到它。总之，长火柴获胜……注意……抽吧！

［全体大笑。

五月二十六日

［已是入夜时分，然而户外仍很明亮。透过敞开的窗户，可以看见一片惊人的金色的天空。马拉特和列昂尼吉克在等丽卡。

列昂尼吉克　现在几点了？

马拉特　十点一刻。我们的丽卡玩得忘了回家了。（沉默片刻）要开灯吗？

列昂尼吉克　干吗开灯呢？今天夜里，黑暗不会来临。

马拉特　你诗兴大发了？

列昂尼吉克　蠢货。白夜是最伟大的奇迹。

马拉特　也许该回家了？……时间不早了。

列昂尼吉克　如果你想走的话，那就请走吧。（指指自己）他留下来。

马拉特　你很有个性。

列昂尼吉克 他两天没见她了。非常想念她。而且不怕承认这一点。你知道为什么吗？他不像一个真正的男子汉。表里如一，做的和想的一致，他光明磊落。

马拉特 你坐的地方怎么样——舒服吗？

列昂尼吉克 吹不着。（沉默片刻）你干吗坐着？你不是打算走吗？

马拉特 （朝窗外看了看）说得对，是奇迹。天空绿色夹着金色。（稍停）列昂尼吉克……你到过萨拉托夫吗？

列昂尼吉克 路过。

马拉特 喜欢吗？

列昂尼吉克 一般。

马拉特 也许我要到那儿去学习。

列昂尼吉克 （转身向他）发疯了……为什么？

马拉特 老战友叫我去呢。（微笑）那里的伏尔加河也宽一些。

列昂尼吉克 和你有什么关系？

马拉特 景色很美。还有，你使我厌烦了。

列昂尼吉克 你是什么事都干得出来的。

马拉特 确实如此。（非常严肃地）你对我抱什么态度？

列昂尼吉克 没有你，我就没法活下去。我亲爱的。

马拉特 别说傻话了。我爱你。

列昂尼吉克 （突然诚恳地）我知道。

马拉特 不过，这一点改变不了我的态度。明白吗？

列昂尼吉克 当然。

马拉特 我们俩当中有一个人应当离开。哪怕是暂时离开也好。

列昂尼吉克 也许是的。

马拉特 亲爱的列昂尼吉克……（非常轻地）你走吧，这样好一些。

列昂尼吉克 对谁好一些？

马拉特 对你。这一点我知道得很确切。

列昂尼吉克 （苦笑）如果我离开——我就会成为真正的男子汉吗？

马拉特 你猜对了。（满腔热情地）我们彼此不应当撒谎。她不爱你。

列昂尼吉克 也许是这样的。不过这事我们还是问问她本人好。

马拉特 这样做好吗？

列昂尼吉克 你知道吗，马拉特公民，谁东西少，谁就越怕丢东西，哪怕是一丁点儿。

［丽卡走进来，开灯。

丽卡 你们这是怎么搞的，汉子们，摸黑坐着？

列昂尼吉克 美啊。窗外是白夜。

丽卡 我还担心你们都回家去了呢。可是，原来你们都是这么顽强的人。

马拉特 这位列昂尼吉克是个顽强的人。

丽卡 你肯定想跑啰？哼，你走吧。我和列昂尼吉克留下来喝茶，我还给他买了点木瓜。

列昂尼吉克 听见了吗，马里克？

马拉特 （挥手）女人们呀！（快活地）好吧，我也要喝茶。

丽卡 你不是想走吗，要留下得先道个歉。

马拉特 没那回事！你不给茶喝——我就枪毙你的列昂尼吉克，叫他见鬼去。

丽卡 （哈哈大笑）真是些傻瓜！……（动手准备茶）现在的列宁格勒美得惊人……战神广场上丁香花开了，香气叫人陶醉……彼得保罗城堡上空的颜色美得像橙子一样。涅瓦河畔的石凳上，坐着对对情侣。使人以为全城都疯了。就在我上楼的时候，一对恋人在二楼接吻呢。（向马拉特）你知道那是谁吗？你那位从梯比里斯来的廖列琪卡。

马拉特 去掐死她，还是怎么办？

列昂尼吉克 我小时候就不喜欢小姑娘，我只是有点妒忌她们。

马拉特 听我说，列昂，你写爱情诗吗？

列昂尼吉克 有时候写。

马拉特 （向丽卡）写得好吗？

丽卡 还可以……

马拉特 群众爱读爱情诗。

列昂尼吉克 你要明白……我写这些诗不是为了发表。

马拉特 那给谁看？

列昂尼吉克 给自己看。

马拉特 哎哟！你事先就清楚，哪些是给群众看的，哪些是留着自己欣赏的？你好像有两本账呀……

列昂尼吉克 真正的诗人，我的伙伴，应当进行试验。应当冒风险！……把缺乏思想准备的读者扯进来——太蠢了！

马拉特 听我说，朋友，也有一些并不胆怯的阅读爱好者。他们是愿意同诗人一起冒风险的！你记住——全部诗歌都是通向陌生王国的旅行……而你却想单枪匹马去旅行……为自己写诗！

丽卡 别吵了——各就各位，茶水开了！你呀，马拉特，无缘无故地攻击列昂尼吉克。人为什么要爱自己的职业？就是因为职业迫使人去冒风险，去尝试，去犯错误，去沿着自己的、前人没走过的道路前进……在各行各业中，医学是最冒风险的，因此我才爱它……就拿我妈妈来说吧——一个平凡的普通医生，年轻的时候她梦想当一个大学者……可是没机会……（快活地）孩子们出世就是为了完成父母未竟之业……我保证——二十世纪会根除一切病痛……我向你们保证，弟兄们！

马拉特 你最好把香肠端给我们，小无赖。

丽卡 我大学一毕业马上就写学位论文！有时候我睡醒过来就想，上帝呀，谁能妨碍我成为一个大学者？这个敌人是谁呢？

列昂尼吉克 是你自己吧？

丽卡 什么？……

列昂尼吉克 也许你本人就是你唯一的敌人。

丽卡 不，等一等……

列昂尼吉克 认清敌人就等于取得了一半胜利。

马拉特 法西斯主义就不需要去辨认……没有比它更凶恶的敌人了。

列昂尼吉克 谁知道呢。秘密的敌人比公开的敌人更危险。

马拉特 你们已经使我厌烦了。（向列昂尼吉克）自从你听了丽卡的恐吓并完全清醒以后，你就变得令人难以忍受。

丽卡　马拉特，这样做不符合教育学原则！列昂尼吉克的性格是神经质的、病态的……而你呢，不是来支持我，却莫名其妙地去刺激他。

列昂尼吉克　别刺激我，马里克——我正处于垂死的状态中呢。

丽卡　而你，轻浮的傻瓜……你自己也不清楚自己的处境。

马拉特　真是胡来……都是因为这个家伙，现在我一口也喝不着了。

丽卡　（突然地）你们看，我们在这儿闹呀，说笑话呀，可是我不知为什么有点悲哀。

马拉特　（坚决地）要告诉你为什么吗？

列昂尼吉克　等一等，不需要……

马拉特　你本来希望我说的。

列昂尼吉克　她知道，为什么我们有时候不愉快……那就是当我们三个人在一起的时候。

丽卡　（沉默良久）亲爱的人们……别谈这个了。

列昂尼吉克　将来总是要谈的。（头朝马拉特点点）他打算到萨拉托夫去。

丽卡　你？

马拉特　我立刻就走。等我不在的时候，你们哭一场吧。（沉默片刻）奇怪。天到底暗下来了。

列昂尼吉克　他还建议我也走。他说你不爱我。

丽卡　我们的马拉特什么都知道。

列昂尼吉克　这是谁在弹吉他？

丽卡　邻居在阳台上弹。他是个富有抒情味的人。

马拉特　弹得挺有劲。

丽卡　他还会唱罗曼司小曲呢。

马拉特　（指着丽卡）他爱上她了。

丽卡　爱得发狂。他快六十岁了。

列昂尼吉克　照时下的眼光看——是个好对象呢。手脚俱全。

马拉特　说得很微妙。

丽卡　（向马拉特）你打算上哪儿去？

马拉特　到萨拉托夫去。你觉得这座城市怎么样？

丽卡　没去过。

列昂尼吉克　一座不错的小城。那儿也有医学院。

马拉特　那儿样样俱全。

丽卡　（看了马拉特一眼）因此才选中了它吗？

马拉特　我有一个好朋友在那儿。

丽卡　这儿没有好朋友吗？

马拉特　（朝列昂尼吉克看了一眼）正是因为有，才倒霉呢。

列昂尼吉克　（微笑）说得妙极啦。

马拉特　（阴沉地）算啦……总得有一个人离开。

丽卡　当然首先是你啰？

马拉特　（耸耸肩）侦察兵嘛。

列昂尼吉克　是个真正的男子汉。

丽卡 你呢？

列昂尼吉克 我吗，不是。（尖叫一声）不是！等你赶我的时候，我再走。

马拉特 他对我也是这样说的。你要珍惜。

丽卡 （非常严厉地）你住口……

列昂尼吉克 （给自己又添点果酱）有趣……我从来没有看见过木瓜是怎么长的。

马拉特 照它的样子长的。

列昂尼吉克 不，我说的不是真话——即使你赶我，我还是要跟你留下来。

丽卡 （挑衅地）为什么？

列昂尼吉克 要是没有你，那么一切就都不存在了。

丽卡 （向马拉特）你干吗不吱声？

马拉特 （几乎快乐地）有什么好说的。

列昂尼吉克 我们坐到这么晚，邻居不骂吗？

马拉特 我们的邻居都是些好人。（苦笑）唉，我的住房面积呀住房面积……

丽卡 是啊……可笑的字眼。

马拉特 我在德罗戈比契曾经热恋过一个姑娘。我走的时候，她对我说："马里克，别干傻事，回来吧：我的住房面积多大啊！"

列昂尼吉克 好啊！

丽卡 那你在哪个城市热恋过，列昂尼吉克？

列昂尼吉克 在列宁格勒。

丽卡 （向马拉特）你比他差远呢。

马拉特 我承认。你不会不爱屠格涅夫的。

丽卡 你讥笑我是没道理的。

马拉特 哪来的笑——只有眼泪。（从桌旁站起来）好啦，别扯淡。总要有一个人离开。我或者他。

列昂尼吉克 （面无人色）你怎么说就怎么办。

丽卡 哎哟，你们这些人啊！……可我也能选择邻居呀，就是弹吉他的那位。

列昂尼吉克 （仔细听邻居弹琴）是啊，他在争取呢。

马拉特 （突然严厉地）我已经讨厌开玩笑了。

丽卡 那我们就沉默一会儿。（稍停）你爱我吗，马拉特?

马拉特 我本来是可以告诉你的，丽卡，但是我……（笑）

丽卡 你这样说是因为……你相信我，对吗?

马拉特 我的话都在桌面上。因为我是英雄，亲爱的丽卡——这一点报纸上还登过呢。

列昂尼吉克 他爱你。他亲口对我说的。

丽卡 哎哟！……你仿效真正的男子汉吗?

列昂尼吉克 近朱者赤……

丽卡 现在别谈他了，还是谈谈你自己吧。

列昂尼吉克 （非常严肃地）没你我就完蛋了。你对我来说是妹妹加母亲。是整个人世间。

马拉特　我们哪赶得上啊。

丽卡　（走近列昂尼吉克，抚摩他的头发）再倒点茶吗？

列昂尼吉克　（试着笑一笑）能有二两白兰地就好了。

马拉特　（他脸色苍白）白兰地我明天给你们送来。

丽卡　天亮了……夜是多么短啊。

——幕落——

第三部

一九五九年十二月十日

［还是那间屋子——但是已经过去了十三年；这段时间里，旧东西不止一次地搬了出去。然而这些并不华丽的家具是否已经找到自己的位置呢？看来并没有。椅子、桌子、软榻和书架还在继续寻找自己的位置。

［那天晚上列宁格勒大雪纷飞——这一点从窗户里可以看见。窗户被路灯照亮。钟响十一下。过道的门打开了——丽卡和列昂尼吉克进屋。丽卡默默地帮助列昂尼吉克脱去皮大衣，跪在地上，脱去他的皮鞋，然后走到帘子后面，换上一件晨衣。此时列昂尼吉克穿着便衣和便鞋。

［丽卡朝镜子看了一眼，对自己的影子眏了眏眼，把电茶壶的插头插上。

［沉默持续了许久。

［列昂尼吉克走近食品柜，端出奶酪，尝了一口。丽卡看见了，悄悄走近他，拍了一下他的手。列昂尼吉克向她伸伸舌头，退回到自己的桌子旁。

［丽卡开始布置餐桌，准备吃晚饭，列昂尼吉克读起报纸来。

列昂尼吉克 “列宁格勒电气供应站大量出售金属餐具。节日前日用品通常都需要更新。”……（高兴地）“出售金属烟囱，直径七十厘米，长十八米”……

丽卡 终于有卖的了。

列昂尼吉克 “食品商业部门大量举办节前食品展销会”……“请在国际旅行社各餐厅迎接未来的一九六〇年”……

丽卡 面包硬得啃不动。

列昂尼吉克 “十二月十一日广播节目：十六点四十五分——对朋友们诚恳相待。歌曲演唱会。十七点三十分——如果你的名字是共青团员。十八点二十分——谈话。向风湿病进攻。十九点十五分——诗人阿·萨弗罗诺夫发表演讲。十九点四十分——小提琴响彻乡村上空……”

丽卡 （走近他，吻了吻他的后脑勺）别念啦。

列昂尼吉克 好吧。不过二十点十五分是“嗨，生活在苏维埃国家多美好”。

［水开了。丽卡拔下插头，把茶壶放到桌子上。

丽卡 来喝茶吧。

列昂尼吉克 好的。（坐到桌旁）

丽卡 给你来点夹心面包片好吗?

列昂尼吉克 好的。

丽卡 夹点奶酪。

列昂尼吉克 夹点香肠。（沉默片刻）那个戏太蠢了。

丽卡 不，为什么呢……这戏很正常。（看了看表）再说结束得也早……才十一点。

列昂尼吉克 你喜欢的那位人民演员今天鬼脸扮得不错。挺卖力的。

丽卡 今天他精神不够饱满。

列昂尼吉克 究竟为什么……他尽量用低沉的声音说。（喝茶）如果照我的意思办——应该把所有的剧院统统关掉。

丽卡 干吗这样呢？

列昂尼吉克 你明白吗……“好就是好，坏就是坏”，这个想法本身不错，可是如果老是重复，它就叫人讨厌了。

丽卡 你是个自由思想家。（从小食品柜里端出一盒巧克力糖）

列昂尼吉克 哎哟！为什么多出一道美味？

丽卡 你已经忘了吗？从一月一日起，我将要多挣两百卢布了。

列昂尼吉克 为了庆祝这件好事，你本可以施舍给我一点更来劲的东西。

丽卡 （变得严肃了）你别打这个主意。

列昂尼吉克 我们到底是在成长……职务也在提升。

丽卡 不。

列昂尼吉克 我不说了。

丽卡 近来你的表现好得很。

列昂尼吉克 为劳动人民服务。

丽卡 （微笑）你别胡闹。

列昂尼吉克 是——别胡闹。是——别喝了。是——吃巧克力。（吃了一块巧克力）现在你是什么官？

丽卡 不脱产的主任。

列昂尼吉克 好极啦。娶你的时候，我知道自己在干什么。你为什么不脱产？

丽卡 不脱离实践。既当主任，又看病。

列昂尼吉克 哪一种比较好：不脱产还是脱产？

丽卡 大概脱产好一些。

列昂尼吉克 乌拉，这么说，前程远大。正好，我今天同领导谈过了，他们答应很快分给我们一套房子……春天就搬家。你不高兴吗？

丽卡 高兴。（轻声地）不过我住在这里已经习惯了。

列昂尼吉克 唉，唉！——不过家还是要搬的。（突然十分严厉地）鬼知道，在这条战线上飞黄腾达的是些什么废物。来了就待着不走。浑蛋！（对自己的腔调感到吃惊）其实随他去吧。

丽卡 你还想喝茶吗？

列昂尼吉克 到此为止。（从桌旁站起来，吻了吻她的手）非常感谢。

丽卡 你要工作了？

列昂尼吉克 是的。明天要把校样交出去。

丽卡 本可以白天干的……

列昂尼吉克 夜里干活我觉得舒服些。啊，小台灯，我的朋友，我的兄弟，我和你共存亡！

丽卡 （温和地）列昂尼吉克，亲爱的，少说几句。

［停顿。

列昂尼吉克 报告——墨水用完了。

丽卡 我明天去买。

列昂尼吉克 好纸也用完了。

丽卡 我去买。(收拾桌子)

列昂尼吉克 (翻阅校样)彼得罗夫是个浑蛋!……大概同伊万诺夫和西道罗夫一样。五千册!(突然真发火了)猪猡。(微笑)本来答应一万册的!是一本诗集呀……我的诗集并不是每年都能出一本的。……(严厉地)不久前给你的那个败类出了十万册。

丽卡 为什么给我的?

列昂尼吉克 你会念得入迷的。

丽卡 你本来也喜欢他的作品。

列昂尼吉克 是的……他开头写得还不错。后来呢?(激怒地)这种廉价的成就有什么用?还有这些印数?这种浮夸的人!(自觉尴尬,不说了)

丽卡 别说了,老兄。(略为迟疑)哎,如果你愿意,我就去找彼得罗夫谈谈印数的问题。因为有时候我办事还是挺顺利的……当然,五千册是少了点。

列昂尼吉克 (活跃起来)是啊,真见鬼……为什么不去呢?你再当一次护卫天使吧,你去和彼得罗夫和西道罗夫之流说一说……啊,我的妻,最圣洁的女人呀。

丽卡 行啦,行啦。(抚摩他的头发)坐到桌子边上去吧。

列昂尼吉克 睡个美觉吧,不脱产的主任……我的护卫天使。(他踩着舞步，手持校样围着桌子跳了几圈）追着青鸟走，追着青鸟走……[1]（终于重重地坐在自己的沙发椅上，好像由于长途跋涉而累坏了）墨水用完了。

丽卡　你已经说过了。

列昂尼吉克　对不起。

［丽卡关上灯。只有列昂尼吉克的台灯亮着。

丽卡　我把录音机打开……声音放小一点，可以吗？

列昂尼吉克　打开吧。音乐有利于读校样。

［慢圆舞曲。这是从前马拉特和丽卡跳舞时哼的乐曲。

（微笑）又把自己喜爱的曲子放上了？

丽卡　（轻声地）你不喜欢吗？

列昂尼吉克　为什么不呢？……曲调不错。

十二月十一日

［三点多钟，但是列宁格勒的十二月，白昼是短暂的。这时窗外天已经开始暗淡下来了。

［丽卡值班回来后做家务。她把餐具收拾好，放到托盘上，然后走到隔帘后面去。

［钟响。有人轻轻地敲门。又敲一次。门慢慢地开了——这是

1　青鸟象征幸福。

马拉特。他扫视周围，向窗口走了几步，看了看街上，然后把额头贴在窗玻璃上。

[丽卡从隔帘后面走出来，把餐具放到桌子上，转过身来，看见马拉特。

[他们对视良久。

丽卡 （轻声地）瞧你……瞧你……（有点奇怪地朝他挥了挥手）干什么？你发疯了。

马拉特 （喘了口气）没有。

丽卡 干吗这样呢？

马拉特 有必要。

丽卡 多少年了！难道你不明白吗？

马拉特 什么多少年了？

丽卡 过去多少年了。

马拉特 那又怎么样？（惊叫一声）等等！你就这样站着。再站一会儿。别动。站着。再站一会儿。这样再站一会儿。

丽卡 把帽子脱下来，马里克。（略停）看你的样子……

马拉特 什么样子？

丽卡 完全像你本来的样子。（沉默片刻）我也老了吧？

马拉特 没有。不管怎么说，你还是非常漂亮的。（低声地）从前有个国度，那里住着一个老头和他的老太婆。

丽卡 别说了。（悄语）你不是看见我在哭吗？

马拉特　我不知道会这样。

丽卡　要是你能感觉到这是多么可怕就好了……不！你别走过来……

马拉特　我不会走过去的。

丽卡　你就站在窗口。

马拉特　我是站在窗口。

[沉默。

丽卡　你住在哪儿？

马拉特　很远的地方。

丽卡　活该。（不知道因为什么笑了笑）你在架桥吗？……

马拉特　是的。（沉默片刻）我每次来列宁格勒——就要到这里来。

丽卡　干什么？

马拉特　朝窗内看一阵就走。

丽卡　反正不会有结果。现在一切都结束了。

马拉特　我知道。

丽卡　那你就走吧。火车什么时候开？你快点走吧！

马拉特　不能走。

丽卡　为什么？

马拉特　我很难受。我既然来了……就不回头。（几乎是粗鲁地）我不是来找你的……我是来找你们两个的……（低声地）我只有你们俩。

丽卡　（小心翼翼地）你不会……

马拉特　不会。一切都定下来了。你结婚已经十三年了。我也早就结了婚。

丽卡 你结婚了？

马拉特 你没料到吧？我们每个人都抽了自己的彩票。

丽卡 你看是吧……

马拉特 是的。我们原来是怎么定的，将来就照怎么办。

丽卡 可是列昂尼吉克一直在骂你，说你一走——就不管了……十三年来连一封信也没写……后来他说，你确实把我们忘了。

马拉特 你也这样认为吗？

丽卡 从来没有。如果我这样认为的话，那就好了。（温柔地）你为什么要结婚呢？

马拉特 算啦……（苦笑）你看，我不会撒谎了。

丽卡 （沉默片刻）你说过……你很难受？

马拉特 以后我再谈这个问题。等列昂尼吉克来了以后再说。

丽卡 你告诉我吧。

马拉特 不。

丽卡 你说呀！

马拉特 （沉默片刻）哎，你情况好吗？

丽卡 好。

马拉特 工作呢？

丽卡 我不是说过了吗——好。门诊部好，地区也好。

马拉特 你……是门诊医生？

丽卡 （似乎在道歉）是的。

马拉特 可是你本来想……

丽卡 （尖锐地）没机会。（平静地）但是一切都好。职务也提了。不脱产的科主任。

马拉特 不脱产的？

丽卡 列昂尼吉克也取笑过。

马拉特 他……情况怎么样？

丽卡 他一切都好极了。这些年来出了三本诗集。也没人骂他……无论是在报纸上还是在会议上。我们分到一套住宅……春天搬家。

马拉特 这间屋子怎么办呢？

丽卡 我不知道……上交吧。

马拉特 不感到可惜吗？

［丽卡不答。

（轻声地）这么说，列昂尼吉克一切都好？

丽卡 他还担任研究班的课——课不多。

马拉特 （谨慎地）现在对诗人们有很多议论。我们那儿的青年也购买诗集……不过对他的诗好像没什么争论。

丽卡 他不追求时髦。

马拉特 我买过一本他的小册子。这本书印数不多，可是还积压在书店里。（沉默）你看，有些人的书要印十万册，还买不到。

丽卡 这些都是……廉价的成就。

马拉特 如果书在架子上积满灰尘——这是什么样的成就呢？

丽卡 （发火）你读过他的诗吗？

马拉特 领教过。

丽卡 （努力克制激动）印象如何?

马拉特 没什么错误。该怎么写，他就怎么写。

丽卡 （轻声地）比较好的诗他不发表。

马拉特 我明白了。

丽卡 明白什么?

马拉特 （生气地）一切都明白了。

丽卡 （沉默片刻）马里克……你别对他说你读过……什么也别对他说。

马拉特 可是这……（轻声地）这不是真话。

丽卡 随它去!

马拉特 （在屋子里走了几步，转过身来，对着丽卡，热切地）你们在这里到底生活得怎么样?！（坐到椅子上，轻声地说）我不明白。

[门开，列昂尼吉克进来，看见马拉特。

列昂尼吉克 （一直盯着他）叶甫斯吉格涅耶夫!

当天晚上

[他们坐下来吃晚饭已经一个小时了，但是还在继续吃着。

列昂尼吉克 ……没什么好争论的，一个人总是看不到自己——他做些什么，他是谁，达到目的没有……（给自己斟酒）只有死后一切才清楚，因此为死亡干杯！

丽卡 （从列昂尼吉克手中夺下酒杯，一饮而尽，微笑）你不能再喝了。

列昂尼吉克 这个女人虐待我，马拉特……她已经虐待我十三年了！（笑了）简直是个护卫天使，你明白吗？确实有点滑稽——一个小时前你来了，但是觉得你好像从未离开过这里！你干吗不吱声？

马拉特 （轻声地）我的童年是在这间屋子里度过的。

列昂尼吉克 怎么样呢？

马拉特 （无力地微笑一下）我自己也不知道。（看了他们一眼）多奇怪啊……

列昂尼吉克 奇怪？什么东西奇怪？

马拉特 （集中注意力地）我不能忘记那一天——一九三四年五一节那天……当时我九岁，父亲走在我前面，穿着一件新制服，他紧紧地拉着我的手，基洛夫站在观礼台上微笑着……（热切地）如果一切都能保持不变该多好啊。

列昂尼吉克 你是三十年代中期的幼稚青年……而我们目睹过四十年代的生活。

丽卡 唉，我可怜的马拉特呀，我们理解到的东西，比我们看到的东西要少啊。

马拉特 （愠怒地）你为什么叫我“可怜的”？

丽卡 因为你相信不能实现的事。

马拉特 （莫名其妙）也许是那些同我的想法一致的人没能从战场上回来？……（用双手捂住脸）

列昂尼吉克 （谨慎地）喂……你怎么啦？

马拉特 （抬起头来，注意地看了他们一眼）我们生活得怎么样？我一直在思考这个问题。我已经三十五岁，你也是……而她也已经三十三岁……完成了哪些工作呢？

丽卡 （稍停）你喝多了。

马拉特 （尖锐地）一点没过量！我不是一个嗜酒成癖的人，多喝点没关系。

丽卡 你架起了多少座桥梁呀？

马拉特 六座。

丽卡 按照你们的计划，是多还是少呢？

马拉特 足够了。

丽卡 你看！他的诗也发表了。我呢，给人治病。我们的一切理想都实现了！（快活地）怎么，难道不是吗？

马拉特 （瞧了她一眼）过去我一直信任你。现在嘛——不信了！……

丽卡 （稍停）你想要我们干些什么？

马拉特 想请你们帮助我。（苦笑）可是我不知道你们比我还糟。

列昂尼吉克 围困期间我们失去了一切。但是我们相见了……（尖锐地）当时你没有权利抛下我们！

马拉特 你认为我那样做的理由不充足吗？

列昂尼吉克 对一般人来说也许是充足的，可你是马拉特呀。

马拉特 我喜欢奉承。但是，我们还是开诚布公地谈谈吧。

丽卡 （快活地）谈谈吧！你有一套好房子吗？有多少房间？

马拉特 （向列昂尼吉克）你看——她害怕。

丽卡 我怕什么？

马拉特 怕真话。

列昂尼吉克 真话说多了会使人厌倦的，叶甫斯吉格涅伊金。最高纲领主义几乎毁了人类。

马拉特 （热烈地）哎，我们想一想——一个人的末日什么时候到来？当他突然明白，他生活中的一切都定局了，他再也不能超过自己现在的水平。我指的不是职务，而是更多的东西……（走近列昂尼吉克，把手搁在他的肩上）你厌倦生活了？

列昂尼吉克 （沉默片刻）怎么——你看，我会把真话说出来。我才不在乎呢！

马拉特 别装糊涂。

列昂尼吉克 （出人意料）是厌倦了。

马拉特 那是为什么呢？

列昂尼吉克 唉，亲爱的，一个人站在原地不动，最容易疲倦。

马拉特 （向丽卡）你把他搞成什么样了——你回答。

丽卡 （发火）喂，亲爱的朋友，是谁允许你用检察官口气说话的？

马拉特 十三年前我把你们两个人留在这间屋子里……这间我度过

童年的屋子里。（激动得喘不过气来）因此我可以用任何口气问你——用任何口气，你明白吗——你们幸福吗？

［长时间的沉默。

列昂尼吉克 我们的日子过得还可以。按时到医院去上班，并且还升了官。（走近丽卡）童年的理想吗……谁妨碍了它的实现？是列昂尼吉克。因此成果不怎么样。我的作品不好——对吗？

马拉特 干吗这么说呢？你写得很认真。

列昂尼吉克 你是一位有礼貌的绅士。

丽卡 马拉特！……

马拉特 丽卡说过——你没有把自己最优秀的诗拿出来发表，是吗？

列昂尼吉克 有这样的毛病。

马拉特 现在呢……你还写这种诗吗？

列昂尼吉克 忘了怎么写。（苦笑）他是个蠢人——比较简单的诗拿去发表了，其余的自己保存起来，为了使语言更有趣些，我绞尽了脑汁。可是你明白，诗歌创作这玩意儿要求有来有往。

马拉特 这你早就明白了？

列昂尼吉克 他早就明白了——只是不肯承认。

丽卡 别说了！难道你还没有看到——马拉特急不可耐地要叫我们相信，你虚度了一生。（挖苦地）当着我的面这样做，不太光彩吧。还有，对法官来说，他好像是个当事人……难道不是吗？

马拉特 这一拳击中了要害，小姑娘。

列昂尼吉克 总之，马拉特是个凶恶的拆散鸳鸯的人，而我们是幸福的。一切都进行得很顺利吧？

［长时间的沉默。

丽卡 已经很晚了，马拉特……你走吧。

［马拉特走近挂衣架，穿上皮夹克，默默地站在屋子中间。

马拉特 也许我不该到这儿来……（用围巾围住脖子）到你们这座城市来的路是遥远的。（戴上鹿羔皮帽子）多少事都能涌上心头。于是我就陷入回忆中了。回想起来的往事数不清……真多呀。（走到门口，转回身）桥梁！……（带着一种狂热的愉快心情）是世界上最好的一种建筑物！六座桥梁就是六页生活。其中的一页是否成了我的极限？或者顶峰？（沉默片刻）我有过一个好朋友，是个设计工程师。我和他架了三座桥梁。他是一个充满信心的青年。然而他也有不足之处。有一次交给他设计一座桥梁……稀世罕见的建筑物！……设计方案难以通过；反对者不计其数。他却争取到任命我当建设工程局长。（没再说下去，朝他们看了一眼，似乎刚刚看见）算啦……谈这些干吗？已经晚了，对吗，丽卡？（走向门口，接着突然摘下帽子，转身向着他们）这本来可以成为生活中主要的事业。本来可以！……但是你们看，没成功。（尖锐地）我拒绝了好朋友。随随便便就拒绝了。不可想象，对吗？而我却拒绝了。（急忙）我使自己和别人都相信我没有思想准备，不能胜任，搞不好……（沉思片刻）也许确实是这样的？（怒气冲冲地）是这样好，不是这样也好，我总算十分巧妙地转到另一项建筑工程上……接着信来了："你好，马里克，你好，熄灭了的火山。”完全正确。这几个字就是他写给我的。（急躁地，匆忙地说起来）现在他，我原来的好朋友，日子不好过。太平生活的爱好者骂他的设计是令人怀疑的方案……（苦笑）不，问题的实质不在于他鄙视我，甚至恨我……我并不迁就自己！（慢慢地）大概永远也不会迁就自己。

列昂尼吉克 可悲的故事。（忧郁地）你从来都没想到过，这个故事几乎不能令人相信？

马拉特 （绝望地）为什么？

列昂尼吉克 你知道吗……因为这个故事缺乏逻辑。

马拉特 （怒气冲冲地）你以为生活合乎逻辑吗？你就这个问题写点诗吧。晚报会发表的，你会高兴得喘不过气来的！（严厉地）难道你身上发生的一切都合乎逻辑吗？

丽卡 （温柔地）亲爱的，我们已经不是孩子了，把想入非非的权利交给年青一代吧。我们已经不是那样的年龄了——该脚踏实地了。

马拉特 （暴躁地）我不想！

丽卡 亲爱的朋友，我们不是超人呀。

马拉特 （热切地）这是谁对你说的？！……人们欠了上帝许多债，因为上帝允许他们生活在世界上！哎，你想想看，为了我们能活下来，死了多少人？你想想一九四二年，想想被围困的冬天，想想所受的罪。几十万人死了，目的是要我们成为不平凡的人、勇往直前的人、幸福的人。而我们——我、你，还有列昂尼吉克又如何呢？……你想想，当时你是什么样子；你许诺过些什么。你许诺的事在哪儿？（轻声地）哎……你干吗不吱声？

丽卡 （突然非常诚恳地）我觉得真可怕。

马拉特 （走近她，温情地抚摩她的头发）终于明白了。（微笑）你呀，丽卡，丽卡……人有时候为自己感到害怕是有好处的。因为乐天派中间有不少懦夫，小丫头。（想了想）不，现在我愿相信的是——甚至在临死前一天重新开始生活也不晚。

［丽卡想反驳马拉特，但是没想起合适的词句。她只能吃惊地、茫然若失地微微一笑。

（快活地）列昂尼吉克，现在我来试试做一个合逻辑的人。也许能成功呢。是这样的——丽卡，我本想对你说的……我就说给你听吧。豁出去了。（走近她，靠得非常近）失去了你，我就失去了一切。连鸟儿在清晨都不歌唱了……不知为什么都不吱声。星光灿烂的天空也无影无踪了——现在它空空如也。你明白吗？……一颗星星都没有了！寂静降临……一片漆黑。（沉默片刻）你们看……你们这些蠢人，渴望逻辑……（转身向丽卡）现在一切情况会变成什么样——我不知道。

丽卡 （沉默片刻，站起来，十分坚决地说）像原来一样，不过更好一些。

（走近列昂尼吉克）他会幸福的。我向你保证。

马拉特 永别了！（从屋里跑出去）

列昂尼吉克 把他叫回来……丽卡，把他叫回来！

丽卡 （突然跑去，几乎到了门口，停住脚步，热泪滚滚）我不能……不能。

十二月三十一日

［节日的餐桌上已经摆好两个人的餐具，丽卡和列昂尼吉克坐在小长沙发上玩扑克。

列昂尼吉克 你看，完啦——你的末日到了！

丽卡 我不怕你。

列昂尼吉克 我这样出牌。

丽卡 我呢，这样出。

列昂尼吉克 （输了）不可思议。我又当了杜洛克[1]。

丽卡 又是你当了杜洛克。第三次了。

列昂尼吉克 我们家的三次杜洛克！真伟大。

丽卡 因为你太粗心了。

列昂尼吉克 不细心、不出色、不惊人的人。

丽卡 不过你的领带倒是美得惊人。

列昂尼吉克 这倒是真的。（看了看表）

丽卡 几点了？

---

1 笨瓜的意思。

列昂尼吉克 离新年还差四十分钟。就此结束。（走近窗口）哎哟！无数的人群冲向年夜饭……真滑稽。

丽卡 （微笑）于是马上就想起了童年。

列昂尼吉克 十二点钟的时候，大街上空荡荡的。（朗诵）只有孤独的行人偶尔进入他的眼帘……（用表演的姿势把毯子披到身上，拿起一根棍子，弯着腰，跌跌撞撞地在屋里走了几步）像在童话故事里一样。（笑了，突然又沉默下来）

丽卡 （稍停）你在想什么？

列昂尼吉克 （出人意料地）想马拉特！

丽卡 是啊，现在他孤零零一个人。（沉默片刻）离开他九千公里呢。（苦笑）三个星期前一走了之。

列昂尼吉克 他很可爱。

丽卡 别说啦。

列昂尼吉克 哎，我们再打一会儿牌吧，（快活地）也许我能翻本呢？

丽卡 你今天有点反常。

列昂尼吉克 见鬼，它们越来越近了。

丽卡 谁？

列昂尼吉克 （扮鬼脸）六十年代。

丽卡 看你这个小傻瓜。（吻了吻他的后脑勺）

列昂尼吉克 （轻声地）别这样。

丽卡 （没把握地）你今天挺讨人喜欢的。

列昂尼吉克　这倒是真的。

丽卡　整个晚上你都在淘气。（谨慎地）两个人一起迎接新年……你会感到寂寞的。

列昂尼吉克　（喝起来）他不会寂寞的……（从小长沙发上猛地站起来，走近桌子）我做的色拉实在伟大。哎，我为什么不当厨师呢！生活毁啦。

丽卡　你干吗老是看表？

［铃响。

列昂尼吉克　这一下都完了。请开门吧！

［丽卡束手无策地朝他看了看。

完了，就此结束。

［敲门。

进来吧，马里克。

［门开了，马拉特站在门口，穿着皮夹克，浑身是雪。

丽卡　（既惊慌，又抱着希望）是你吗？

马拉特　是啊。

列昂尼吉克　我真担心……（拍他的肩膀）你是个有求必应的人。

马拉特　我是个热情的人。

列昂尼吉克　你呀马拉特，是人民的朋友。

马拉特　（脱下皮夹克）你怎么知道我的地址？

列昂尼吉克　（意味深长地用手指弹弹自己的额头）你明白吗？但是我担心飞机晚点。现在我放心了。

丽卡 你搞的是什么名堂？……说呀。

列昂尼吉克 丽卡，我给你买了点东西。一种意外的礼物。它放在邻居家。现在时间到了……我去把它拿来。（下）

丽卡 （走近马拉特，慢吞吞地一字一字地说）我还以为再也看不到你了。

马拉特 我也是。（尴尬地抚摩一下她的手）

丽卡 你的手好凉呀。

马拉特 从机场赶来很困难。新年嘛，出租汽车都很忙。（用面颊贴着她的手）

丽卡 （轻声地）你相信你应当再到这里来吗？

马拉特 小丫头，我没十分把握。（掏出电报）这封电报我是昨天收到的。

丽卡 （读）"速来，丽卡需要你。记住，别迟于三十一日。列昂尼吉克。"（望了马拉特一眼）我一点儿都不知道。

马拉特 （发火）你以为这件事很简单吗——扔下一切就飞来？（走近桌子，往嘴里塞了点东西）

丽卡 （束手无策）你为什么要用手抓东西吃？

马拉特 因为我饿极了！

丽卡 （勉强笑一笑）别嚷嚷。（沉默片刻）可怜的人，你累了……

马拉特 大概是的。（朝她看了看）今天我做了一个奇怪的梦……我站在一座大桥上，桥还没有造好——你明白吗？我呢，应当结束工程。周围狂风怒号……我左顾右盼，看见了两岸；一边岸上是我的童年——五一节的阅兵，“马拉特”号战列舰，还有父亲和他的朋友们……另一边岸上是战后的世界，新生活……我站在没完工的大桥上，波涛越来越凶猛，越来越高——我却不能，不能把两岸连接起来……

丽卡 （轻声地）听其自然吧！……（惊讶地）听其自然吧！

马拉特 你说什么？

丽卡 （稍停）你走了以后，我以为我和列昂尼吉克一切都顺利……我是答应过你的。三个星期过去了——但是你看……

［列昂尼吉克返回——手里拿着一包东西。

列昂尼吉克 （把手指贴到嘴唇上）嘘……（走近桌子，拿起酒瓶）现在嘛，我给自己斟点酒……不，丽卡，你别反对！（举起酒杯）为了我的健康。（一饮而尽）还可以。挺好喝。（打开包——里面原来是一束花）这些花是送给你的。幸亏让我搞到了。这一点使我非常高兴。

丽卡 谢谢，不过……

列昂尼吉克 我能说些什么呢……我们共同生活了十三年。丽卡，我爱你始终不渝。尽自己的力量爱你。不多也不少。尽管问题大概不在这儿。实在是我辜负了你的希望。你为我花了许多心血，甚至牺牲了自己。——然而一切都是枉然。

丽卡 叫我……相信这一切？

列昂尼吉克 我应当一个人单独生活。就从今天起。因为如果不在今天——那就永远做不到。丽卡，别让我成为懦夫。

丽卡 不！……（绝望地）马拉特，你为什么不吱声？……你对他说……

马拉特 我绝不说。

列昂尼吉克 开车时间是零点五十分。某种非常诱人的、非常诱人的公差。（沉默片刻）其实我是个利己主义者，并且明白我应当单独生活。（向丽卡）避开你的照顾、你的监护……（向马拉特）而你呢，不怕这些照顾和监护。你比它们强大。（勉强笑了笑）反正你们缺了对方就不能生活。这我是知道的。（向马拉特）你说，但是别撒谎——我说得对吗？

［马拉特没回答。

胆子大点儿，说呀。

马拉特 对的。

列昂尼吉克 （温柔地）丽卡，你干吗不说话呀……

丽卡 再见了。

列昂尼吉克 你们是好样的。一切都明白了。我本来知道这一点。（向马拉特）记得吗，你曾经说过——“甚至在临死前一天重新开始生活也不晚。”当然，这样说有点过分……但是不知为什么我却记住了。

［钟鸣。

马拉特 十二点了……

列昂尼吉克 （微笑）十二点。新年到了……

［他们默默地走到桌旁，丽卡给他们斟酒。

（举起酒杯，轻声地说）永不背叛我们的四二年冬天……对吗？

马拉特 （举起酒杯，咬紧牙关说）还有，不庸庸碌碌……永远不。（向丽卡）你答应吗？

丽卡 （举起酒杯，非常快地，几乎是悄悄地）我答应……你们两个人。妈妈未竟之业——一定完成。

［他们沉默了一阵子。

列昂尼吉克 好啦……该上路了。箱子他白天就装好了，他是个有远见的人。他会回来的，会请你们去庆贺新居的……我们将常常聚会，对吗？

马拉特 你想说，你不像我那样懦弱？

列昂尼吉克 有点这个意思。（向丽卡）也许是因为我不像马拉特那样深深地爱着你。（吻了吻她的手）谁知道呢。（向房门走去，在桌旁停下）不过你们别忘记，我的一小部分今天还留在这里，这个房间里。不，你们别着急……让我离你们更远一点吧。（拿起叉子，尝了尝色拉）还可以。（给自己斟酒，一饮而尽）这杯酒，似乎是他一生中最后的一杯。（微笑）我放弃了你——也会放弃它的……没什么了不起！（朝他们看了看）再见！（下）

［丽卡打量了一下摆好餐具的桌子，不知为什么古怪地笑了笑。马拉特用颤抖的双手擦燃火柴，点着烟，坐到椅子上。丽卡走近他，把手搭在他的肩上。

马拉特 （激动的声音）你知道吗……一九四五年五月一日，我们钻进一家玩具厂的院子……这是在勃列斯拉夫尔。我们当时就遭到了迫击炮的轰击。你知道吗……我们一共是七个人，只有我一个人活下来了。

丽卡 （轻声地）天啊……你干吗对我说这些呢？

马拉特 想想真滑稽，我本来会死的……（紧握她的手）而这一分钟——就是这一分钟——也不会再有了。

丽卡 马拉特……

马拉特 什么？

丽卡 （轻声地）现在他孤单单的一个人……走在大街上。

马拉特 不，不能怜悯他……听见吗？今天是他重新开始生活的日子。（热切地）丽卡，你应当重新信任他。（稍停）难道我们的日子就那么轻松吗？

［他感到有点害怕，沉默不语。丽卡领悟了这一点。

丽卡 不，不，一切都会好的……（低声地）六十年代……我相信它。它最终会给人们带来幸福的。

马拉特 不能不带来。人们抱着多少希望啊！

丽卡 不过你别怕，别怕成为一个幸福的人……别怕，我可怜的马拉特！

——幕落——

塔尼娅

四幕八场正剧

……我就这样呱呱坠地：起先是作为自身简朴的雏形出世，为的是作为更加完美的人再生。

——米开朗哲罗·布奥纳罗蒂：《十四行诗集》，第三十四首

—人物—

塔尼娅
格尔曼
沙曼诺娃，玛丽娅
伊格纳托夫，阿历克塞·伊万诺维奇
杜霞
米海伊
老奶奶
格里欣科，安德烈·塔拉索维奇
医生
奥丽娅
过冬屋女主人
瓦辛
巴什尼亚克
“富尔曼诺夫”
“恰巴耶夫”
“水兵”
一头乱发的小青年
小伙子
格尔曼的客人们
采金矿的青年们
一个游击队员

第一幕

第一场

一九三四年十一月十四日

［莫斯科。冬日的黄昏。时近六点。格尔曼的住宅。舒适的房间。屋里的一切都表明两个人的幸福爱情和友谊。窗外缓慢地飘着的鹅毛大雪，被路灯照得通明。塔尼娅站在门口，冻得够呛，然而她是幸福的。她穿着一件白色皮大衣，浑身是雪，手里拿着一副落满雪的滑雪板。杜霞跑上前去迎接她。杜霞是一个娇小的、翘鼻子的、严肃的姑娘，十八岁光景。

杜霞　您看……您总是把滑雪板带到屋里来……

塔尼娅　格尔曼不在吗？我只要瞧一眼……（脱皮大衣）雪下得真大！我像小时候那样，仰着脖子吞雪片，当冰激凌吃……手套也湿透了！

［杜霞接过她手中的皮大衣。

没人来过吗？

杜霞　邻居来打过电话，他们的小孩病得很重。

塔尼娅　生病了？（擦干被雪打湿的眉毛）哦，是呀，您对我说过的……您喂过谢苗·谢苗内奇吗，杜辛卡？

杜霞 它比您先吃午饭。（指着鸟笼，里面有一只小乌鸦在闹腾）您看，多神气。待在那儿赶都赶不走。（持皮大衣和滑雪板下）

［塔尼娅打开收音机。

［快乐的波尔卡舞曲声冲进屋子。

塔尼娅 （喊）午饭做好了吗？

杜霞 （从远处答）做好了。

塔尼娅 （按着波尔卡舞曲的节拍在屋里跳起舞来）万事皆妥……万事皆妥……格尔曼在哪儿，他在哪儿……

［铃声。

格尔曼来了，格尔曼来了，格尔曼，我亲爱的人儿。（跳着舞钻进大衣柜，关上柜门）

［杜霞端菜汤进。格尔曼走进屋子，手里拿着一包东西和一瓶酒。

格尔曼 塔吉扬娜在哪儿？

［杜霞望着衣柜，绝望地挥了一下手，下。柜里传来狗的哼声。

格尔曼 （转过身来，关上收音机，走近衣柜。厉声地）简直是胡闹！谁把小狗放进去的？！是的，是的……而且是一条看家狗，我一闻就知道。

［从柜里传出狗吠声。格尔曼锁上衣柜。从里边传出哀求的吱吱声。

哼！您害怕了，可敬的小狗？您请求饶恕吗？

塔尼娅 （细声细气地）善良的格尔曼，请把这条可怜的小狗放出来吧，我不咬人，我是条诚实的、规矩的小狗。

格尔曼　您保证不咬人吗，尊敬的小狗？

塔尼娅　（仍然细声细气地）我以老实的小狗的名义保证。

［格尔曼打开衣柜。塔尼娅扑上去搂着他的脖子，他抱起她，在屋里打转。她吻他的眼睛、额头、双鬓。两人哈哈大笑。

给你一个吻，再给你一个吻。这种日子你还迟到。（轻声地）你记得吗，明天可是……

格尔曼　是的……十一月十五号……

塔尼娅　十五号……一年前的这一天，我们……相识了……

格尔曼　（把那包东西交给她）看……这是给你的。

塔尼娅　（迅速打开）音乐！（她手上是一个小巧玲珑的玩具式的音乐匣子，颜色鲜艳）你听，它在奏乐呢。（摇手柄，匣子发出温柔悦耳的玎玲声）它在歌颂我们呢，格尔曼……亲爱的……祝贺你即将来临的日子……

格尔曼　也祝你……

［他们手牵着手，走向桌子。

塔尼娅　酒？

格尔曼　（开酒瓶）是的……萨尔希诺葡萄酒。

塔尼娅　多怪的名称……萨尔—希—诺，很像旅—行！今天你我要大醉一场是吗，格尔曼？还有，咱们来摔碟子杯子吧！[1]

1　摔碟子杯子表示祝愿幸福、顺利。（本书注释均为译者注）

格尔曼 （斟酒）这是个好主意。（举起酒杯）为你干杯！

塔尼娅 为未来的十一月十五号干杯。

格尔曼 一九三五年的……

塔尼娅 一九三六年的……

格尔曼 一九三七年的……

塔尼娅 还有一九三八年的！我们俩要庆祝五周年……有趣，到一九三八年我们会是什么样呢？

格尔曼 我不知道。

塔尼娅 我也不知道。这可是四年以后的事，我们会变成老头老太婆的。你满二十八岁，我满二十五岁。那时你将会成为一个著名的设计师。

格尔曼 那你呢？

塔尼娅 我么……我将会爱你。

格尔曼 那么，让我们为一九三八年十一月十五号干杯！

塔尼娅 乌啦！一千九百三十八次——乌啦！

［饮酒。

你今天干了些什么？

格尔曼 我到部里去了。后来又跑了一趟黄金总局。那儿的人多得数不清——当然尽是哈萨克来的人……他们大声吼叫，威胁说要完成计划，闹得不可开交。

塔尼娅 好啦，你的事怎么样？

格尔曼 图纸在人民委员那儿，所以你自己明白……决定就要下来了。

塔尼娅 你害怕吗?

格尔曼 那还用说。

塔尼娅 你真是个傻瓜。你的采掘机一定是最好的!你看好了!

[格尔曼叹气。

这汤你喜欢喝吗?

格尔曼 (喝)喜欢的。

塔尼娅 这是我亲手做的。格尔曼，为了救我的命……你肯不肯……你肯不肯把一只蟑螂吞下去?

格尔曼 肯的……呸!(扔下勺子)你在胡说八道些什么呀……呸!

塔尼娅 (斟酒)为胡说八道干杯!(惊叫一声)哎呀!最重要的话还没对你说。(神秘地)我今天差一点儿迷路!

格尔曼 (笑了)在索科尼基公园里?嗳，别瞎说，别瞎说。

塔尼娅 (热切地)真话!今天的天气滑雪特别轻快，所以我就离开圈子，滑到很远的地方去了。你知道，那儿是真正的森林，静悄悄的，连个人影都没有。只有鸟儿、天空和白雪。突然我感到怪可怕的，我好像觉得莫斯科离我很远很远——几千里路以外，我在北国的某个地方，周围全是狼、狗熊……哎哟，我真吓坏了……甚至吓哭了……忽然听到电车的声音:离我只有百十步远。

格尔曼 (哈哈大笑)胆小鬼!你也不害臊吗?

塔尼娅 今天是一个既愚蠢又幸福的日子……把碟子给我，我去盛第

二道菜来。（朝走廊下）

［格尔曼翻阅报纸。

（从厨房回来，把碟子放在他面前）放下报纸，对你说过了——吃饭的时候不准看报！

格尔曼 今天《真理报》上有玛丽娅·沙曼诺娃的照片。她是叶尼塞区一个金矿的矿长，荣获列宁勋章。

塔尼娅 你换一把叉子。你认识她吗？

格尔曼 沙曼诺娃？不认识……不过，在我们黄金总局里常常谈到她。

塔尼娅 唉，你们这些淘金狂，总是互相吹捧。让我看看！（看报纸）翘鼻子！

格尔曼 是吗？

塔尼娅 肯定是翘鼻子。（斟酒）为翘鼻子的健康干杯！

格尔曼 你已经完全喝醉了，小傻瓜！

塔尼娅 咯！咯！乌鸦在歌唱，一只爪子跳跃着。

［午饭吃完了。杜霞上，收拾桌子。格尔曼躺到沙发床上。铃声。

这是谁来了？（向杜霞）不，我自己去开，您吃饭吧，杜辛卡。（下）

格尔曼 杜霞，有本书您没看见吗？叫《贵重矿物》……红封皮的。

杜霞 （收拾餐具）我在看，格尔曼·尼古拉伊奇。

格尔曼 您在看？可那是一本……专业书啊。

杜霞 是啊，是啊……讲各种小石头的。挺有趣。我看完就放到小桌上。（端着餐具下）

格尔曼 （微笑）讲小石头的……鬼知道！

塔尼娅 （上）是医生找错房间了。他找邻居。那家的小孩病了。

格尔曼 要紧吗？

塔尼娅 好像病得很重。（坐到沙发床上格尔曼身边。打开收音机）

[音乐声。

你听见吗？米尼奥娜的歌……妈妈经常唱这首歌。她是我们学校的音乐教师。她叫我的时候真滑稽："里亚比尼娜，到钢琴边上来。"晚上爸爸下班回来，她就坐在钢琴边唱：

你知道吗，在那遥远的地方，
繁花似锦，一片辉煌，
银莲朵朵，竞相开放，
桂树披上绿色的衣装……

窗外飘着雪花，就像现在一样，全克拉斯诺达尔市都披上了银装，白茫茫的一片，好似一座童话故事里的玩具城市……

[停顿。

童年就这样过去了：溜冰场、学校的墙报、少先队的俱乐部，还有我们那个著名的交响乐队。你知道吗？格尔曼，我总觉得自己把童年留在另外一座城市里了，很远很远的地方，但是它并没有结束，还在继续，只不过没有我而已。（沉默片刻）你记得我们一年前是怎么认识的吗？

格尔曼 在特维尔大街上闲逛……

塔尼娅 吃着冰激凌……

格尔曼 到三个电影院去看电影。

塔尼娅 看同一部片子。后来又在莫斯科游荡，玩了一个通宵，直到头班电车开上大街。后来我上学也迟到了……

格尔曼 那你……你放弃学习不后悔？否则明年春天你就是个医生了：要知道你只差一年就要毕业了。

塔尼娅 看你……又来了，你任何时候都别对我提这件事……因为我爱你，爱就意味着忘我，为了爱人而忘我。我愿意整夜整夜地搞你的图纸，因为你的工作成了我的工作，因为你就是我。

格尔曼 但是，你总不能一辈子以我为生呀。你要明白，这样很枯燥，塔尼娅！

塔尼娅 枯燥？谁感到枯燥？

［格尔曼沉默无语。

你看，我们吵架了……而且在这样的晚上！

［沉默。

别急，别急，我拔腿就走，永远不再回来。你会哭吗？

格尔曼 会的。

塔尼娅 就是嘛。

［停顿。

快求饶。你永远别再欺侮我了，听见吗？

格尔曼 听见了。

塔尼娅 还有，任何时候也别对我撒谎。任何时候——不管出现什么情况。

［格尔曼热烈地吻她。

别这样吻我。

格尔曼 为什么？

塔尼娅 （指着鸟笼）谢苗·谢苗内奇看着呢。它还年轻得很，我们的小乌鸦。（低声）为它，为我们自己……为我们所爱的一切干杯。

［一片寂静。他俩无言地坐着，紧紧拥抱在一起。

格尔曼 多静啊。

塔尼娅 整个世界上好像一个人也没有。

格尔曼 只有你和我。

塔尼娅 你和我，我和你。

格尔曼 你和我，还有谢苗·谢苗内奇。

塔尼娅 下雪了，你喜欢下雪天吗？

格尔曼 喜欢。

塔尼娅 非常喜欢吗？

格尔曼 非常喜欢。

塔尼娅 我也非常喜欢。让它下吧。

格尔曼 让它下吧。

［沉默。

塔尼娅 这是什么？

格尔曼 酒杯打碎了。

塔尼娅 （轻声地）你看，我们也在摔餐具呢。

［停顿。

这会儿北方肯定怪可怕的。漫天的风雪……狼群……大狗熊……你怕大狗熊吗？

格尔曼 不怕。

塔尼娅 一点都不怕？

格尔曼 一点都不怕。

塔尼娅 我也不怕。让它们活着吧。

格尔曼 好吧。

［刺耳的铃声。

塔尼娅 （喊道）杜霞，我们不在家。

格尔曼 她已经把门打开了……

塔尼娅 进来了……

［敲门声。

请进来。

［沙曼诺娃站在门口。这是一个高大、漂亮的三十岁女人。黝黑的皮肤被风吹得有些粗糙，头发呈金色，嗓音低沉。

沙曼诺娃 对不起……我找巴拉绍夫，格尔曼·尼古拉伊奇。

塔尼娅 哎哟，大家都在找格尔曼·尼古拉伊奇。哎哟哟。

格尔曼 （有点腼腆地）我就是巴拉绍夫……

沙曼诺娃 我姓沙曼诺娃。

格尔曼　是玛丽娅？

沙曼诺娃　是的。（向塔尼娅）亲爱的，这是怎么啦？您为什么这样望着我？

塔尼娅　报纸上登的那张照片您鼻孔朝天，还特别明显呢。……是印错了。真的，简直令人气愤。不过，您知道，我们已经为鼻孔朝天的人干杯过了。

［格尔曼向塔尼娅做手势。

要我出去吗？

［停顿。

沙曼诺娃　（含笑望着鸟笼）有意思——我从来没看见有人在屋里养乌鸦。

塔尼娅　这是谢苗·谢苗内奇，我们的小乌鸦。

沙曼诺娃　不过，最好还是放了它吧……干吗把小鸟困在不通风的屋子里呢？

塔尼娅　瞧您说的！我们拾到它的时候，它还小得很哪。就那么一丁点儿大。（比画）当时还不会飞。

沙曼诺娃　不管怎么说，它在屋里是学不会飞翔的。

［停顿。

塔尼娅　您没有套鞋吗？哎呀，看您把地板都搞脏了！

格尔曼　（走到门口）我们到另外一个房间去谈吧，那里方便些……

沙曼诺娃　（跟着格尔曼）请别生气，我打扰您丈夫……（看表）嗯，不会超过十五分钟。

［两人下。

塔尼娅 十分感谢。（走近鸟笼）听见了吗，谢苗·谢苗内奇？这才好，（在屋里走了几步。走近钢琴。弹了几个和音。略带挑衅口吻）格尔曼，我妨碍你们吗？

格尔曼 （在邻屋）一点儿也不，亲爱的……

［塔尼娅轻轻地给自己伴奏，吟唱贝多芬的爱尔兰歌曲。

塔尼娅 杰米比谁都可爱，我可爱的杰米，

杰米爱我，始终不渝。

他只有一个短处，不理解女人的心意，

不懂女人的俏丽，唉，真可惜，真可惜……

［铃响。过道里传来快活的说话声。杜霞快步上。

杜霞 （不掩饰自己满意的情绪）塔吉扬娜·阿历克谢耶夫娜，您的朋友们来啦，医学院的……学生。

塔尼娅 （快乐地）是吗？叫他们来，杜霞，叫他们来。泡茶。哎，格尔曼·尼古拉伊奇，我也有客人了！快点去啊，杜霞。

杜霞 我就去，塔吉扬娜·阿历克谢耶夫娜。（向房门走去）

塔尼娅 不！……你等一等。（考虑）也许不值得？他们会怜悯我，劝我回学校上学，会说我毁了自己的一生！回回都是老调重弹……也许，不必让他们进来。杜霞，你说呢？

杜霞 我不知道，塔吉扬娜·阿历克谢耶夫娜。

塔尼娅 （沉默片刻）你告诉他们说……就说我不在家，就说我和丈夫看戏去了。是的，是的，看戏！

杜霞　随您便，塔吉扬娜·阿历克谢耶夫娜。（下）

［塔尼娅向房门走去，谛听过道里的动静。快活的谈话声渐渐沉寂下去。传来抱歉的话声。接着是大门关上的声音，一片寂静。

杜霞　（返回）都走了。你们的吉列维奇非常伤心。冉涅琦卡得了牙龈脓肿病，她说是在火车上着凉引起的。

塔尼娅　随它去，反正没关系。

杜霞　她给您写了张条子。这就是。（把纸条交给她，下）

塔尼娅　（读纸条）“塔尼娅，别撒谎，因为我们听见你在唱歌，一切都很清楚：我们成了你生活中的多余人。亲爱的朋友，分别是痛苦的，但是就照你的意思办吧。我们不再来找你。祝你幸福。冉尼娅。”（默默地站了一会儿，似乎在思考）是啊，没关系……就这样好了，就这样好了。

［格尔曼和沙曼诺娃出现在门口。

沙曼诺娃　五个月后我再到莫斯科来。四月底前后。那时，部务委员会对您的方案会做出决定的。顺便说一下，图纸画得漂亮极了。是谁画的？

格尔曼　（指着塔尼娅）是她……

沙曼诺娃　这么说，亲爱的，您是绘图员？

塔尼娅　我只给他画图。这给我带来很大的快乐。

［尴尬的停顿。

沙曼诺娃　您大概有孩子了吧？

塔尼娅 是的。

沙曼诺娃 年纪不小了？

塔尼娅 （指着格尔曼）就是他。

沙曼诺娃 原来您喜欢开玩笑。（向格尔曼）这么说，如果试验成功，您就得到我们那里去……您到过西伯利亚吗？

格尔曼 伊尔库茨克以东没去过。不过，西伯利亚的西部我很熟悉：我父亲是家传的西伯利亚工程师。我十分乐意到您那儿去。因为按学的专业来说，我是地质工程师，而采掘机的设计工作——只不过是个……偶然的想法！

沙曼诺娃 那好啊……明年春天我们再来谈这个问题。（向塔尼娅）再见，亲爱的。（下）

格尔曼 （望着她身后）她真是个……（找不到适当的词）对吗？

塔尼娅 她来干什么？

格尔曼 你知道，部务委员会讨论了我的设计方案，而且……而且，如果试验成功的话……

塔尼娅 （激动地）说呀，怎么样？

格尔曼 把我的采掘机作为试点，安装在沙曼诺娃的矿上。

塔尼娅 格尔曼！……（快乐地）格尔曼，你看是吧？我本来就知道——我对你说过……你，你是最有天赋的人！

格尔曼 只希望试验能……我怕想这件事。

塔尼娅 那你就别去想它，亲爱的……一切，一切都会很好的。

格尔曼 是的！咱们出去玩玩吧。今天这个晚上是我们的，我们一起度过这个晚上。

塔尼娅 去看戏!

格尔曼 我非常想看杂技。

塔尼娅 不!（庄严地）我们去看戏!（看报纸）今天大剧院上演《叶甫盖尼·奥涅金》。格尔曼，亲爱的，咱们想办法搞票去！我太喜欢《奥涅金》了。你等等我，我马上就换好衣服。（跑进邻屋）

［电话铃响。

格尔曼 （拿起听筒）是啊……您是谁呀？……别开玩笑了。（笑）谁呀？……我不明白……（惊叫一声）米海伊！是你吗？从哪儿来！……从阿尔丹来？谢辽什卡和你一同来的吗？（哈哈大笑，听了好长一阵子，又哈哈大笑）整整一年没见面了……不行，今天我没空……什么？你们明天就走？如果我和妻子一块儿来呢？……那为什么呢，米沙？……是的，是的。当然，我明白——朋友们的聚会……不，明天早上也没空……

［停顿。

什么？……谈过我的采掘机？你亲耳听见的？那好吧，为了友谊，我愿意牺牲一切。你等我，我马上就到!（挂上听筒）

［塔尼娅跑进来，身上穿着一件漂亮的新连衫裙。

塔尼娅 亲爱的……今天是我们的日子。我却很自私，对吗？你想看杂技吗？那好吧，我们就去看杂技。杂技团里有滑稽的小丑、驯兽，你会感到快活的。我们走吧！去看杂技，亲爱的。

格尔曼 听我说，刚才有人打电话给我……我们……不能一起度过这个夜晚。

［停顿。

塔尼娅 （轻声地）和我们的采掘机有关吗？

格尔曼 （沉默片刻）一般来说，有关！

［停顿。

塔尼娅 那你就去吧。把我们的图纸给你拿来吗？

格尔曼 （想了一下）不，大概不需要图纸。

塔尼娅 你很快就回来吗？

格尔曼 不知道……（迅速地）大概快不了。

［尴尬的沉默。

你待在家里吗？

塔尼娅 我还能上哪儿去呢？

［停顿。

格尔曼 可惜你没有朋友……

塔尼娅 可是我有你呀。

格尔曼 你知道，我觉得，我们各自都应该有自己的个人生活。

塔尼娅 你这样想吗？

格尔曼 假使你无论如何不想回学校念书，那就……

塔尼娅 就怎么？

格尔曼 你知道吗？（微笑着）我们给他取个名字叫尤尔卡。

塔尼娅 不，格尔曼，不行。只要你和我。那样的话，咱们就是整整三个人。你会爱孩子的，我可是不愿同任何人分享你的爱。甚至和孩子也不行。

格尔曼 听我说，我还是留在家里……我……哪儿也不去。

塔尼娅 （扑向他）亲爱的！

［停顿。

不，不，你应当去，格尔曼……（替他穿上大衣，围上围巾）快点回来——我等你……和谢苗·谢苗内奇一起等你！好，你去吧！（把他推出去）去吧，格尔曼。

［关门声。塔尼娅漫无目的地在屋里来回走着。熄灯，躺到长沙发上。

杜霞 （从过道方面稍微打开一点门缝，站在昏暗的门口）塔吉扬娜·阿历克谢耶夫娜！

塔尼娅 什么事，杜辛卡？

杜霞 邻居的孩子死了……

塔尼娅 什么？

［沉默。

男孩吗？

杜霞 女孩。

［停顿。

塔吉扬娜·阿历克谢耶夫娜，您在家待着吗？

塔尼娅 是的。

杜霞 我可以和哥哥一起去看电影吗？

塔尼娅 当然可以，你们去吧，杜辛卡。

［杜霞下。塔尼娅打开收音机。传来歌剧《叶甫盖尼·奥涅金》的序曲。塔尼娅默默地听着。然后猛地站起来，开灯，拿下柜子上放着的图纸，放到桌子上。

这一张好像有点脏。我们再来画一张！（向小乌鸦）晚上一过，格尔曼回家一看，图纸画好了。干活，谢苗·谢苗内奇，干活吧！（她幸福地笑着，低头画图纸）

第二场

一九三五年五月一日

［同一房间。户外春意盎然。敞开的窗户外边是节日的莫斯科，辉煌的万家灯火。格尔曼家的小型聚会。这里有塔尼娅、沙曼诺娃、格尔曼的朋友们——年轻的地质工作者。人们谈笑着。有人在弹钢琴。屋角传来巴拉莱卡琴的叮咚声。米海伊，一个满脸胡子的壮实胖汉，举起酒杯，想让大家安静下来，但白费劲。

米海伊 朋友们……朋友们，我不能沉默。

喊声 米海伊又不能沉默了——把他赶走。

静一静……叫他说吧。

——你说吧，米海伊。

米海伊 （庄严地）地质工作者弟兄们！勇往直前的热心家们！三十

年代的人们！地质学院的大笨蛋们今天成了探矿者和工程师！三年前我们告别了学院，告别了同学们，我们满载着学到的经验，满怀着找矿的激情，到处奔跑。三个年头过去了，今天，五一节这一天，我们聚集在这里祝贺我们大家庭的英雄——格尔曼·巴拉绍夫！

喊声 格尔曼，站起来！给大家亮亮相！

［格尔曼站起来。

米海伊 三天前，他的电动采掘机最后一次试验结束了，我们大获全胜。我说我们，因为美国的牌子被我们苏联的、巴拉绍夫的牌子击败了。他就站在我们的面前，我们尊敬的朋友和设计家。我们为他的天才，为我们学院，为我们亲爱的系主任干一杯！乌啦！……

［欢叫声，碰杯声。钢琴和巴拉莱卡琴奏庆祝曲。

喊声 米海伊真有两下子！原来阿尔丹的人善于发表演说！……

米海伊 阿尔丹人还善于完成计划。这是某些哈萨克斯坦人远远做不到的。

［哈哈的笑声。

喊声 尝到滋味了，雅申卡？

——给他点厉害尝尝，米海伊！

——哎，大胡子来一手呀！

格尔曼 请大家注意！（站起来）我建议为在工作中帮助过我的那个人……为我的成功多亏于她的那个人……为玛丽娅·多纳托夫娜

干一杯！

米海伊 聪明的发言，听起来也快活！（向沙曼诺娃）为您干杯，亲爱的。

[全体碰杯。祝贺声。塔尼娅离开桌子，走到乌鸦笼前。

米海伊 （向格尔曼）说得有感情，滑头。（笑）不，这里头有点小秘密。（向塔尼娅）我要是处在您的地位，会注意到这一点的，女主人。您说呢？……（哈哈大笑）以自己的大胡子担保……

[稍停顿。

沙曼诺娃 顺便问一句，您是怎么留出这样一把漂亮的大胡子的，米海伊？

米海伊 哎，玛丽娅·多纳托夫娜，尽力而为，总是可以达到目的的。

沙曼诺娃 您相信是这样吗？

米海伊 不过，这样还不够。不仅要做到尽力而为，而且要做到有志者事竟成……这就比较困难些。您还是嫁给我吧。

沙曼诺娃 哎哟！我看得很清楚，在这个问题上，您会毫不犹豫地采取行动……

米海伊 是生活教会我的，玛丽娅·多纳托夫娜。

沙曼诺娃 （笑了）您不可救药了，米海伊。

米海伊 不可救药才好，也许某个人会来救一把的。

[格尔曼走近塔尼娅，她在逗小乌鸦。

格尔曼 哎，把鸟笼给我。

塔尼娅 你舍得谢苗吗?

格尔曼 当然舍不得。不过我们本来已经决定放掉它的。

塔尼娅 （大声）请注意！请全体注意！（举起鸟笼）你们面前是谢苗·谢苗内奇。整个冬天它是我们的好朋友，我和格尔曼一起决定在五一节这一天放掉它。今天这个日子来临了。特建议安排盛大的欢送仪式。

［有人在钢琴上奏欢送曲。全体走向鸟笼。

米海伊 （唱）上帝的鸟儿无忧无虑哟……

全体 （跟着唱）搭个结实的窝儿，却不肯花力气哟……

塔尼娅 （庄严地）尊敬的谢苗·谢苗内奇！痛苦的分别时刻来到了。你长大了，强壮了，从一只瘦弱的小乌鸦，长成一只结实的、羽毛丰满的大乌鸦。今天适逢五一佳节，我们放你去漫游，祝你一路顺风。（向乌鸦鞠躬）别了，谢苗，有什么对不起你的地方，请包涵！

［欢送曲。全体围着鸟笼，向鸟儿鞠躬。

喊声 握握它的小爪子！

——别一拥而上，一个个来。

格尔曼 轻一点……打开小门……现在放吧。

塔尼娅 别了，谢苗·谢苗内奇！

格尔曼 飞走了。

塔尼娅 没有……落在窗帘架上了。

格尔曼 见鬼，它不想飞走……

塔尼娅 怎么办呢?

米海伊 (喊道)飞吧，飞吧，谢苗·谢苗内奇!

塔尼娅 您别喊叫，它飞回来了!

[全体站在窗户旁边挥手。塔尼娅挥毛巾。全体喊叫。

米海伊 哦……原来是受惊了……它拐弯啦。

塔尼娅 飞向林荫道……

[街上音乐声起。

喊声 在哪儿?我看不见。

——就在那幢房子后面。你看见吗?

——没有!

塔尼娅 飞走了。(望着空鸟笼)它曾经是我们最幸福的日子的见证……你记得吗，格尔曼?通宵地工作，面包夹香肠，图纸和希望……希望，希望。(轻声地)现在希望实现了。

沙曼诺娃 为什么这样悲伤，塔纽莎?

塔尼娅 当幻想实现的时候，总有一点悲伤。

格尔曼 我的采掘机通过了全部试验。请问，该哭吗?

塔尼娅 你又没理解我……唉，没办法。

[有人用力拨低音弦。

格尔曼 (向沙曼诺娃)我给您倒点茶。(走向桌子)

米海伊 (手上拿着吉他)喂，弟兄们，唱一支西伯利亚歌曲吧……

[男声低声合唱一首节奏缓慢的西伯利亚歌曲。米海伊弹着吉他伴奏。沙曼诺娃走近塔尼娅，把手放在她的肩上。塔尼娅望

着她。她们无言相对片刻。

沙曼诺娃 塔吉扬娜……请问您怎么啦？

［塔尼娅默默无语。

您心里有点不安……也有点戒备的情绪……好像担心……

塔尼娅 我什么也不担心。

沙曼诺娃 我还记得，在二十岁的时候，满脑子稀奇古怪的幻想。快乐的计划，希望，许许多多的心愿。对吗？

塔尼娅 也许是的。

沙曼诺娃 不过，我不清楚您的心愿是什么。（温和地）我比您大得多……还有，您要理解我，不能无动于衷……甚至对于自己。

塔尼娅 （严肃地）谢谢您的忠告。

沙曼诺娃 我明天走。彻底走了。也许我们再也见不着面……我是非常不愿意同您这样分手的。

塔尼娅 您走了以后，我和……我和谢苗·谢苗内奇会忘记您的。（望见空鸟笼）唉，是啊……

［停顿。

这么说，明天就走？

沙曼诺娃 您真怪，塔吉扬娜，您好像失去了什么似的。

塔尼娅 是的，一个愚者所失去的东西，一百个智者也难找到。

［停顿。

您到桌子那边去吧。格尔曼给您倒了一杯茶。快凉了。（走到一旁）

［沙曼诺娃看看表。

米海伊　喂，为谢苗·谢苗内奇，为它一路顺风干杯！您为什么滴酒不沾呢，女主人？

塔尼娅　（轻声地）我不能喝，米海伊，我不能……

格尔曼　别管她……莫名其妙地生起气来了。

米海伊　不，我决不放过！（把塔尼娅拉向钢琴）唱一段，小宝贝，别害臊。

塔尼娅　我不想唱，米申卡……

格尔曼　干吗扭扭捏捏呢？唱吧，大伙在求你。

喊声　请塔纽莎唱歌！

——请女主人来一段！

——嘘……静一静……

塔尼娅　（唱）

杰米比谁都可爱，我可爱的杰米，

杰米爱我，始终不渝。

他只有一个短处，不理解女人的心意，

不懂女人的俏丽，唉，真可惜，真可惜。

唉，要是他知道，我是多么爱他哩，

一心想着同他再欢聚。

（中断唱歌。沉默无语。慢慢站起来，扶着钢琴）

格尔曼　（莫名其妙）出了什么事？

塔尼娅　（无力地一笑）快扶着我呀，小傻瓜，我要摔倒了。

沙曼诺娃 您怎么啦？

塔尼娅 两眼发黑……天旋地转……

［格尔曼抱着她，放到沙发床上。

米海伊 喂，小伙子们，都到另外一间屋子去……快点，快点……

［大伙离开。格尔曼递给塔尼娅一杯水。

塔尼娅 （抬起头来，注视格尔曼，突然止不住哈哈大笑）格尔曼呀，格尔曼……你真好笑……你甚至想象不出你有多好笑。（笑得喘不过气来）大名鼎鼎的丈夫端来一杯水……

格尔曼 这么说……你是故意装出来的……你想把我的朋友都赶走……

塔尼娅 （微笑）一点钟敲过了，我向你报告一个秘密。快跪下，我的爱人，快跪下……

格尔曼 我不愿意听你瞎说！（走向门口）

塔尼娅 不过，格尔曼，我是想说句严肃的话……

［关门声。

（孤单一人）傻瓜。他辜负了我的秘密。对吗，谢苗·谢苗内奇？（回身一望）是啊……尊敬的谢苗在到处流浪。

［杜霞从通向过道的门口上。她浑身上下舞会打扮，戴着一副满脸笑容的丑角面具：长鼻子，大得出奇的嘴巴。

（吃惊地）哎呀！……是谁？

杜霞 （摘下面具）是我……是我，塔吉扬娜·阿历克谢耶夫娜。您别怕！

塔尼娅 是杜霞？……

杜霞 （响亮地笑着）好滑稽的面具……笑死人了！我把它送给您……今天的日子多好啊！我是头一次在莫斯科过这个节日。

塔尼娅 您这是一套什么衣服，杜辛卡？

杜霞 化装服！我和哥哥他们厂一起去参加了游行……（庄严地）坐在卡车上。塔吉扬娜·阿历克谢耶夫娜！我总以为会碰见您的。

塔尼娅 我没去。今天我有点不舒服……格尔曼和朋友们站在观礼台上。

杜霞 他真幸福！不过，在卡车上也很快活……

塔尼娅 您干吗来上班呢，杜辛卡？今天是您的休息日呀。

杜霞 我有事来找您，塔吉扬娜·阿历克谢耶夫娜……您可别生气……（不知如何是好）我非常非常地爱您，不过，我们这样谈定吧，从十五号起我就不在您这儿干活了……十五号以前我还来……到时候我就走。（微笑）哥哥叫我到厂里去工作，他们厂里晚上还有技术学校。大家都在劝我。（不好意思）塔吉扬娜·阿历克谢耶夫娜，我想念书……当个工程师，就像格尔曼·尼古拉伊奇那样。

塔尼娅 您以为当个工程师是那么容易吗？

杜霞 为什么？我知道很难……当然，我在城市里才待了一年，只读了农村小学……但是，我什么也不怕，我只有十七岁，我的愿望非常强烈。为什么要把自己的青春浪费在别人身上？……（觉得不好说出口）我还很有前途呢。

［停顿。塔尼娅默默地望着她，似乎在斟酌一项重要的决定。突然她搂住杜霞，吻了一下。

您怎么啦，塔吉扬娜·阿历克谢耶夫娜？……

塔尼娅 没什么！（沉默片刻）这一切都完了，都完了。（摆一摆头）听我说，杜辛卡，如果您打听到有人愿意做家庭女工，或者最好是保姆，（微笑）就请把我的地址告诉她。

杜霞 （也笑了一笑）难道您……

塔尼娅 （轻声地）是的……

杜霞 （兴奋起来）格尔曼·尼古拉伊奇大概非常高兴吧？

塔尼娅 他还不知道呢……您别对他说，杜霞，我自己告诉他……因为这是为了他，仅仅是为了他我才要的。

杜霞 干吗是为了他？孩子对母亲来说是最大的快乐。

塔尼娅 不，杜霞，我不想要孩子……我才二十二岁……突然要生孩子！……

杜霞 二十二岁也不小了，塔吉扬娜·阿历克谢耶夫娜。

［沉默。街上汽车喇叭声。

好了，我走了——司机叫我呢！……是啊，我还有件事：我哥哥搬到他爱人家去了，因此房东要把房子租出去，如果有合适的房客，请您给介绍一个……

塔尼娅 好吧，杜辛卡……

杜霞 现在我们全车人都到俱乐部去……那儿举办化装舞会，还有抛彩纸游戏……（活跃起来）您也给客人们开个玩笑吧……戴上假面具，裹上白被单……假装不是您……或者是藏起来，然后用吓人的嗓子说……

［她们笑着走向过道。街上传来无线电广播的声音，音乐在大地上空荡漾。沙曼诺娃从邻屋走出来，格尔曼跟着她。

沙曼诺娃 不，不，我明天该回去了，可是还有数不清的事要办……我不常来莫斯科，而我的莫斯科朋友和琐事有整整一车厢——我得赶快走！（微笑）十年前大学毕业的时候，我也曾在莫斯科游荡……穿着一件军大衣，戴一顶缺一只护耳的帽子……您能想象出我的样子吗？我们那个年级的人都是从枪林弹雨里出来的，直接从前线回来的，很严肃的一批人……而现在大家都是胡子老长，经验丰富，儿女成群啦……

［停顿。

是啊……儿女成群。

格尔曼 那您有孩子吗？

沙曼诺娃 我……没有。

格尔曼 可是您不是……结过婚了吗？

沙曼诺娃 没有……您知道，我年轻的时候爱过一个很好的人，起先我们没时间谈恋爱，后来反革命匪徒把他打死了……那是一九二六年在布哈拉的事。（沉默片刻）我从来没有过自己的家。我记不得自己的母亲，父亲一九一二年牺牲在勒拿河上。生活就是这样——非常艰难。即使一心埋头工作也不行。（微笑）不过……一切都会好起来的，对吗？只要认真地生活，明天一定比昨天好。

格尔曼 玛丽娅·多纳托夫娜，明天您就要走了……有些事是不能用语言来表达的……不过，对我来说，您是最美好的人……在一切方面。（激动地）这一切听起来都很蠢……让它们见鬼去吧……

沙曼诺娃 您看看！还向我发脾气呢！……请把我的大衣拿过来吧，快点。

［格尔曼到过道里去，拿一件大衣回来。

格尔曼 我看得很清楚，您讨厌我，总是挖苦我，讥笑我……而这几天，您干脆回避我……（尖锐地）一般来说，我非常不喜欢您同我谈话的姿态——我不是小学生，您也不是我年长的亲戚。

［停顿。

再过两个星期我就要到您的矿上去安装我的采掘机。部里已经同意了。请您不要忘记。

沙曼诺娃 您还是留在家里吧。没有您，我们也能搞好。

格尔曼 两星期前您的态度完全不同。我认为，您我之间的个人关系不应当影响事业。我反正要到矿上来。我已经讨厌莫斯科，讨厌这个房间……而且我不习惯老待在一个地方！……我的童年都是在东奔西跑中度过的。

沙曼诺娃 您父亲喜欢旅行吗？

格尔曼 不得不喜欢。他的脾气很不好。对人很急躁，和谁都搞不好关系。他只爱……

沙曼诺娃 只爱您的母亲？

格尔曼　不，只爱我。

［停顿。

沙曼诺娃　您听我说……如果您来的话，至少要待两三个月。当然，问题不仅在于安装，您还应当看看您的采掘机在实际生产条件下的情况。尽管它完美无缺，但是，通过实际观察以后，必然需要进一步改进。……（沉默片刻）因此，您带着塔尼娅一起来吧。

［停顿。

哎，怎么样？……您干吗不吱声？

格尔曼　我担心她在那儿无事可干。

沙曼诺娃　难道她在这里就有事干了？

［格尔曼沉默无语。

一般来说，她会做什么工作？

格尔曼　她多少会点儿音乐，多少会描点儿图纸，而且多少懂点儿医学。但是，实际上她什么也不会。

［停顿。

最可怕的是她完全缺乏个人的兴趣……

沙曼诺娃　可是，她是为了您才退学退职的……

格尔曼　（热切地）我不希望她这样……我说了不止一百次，叫她复学。

［塔尼娅戴着满脸笑容的面具，肩上披着一条长桌布，悄悄地从过道上。躲在窗幔后面。

明天早上我到车站去……送您。

［停顿。

沙曼诺娃　如果我非常诚恳地请求您不要来呢？

格尔曼　我不走到您跟前，我站到另外一节车厢旁边，从……远处看看您。

沙曼诺娃　不必啦……真不必啦。再见。我今天太累了。

格尔曼　您等一等……难道您不明白，如果没有任何希望再见到您，那我会感到非常难过的，我简直没法生活下去。

沙曼诺娃　（她越来越难于装作无动于衷）一切都会过去的……一切都会忘记的，您听见吗？

格尔曼　为什么……为什么您不相信我？

沙曼诺娃　无论我有什么感情，怎么想念您……难道还有什么意义吗？

［停顿。

是啊……我也觉得同您分手是很难受的……

格尔曼　玛莎！……

沙曼诺娃　也许这些话不应该说的……是的，是的，当然是不应该说的。

格尔曼　我……我和您一块去。

沙曼诺娃　不，我一个人去，您会忘了我的。

［停顿。

她非常爱您，格尔曼。

格尔曼　（热切地）这么说，照您的意见，我应当放弃幸福，因为……

沙曼诺娃 （打断他）幸福？……不，这是别人的，偷来的幸福。我不需要这样的幸福。

［停顿。

您是了解我的，我说了的话是算数的。永远算数。

格尔曼 （望着她）我明白了。（低下头来）

沙曼诺娃 谢谢。（坚决地）这么说，您同塔尼娅一起到矿上来。

格尔曼 好吧。

沙曼诺娃 明天您也别到车站来。（走向过道）

格尔曼 好吧，我不去。（跟着她下）

［街上的无线电广播着圆舞曲。塔尼娅慢慢地从窗幔后面走出来。她仍然戴着那副怪诞的、满脸笑容的面具，桌布从她肩上滑下来。塔尼娅慢慢地在屋里走着，取下面具，望着它，就好像吓了一跳似的把它扔到地板上。邻屋里爆发出一阵笑声。塔尼娅奔向窗户，抓住窗框，久久望着灯火辉煌的城市。然后快步跑到柜子旁，取出箱子，飞快地把各种衣服乱七八糟地塞进去，既不看是些什么东西，也不假思索。屋里钟响。塔尼娅穿上外套，戴上帽子，走向门口，停住脚步，久久望着房间，走近她喜爱的小摆设旁边，拿起儿童音乐匣子，上发条——传来悦耳的叮咚声。她迅速地把小匣子藏进衣袋，走向门口，再次停住脚步。过道里传出响声。

塔尼娅 是格尔曼……怎么出去呢……千万别照面……

［无线电广播着熟悉的波尔卡舞曲。塔尼娅望着柜子，像以往一样，钻进柜子，随手关上柜门。格尔曼急步穿过房间。塔尼娅从柜里走出来。

头巾在哪儿？……一定要戴头巾。

格尔曼 （返回）你到哪儿去？茶呢？

塔尼娅 茶壶在厨房里，好像已经开了……我要到裁缝那儿去一会儿。

格尔曼 你就回来吗？

塔尼娅 是的……路不远。（忍不住，跑到他身边，紧紧拥抱他）

格尔曼 你怎么啦？

塔尼娅 你是个好人，对吗，格尔曼？……你是个好人……你说，你是个好人，快说呀——“我是个好人”。

格尔曼 （微笑）我是个坏人。

塔尼娅 不，不，是个好人……就让你过好日子吧。（微笑地望着他）别忘了付钢琴的租金……我们已经欠账了……（向门口走去）

格尔曼 塔尼娅！……

塔尼娅 （停住脚步）什么事？……

格尔曼 你给我买一盒烟来。你有钱吗？

［塔尼娅不吱声。

给你，拿去吧……（把钱递给她）买一盒卡兹别克牌香烟。

塔尼娅 好吧。

［格尔曼走进邻屋。塔尼娅望着钱，把钱放在桌子上，快步下。

不一会儿，传来大门的关闭声。

—— 幕落 ——

第二幕

第三场

一九三六年三月十三日

［莫斯科市郊一幢木房里的一间小屋子。墙上贴着淡色糊墙纸。陈设简陋。角落里摆着一张小孩床，上面盖着白棉毯。中午。塔尼娅在窗前熨衣服。她身旁桌后坐着老奶奶。室外下着雪，透过窗子可以看到披着银装的树木。

老奶奶 （继续说着）是啊，宝贝，我经历过不幸的年代！连出嫁都是被强迫的。（考虑一下）不，我一点也不怜惜自己的丈夫。他那叫人羡慕的商人生活，真够我受啊。婚后他把我带到莫斯科的时候，我哭了三天三夜。（默然片刻）在莫斯科，一个名叫万尼亚·沙普金的灯匠常常在我们房前路过。他是一个纯朴的、憨厚的小伙子……我那饱尝痛苦的心渴望有人来体贴我，所以我就爱上了万纽沙。我记得，那是在春天，我做完早祷以后回家的路上。他在我们家的花园旁边遇见了我，我们一直谈到大天亮。那一年复活节来得晚，树上绿叶才发芽，我们家花园里特别好……莫斯科整夜都在打钟。

［停顿。

是啊……我们的爱情没有持续多久，秋天万纽沙被抓去当兵了。我等他——等了一辈子，到底没等着。我的万纽沙在当兵的时候失踪了。

［停顿。

塔尼娅 他没回来？

老奶奶 没有。我一点也不喜欢自己的丈夫，他太喜欢夸耀自己的财产……而等他死后，算了一下他的财产，除了一身债以外，什么也没有。我本该回农村去的，结果因为是个女人，头脑笨，留在这儿了。我既没有女儿，也没有儿子——孤单单一个人。一辈子也就这样混过来了——我已经八十五岁了，还是在等待……别的老太婆都准备后事了，我还在等啊等的。

塔尼娅 您还在等什么，老奶奶？

老奶奶 我白白地混了一辈子……除了万纽沙以外，没什么值得回忆的。夜里躺着躺着，真想回味一下青春——可是却不行……一辈子空空的，就好像没经历过。

［停顿。传来钢琴声，有人在顽强地学习弹音阶。

塔尼娅 这是谁在弹？

老奶奶 一个小女孩……鞋匠马特维的女儿。想当音乐家。

塔尼娅 （轻轻地）我快一年没弹了……是啊，手指头都不听使唤了。可真想啊……

老奶奶 你尽说蠢话……你还年轻，傻瓜……

［停顿。

塔尼娅 老奶奶，您别生气，这个月房钱我晚交几天……这些天没活干。

老奶奶 唉，你跟人家不一样。向他父亲要钱嘛，到底是他的孩子呀。

塔尼娅 尤里克是我的，是我一个人的！……他没有父亲，他甚至不知道，还有……别再谈这个了，老奶奶！

老奶奶 你是个小傻瓜，总在瞎想……现在有这条法律。你却在瞎想。（温柔地）他睡了吗？

塔尼娅 （走近小床）睡了。（微笑）

老奶奶 那就让他睡吧，这是他的工作。至于钱的事，你别操心——什么时候有，什么时候再给。

［过道里有响声。

塔尼娅 杜霞！

［跑向房门，在门口同杜霞撞个满怀。她长大了，变化很大，简直认不出来了。

哎……你怎么去了这么久？快脱衣服吧……从你早上走了以后，我一直在看钟。喂……你看见啦？

杜霞 看见了。

［停顿。

塔尼娅 你说，他变成什么样了？老了？变化很大吗？

［停顿。

你干吗不说话呀？他病了，生病了，是吗？

杜霞 我按次序说……我登上楼梯，按了按门铃，门上还挂着那块写着你的姓名的旧牌子。

塔尼娅 （高兴地）是吗？

杜霞 起先很久不开门，后来我听见脚步声，格尔曼·尼古拉伊奇亲自开的门……他一看见我高兴极了。他说："杜霞，简直认不出你啦……"他老是在笑。

塔尼娅 他快活……

［停顿。

杜霞 是快活……还请我喝茶。

塔尼娅 他自己煮的茶？

杜霞 不是。

塔尼娅 （不安地）那是谁？

杜霞 他不是一个人来的，塔纽莎……

塔尼娅 （轻声地）同她一起来的？

［停顿。杜霞点头。

她也住在……我们那个房间里？

杜霞 （沉默片刻）他们结婚了，塔尼娅。

［停顿。

塔尼娅 是吗？（把手里的一盒火柴捏来捏去）随它去吧……随它去吧……（走到窗口）

［沉默。

杜霞 后来他仔细问我的情况……我说，秋天我去考大学。是呀，他非常赞成……玛丽娅·多纳托夫娜也赞成。

［停顿。

塔尼娅 （迅速）谈到我了吗？

杜霞 他问我，知不知道你在哪儿。我像我们说好的那样，对他说：你到克拉斯诺达尔父母那儿去了，去年春天就走啦。

塔尼娅 他是怎么……怎么问起的？

杜霞 好像很激动。他说只收到过你一封信，你记得吗，就是你写的，说你永远离开他了。他说："这以后我给她写过信寄到克拉斯诺达尔去，可是没收到过回信。"他很为你担心。

塔尼娅 是的，是的，他是个好人……本来嘛，我怎么会爱上一个坏人呢？你说对吗？

杜霞 难道你爱他？要是爱他，就不应当离开。

塔尼娅 也许是的。

杜霞 你知道，我差点说出来……我坐在那里，就好像有人在劝我——说吧，说吧：您有个儿子，格尔曼·尼古拉伊奇……

塔尼娅 不！……就让他不知道，让他不知道好了。

［又传来音阶声。

杜霞 格尔曼·尼古拉伊奇那儿的钢琴不见了……退回去了……

塔尼娅 他要钢琴干什么……

杜霞 无线电也不响了，他们说风把天线吹断了。

塔尼娅 小木板没摘下来？

杜霞 小木板还挂着……

塔尼娅 让它挂着吧。

[停顿。

杜霞 您，老奶奶，别等我吃午饭，今天我们的课一直要上到晚上。

老奶奶 你又走了？今天是星期天呀。

杜霞 不行，明天要测验。

老奶奶 （满意地）唉，测验，测验……你简直着魔了！……

杜霞 （戴帽子）好啦，我得赶快跑去。我的手套都破了。

塔尼娅 你放着吧，我来补。（拿手套）哎，快去吧，要不然会迟到的。

杜霞 （轻轻地）你……你别伤心，塔纽莎，别伤心……

[停顿。

塔尼娅 我用黑线补上，咖啡色的线没有。哎，你快去吧。

[杜霞走进过道里，老奶奶跟着她下。塔尼娅坐到桌子旁，缝补杜霞的手套。楼上有人用钢琴弹小曲。老奶奶上。她身后是格里欣科。一个老实、笨拙、腼腆的青年。

老奶奶 到这儿来，亲爱的。（向炉子走去）

格里欣科 请原谅……您是塔吉扬娜·里亚比尼娜？

塔尼娅 （莫名其妙地）是呀。

[停顿。

格里欣科 您好。（脱帽）我是格里欣科，安德烈·塔拉索维奇。我是列特科夫斯基介绍来的……您好。

塔尼娅 （高兴地）请坐吧。

格里欣科 事情是这样的：我有一项紧急工作……要赶快把图纸交到重工业人民委员部去。（微笑）非常紧急的任务……您大概忙得很吧？

塔尼娅 您没有猜对。我可以接受这项工作。

格里欣科 谢谢……太谢谢啦。我衷心感激您。这就是我的草图。（打开一卷图纸）又脏又乱，您知道，看不清楚……遗憾的是，我没有绘图员的天赋……总之，我认为这是一项艰苦的工作……（望着窗外）现在我不能详细解释……您允许我晚上来吗？

塔尼娅 好吧。（翻阅图纸）这是什么？

格里欣科 新式电动采掘机……我设计的。

塔尼娅 电动采掘机？

格里欣科 是的。您为什么感到奇怪？

塔尼娅 因为去年部里才批准一台……巴拉绍夫设计的新式采掘机。

格里欣科 不过，也许我的比较好？因为原则上说，是有可能的。不是吗？

塔尼娅 您的比较好吗？

格里欣科 这个问题很难回答……我不知道，我说不准……当然，我知道巴拉绍夫的机器，如果坦率地说，那么，您知道……大概……我的完善一些。（望着图纸）比较好……是的……好一些。

塔尼娅 是这样吗？（颇感兴趣地望着他）

格里欣科 （难为情地）您干吗这样看着我？

塔尼娅 我原来觉得格尔曼·巴拉绍夫是一位颇有才华的设计师。可是您来了，您比他有才华。（微笑）让我来瞧瞧有才华的人。

格里欣科 （惊慌失措）您不能这样理解……我绝不是想说……其实巴拉绍夫是一位很有才华的设计师……但是，时间……可以说时间并不在原地踏步，我们的责任就是不断前进，免得掉队……是的。但是我并不想把自己同巴拉绍夫相比。

［停顿。

看来，您认识他？

塔尼娅 有点认识。

格里欣科 我猜着了，您给他绘过图。

［停顿。

塔尼娅 是的。（沉默片刻）请原谅，……但是我……我不能接受您的图纸。

格里欣科 为什么呢？

塔尼娅 很遗憾，我工作很忙……我……

格里欣科 这样就……（卷起图纸）我以为我同您……

塔尼娅 您等一等。（望着默默无言坐在一旁的老奶奶）我……我不知道……

［停顿。

您把图纸给我……我把别的工作放一放。我喜欢您……塔拉斯·安德烈耶维奇。

格里欣科 （胆怯地）是安德烈·塔拉索维奇。我非常高兴。

塔尼娅 这是您仅有的一份图纸吗？

格里欣科 是的。

塔尼娅 您不怕把这些图纸交给我？

［停顿。

如果我突然把它们……烧了呢？

格里欣科 （吃惊地）看您说的……为什么呢……不，不，别那样。恳求您小心一点……（注视塔尼娅）您知道吗，我们大概有些共同的熟人。不久以前我好像在医学院的花园里看见过您……

塔尼娅 （尴尬地）是吗？

［沉默。

格里欣科 大概那儿有您的朋友？

［停顿。

塔尼娅 没有。（沉默片刻）您为什么老是看着窗外？

格里欣科 是吗？（不好意思地微笑）也许是的……我……我的朋友在街上等我。（退向门口）这么说，晚上我来看您。（下）

塔尼娅 这不，钱来啦，老奶奶。我又要发财了。

老奶奶 有意思的小伙子……嗨，真有意思……

塔尼娅 （轻轻地）他和一个姑娘一块儿来的，她在街上等他，并也认为他是最有才华的人。这一切多可笑，老奶奶。

［停顿。

过去我只给他制图……现在要给大家画。

老奶奶 杜辛卡很快也要成为工程师了，那时候你就给她画草图。（站起来）午饭前我去睡个把小时。（边走边说）小伙子真好

玩……真老实……（下）

塔尼娅 （走近小床）醒了，尤里克？睡吧，对你来说，还是做梦的好时光……睡吧，小家伙。（摇他，吟唱）

院子里有一只狗熊，
它不敢把你动一动。
相信你的妈妈吧，
它不敢把你动一动。

睡吧，小家伙，睡吧。许多年，许多年以后，你长大成人，又聪明又漂亮。晚上我和你一起在莫斯科的大街上溜达，也许会遇见他……我就对他说：这是我的儿子。我的。

［停顿。

多静啊。好像这个世界上连一个人也没有，只有你和我。你和我，我和你……下雪了……你喜欢下雪天吗？很喜欢？我也很喜欢。让它下吧！在那遥远的地方，在那天涯海角，在那寒冷的西伯利亚——狼群、暴风雪、狗熊……不过，你不怕狗熊，你是一个勇敢无畏的人，我的小宝贝，你一点都不怕，对吗？让它们活着吧！让那些狼群、狗熊、老虎活着吧，等你长大了，把它们统统打败。睡吧，我的小星星，我们俩多快活，因为只有我们两个人……只有你和我……你和我……

［窗外漫天风雪。

第四场

一九三六年七月七日

［炎热的夏季黄昏。还是那个房间。小孩床不在了。到处是乱七八糟的迹象：东西胡乱放着，桌上东一个西一个地放着小药瓶。夕阳斜照。树木的绿枝伸向窗户。空气闷热。老奶奶毫无办法地望着在屋里踱来踱去的塔尼娅。

塔尼娅 （走近窗户）好闷热……雷雨要来了……不，不会下。天上一丝云彩也没有……这是怎么回事——太阳快落山了？

老奶奶 七月的太阳热得像火烧，所以到了晚上就闷热。

塔尼娅 难道已经是黄昏了吗，老奶奶？（望着窗外）路上走着一个多么怪的人：穿一条白裤子，夹着一把铁铲。他干吗要拿铁铲？多怪……

老奶奶 你放心，塔吉扬娜·阿历克谢耶夫娜……会渡过难关的……只要你自己身体健康，上帝保佑，一切都会过去的。

塔尼娅 （安静地）我并不担心。他不会死的。他不能死。

［沉默。

西里亚耶夫家在擦窗子。这个黄头发小男孩是谁家的？过去我从来没看见过他。

杜霞 （从邻屋上）塔尼娅，你去一下，他又病得很厉害了……

塔尼娅 （有信心地）没什么，没什么……（走进邻屋）

杜霞 老奶奶……这到底是怎么一回事？他都快死了，塔尼娅却不相信。哪怕是哭一场呢。（拭眼泪）这样可不行，老奶奶。

老奶奶 你真糊涂，她的生活只剩下尤尔卡了。尤尔卡一死，塔尼娅就一无所有了。这一点难道可以相信吗？她绝不会相信这一点的，杜辛卡。

［停顿。

杜霞 您看……廖什卡寄来一张条子，我已经脱掉两堂课了……怎么会这样呢？这一切都不对，老奶奶。

老奶奶 都对：有生就有死。（走进邻屋）

［敲门声。医生上。

医生 您好。

杜霞 我就去。我去告诉……（走向门）塔尼娅，医生来了。

［塔尼娅上，无言地望着医生。

医生 哎，情况怎么样？您给他冷敷吗？

塔尼娅 （轻轻地）没有……早上教授来过，说是白喉……

［沉默。

医生 原来是这样。（沉默片刻）今天是发病的第几天？

塔尼娅 第六天……他给他的喉咙做了手术治疗。叫气管切开术。

医生 请允许我去看看他……

塔尼娅 不，不必啦……我自己来。一切都由我自己来搞……三天以前我就确诊他是白喉，您记得吗？您走吧，医生……不必啦！我首先猜到的——所以，一切，一切都由我自己来搞。

医生 我劝您相信——这样做缺乏理智。

塔尼娅 您走吧，医生……

医生 您弄错了……

杜霞 医生没错。你干吗这样，塔尼娅？

塔尼娅 （喊）你们走吧！都给我走！

［医生从屋里走出去，杜霞跟着他。

他会活下去的……我首先猜到他害的是白喉。所以说，我能够……我会治的。是的，是的，他死不了。他不能死。什么事都由我照应。（在屋里走来走去）白喉的治疗……白喉的治疗可分为局部的……整体的与局部的。局部治疗采用……采用……（来回走动）忘了，忘得一干二净。这是怎么搞的？什么都不记得了……（跑近桌子，拿出一厚沓笔记本）这是一九三三年的……（迅速地翻阅本子）“格鲁布型喉症……副伤寒……”不对，不对。（扔下笔记本）在这儿。“第三讲——一九三四年五月五日。”（读）“白喉……化脓性咽峡炎……一种特殊的细菌，经德国细菌学家列佛雷研究，是一种具有稳定的、略呈弯形的杆菌……你看，米沙，教授的胡子多像鲸鱼的胡须。”这是什么？

老奶奶 （站在门口）塔吉扬娜·阿历克谢耶夫娜，快去看看尤里克……

塔尼娅 别打扰我。就来……老奶奶，您走吧。

［老奶奶下。塔尼娅继续翻阅笔记本。

“第四讲。一九三四年五月八日。”……就是这个，就是这个……“白喉的治疗……”讲义没记下来。这是怎么啦？为什么？白喉的治疗。

［老奶奶上，走到塔尼娅身旁。

老奶奶 （坚决地）你去吧，塔吉扬娜·阿历克谢耶夫娜。

塔尼娅 什么？

老奶奶 （轻声地）去吧，塔纽莎。

塔尼娅 （望着笔记本）忘了……什么都不记得……忘得一干二净……（同老奶奶一起走进邻屋）

［铃声。杜霞上。她身后是兴高采烈的格里欣科和奥丽娅，一个漂亮的姑娘。格里欣科手里捧着花。

格里欣科 请告诉她……说是安德烈·塔拉索维奇……塔吉扬娜·阿历克谢耶夫娜知道。

杜霞 你们坐一坐，不过……（犹豫不决）好吧，我告诉她。（走进邻屋）

奥丽娅 多乱……

格里欣科 看样子不是搬家就是修房子。（突然吻奥丽娅）

奥丽娅 你疯了，安德列伊卡。

［两人同笑。

格里欣科 我不隐瞒。结婚登记处里真有趣。一大群人，都要结婚。简直不可想象。

奥丽娅 我还是要把沙发放到窗下……橱放到角落里炉子边上。

格里欣科　我投降。橱随你怎么放。但桌子你别动，桌子是我的领地。

奥丽娅　不过，我不在的时候，什么也别搬动，听见没有？秋天我回来以后……

格里欣科　我抱着你从车站穿过全城。我让自己的朋友们排列在我们家门口，他们会齐声高喊："安德烈·塔拉索维奇的妻子万岁！"

奥丽娅　然后我们锁在屋里，三天三夜不出门……我给你讲讲白俄罗斯，讲讲自己的工作……我们的爱情……

［接吻。塔尼娅悄悄地出现在门口。她默默地望着正在接吻的一对情人，并未表现出惊奇的样子，仿佛没看见他们。

格里欣科　（激动地）这就是，塔吉扬娜·阿历克谢耶夫娜，这就是她……我早就答应您带她来……您看，她怎么样？叫奥丽娅。再找不出第二个来了。哪儿也找不到。

奥丽娅　别说了，安德烈。（向塔尼娅）他给我讲了不少您的情况……您知道，他说您绘制的图纸给他带来了幸福……他就是这样一个人：讲迷信，有名气，可爱……

格里欣科　今天我们有点儿……我们直接从那儿来……今天是我们最欢乐的一天……

塔尼娅　原来如此！

格里欣科　今天我们结婚了……发给了我们一张证明，两个公章证明我们奇妙的幸福。

塔尼娅　真的吗？

奥丽娅 明天我们就分手。我到白俄罗斯去实习，去三个月。这段时间会很快过去的，对吗？

［停顿。

塔尼娅 请原谅我……（不好意思地）情况是……尤里克……他刚刚死了。

［难堪的沉默。

格里欣科 请原谅，塔尼娅……我不知道……我……

塔尼娅 没关系。

奥丽娅 （轻声地）也许您需要办什么事，我们一定办到，对吗，安德烈？

塔尼娅 不需要。现在我什么也不需要。（温柔地）你们走吧。天已经晚了，是的……

［格里欣科和奥丽娅把花束留在桌子上，默默地下。

（沉思地）到白俄罗斯去……冉尼娅住在白俄罗斯……那里有一家火柴厂。

［老奶奶从邻屋上，身后是杜霞。

老奶奶 塔纽莎……

塔尼娅 别说了。我想一个人待一会儿。就一个人，什么人也不需要。

［老奶奶和杜霞默默地下。屋里静悄悄的。窗外夜色已浓。临近的小房子里灯火初上。花园里不远的地方坐着一群快乐的人，传来一阵歌声和吉他的叮咚声：

小路长满青苔野草，
情郎走过羊肠小道，
青苔野草长遍小路……

［塔尼娅走近窗子，斜倚在窗台上。街上传来钟鸣声，此起彼伏。灯火渐熄。窗外天色已暗。塔尼娅无言地坐在敞开的窗户旁边。某处雷雨大作，远处传来火车的隆隆声。钟又响了。塔尼娅默默地坐着。公鸡啼鸣，窗外远方晨曦微红，夜幕渐渐退去，黎明来临。院子里鸟雀欢唱，太阳升起。远处电气火车呼啸而过。塔尼娅慢慢抬起头来，望着街上。院子里传来男子响亮的说话声："杜西卡，杜……西，上学啦……"附近某处无线电广播早操的铃声。"开始做操。一、二、三。一——吸气，二——呼气。深呼吸……再深一点，再深一点。一，二。再从头开始……全部从头开始……"第一束晨光射入房间。楼上的钢琴奏出一支小曲。早晨降临了。

——幕落——

第三幕

第五场

一九三八年五月二十六日

[西伯利亚原始森林大路上一幢过冬房子。屋子正中是一座大铁炉。炉旁是两层的木板统铺，前面略深处是用花布帘隔开的女主人住处，伊格纳托夫头枕着手睡在煤油灯照亮的桌子旁。统铺上睡着过夜的行路人。下层，昏暗中睡着三个不明身份的人。上层是翻来覆去不能入睡的瓦辛。他是个肥胖、神情不安而又好奇的人。黑夜即将过去。雷雨交加，窗外电光闪闪。

瓦辛 不行……睡不着！睡不着，真倒霉！我不得安宁。（望着钟）呸，钟也停了……不知是黑夜，还是凌晨——鬼知道。

[女主人从布帘子后面上，开始摆弄炉子。

女主人……现在几点了，女主人？

女主人 睡吧，睡吧，亲爱的。才五点钟。天还没亮。

[雷声大作。

瓦辛 这里怎么睡得着！我干吗要到处流浪呢——鬼知道！本该老老实实地坐在德聂伯彼特罗夫斯克家里，望着窗户，看看人们怎样在街上溜达，还可以品品茶。可是不行！我在整个俄罗斯东游西荡，出差的料！这不，鬼知道我躺在哪里，南来北往的大路上——周围是黑夜、森林、暴雨……昨天在邻近的过冬房子里有人说，狗熊把人吃了。不，请问，我为什么要在世上流浪呢？

女主人 因为你是一个不安分的人。

瓦辛 说到点子上了！东奔西跑的天性——你明白吗？我给自己选了个出差的职务——替托拉斯办事，走遍全俄国。也许你以为我是个光棍？不是啊，我有老婆！唉，倒霉，真倒霉……等我回家以后，住上个把礼拜，就发起愁来——又要上路了。我喜欢来来去去。我就是这样的大傻瓜。

女主人 够你游荡的。睡吧，亲爱的。

瓦辛 不行，现在我可睡不着了。你知道，如果奏起音乐来，也许我就能睡着：音乐一响我就打瞌睡。（沉默片刻）你自己怎么不睡啊？

女主人 我的女儿病了。

瓦辛 （含糊其词地）是啊……穷乡僻壤……房子造在大路旁，周围几十里渺无人烟。（沉默片刻）你早就住在这儿？

女主人 从记事的时候起。老父亲还活着。我们一家老少三口一起生活——我和老头子，还有个小不点儿的女儿。

瓦辛 真有本事。看起来你还年轻呀，你觉得寂寞吗？

女主人 有什么可寂寞的？

瓦辛 你真是个……怪女人。

女主人 我有什么可寂寞的？我们这条路，是全林区从叶尼塞河通向金矿的唯一道路。天天晚上都是新来的过路人……每一个人——怎么对你说呢——都有自己动人心弦的故事。大家知道，晚上人就话多。本来也许不想说，但是忍不住。他什么也不需要，只想讲讲自己的事，把心里话掏出来。唉，亲爱的，我所知道生活中的种种遭遇，你连做梦也没见过。

［雷声大作。

瓦辛 大自然发怒了。

［停顿。

我非常怕雷雨。譬如说当夜里电光闪闪的时候，而我却得赶路。我简直吓得要吐。（想了一下）不过，总的说来，我是个大胆的人！

女主人 你还是睡一会儿吧，真的……

瓦辛 还睡什么！……你也许以为我因为老婆不规矩才选择出差这种差使吗？不是这样呀。我老婆讲感情，又十分漂亮……（沉默片刻，又不安起来）喂，听我说，女主人，那个睡在桌子边的人是谁？你看，他掏出一张纸，写着写着后来就睡着了。

女主人 这是一个特殊人物。全区的主人。国务活动家。

瓦辛 真有本事。那你为什么不把他安置到铺上去睡呢？

女主人 他的汽车抛锚了。他以为司机一眨眼就能修好，结果却花了一整夜工夫。（倾听隐隐约约的响声）别是有人骑马来了……唉，老天，昏天黑地的，谁还在森林里游荡啊？

瓦辛 看来是我们这号不安分守己的人……出差的料，明白吗？！

［有人大声敲门。

女主人 果然是的——到我们这儿来的。（走向门，打开）

［雨哗哗地下着，风飕飕地呼号着。闪电的强光照亮走进屋来的塔尼娅。由于不习惯灯光，她进屋以后眯着眼，回头望望。她的头发凌乱，雨珠在她脸上颤动。

塔尼娅 嗳，你们看……总算到了……你们好！

女主人 塔吉扬努什卡……亲爱的！这种天气你怎么来了？

塔尼娅 （脱下雨衣，抖去身上的水珠）您这儿又暖和，又舒服……还有面包的香味。唉，我可吃了不少苦头。

女主人 把毛线衣脱下来吧，大概都湿透了……给你这块披肩，披上吧——会暖和一点。

塔尼娅 （用披肩裹身，坐到炉旁）奥琳卡情况好些吗？

女主人 她感觉好一点……我想她在复原。

塔尼娅 我从伊万杰耶夫斯克矿上来。在那儿不得不给一个人动手术。——回来的路上决定来看望看望您。他们留我过夜，可我没听。我想，何必浪费时间呢。半夜十二点多动的身。早春的天气好极了。满天星斗，万籁俱寂，真难想象有多美……我喜欢在这种天气一个人骑马上路。大约走了十公里路，却碰上了雷雨……差一点儿迷了路，浑身都湿透了……

女主人 你喝杯热茶吗？

塔尼娅 我一路上想的就是能喝杯热茶。你给我倒一杯吧，我先去看看奥琳卡。（走到布帘后面）

瓦辛　好像是个女大夫。姑娘长得挺迷人。她早就在这儿吗?

女主人　从莫斯科来快一年了……我们这里大家都喜欢她——她是个好人。冬天有个小男孩给她当向导，因为她害怕一个人在原始森林里走路。现在已经磨炼出来了——还不错。

瓦辛　刚才你说每个人都有自己的经历。是的，女大夫大概也有一番经历。也许她告诉过你啦?

女主人　不巧，她却没有什么经历……她还年轻，无忧无虑。

塔尼娅　（从布帘子后出来）她在睡觉。我没吵醒她。她的脉搏很好。等她醒了，我好好给她看看。

女主人　也许你要躺下休息一会儿?

塔尼娅　不，算啦。只会搞得浑身没劲。

女主人　你看着办吧。（递给她一杯茶）给，你喝点吧——暖暖身子，亲爱的。（走到布帘后面）

［塔尼娅倚在炉旁，慢慢地喝热茶，似乎很舒服。

瓦辛　（过了一会儿）真不简单！我真感到惊奇，在这样可怕的雷雨天气，您却不怕赶路。

塔尼娅　（回头望见瓦辛）这有什么可怕的。

［停顿。

不过，是谁对您说的——我不怕?

［又是停顿。

我才怕呢。

瓦辛　坦率地说，我也怕。

塔尼娅　您为什么不睡觉呢？

瓦辛　出于好奇心。有时候累得浑身无力，不过还是支撑着，你想，也许突然会发生一件非常奇怪的事，而你，这个傻瓜，却因睡觉错过了这件事。

塔尼娅　（笑了）怎么，您常碰见奇怪的事吗？

瓦辛　那还用说！就拿现在来说吧，如果我睡觉的话，那就永远也不会看见您……就像睡在桌子旁的那个人。等他睡醒——那您已经不在了！而我呢，我都看见了：您是怎么进来的，怎么坐下来喝茶的，还有……

塔尼娅　您再也看不见什么了。您看，我走了进来，坐下来喝茶……但是不会再发生别的事了。不会有了。（喝完茶，站起来，在屋里走了几步）多静啊……只有雨下得哗哗响……多静啊……整个世界仿佛没有别人了，只有我和……（望着瓦辛）您贵姓？

瓦辛　瓦辛。

塔尼娅　……只有我和瓦辛同志。

瓦辛　完全正确。德聂伯钢铁托拉斯的代表——瓦辛，谢苗·谢苗内奇。

塔尼娅　什么？谢苗·谢苗内奇？（笑）

瓦辛　是的。您为什么笑？

塔尼娅　因为我有过一个……一个熟人，他也叫谢苗·谢苗内奇。（突然把他审视一番）听我说，也许那个人就是您？（又笑了）呸，真荒唐……

瓦辛 （莫名其妙）我不懂您的意思。

塔尼娅 那就好。（走向角落，那里有一架包着蒲席的钢琴）奇怪。钢琴……原始森林里的转运站上还有钢琴。（读写在蒲席上的地址）“博罗尼欣同志收。伊万杰耶夫斯克矿俱乐部。”（掀开蒲席，看钢琴的商标）贝赫什坦因……有趣……

瓦辛 是一架名牌钢琴。

塔尼娅 是的，名牌的……我很熟悉。

瓦辛 大概您小时候弹过这种钢琴吧？

塔尼娅 是啊，小时候弹过。那是在莫斯科，阿尔巴特大街，我和您曾经住过的那条大街，谢苗·谢苗内奇。

瓦辛 我看您是个乐天派——老是在开玩笑。

塔尼娅 （把凳子移近钢琴，打开琴盖）我甚至有点害怕——好久没弹过了。手指头也硬了——不听使唤。

[犹豫地弹苏格兰之歌的头几个谐音。她起先弹得声音很轻，勉强听得见，后来越弹越响，越来越有劲，从第二段起，她开始唱。

杰米比谁都可爱，我可爱的杰米，
杰米爱我，始终不渝……

[瓦辛的头落在枕头上，他睡着了。伊格纳托夫慢慢抬起头来，惊奇地望着塔尼娅，但是他默默地坐着，一动不动，就像怕惊醒自己的梦。塔尼娅弹完。刹那间，屋里一片寂静。

伊格纳托夫 （小声地）我怎么也搞不清楚，我为什么会梦见您？

[停顿。

您本来不在这儿。您是从哪来的?

塔尼娅 我……我骑马来的。

[一声惊雷。

伊格纳托夫 您算选了个好天气。

[停顿。

您为什么半夜三更弹三角钢琴，妨碍疲劳的人睡觉?

塔尼娅 （仍然莫名其妙：伊格纳托夫是在开玩笑，还是认真地说）这不是三角钢琴，是立式钢琴……

[又一声惊雷。

真奇怪，雷声不妨碍您，而音乐声却影响了……

伊格纳托夫 （突然非常友好地）您知道我梦见什么吗?就好像我来到了克拉斯诺亚尔斯克母亲家里……她拥抱我、吻我，然后拿出一个小玻璃盒子，对我说："廖沙，你看看吧，我送给你一样什么东西……"接着她打开了盒子盖儿，从里面传来音乐声——就是您弹的那段音乐。

[停顿。

您是演员吗?

塔尼娅 不，是医生。

伊格纳托夫 在区卫生系统工作?

塔尼娅 不完全是。我是全苏金矿管理局的巡回医生。

伊格纳托夫 是吗?（感兴趣地望着她）您的工作大概挺累的吧?

塔尼娅　是的。（诚恳地）工作不轻松。

伊格纳托夫　早就当医生了吗？

塔尼娅　快一年了。

伊格纳托夫　真怪，我早先没看见过您。

塔尼娅　您大概是个健康的人。而我多半是同病人打交道。

［停顿。

伊格纳托夫　不用说您是从莫斯科来的吧？

塔尼娅　您打哪儿知道的？

伊格纳托夫　（微笑）我看得出。

［停顿。

想念莫斯科吗？

塔尼娅　不。

伊格纳托夫　怎么不呢？

塔尼娅　是真的呀！我不想念，就是这样。

伊格纳托夫　请原谅，我不相信。我是在这里土生土长的，我爱这个地方。即使这样，我还想念莫斯科。有时候睡不着，一合上眼睛——就想起青年时代：特维尔林荫大街、大学的宿舍、技术博物馆……弗拉基米尔·马雅可夫斯基站在台上朗诵……

摆开队伍前进！

这里用不着说空话。

住口，演说家！

该是你

讲话，

毛瑟枪同志。[1]

是啊……青春……（看了一眼塔尼娅）那个时候，您还在桌子底下爬着玩呢。

［塔尼娅不信任地望着。

（微笑）不，莫斯科是难忘的。（热切地）您记得吗——麻雀山、阿尔巴特的小胡同……它们的名称也挺滑稽的。（笑）比如说，黄马峪。

塔尼娅 我不喜欢阿尔巴特。

伊格纳托夫 （沮丧地）看您说的……嗯，您怎么会流落到我们这里来？大概是浪漫主义吸引您来的吧——遥远的北方、淘金者、原始森林，说得对吗？

塔尼娅 浪漫主义？我不知道。我不过是在各种天气沿着各种道路到各种人家去。仅此而已。

伊格纳托夫 您说得太简单了，大夫同志……

塔尼娅 是的！从某个时候开始，我怕复杂化。

［停顿。

当然，这里的工作条件……很特殊。人烟稀少，交通闭塞，又是雨，又是雪，甚至还有狂风暴雪——而且老是流动！头几个月我

1 马雅可夫斯基：《向左进行曲》。译文引自《马雅可夫斯基选集》第1卷第120页。人民文学出版社1967年版。

想我支持不下去了，因为我非常怕原始森林，总觉得会迷路，会遇上暴风雪……过了一段时间，也就习惯了。

伊格纳托夫 那您到底为什么非要到西伯利亚这个地方来呢？

塔尼娅 我起先觉得……我……仅仅是有人建议我到这个地区来，我就同意了。

伊格纳托夫 您后悔吗？

塔尼娅 一点也不后悔……一般来说，这一切都不重要。

伊格纳托夫 那您认为什么东西重要呢？

塔尼娅 重要的是我觉得自己在这里有用。别的都无所谓。只有工作才能给人带来真正的幸福。别的一切都是——虚构的，不存在的！

伊格纳托夫 难道别的一切都是这样吗？

塔尼娅 （尖锐地）是的。

伊格纳托夫 甚至……友谊也是？

塔尼娅 真正的友谊需要花时间，我在这里没有这种幸福。

哎，那也没什么……这样更好。

伊格纳托夫 （沉思）您大概认为单独生活会使人坚强。您要防备这种思想呵——它会使您产生利己主义。

［停顿。

塔尼娅 （注视伊格纳托夫）您是谁？

伊格纳托夫 我吗？也像您一样——在各种天气沿各种道路到各种人那儿去。

［停顿。

您一个人在这里？您的家在哪儿？

塔尼娅 我的父母住在克拉斯诺达尔。

伊格纳托夫 莫斯科……还有您的亲人吗？

塔尼娅 一个也没有。

伊格纳托夫 您……结过婚吗？

塔尼娅 （斩钉截铁地）没结过婚。

［停顿。

感谢上帝，躲过这一关了。

伊格纳托夫 怎么会搞成这样？

塔尼娅 爱情会先使人变成瞎子，然后变成叫花子。

伊格纳托夫 哦，原来是这么一回事。

塔尼娅 是的，是的！……这一切都是幻影，是废话！……

伊格纳托夫 请问，您是从哪儿知道的？您这是根据谁的经验得出这样的论断？

塔尼娅 我……对您来说反正是无所谓！我知道确实如此，因为……我有一个知交——女朋友——她就是这样……不过，这与您有什么关系？

伊格纳托夫 您说的样子好像您犯过错误，现在到这里来是为了做出有益的贡献，以此来赎回自己的罪过！对不起，不过其中确实有那么一点对您，也譬如说对我吧，非常屈辱的东西。难道说我应当相信，世界上既没有爱情，也没有友谊，仅仅是因为您的女朋友碰到一个浑蛋，这个人……

塔尼娅 别说了！（双手攥紧拳头站在伊格纳托夫面前，似乎要打他）马上住口！

［停顿。

他没任何过错……没任何过错——您明白吗？

女主人 （从布帘后走出来）你们看，天要亮了。（走近瓦辛）喂，不守本分的人。好像睡着了？他本来打算天一亮就走的。（走到布帘后面）

伊格纳托夫 请原谅我。

塔尼娅 （点头）没什么。

伊格纳托夫 我不想欺负任何人。

塔尼娅 我明白。

［停顿。

伊格纳托夫 （望着窗子）早晨……

塔尼娅 是啊……看，黑夜已经过去了。

伊格纳托夫 我们两个人的谈话有点莫名其妙。

塔尼娅 而您……您是一个怪人。我对您说我是幸福的；您呢，却不知为什么劝我不要相信这一点。

伊格纳托夫 难道说，您再犯错误就更好吗？

塔尼娅 再犯错误？为什么再犯错误？

［伊格纳托夫沉默无语。

雨好像停了。（望着窗外）请看，森林上空的雾多么浓密。（深深叹一口气）这里还是有点闷。那边，云杉林后面的空气大概非常干净、清新……这种天气回家去是件美事……是的，回家……（明笑）在这里我怎么也习惯不了这个词。家……我一想起家，就觉得它在非常非常遥远的地方——骑着马跑一天，两天，一个星期——还是跑不到。

女主人 （稍微撩起一点布帘）奥琳卡醒了。

塔尼娅 我来了。（随女主人下）

［伊格纳托夫若有所思地望着她的背影。街上传来汽车靠近的嘎嘎声。格尔曼随即上场。他晒黑了，已经是壮年了。

伊格纳托夫 哟，无影无踪的人。久违了。

格尔曼 （问好）是啊，有一个半月了。您把我们给忘了，阿历克塞·伊万诺维奇。

伊格纳托夫 我有什么可替你们担心的：你们都是有文化的人，计划也能超额完成。

格尔曼 回家，还是从家里出来？

伊格纳托夫 你看，我的车胎完蛋了。勉强拖到这幢过冬房子，已经算不错了。你这么早打算上哪儿去？

格尔曼 你的彼尔菲尔耶夫叫我。我想在老头子这儿搞点汽油，否则的话，我担心到不了市里。

伊格纳托夫 （望着格尔曼缠着绷带的手）手怎么啦？

格尔曼 手指头不好，已经痛了两个星期，我想到城里请医生看看。

伊格纳托夫 为什么要到城里去呢！眼下我就能给你介绍一位医生。

塔尼娅 （从布帘后喊道）请你们小声一点，太吵人了。

格尔曼 这是谁在说话？是谁？

伊格纳托夫 是大夫。怎么？

格尔曼 大夫？这么说，是幻觉……真怪。

伊格纳托夫 我们走吧，去把老头弄醒。到时候也许大夫就腾出手来了。我给你们介绍一下。

［他们敲门，并且走进统铺旁边的小门，下。塔尼娅从布帘后面走出来，女主人跟着她。

塔尼娅 嗯，一切都好。再有三天就能起床。喉咙不用再漱了。药粉——就是这种——再服两天吧。我想，她不会再得什么并发症了。她是个结实的小姑娘。

女主人 真太谢谢你啦，塔纽申卡……

塔尼娅 （望着窗外）乌云正在散开，也许太阳会露出来的……我好像该走了。

女主人 你再歇一会儿吧？

塔尼娅 不啦，我还得到“金光”矿去一下。

女主人 那好吧，再见了，亲爱的。（吻塔尼娅）我去给奥柳什卡喂点牛奶。（走到布帘后面）

［塔尼娅穿雨衣，拿起包，走向门口。伊格纳托夫从小屋里上。

伊格纳托夫 您要走了吗？

塔尼娅 是的。

伊格纳托夫 您看——太阳出来了！这是送您上路，让您路上快活快活。

塔尼娅 谢谢。

［停顿。

伊格纳托夫 这么说，您没生气？

塔尼娅 没有，生什么气呢？

伊格纳托夫 如果您有什么困难，请来找我。我乐意帮忙。

塔尼娅 （微笑）不过，我还不知道您是谁呢。

伊格纳托夫 请原谅，我没想到……我是伊格纳托夫，阿历克塞·伊万诺维奇。

塔尼娅 伊格纳托夫？黄金工业区的经理？

伊格纳托夫 就是在下。

塔尼娅 （微笑）我原来找过您的。冬季医疗用品极度缺乏，交通非常不便，所以我决定……总之，我会搞得您够呛。

伊格纳托夫 是这样吗？

塔尼娅 是的。您得救的唯一原因是没放我进去见您。（嘲笑地）他们对我宣称说，伊格纳托夫同志有事。

伊格纳托夫 这种情况常有。我这个区不小，比荷兰加比利时还大。所以请您别见怪：我常常忙得不可开交。甚至天天如此。

塔尼娅 那您干吗还请我去做客？现在您可能还是没有时间。

伊格纳托夫 可能的。为此我现在就请您原谅——所谓预支一下。

塔尼娅 您倒是挺客气。

伊格纳托夫 尽管如此，我还是非常高兴，如果我们能再见面的话。

我觉得，我们有些话并没有说完。

［停顿。

祝您幸福。

塔尼娅 再见。

［塔尼娅快步跑出房间，关门声。

瓦辛 （醒过来）什么？怎么回事？已经是早晨了？确实如此——在最精彩的地方睡着了！都怪音乐！

格尔曼 （从小门上）喂，阿历克塞·伊万诺维奇，你的大夫呢？

伊格纳托夫 唉，真见鬼，把你给忘了！……哎，全忘了！

格尔曼 什么？走了？

瓦辛 怎么——走了？彻底走了？您醒了？早就醒了？唉，我不该睡觉！

伊格纳托夫 （把格尔曼拉向窗口）你看——就是路上那个骑马跑的——现在可是赶不上了！

瓦辛 （绝望地）睡觉错过了！唉，真倒霉……真倒霉……这里到底发生了什么事——我一点都不知道！唉，把最精彩的场面错过了——我感觉到这一点。

第六场

一九三八年十一月七日

［伊格纳托夫的房间。木房里的一间宽敞明亮的屋子。温暖舒

适。桌子上餐具已经摆好，准备吃午饭。炉火熊熊烧着。窗外是白雪覆盖的市景——宽阔的道路，路旁是两层楼的木房子。伊格纳托夫坐在收音机旁的沙发椅上。莫斯科广播电台转播红场阅兵实况。他听着广播，眯起眼睛，头倚在沙发背上，习惯地吸着烟斗。有人敲门。伊格纳托夫无可奈何地去开门。塔尼娅上。她手里拿着滑雪板，脸色苍白，动作迟疑。

伊格纳托夫 （高兴地）塔吉扬娜·阿历克谢耶夫娜，好极了！哎，进来，请进来呀……请到这儿来，靠炉子近点。

塔尼娅 我把您的地板都搞脏了……还有滑雪板也……

伊格纳托夫 我们把滑雪板放到角落里去。来吧，脱下大衣，坐到这儿来——您最喜爱的位置。您去游行了？今天全林区的人都集合到城里来了：我们这里每年十一月七日都是这样……您来了，真好——我们一起吃午饭，然后去俱乐部看文艺演出：您今天没事吧？

塔尼娅 是的……昨天我被叫到契列姆尚斯基矿去了，不得不在那儿过夜，早上……早上我就没事了。不过今天我简直倒霉：坐着马车出来的，可是马车陷下去了……

伊格纳托夫 是啊……一夜之间大雪铺天盖地而来，全区的交通都中断了。据说所有的道路全堆满了雪。

[停顿。

嗯，您是怎么来的？滑雪来的？

塔尼娅 （点头）我好久没来看您了……有十天了……您好像离开过？

伊格纳托夫 在区里旅行——正好是您那个地段。您现在可是个名人了——大家给我谈了许许多多您的奇迹！……

［塔尼娅沉默无语，有点古怪地望着伊格纳托夫。

老实说，我真想念您。昨天我还在想——能生一场大病就好了……塔吉扬娜·阿历克谢耶夫娜会来给我看病的！我真想入非非，甚至量起体温来了。我一看——果然如此，——三十八度五。后来想起还有许多工作压着，只好改变主意了。晚上又量了一次体温——正常。（笑了）

［塔尼娅用双手捂住脸，哭起来。

怎么……您怎么啦？

塔尼娅 您放我走吧……

伊格纳托夫 什么……放您走？

塔尼娅 离开城里……我刚刚同总医师谈过，他拒绝了……不过，您是他的首长——您给他说一声，他会听您的。

［长时间的沉默。

伊格纳托夫 出了什么事？

塔尼娅 您记得契列姆尚斯基矿上的工程师菲拉·马尔金娜吗？她昨天夜里死了。

伊格纳托夫 什么？菲拉……

塔尼娅 真难想象她会死，对吗？但是，这都是……我干的。

伊格纳托夫 是您?

塔尼娅 她有慢性胃溃疡……昨天这个病发作了，结果造成胃穿孔和腹膜炎。我立即赶到了……总之，需要立即给她动手术。可是我不知道为什么害怕了，决定把她送到这里的医院来。（轻声地）天刚亮，她就死在路上了。由于我下不了决心……胆怯，她才死的。

［沉默。

我到的时候，她对我说："现在我可以活下来了。"只是在临死前，她有点奇怪地看了我一眼……（失声痛哭）

伊格纳托夫 别哭。别哭了。不要哭了。

塔尼娅 我想走。永远走掉。我不相信自己……可怜的、软弱的小丫头……又傻又笨……

伊格纳托夫 您打算到哪儿去呢?

塔尼娅 到克拉斯诺达尔。找父母去。

伊格纳托夫 为什么?

塔尼娅 我不知道。我去学音乐……或者教音乐。我不知道。我想回家。回家，您明白吗?

伊格纳托夫 （久久地望着塔尼娅，然后小心翼翼地把手放到她的头上）行了，别哭了。您哪儿也别去。（他的声音几乎变得温柔起来）您要明白，您不能回家。难道您家的老人们就等您这个样子回去吗？看到自己的女儿心灵空虚，悲观失望，麻木不仁……难道这些年来他们期待的就是这个？不，您留在这里。（几乎是粗暴地）我不放您走。

塔尼娅 这里谁需要我？（轻声地）一个不走运的女人。

［停顿。

您看，我终于把这句话说出来了。

伊格纳托夫 瞎说。您是一个有才能的好医生。区里大家都爱您、尊敬您……我……我几乎能理解您现在心里有多难受……菲拉·马尔金娜……但是，这件事毫无办法。您应当学会做铁石心肠的人，这是医生的责任。您要默默地，用心灵的一小块儿去怜悯，不能让任何人知道。别因为您不能给每一个人治好病而灰心丧气。难道说，您明天坐班车一走，就万事大吉了吗？

塔尼娅 阿历克塞·伊万诺维奇……您说的是实话，还是在安慰我？

［电话铃响。伊格纳托夫接电话。

伊格纳托夫 是的，是我……您好。谢谢，她在这儿。……不……绝对不行……就给她。（把听筒交给塔尼娅）是总医师。

塔尼娅 （对话筒）是的……不，您说吧。……（听了好一阵子）尼古拉·法捷耶维奇，问题不在于节日，我从来不拒绝顶替同志们工作。但是今天……您知道今天发生的全部情况。我现在心情很不好，这是为工作着想……（又听了好一阵子）什么？一个小孩病了？是的……这个情况当然要改变原来的决定。好吧，我就来。（挂上电话）

伊格纳托夫 出了什么事？

塔尼娅 必须立刻到“玫瑰”金矿去。一个小孩生病了。小孩生病都是我管。不过，不是我的地段，我从来没去过那儿。但是斯塔西克病着，克纳列维奇在克拉斯诺亚尔斯克……总之，我应当去。

伊格纳托夫　“玫瑰”金矿离这里有三十公里路，路上都堆着厚雪。您坐什么车去？

塔尼娅　有人答应给尼古拉·法捷耶维奇一架摩托雪橇。

伊格纳托夫　那好吧，您去吧……不过，您好像累了？

塔尼娅　有一点……手发抖，我非常想睡。我老是搞不清：现在是早上，是白天，还是晚上。

伊格纳托夫　您还是去吧。过两天我们再见面的时候，您的坏想法会全部消失的，就像没有产生过一样。一切都会忘掉，亲爱的塔吉扬娜·阿历克谢耶夫娜，请您相信我的话。

塔尼娅　不。什么都忘不了。都忘不了。亲爱的阿历克塞·伊万诺维奇，我真想紧紧地拥抱您，把头倚在您的肩上，还有……您是个非常好的人，阿历克塞·伊万诺维奇。但是，您对我有什么看法呢？一无所知。

［停顿。

我对您说的不是实话。我有过丈夫。三年前我离开了他。离开他，是因为我太爱他了。爱到不能让他有一点不愉快的地步。这件事一下子是说不清楚的。

伊格纳托夫　（小声地）我早知道了。

塔尼娅　怎么……您早知道了？从哪儿知道的？

伊格纳托夫　（耸耸肩）我不过是明白了……那次夜里在路上的时候。

塔尼娅 我离开了他。我生了一个儿子。后来儿子死了。就剩下我一个人。孤零零的一个人。

［停顿。

我从来没对您说过实话，因为我下决心忘记自己的过去……我以为这样会轻松一些……但是我错了。我什么都忘不了。

伊格纳托夫 他……您的丈夫是谁？

塔尼娅 他是个工程师，目前在这里，在西伯利亚的某个地方工作。（勉强微笑）派我到这里来的时候，我就想到：也许我会突然碰见他。当时我不承认这一点。但是现在我知道，是这么一回事。

伊格纳托夫 您还爱他吗？

塔尼娅 也许是的。不过……我爱他——这句话不十分确切。不，我简直是仍然属于他。

［停顿。

有时候我一想起来就觉得，如果现在我碰见他，那就会控制不住自己。天知道我会干出什么事来，只要能同他在一起……我对任何人都不会留情的！

伊格纳托夫 原来您是这样的一个人……

塔尼娅 那又怎么……不，我不是一个好心肠的人。

［电话铃响。

大概是尼古拉·法捷耶维奇打来的。（接电话）是的，是我。

［停顿。

那怎么办呢？等到明天？可是，您亲口说的，小孩病危。我不知道……如果滑雪去“玫瑰”金矿呢？不，我多少有点累，但是，在这种情况下，顾不得了……是的，是的。我马上就去，天黑以前可以赶到矿上……好吧……谢谢。（挂上电话）需要滑雪去。

伊格纳托夫 那摩托雪橇呢？

塔尼娅 原来一清早就开到另外一个区去了。

伊格纳托夫 （沉默片刻）您认得路吗？

塔尼娅 大致认得……因为那不是我的地段。下游的几个矿是由斯塔西克负责的。但是……我想我不会迷路的。

伊格纳托夫 您不是到过“金光”矿吗？那么，从“金光”矿向北走五公里路就行了。

塔尼娅 就在那座小山后头？夏天我经过那个地方……

伊格纳托夫 那好吧，既然您知道地方，那就上路吧。

［停顿。

不过，三十公里路可不是闹着玩的！（沉默片刻）也许您需要找个向导？

塔尼娅 看您说的，阿历克塞·伊万诺维奇，我不是小孩子，每条路我都很熟悉！……

伊格纳托夫 那好吧，随您的便。

［停顿。

您看，我们没能一块儿吃午饭，真遗憾。

［停顿。

也许您还来得及吃完午饭。

塔尼娅 不啦，我要赶路。

伊格纳托夫 确实是这样。您带暖瓶了吗？

塔尼娅 没有，留在家里了。

伊格纳托夫 请等一等，我马上把我的给您拿来。（向房门走去）暖瓶里装点热咖啡，路上有用的。（下）

［塔尼娅在屋里走来走去，在收音机旁站住，转动调谐钮。传来音乐声。突然一片寂静，然后又听见广播员清晰的声音："区广播站。现在广播天气紧急预报。傍晚将有大风和降雪。可能出现暴风雪。各种交通工具十八点以后停止运行，直至收到新的天气预报为止。"塔尼娅又转动调谐钮，音乐声又起。她若有所思地慢慢坐到沙发上。

（返回，手上拿着暖瓶）看，里面有咖啡。请拿去吧。（把暖瓶递给她）拿着吧。

塔尼娅 不需要。

伊格纳托夫 怎么不要？

塔尼娅 因为我……看来我去不了。

伊格纳托夫 您不去了？

塔尼娅 是的。

伊格纳托夫 （沉默片刻）请问为什么？

塔尼娅 （注视他，嫣然一笑）您知道吗，您很可笑，阿历克塞·伊万诺维奇……把暖瓶放在桌子上吧。总之，我不想去了。

［停顿。

伊格纳托夫 不想去了？那就算了。这是您的权利……再说，路确实难走，而且您也很累了……那就算了。既然这样，让我们一起吃午饭吧。

塔尼娅 好吧。

［坐到桌子旁。伊格纳托夫给她盛拌凉菜。

伊格纳托夫 您到底为什么不想去了？

塔尼娅 您知道吗，我也在考虑这个问题。为什么？看来还是因为我是个胆小鬼。

伊格纳托夫 您吃拌凉菜呀。

塔尼娅 唉，这句话说得多悲哀。（吃拌凉菜）拌凉菜还可以，不过……让我们来改进一下，您有醋，还有糖和芥末……（做调味汁）我看得出，您还在责备我，阿历克塞·伊万诺维奇。随您便。也许这份调味汁会改变您对我的看法。顺便问一句，现在几点了？

伊格纳托夫 （看表）差十分三点。

塔尼娅 （沉思地）差十分三点。有意思，真有意思。……

主人盛情邀请我们来，

上了一盆美味拌凉菜。

您看，三个小时能走多少路？

伊格纳托夫 我想能走二十五公里。怎么？

塔尼娅 没什么。（把调味汁倒在拌凉菜里）嗯，怎么样？

伊格纳托夫 （尝一口）不错！……真好吃！

塔尼娅 问题就在这儿，阿历克塞·伊万诺维奇。我以前是一个有名的厨娘。

［停顿。

整个国内战争时期，您一直在森林里打游击，是真的吗？

伊格纳托夫 那又怎么样？

塔尼娅 您从前遇到过暴风雪吗？

伊格纳托夫 遇到过。

塔尼娅 结果怎么样？

伊格纳托夫 您看，这不挺好的。

塔尼娅 （淡然一笑）您是个好样的，阿历克塞·伊万诺维奇。当时您害怕吗？

伊格纳托夫 一般来说，是的。很可怕。

塔尼娅 我呢，也曾经在莫斯科的索科尔尼基公园迷过路……当时我突然觉得自己好像在很远很远的北方，我周围都是狗熊和猛禽……我甚至吓得大哭起来。

伊格纳托夫 那您是怎样出来的？

塔尼娅 后来我听到了电车的声音。

伊格纳托夫 （笑）我看您是一个勇敢的同志。

塔尼娅 （快活地）您以为不是吗？我是一个不要命的胆大包天的人。

［她从桌旁站起来，走向门口，迅速穿外衣。

伊格纳托夫 您……您要走了？

塔尼娅 这么说，照您的看法，我还是应当去“玫瑰”金矿？

伊格纳托夫 是的。我觉得，现在这样做对您是有好处的。您笑什么？

塔尼娅 注意，以后您别食言。

伊格纳托夫 这么说……您还是下定决心了？

塔尼娅 是的。（微笑）所谓良心发现。

伊格纳托夫 天黑以前您还赶得到。三十公里路您走四个小时就行了……因为今天天气对滑雪非常有利。

塔尼娅 您的话比蜜还甜，阿历克塞·伊万诺维奇。（穿好衣服，走近桌子）您那瓶子里装的是什么？

伊格纳托夫 白兰地。

塔尼娅 嘿，豁出去了！您少倒一点。就要这么多。现在您给自己倒一杯。您非常非常好，阿历克塞·伊万诺维奇。为此谢谢您。现在来碰杯吧。干！（饮酒，把酒杯放到桌子上）

咯！咯！乌鸦在歌唱，
一只脚爪跳跃着。

（同伊格纳托夫握手告别，拿起滑雪板，走向门口）不，您别送我！我急着赶路！（下）

［伊格纳托夫有点茫然地望着她的背影。

第七场

一九三八年十一月七日

[“玫瑰”金矿。晚上。一座矮小的木房，俱乐部里正在上演话剧《恰巴耶夫》。后台。胡乱放着的布景之中，演员们——矿上的青年们——正在贴胡子，抹上最后几笔油彩，一边吸着烟。远处传来演出的响声、音乐声、歌声、鼓掌声。俱乐部外面暴风雪呼啸着。从舞台上沿楼梯跑来一个头发乱蓬蓬的小青年——舞台监督。

一头乱发的小青年 军官们，将军们，上场！恰巴耶夫等我的信号……（下）

恰巴耶夫 今天老天发脾气了……下了一场大雪，简直是把全世界的雪都请来做客了。

[停顿。

富尔曼诺夫 弟兄们！我盒里的油彩冻住了。

恰巴耶夫 那你就哈口气，笨蛋。

水兵 大夫怎么样了？有消息吗？

恰巴耶夫 （指窗外）你看，这鬼天气！暴风雪已经下了一个多小时……难道她能冲得过来吗？

一个游击队员 唉，我们的大夫怎么啦？

水兵 我们的大夫在休假……到克拉斯诺亚尔斯克去了。

［沉默。

恰巴耶夫 （照镜子）嗯，怎么样？像吗？

一个游击队员 就像一个模子压出来的。

［门开，风雪冲进屋内。巴什尼亚克上。他是一个上了年纪的大胡子男人。他紧紧地关上门，抖去身上的雪。

富尔曼诺夫 怎么样？你到她家去了？

［大家紧紧围着他。

巴什尼亚克 去了。

［停顿。

水兵 怎么样……小孩情况好吗？

巴什尼亚克 （轻轻地）很糟。（沉默良久）当然……一般人怎么能诊断出病来……这件事需要大夫的本领……也许没什么，也许能好的。

水兵 你胡扯，巴什尼亚克。你老实说吧。

巴什尼亚克 我说的是实话：小孩的力气都没了。

恰巴耶夫 难道说小家伙会死掉？

［停顿。

我记得，秋天我在小河边上还遇见过他们。我从她手里接过小家伙，抱在手上，小家伙直向我眨眼……

一个游击队员 去你的吧！……

恰巴耶夫 真话，直眨眼呢。全身颤动着……像个大人一样。

［停顿。

水兵 是的……以往的英雄气概无影无踪……如果恰巴耶夫是个大夫就好了——不管什么样的暴风雪，他一口气就能冲过去。

富尔曼诺夫 别斗嘴啦。

［沉默。一头乱发的小青年跑步上，用道具手枪猛烈地射击。

一头乱发的小青年 后台的人一起叫啊！

恰巴耶夫 （跑上梯子）恰巴耶夫团的同志们，听我指挥！战斗到最后一个人，红军部队正开来支援我们……他们快到了，前进，亲爱的战士们！

全体 前进！恰巴耶夫万岁！乌啦！

［道具机枪响。台上军号吹起战斗的信号。门开。传来暴风雪的呼啸声。一个高个儿小伙子出现在门口，双手抱着塔尼娅。他慢慢地走进来，把她放到宽板凳上。

小伙子 拿点儿雪来！（筋疲力尽地坐到凳子上）

［巴什尼亚克提了一桶雪来。游击队员围着长凳。富尔曼诺夫小心翼翼地解开裹着塔尼娅的外衣。

水兵 （惊奇地）伙计们，是个姑娘……真是个姑娘！

巴什尼亚克 我过去在哪儿见过她……确确实实见过她。

小伙子 用雪擦她的脸和手。

恰巴耶夫 （给小伙子一杯伏特加酒）喝一口吧！

［小伙子喝。

好了……这样会好受一些。

富尔曼诺夫 这姑娘是干什么的，伊万？你在哪儿找到的？

小伙子 就在镇头。看来她是从城里滑雪来的，遇上了暴风雪……我本来是到边区的工棚去的，抬头一看——有个人在雪地里爬……我想，怎么一回事？走近一看，她已失去了知觉。

水兵 她到底是谁？到哪儿去的？

小伙子 我不知道。

恰巴耶夫 （从塔尼娅的背包里取出体温表）体温表，伙计们！

［停顿。

巴什尼亚克 （注视塔尼娅的面孔）等等，等等！我想起来了……她……她就是大夫！我去过市里的医院——就是她……（喊）伙计们……大夫！

水兵 在哪儿？

巴什尼亚克 就是她……小姑娘……大夫！

恰巴耶夫 你胡说！

水兵 她？小姑娘？

巴什尼亚克 我赶快告诉他们去……我就说，大夫……把大夫带来了！

小伙子 我和你一块儿去。

［迅速跑下。

水兵 嗨，你这个小丫头！（拥抱塔尼娅，吻她）你呀……恰巴耶夫！

一头乱发的小青年 （用拳头敲桌子）你在干什么？发昏了吗？

水兵 去你的吧……土包子！……

一头乱发的小伙子 静一点！静一点！（跑向舞台边，听）果然不错！差一点儿迟到……游击队上场。来，都上场！前面是恰巴耶夫，富尔曼诺夫跟着他，接着是其余的英雄们！快点，来！

［全体跑步上场。一头乱发的小青年俯身望着塔尼娅。

（轻轻地）哎，睁开眼睛呀，哎，请您说话呀——您到了。您终于走到了……

［台上传来恰巴耶夫喜爱的歌：

你别飞呀，黑乌鸦，

你别在我头上盘旋，

你得不到俘虏，

我绝不会成为你的奴仆……

［塔尼娅睁开眼睛，慢慢支起身子，惊奇地望着周围。

塔尼娅 这是怎么一回事？我不明白……

一头乱发的小青年 （兴奋地望着她）您看，您终于走到了。您是大夫，对吗？

塔尼娅 是的。这里是“玫瑰”金矿吗？

一头乱发的小青年 是的。

塔尼娅 为什么唱歌呢？

一头乱发的小青年 需要唱歌。

［停顿。

您觉得挺难受，是吗？

塔尼娅　不，我好一些了……就是脚……我大概把脚扭伤了。

［停顿。

我的滑雪板呢？

一头乱发的小青年　您不必难过……我送给您一副新的、非常好的、谁也没有那么好的。永远也不会有。

塔尼娅　（莫名其妙）谢谢。

一头乱发的小青年　静一点！（注意听舞台上的动静）差点误事了。（用道具手枪射击两次）

塔尼娅　您这是……为什么？

一头乱发的小青年　这是国内战争。恰巴耶夫——您明白吗？

塔尼娅　我应当去。请扶我站起来……必须找到矿长。（努力站起来）不，不行……痛得很。

［门开。巴什尼亚克跑步上，身后是沙曼诺娃。

巴什尼亚克　这就是……

沙曼诺娃　（仔细打量）是塔尼娅？！

塔尼娅　是您？！（不知所措）这是怎么一回事……为什么？

［无言相视。

沙曼诺娃　您……您是来找格尔曼的？

塔尼娅　（吃惊）他在这里？

沙曼诺娃　不……他在莫斯科，不过明天就回来……出什么事了吗？您为什么半夜三更顶着暴风雪来了？

塔尼娅　（喊）等一等！您就是“玫瑰”金矿的矿长？

沙曼诺娃 是的……

塔尼娅 还有孩子……是格尔曼的?

沙曼诺娃 是的……

塔尼娅 这是怎么搞的啊……

沙曼诺娃 (不安地)大夫在哪儿?……您同他一起来的?

[停顿。

哎,您说呀,塔尼娅……

塔尼娅 (软弱无力地)我是大夫……我……我……我……

沙曼诺娃 您是大夫?(跑近塔尼娅,默默地吻她)

塔尼娅 (轻轻地)他很难受吗?

沙曼诺娃 是很难受。

塔尼娅 他……儿子叫什么名字?

沙曼诺娃 尤里克……尤拉。

塔尼娅 尤里克……(轻轻地)是的……格尔曼一直想给他起个名字叫尤拉……

沙曼诺娃 (惊奇地)给他?

塔尼娅 给儿子。

[恰巴耶夫、富尔曼诺夫、水兵、游击队员们,沿楼梯下来。

请带我到他那儿去……轻一点,我的脚坏了……不,没什么,我自己走得到。

[观众场内传来鼓掌声，一群游击队员给塔尼娅让开路。

——幕落——

第四幕

第八场

一九三八年十一月十五日

[“玫瑰”金矿。沙曼诺娃的房间——不大，但是明亮，位于金矿管理处的木房里。窗外覆盖着白雪的小镇上，积雪闪闪发光。清晨。塔尼娅坐在小孩床边的小凳子上。她把头枕在手上，微睡着。伊格纳托夫出现在门口。他站在那里，默默地注视着睡梦中的塔尼娅。

塔尼娅 （醒来，看见伊格纳托夫）是阿历克塞·伊万诺维奇？是您吗？我却打起瞌睡了……什么风把您吹来的？

伊格纳托夫 （看来他很激动，但是不想流露出来）您看……我是来矿上办事的。嗯，也很想看看您……看看您身体可好。

塔尼娅 我刚刚梦见您——您请我吃煎包子，而且不知道为什么您非常生气。

伊格纳托夫 塔吉扬娜·阿历克谢耶夫娜，我……您的表现我全知道。我一直相信您……信任您……现在只想一点，那就是不辜负您的友谊。

塔尼娅 （微笑）阿历克塞·伊万诺维奇，您怎么啦？

伊格纳托夫 （取出一张报纸）您看，报纸上谈到您……从克拉斯诺亚尔斯克寄来的。《医生的英勇表现》和照片……

塔尼娅 照片从哪儿拍的？这张可真难看啊！

伊格纳托夫 从档案里拿的：还能从哪儿再搞到呢。（看照片）真有点——您照了个翘鼻子。

塔尼娅 翘鼻子？（笑了）

伊格纳托夫 您可别生气，塔吉扬娜·阿历克谢耶夫娜，我已经把这篇文章寄给您的父母了。让他们同我们一起高兴高兴。

塔尼娅 谢谢。

伊格纳托夫 有一点我不能原谅您：当时您为什么不说您知道天气预报的事？

塔尼娅 （微笑）因为如果您知道有暴风雪，那就不会放我来了……

伊格纳托夫 谁知道呢。也许我会同您一起来的。

塔尼娅 我看您有点妒忌，阿历克塞·伊万诺维奇，报纸报道的是我，而不是您。

伊格纳托夫 我看您太任性了——您对长者无礼吗？请回城工作吧。因为您在这儿已经待了整整一个星期。不，不，该回家了，大夫同志！您知道吗？一小时之后，我结束自己的工作，然后……让我们一起走，行吗？

塔尼娅 （迟疑）也许我会留下来的。

伊格纳托夫 为什么？小孩不是已经好了吗？

塔尼娅 是的，他好了。（沉默片刻）阿历克塞·伊万诺维奇，您从来没有过儿子吧？

伊格纳托夫　没有。

塔尼娅　我不知道为什么，但是我……我不知为什么很难放下小孩。

伊格纳托夫　不过，他并不是您的呀。

［停顿。

塔尼娅　不是我的？……今天他父亲回来……

伊格纳托夫　您认识他？

塔尼娅　是的。

［停顿。

他曾经是我的丈夫。

伊格纳托夫　巴拉绍夫吗？

［塔尼娅沉默无语。伊格纳托夫久久望着她。

塔尼娅　您记得吗，一个星期前我幻想过这次会见，可是现在……不！……我应当走。

伊格纳托夫　（坚决地）您应当留下来！不见一面就走……这简直是懦弱的表现……

塔尼娅　是的，我怕，我怕这次会见。我怕看见他的脸、眼睛，怕听见他的声音。亲爱的阿历克塞·伊万诺维奇，您来了，这多好啊，同我在一起……您应当指导我……我只愿意相信您——听见吗？

伊格纳托夫　衷心感谢。但是，现在我好像当参谋还不够格。您说，指导您吗？不，塔吉扬娜·阿历克谢耶夫娜，我担心这一次想不出什么好办法。

塔尼娅　为什么？

伊格纳托夫　因为我……（苦笑一下）一句话，我今天对您来说，是个坏参谋。（激烈地）嘿，见鬼！……不过，没关系……（拉起她的手）我只有一个愿望：希望您幸福。您要坚强起来——就这些话。因为幸福只有强者才配享有。

塔尼娅　这是谁说的？

伊格纳托夫　我不记得。

塔尼娅　（沉默片刻）阿历克塞·伊万诺维奇，您说说看，您认为什么是幸福？

伊格纳托夫　（微笑）一个星期前我刚刚了解到什么是真正的幸福，那次……我尝到了您做的凉菜调味汁。

塔尼娅　我严肃地问您，而您却和我开玩笑。

伊格纳托夫　亲爱的塔吉扬娜·阿历克谢耶夫娜，您简直无法想象，我对您说的话是多么严肃。

［停顿。

再见吧。（快步下）

［剩下塔尼娅一个人。她站在窗口，望着在院子里行走的伊格纳托夫。然后，她微笑着摇摇头，慢慢走近小孩床边，坐到小凳子上。沙曼诺娃从外上。

沙曼诺娃　早上好！我大清早就在矿上跑。尤尔卡生病期间，数不清的工作被压下来了。（脱下皮外套，走向桌子）您喝过茶了？

塔尼娅　喝过了。您没遇见什么人？

沙曼诺娃　没有……有什么事？

塔尼娅　伊格纳托夫来了。

沙曼诺娃　噢！那得赶快吃早饭。因为这位同志不太喜欢等待。（迅速地边走边喝茶）

塔尼娅　您早就认识他了？

沙曼诺娃　那是好久好久以前的事了。因为我们是同乡，又一起在莫斯科学习……记得我曾经以为自己爱上了他——那时候我还是个小姑娘。后来他搞党的工作，给我记了一次过。总之，您看，我对他的印象是好坏兼有。

塔尼娅　为什么事记过？

沙曼诺娃　因为我是个马大哈。（沉默片刻）尤尔卡今天吃东西没有？

塔尼娅　吃了。

沙曼诺娃　（走近小床）他真像头小熊，对吗？

塔尼娅　是的，挺好玩的。

沙曼诺娃　他本来大概是可以胖一点的。

塔尼娅　哎！他的小腿多胖……

沙曼诺娃　睡得很沉。

塔尼娅　他是好样的。（环视房间）多奇怪。这个房间真像我在杜霞家住的那一间……小床也是这个位置。

沙曼诺娃　谁的小床？

塔尼娅　邻居有一个小孩。

［停顿。

您记得我们的小杜霞吗？现在她是地质学院的学生……而我呢……却在您这儿做客。人世间的一切是多么奇怪——对吗？

沙曼诺娃 （沉默片刻）塔吉扬娜……我早就想对您说……但是我不喜欢漂亮的词句，希望您的心能明白我的意思。我非常感谢您，非常……失去孩子——这是可怕的。我解释不清楚，但是您当然能理解我。不过……

塔尼娅 我理解。

沙曼诺娃 不过，如果您也有一个像尤尔卡那样的孩子，您会真正理解我的……

塔尼娅 也许是的。

［停顿。

沙曼诺娃 塔尼娅……现在我们是朋友，对吗？您早就不爱格尔曼了。你们之间的事已经不提了，所以……您对我说真话吧。您为什么抛弃了格尔曼？

［停顿。

他本来应当到矿上来领导他设计的采掘机的安装工作。我等你们俩一起来，可是他一个人来了。他说，您离开了他……连一句话也没说。您为什么不说话？他……他向我隐瞒了什么没有？

［停顿。

塔尼娅 没有。他说的是实话。我自己离开的。

沙曼诺娃 我总觉得这事很奇怪……您太爱他了。

塔尼娅 是的……但是一切都有结束之日。难道不是吗？

沙曼诺娃 （不安地）您……您不愿意把所有的情况告诉我，塔尼娅。（望着她）难道……

塔尼娅 不，不……您无论如何不应当责备自己。只不过是因为我自己……是的，是的，我有点迷上另外一个人了。这是一件非常蠢的事……他叫安德烈·塔拉索维奇……我给他绘图纸，他想把我带到白俄罗斯去……他个头儿高高的，非常漂亮……不过，这一切您不感兴趣——这件事您也别对格尔曼说，别说——好吗？这会使他痛苦的，对吗？

［外面传来说话声。

沙曼诺娃 （倾听）是格尔曼！

〔门砰的一声开了，特别响。格尔曼跑步上。他扔下箱子，走近沙曼诺娃，热烈地吻她。

格尔曼 他在睡觉？

沙曼诺娃 他好了……

格尔曼 我知道……把他弄醒！

沙曼诺娃 （轻声地）你疯了。

格尔曼 哎，玛申卡，哎，我求求你——把他弄醒……整整走了七天！……一言难尽……一路上我在想，尤尔卡怎么笑，我怎么吻他。（俯身向小床）

沙曼诺娃 格尔曼，我求你……

格尔曼 大夫在哪儿？巴什尼亚克都对我说了。她还没有走吗？（热烈地）真是个好姑娘，对吗，玛莎？我……我一定好好吻吻她，我一定紧紧地拥抱她……

［塔尼娅从炉子后面走出来。她注视着格尔曼。

塔吉扬娜！……你怎么……在这儿？出什么事了吗？

沙曼诺娃 （微笑）这就是……大夫。

格尔曼 （惊异万分）你？！

［沙曼诺娃穿上皮外套，走向门口。

塔尼娅 玛莎，您上哪儿去？

沙曼诺娃 伊格纳托夫来了。我担心他又会发火。我一会儿就回来……（下）

塔尼娅 嗳……你看，我们又在一起了……

格尔曼 这一切太意外了……尤尔卡的病和你……在我们这里……不，这真像一场梦。

塔尼娅 是的。不过我们已经不会在阿尔巴特大街十四号……

格尔曼 七室。

塔尼娅 六室。

［停顿。

有意思，现在是谁住在那儿？

格尔曼 不知道。（看见桌子上的剪报）这是什么？

塔尼娅 嗯……没什么。（把剪报藏到自己衣袋里）

格尔曼 这么说，你当上大夫了？

塔尼娅 是啊。

格尔曼 早就在行医了？

塔尼娅 一年多了。

格尔曼 你为什么要选择我们这个边远地区？

塔尼娅 没有办法。

格尔曼 真怪，从前我们没碰见过。

塔尼娅 这里不是我负责的地段。

［停顿。

嗯，你的创造发明怎么样？也许你已经放弃自己的设计工作，成了搞实际工作的工程师了？

格尔曼 你错了，我到莫斯科去，就是为了试验我的新机器。（把图纸给她看）这就是……你看吧。

塔尼娅 这是什么呀？

格尔曼 冻土化冻机。

塔尼娅 哦……是谁给你制的图？

格尔曼 我们这里有那么一个胡子汉。

［塔尼娅笑了。

你为什么笑？

塔尼娅 （笑）不知道……

格尔曼 你的变化很大……很难认出你。你结婚了吗？

塔尼娅 我？

格尔曼 你为什么感到奇怪？

塔尼娅 因为我觉得这种想法……好玩。

［停顿。

格尔曼 多怪啊——我来了，你却……

塔尼娅 我却要走了。今天已经是十五号了。十一月十五号。你记得这个日子吗？

格尔曼 记得。

塔尼娅 四年前，我们为今天这个日子干过杯。为一九三八年十一月十五日干过杯。

［停顿。

格尔曼 （小声）塔尼娅，告诉我……当时你为什么要离开我？

塔尼娅 （微笑着）这件事太久了，我……我已经忘了。

格尔曼 （诚恳地）你说实话。

塔尼娅 （沉默片刻）好吧。我告诉你。我不想让你对我撒谎——那时我太爱你了。不过，现在这一切都没有意义了。何况当时你并不怎么伤心——对吗？

格尔曼 我爱上了玛莎。我本想对你说这件事……但是没能说。

［停顿。

塔尼娅 （走近小床，望着睡梦中的尤尔卡，突然猛一转身，对着格尔曼）你知道我……我有过……不过，现在不必提这件事了。有一点你比我幸福。你无所失。（走向小床）现在你有一个好儿子。

［沉默。他们俩低头看小床。

格尔曼 挺漂亮，对吗？

塔尼娅 非常漂亮。

格尔曼 他的呼吸多均匀。

塔尼娅 你看，他在笑呢……大概他梦见什么非常快乐的事情了。

格尔曼 你知道，有个儿子——这是多大的幸福！

塔尼娅 大概是的！

格尔曼 你记得吗，当时你不想要孩子。

塔尼娅 记得。

格尔曼 你从前是个怪人！

塔尼娅 说得很对。

［停顿。

哎，我该走了。把手伸给我，愿你珍惜儿子，祝你幸福！（戴上风雪帽，穿皮大衣）

格尔曼 （握她的手）为了尤尔卡，谢谢你。

［停顿。

塔尼娅 （突然）临别吻我一下吧。

［格尔曼吻她。

（跑向窗户，环视房间，微笑）嗯，就此结束！

［沙曼诺娃上。她身后是巴什尼亚克和三个朋友——水兵、恰巴耶夫和富尔曼诺夫。略远一点，门旁边，站着那个一头乱发的小青年。

沙曼诺娃 塔尼娅，整整一个代表团看您来了。他们是来告别的。

巴什尼亚克 大夫同志，我们衷心地感谢您救了我们的小家伙。您不怕牺牲顶着暴风雪步行到我们这儿来的事迹，您这种高尚的行为，我们已经向莫斯科报告了。让全国都知道，您是多么可贵的人。我们暂时送给您一点薄礼……拿给大家看看，斯焦帕。

恰巴耶夫 大夫同志，您别以为这是什么特殊的东西。只不过是一根黄瓜。新鲜的绿黄瓜，用科学方法在冬天种出来的。

富尔曼诺夫 （把黄瓜交给塔尼娅）给您，请拿着吧……我们试种的……这是最好的一根。

塔尼娅 （接过黄瓜）谢谢……我真想对你们说点什么美好的话，可是我不知道……我……我一定把你们的黄瓜吃掉。

巴什尼亚克 （望着一头乱发的小青年）你干吗不吱声？你非要来做客，却躲在角落里，是吗？

一头乱发的小青年 （他非常激动）我本想说……我很难写出大家喜爱的剧本——不但要自己喜欢，而且还要别人都喜欢。我试过几次，一无所成……但是那天夜里您失去知觉躺着的时候，周围暴风雪狂飞乱舞，我立刻想到，可以编一本什么样的话剧。我已经写了四幕戏，还剩下最后一幕，最紧张的一幕。

［停顿。

等我写完话剧，加上献词，给您寄到城里去。请您暂时把这张纸条留作纪念——我在上面写了一首诗。

塔尼娅 谢谢……我非常喜欢诗……还有话剧……谢谢。

水兵 大夫同志，那天夜里您失去知觉躺着的时候，我利用您无力反抗的处境，吻了您，请您原谅。吻了两次。请您一定原谅我呀……同时请允许在您知觉正常的情况下，再……

［塔尼娅笑了，吻他。

巴什尼亚克 好啦，我们走吧，伙计们。

沙曼诺娃 我们送您一段路，塔尼娅……是吗，格尔曼？

格尔曼 那当然。（把外套递给妻子）

塔尼娅 （站在门口）你们先走……我能赶上你们的。我好像把……把手套忘了。

［除了塔尼娅以外，都走出房间。

（快步跑到小床边，俯身）别了，尤尔卡……你看，我找到了你，为的是再把你留下。但是我们还会见面的。那时候你将长大成人了，我将是一个老太婆。也许我们再见面的时候，彼此都认不出来了。不过也许……可是……谁知道呢，谁知道呢！……（沉默片刻）你暂时先睡吧，睡吧，小宝贝……

伊格纳托夫 （上，站在门口）我的工作已经完成了，现在进城。刚才有人告诉我，说您也去。如果您愿意，我们可以一起走：我有一匹好马。

［塔尼娅默默地望着他，嫣然一笑。

也许您是对的——这一切都十分滑稽。（生气地）我恳求您，塔吉扬娜·阿历克谢耶夫娜，忘掉我在这里对您说的那些胡话……

塔尼娅 唉！不行呀，阿历克塞·伊万诺维奇，我有一种女性的好记忆力——什么都忘不了……

伊格纳托夫 （不信任地）现在您可以随时讥笑我……

塔尼娅 谁知道呢……（微笑）谁知道呢……

[停顿。

嗯，您为什么不问我最重要的事呢?

伊格纳托夫 不问我也知道……我从您的眼神里就看出来了：您什么也不怕了，对吗?

塔尼娅 是的。事情多怪，难道我必须见到他，才能明白我已经完全变了，完全变了！……我觉得自己特别自由，好像一天都没有生活过！青春就过去了，可爱的、好笑的青春！……

伊格纳托夫 （他非常激动）塔吉扬娜·阿历克谢耶夫娜，如果有朝一日……不，我不说了……因为我知道，您现在顾不上我。

塔尼娅 阿历克塞·伊万诺维奇，难道您看不出我多么需要您，我美好的、亲爱的朋友。（跑近窗户）您看，雪下得多大！雪将追逐我们的身影，我们将像儿时一样，昂起头来吞雪片，当冰激凌吃……傍晚我们赶到市里，拿出这根黄瓜，腌一腌，庄严地吃下去，就像吃我一生中最宝贵的战利品。第二天早晨，积雪盖没我们的脚印，就好像我们从来没有走过这条路。

[伊格纳托夫微笑，默默地拿起黄瓜，藏到衣袋里去。

您小心点，别丢了……

伊格纳托夫 （向窗外看了一眼）雪橇来了……我们走吧。（把手伸给她）

—— 幕落 ——

伊尔库茨克的故事

两部正剧

献给

尤丽娅·鲍里索娃

—人物—

歌队

瓦丽娅——食品店收款员，二十五岁。

拉丽莎——食品店售货员，三十四岁。

谢尔久克，斯杰潘·叶果罗维奇——大型巨步式挖土机作业队队长，五十一岁。

谢尔盖·谢廖金——作业班班长。巨步式挖土机司机长，二十六岁。

维克多·博伊佐夫——第一副司机，电工，二十五岁。

罗吉克——第二副司机，水工，二十四岁。

杰尼斯——巨步式挖土机钳工兼润滑工，二十五岁。

阿法纳西·拉普钦柯——巨步式挖土机勤杂工，二十岁。

津卡——杰尼斯的妻子，水泥工，二十岁。

迈娅——罗吉克的妹妹，来自莫斯科的十年级学生，十七岁。

纽拉——电气修理工，二十二岁。

醉汉

拿面包的小女孩

助理护士

青年甲

青年乙

安东——小男孩，十岁左右。

列拉——他认识的小姑娘，九岁。

过路人

姑娘

第一部

［歌队和剧中人坐在舞台上。

［大概他们应当坐得非常分散，坐的姿态也应各有不同，因为每个人都沉浸在自己的思绪中。

［我想，他们中的一个人沉思着，一边拨着吉他的琴弦，但是非常漫不经心，似乎在调弦。也许远处会悠扬地响起催眠曲的音乐，在剧情发展中，我们将不止一次听到它。但是，我要重复一遍——这种音乐伴奏应当是非常随便的。

［总之，全体沉思着，默默地坐了片刻，然后开始谈话。

青年甲 据说一个人有了爱情，就会挺起腰来，如同阳光下的花朵。这是真的吗？

姑娘 （沉思地）这样的事是常有的……

青年乙 （拉着她的手，望着她）比如说，我的爱情的力量会使你发生根本变化，你会成为一个非常好的姑娘，甚至连我也认不出你了。难道这种事不可能吗？

姑娘 谁知道呢……

歌队 以下就是在离伊尔库茨克市不远的地方，安加拉河畔发生的一个故事。二十世纪中叶，那里建造了一座巨型的水电站……

——三个人在那里相遇了。

——你们自己来判断吧：他们是好人还是坏人；我们不对你们指手画脚，因为我们从心里信赖你们。

——这里所说的故事，就是……

瓦丽娅 我一生的故事。

谢尔盖 还有我的……

维克多 （略显粗鲁地）也是我的。

瓦丽娅 我叫瓦丽娅。

维克多 我叫维克多。

谢尔盖 （沉思地）我生前叫谢尔盖。

拉丽莎 （把手放在瓦丽娅的肩上）我们是朋友，但是这个故事说的不是我。我叫拉丽莎……实在遗憾，但是与我无关。

谢尔久克 谢尔久克是我的姓。我已经五十多岁了，这一点很糟。（想了一下）这个故事还涉及几个人，不过以后你们会知道他们的情况的。

歌队 请看这个故事的结尾。春雨潇潇，暮色茫茫。瓦丽娅站在安加拉河畔的一座小木桥上，考虑今后怎么生活。

[出现一座小木桥的轮廓。瓦丽娅站在小桥上一盏昏暗的路灯下，思绪万千。

歌队 现在维克多就要出现在小桥上……果然如此……他来了。

维克多 瓦丽娅！……（走近她）在下雨呢……

瓦丽娅 随它下吧……（沉默片刻）你看，大坝上灯火辉煌……多美啊。

维克多 据说两星期以后我们要拦截安加拉河。

瓦丽娅 （点了一下头）结束了。

维克多 你回家吗?

瓦丽娅 是的。

维克多 送你回去吗?

瓦丽娅 不必啦。

维克多 为什么?

瓦丽娅 不需要。

维克多 你会淋透的……

瓦丽娅 不要紧。（望着他）维金卡……亲爱的……谢谢。

维克多 谢什么呢?

瓦丽娅 你看……（她纤小的拳头里握着钱）

维克多 工资吗?

瓦丽娅 第一次工资……（她泪水盈眶）如果他能知道就好了……他会多么快活呵。

维克多 是啊。

瓦丽娅 （把自己的脸颊紧贴在他的手上）谢谢。

维克多 （温柔地）看你……

瓦丽娅 （突然笑了）据说在伏尔加河地区，有个姑娘指挥着整整一个挖土机作业班……你想这可能吗?

维克多 完全可能。

瓦丽娅 哟！……

维克多 你怎么啦?

瓦丽娅 (微笑)雨珠落到脖子里了。

维克多 据说要把我们这台挖土机调到布拉茨克去……你听说了吗?

瓦丽娅 (很快地)再见吧……我要到托儿所去接孩子们。

维克多 瓦莲卡……

瓦丽娅 不……别吱声。

维克多 永远不能说吗?

瓦丽娅 再见!……(跑下)

维克多 她两眼红肿,满怀幸福,从小桥上跑下来。她走了,把我一个人留了下来。

歌队 你很爱她吗?

维克多 (沉思地)现在连我自己也不记得我怎么会遭到这种不幸的……

歌队 不幸?也许不是不幸,而是幸福?

维克多 也许是的。因为如今我已经不像过去的维金卡·博伊佐夫了。

歌队 这一切大概都是从那天黄昏开始的。两年前,你和谢尔盖一起走到瓦丽娅的那个小商店旁……这个小商店离你们住的工棚不远。你还记得吗?

——这个小商店就在小山岗上,离工地很近。

——这位就是瓦丽娅本人,她在这里当收款员。

——这位是她的女朋友拉丽莎。已经是傍晚七点钟,她们的工作日结束了……

维克多 这时，我和谢尔盖在食堂吃饭。我们刚刚准备到这里来。

歌队 是的……你们当时不在这里。

[只有瓦丽娅和拉丽莎留在舞台上——她们在关小商店的门。天空晴朗，夕阳西下。

瓦丽娅 天黑得晚了，对吗，拉丽斯卡？

拉丽莎 春天呀……我们这儿的门闩太小了，铁锁勉强能穿过去。

瓦丽娅 你用棍子敲一下锁！哎，给我……（用棍子敲锁）你看见了吗？

拉丽莎 锁好了。

瓦丽娅 （回头看看）周围的一切叫人多愉快啊。我爱春天……

[醉汉急步走向铺子。

醉汉 女人们，停一停！干吗关门呀——我还得买一斤酒呢。

拉丽莎 七点多了……时间过了，公民。

醉汉 （责备的口吻）唉，女人啊，女人啊……（考虑片刻）怎么办呢，女人们？我需要一斤酒。

瓦丽娅 对您说商店关门了。

醉汉 你也许以为我是一个酒鬼？不，不。我有五个月没喝酒了。从圣诞节起。

瓦丽娅 那现在你为什么要大灌一气？

醉汉 我添了个儿子，在兹拉托乌斯特。女人们，怎么庆祝一下呢？

瓦丽娅 我们来跳个舞吧。（边唱，边拉着他跳舞）现在你快去睡觉吧，当父亲的。

醉汉 喂，收款员，你叫什么名字？

瓦丽娅 瓦莲京娜……

醉汉 谢谢你，瓦列琪卡。谢谢你……以我的名义。你知道今天是什么日子吗？哎！……我们到伊尔库茨克去玩吧！

瓦丽娅 （再次边唱，边拉着他跳舞）别不知足了！去睡觉吧，这样安全些，好汉。

醉汉 谢谢你，瓦列琪卡，以我……妻子的名义。（边离去边转回身）我最好别碰见人，否则的话……嘿，豁出去了！（下）

拉丽莎 你干吗这样胡闹？

瓦丽娅 干吗？我真的十分快活……世上又多了一个小男孩。（哈哈大笑）难道不好吗？

［谢尔盖和维克多上。

维克多 晚上好，姑娘们……你们把自己的百货大楼关上啦？

瓦丽娅 你别讥笑！……（滑稽地模仿）百货大楼……我们今天的销售额同市中心的商店一样多。我们抛出一批干鱼……你知道有多热闹吗？

维克多 你来认识一下，这是我的领导……谢尔盖。我对你谈起过他。

瓦丽娅 （这时才注意到谢尔盖）您好。

维克多 （向谢尔盖）这就是瓦丽娅——收款机摇柄大师。而这位呢，是我们的拉丽莎·彼得罗夫娜，柜台主任。两位都是热情的姑娘。

瓦丽娅 这么说，您就是谢尔盖?

维克多 （向瓦丽娅）你……难道你知道他吗?

瓦丽娅 我曾经注意到他……他常常来我们商店。

谢尔盖 不能不来啊。说实话，我比较喜欢脆黄皮的面包，而你们这儿通常都是些白乎乎的。

瓦丽娅 许多人都喜欢脆黄皮的。您干吗老是那么怪地瞧着我?就好像我得罪了您……

谢尔盖 为什么这样说呢?（诚恳地）我觉得您非常漂亮，因此我才看着您。

［沉默一会儿。

维克多 喂，班长……要叫我们的瓦列琪卡难为情——那可得有点本事呀!

［一个裹着头巾、约莫十三岁的女孩走近商店。

小女孩 哎呀，阿姨们……你们怎么把商店关上啦?

瓦丽娅 照你看，我们该在店里坐一辈子吗?你像我那样摇摇收款机看……

小女孩 我只要买一个那种六十戈比的白面包。我们做肉饼要用的。

拉丽莎 （生气地）唉，你看看……刚关上门，他们就来了——真没办法。

小女孩 外婆要到我们家来吃晚饭。我只要一个面包……

瓦丽娅 给，拿去吧，该我倒霉。（从网兜里拿出一个面包，递给小女孩）我把自己的给你。

小女孩 那您怎么办呢？

瓦丽娅 我不能发胖，要不然男孩子会不爱我的。懂吗？

小女孩 懂啦。（拿面包）六十戈比您还要吗？

瓦丽娅 你以为我不要啦？不管怎么说，够喝两杯汽水的。

小女孩 （递给她一个卢布）找我四十戈比。

瓦丽娅 给你三十吧……没零钱了。十戈比算手续费。（转身向维克多）您看见没有，合作社是怎么发财的？

小女孩 谢谢，阿姨……（跑下）

瓦丽娅 （对她身后喊）你自己才是阿姨！……（向谢尔盖）这么说，您是挖土机上最大的头头儿？

谢尔盖 不是。我们最大的头头儿是老爹，谢尔久克……他是全队的队长。我不过是个作业班班长。司机长。

拉丽莎 您可不大像司机长。

谢尔盖 您到我们的挖土机那里去看过吗？来看看吧……我们那台机器挺逗人喜欢的，有十立方容量……

拉丽莎 我看您很喜欢它吧？

谢尔盖 大家都喜欢它。

维克多 干起活来真带劲。顶一万四千人。

瓦丽娅 据说挖土机的司机长们一个月能赚几千卢布。

谢尔盖 （沉默片刻）有的人能赚到。

瓦丽娅 对不起，您还没结婚吗？

谢尔盖 没有。

瓦丽娅 拉丽斯卡，非常事件——有钱的未婚夫来了！（边唱边跳舞）请允许我讨您喜欢。

谢尔盖 （望着她）您大概喜欢跳舞？

瓦丽娅 怎么样？

谢尔盖 您跳得不错。

瓦丽娅 也许您看上了我？维金卡，让开，我好像已经不爱你啦。

维克多 （笑）他才不要你哪！他是我们那儿的一个宝。世上没比他再好的了。

谢尔盖 算啦，走吧。再见，姑娘们。

瓦丽娅 （大胆地）再会，祝您长大。

维克多 （向瓦丽娅，低声地）到我们那儿去跳舞吧。然后从那儿去看电影——最后一场……

瓦丽娅 （挤挤眼）好吧。

［谢尔盖和维克多下。

（沉默片刻）我们也走吧。（回头看看商店）明儿早上见，小铺子！哎哟，我头晕，拉丽斯卡……（靠到树上）今天卖干鱼，太吵了……我累啦。

拉丽莎 瞎扯个没完。

瓦丽娅 你怎么，舍不得吗？青春不常在啊。（微笑）他挺滑稽，这个司机……

拉丽莎 小心点，别爱上他呀。

瓦丽娅 我才不稀罕呢。我绝不拿维金卡去换任何人。

拉丽莎 你那位是个美男子。

［瓦丽娅、拉丽莎、小店、树木——一切都消失了。

歌队 看，是罗吉克来了，挖土机上的水工……一个好小伙子。

——罗吉克，你在想些什么，想念莫斯科吗？

罗吉克 有时候想……不管怎么说，到底是家乡。妈妈和两个小妹妹都住在那儿。嘿，当时她们太关心我了，甚至为了这个原因我从莫斯科逃了出来！学会按自己的意愿生活——这对一个娇生惯养的人来说，可真是一项极为吸引人的任务。

歌队 看你说的！……

罗吉克 我总是在元旦前休假，因为莫斯科的一月特别好……一个月之内，我能看到各式各样的节目，然后整整一年都有东西可回味。剩下的十一个月呢，我就独自行动——像个大人似的，按自己的意愿生活。（回头看看）我们这个作业班有五个人，住在一个工棚里……那不是，就在安加拉河畔的那个小山坡上。

歌队 那是谁躺在长凳上？

罗吉克 让我来看看……（微微一笑）这是我们的勤杂工，阿法纳西·拉普钦柯……有点好偷懒。（走近拉普钦柯）老兄，你怎么老是闲躺着？

拉普钦柯 我喜欢。

［歌队已经无影无踪。工棚前有两个人——罗吉克和拉普钦柯。维克多出现在门口。

维克多 天转晴啦……（看见拉普钦柯）你为什么闲躺着？

拉普钦柯 我喜欢。

［杰尼斯从街头上。他拿着一封信。

罗吉克 哪儿来的信？

杰尼斯 部队上来的。老朋友们还记得我。（笑了）你看啊，我们的大尉升少校了。他这个人真是再聪明不过了。

罗吉克 哎，就算是这样吧。不过，老兄，智慧是无止境的。

［谢尔盖从工棚走出来。

谢尔盖 （看见拉普钦柯，走近）喂，阿福尼亚，你怎么搞的，老是闲躺着？

拉普钦柯 我在思考。

杰尼斯 喂，谢尔盖，我的大尉升少校了。

谢尔盖 祝贺你……老爹今天凶极了，是吗，罗吉克？

罗吉克 他马上就会给我们点颜色看看的。

杰尼斯 津卡为什么还不来……她会高兴的。

维克多 （在洗手罐旁刷牙）高兴什么呢？

杰尼斯 怎么不高兴呢……（指着信）我的大尉升少校了呀。

［罗吉克鼻子里哧了一声。

我的津卡全明白。

罗吉克 孩子呀，是什么东西使你得救了？那是因为你们住在不同的工棚里。等到给你们一间屋子，那时家庭幸福就完了。

谢尔盖 你的论调不太文明，罗吉昂。谈起女人来，你尽说下流话。

你到底是个莫斯科人，而且完全是个有知识的人。难道你这样做光彩吗？

［谢尔久克从街头上，他气势汹汹。

谢尔久克 都来齐了？拉普钦柯在哪儿？（看见他）你还闲躺着？喂——起来！……屁股朝下躺着，裤子还没磨穿？（用拳头敲桌子）你不愿上进吗？这儿是什么地方？老弱病残的疗养院，还是共产主义建设工地？人们把荣誉给了你……不准顶嘴！喂，谢尔盖，是哪个笨蛋把他弄到我们这个挖土机来的？你为什么不吱声？说，那个笨蛋是谁？

谢尔盖 您……是您把他弄来的，老爹。

谢尔久克 （向拉普钦柯）你听见了吗？全靠你的恩典，作业班长在大庭广众之下宣布我是笨蛋。

谢尔盖 老爹，这可是您自己这样叫自己的呀。

谢尔久克 （向拉普钦柯）我希望你得到幸福，结果为了你，我却被看成笨蛋，是这样吗？（喘口气）我为什么感到绝望？因为这个作业班对我来说非常可贵——我本人在这个作业班里当过司机……一年前我被提拔当队长，谢尔盖接替我管控制台。维克多当时是钳工兼润滑工，后来念完了电工训练班，成了第一副司机。现在我们再来看看杰尼斯。他原来是干什么的？退伍的坦克手，仅此而已，过了半年，成了钳工兼润滑工……这样成长不错！完全符合共产主义建设的需要。拉普钦柯，你看见他的情况了吗？现在你再看看自己。看出差距没有？眼下你在什么样的机器上干活？这是人类智慧的顶峰……天才的典范！因此，你也应当成为典范。可是你采取了什么态度？在训练班学习吗？听课吗？通过自学长知识吗？一点也没有！还是老样子……（沉默片刻）记住了吗？

拉普钦柯 我争取进步。

谢尔久克 那么我们就转入第二项。上午十点，是谁在管控制台？

维克多 我。

谢尔久克 （向谢尔盖）你到哪儿去了？

谢尔盖 委员会找我有事。

谢尔久克 （向维克多）这么说，是你，浪荡鬼，要流氓，用土把司机巴勃金给埋了？

［拉普钦柯忍不住，哧地笑了一声。

你，拉普钦柯，该哭！（向维克多）你说清楚！

维克多 我们正同巴勃金搞竞赛，各项指标都超过了他……结果，这个家伙耍无赖，开始千方百计地监视我们。

谢尔久克 怎么——监视？……你胡扯些什么？

维克多 我们完成任务的水平为什么那么高？因为我们这个作业班的挖掘周期短。我们在转动抓斗时，每次节约几秒钟，一个月就能多挖土一千立方……

谢尔久克 （打断）你给我做什么报告呀，浪荡鬼？谈正事。

维克多 所以他就想把我们的工作方法抓过去。这个巴勃金……老围着挖土机转，偷偷地看——还买了一架七倍的望远镜，鬼东西！……今天我坐上控制台，一看——他又躲在倒土的地方。结果我偶然没把一斗土送到指定的地方——就在巴勃金同志头上把抓斗打开了。

谢尔久克 （向谢尔盖）你当时知道吗？

谢尔盖 （稍停）知道。

谢尔久克 你抱什么态度？

谢尔盖 我没吱声。

谢尔久克 为此我给你记过一次，班长。

维克多 谢尔盖说的不是实话。他当时不知道。

谢尔久克 原来是这样……谢廖沙，你开始对我说谎了吗？开始包庇同志吗？竞赛是共产主义的事业，通俗点说，是纯洁高尚的事业。（向维克多）我给你警告处分。如果领导找你，我不会替你说情。（沉默片刻）如果我要替你说情的话，也只说一点点。笑什么，浪荡鬼？明天你把巴勃金带到驾驶室里，把你们的秘密统统让他记到本子上去。我们不是穷人——我们不小气。（看见出现在工棚旁的津卡）你打什么信号？这里男子汉们在谈话……坐远一点等你丈夫吧。

杰尼斯 （忍不住）津卡……我的大尉升少校了。

津卡 哟，我的妈呀……

谢尔久克 什么事叽叽喳喳的？老实坐着，小家伙。你听着，看你的丈夫尽玩些什么鬼花样。

杰尼斯 老爹，是说我吗？

谢尔久克　昨天是谁用火柴盒耍杂技来着？

［拉普钦柯勉强忍住笑声。

你，拉普钦柯，该哭。回答我，杰尼斯。

罗吉克　斯杰潘·叶果罗维奇，请允许我说，因为我是倡议者……您知道吗，接班的时候，施工现场没搞好，我们有十分钟空闲时间。我就建议杰尼斯坐到控制台上，试着用抓斗把火柴盒抓起来，但是不准带上一点土来。

谢尔久克　你说是一点都不准？

罗吉克　一粒土都不行。只要火柴盒。我就示范给他看怎么做到这一点。

谢尔盖　罗吉克做得很巧妙，老爹。

谢尔久克　（感兴趣地）怎么，杰尼斯没抓起来？

杰尼斯　一次也没抓起来。很难，老爹。

罗吉克　高级形式的挖掘技术。

谢尔久克　为了这种胡闹本来应该给你记过处分。（指着杰尼斯）连他也捎带上。

津卡　（精明地）为什么给他处分呢？……他可是没抓起来啊。

谢尔久克　你别吱声，小家伙！

津卡　您太凶了，老爹，得给您找个老婆。

谢尔久克　办不到，许多人试过了！……（向罗吉克）什么东西救了你呢？是因为我喜欢你，觉得你是个非常有知识的人。（转过身）对了，维克多，你到挖土机那里去跑一趟，同维亚特金研究一下——我们的氧化铜整流器有毛病。

维克多 明天去，老爹……我答应人家去看电影。

谢尔久克 （生气地）你答应……谁了？

拉普钦柯 收款员瓦尔卡……谁没跟她去……看过那个电影。

谢尔盖 （激烈地）拉普钦柯，住嘴！（稍停）瓦丽娅是个好姑娘……善良、热情。

拉普钦柯 热情？这句话说到点子上了。你们以为叫她——“贱货瓦尔卡”是无缘无故的吗？

谢尔久克 拉普钦柯，我最后一次问你，你要不要做个人？

拉普钦柯 唉，斯杰潘·叶果罗维奇……剧院在维修，俱乐部在清点文化生活总是照顾不到我头上。

谢尔久克 （发火）他还要俱乐部，蠢货！……你看文艺作品吗？考虑过自己的情况吗？认真看清楚天上的星星没有？哪怕是用一种外语谈话，你试过没有？（向维克多）你到底上挖土机那儿去不去？

维克多 好咧。

谢尔久克 （不好意思地）喂，罗吉克，你有空的时候，叫我一声……咱们来试试，就是火柴盒的事。（向拉普钦柯）你给我小心点！……（迅速下）

津卡 （跑向杰尼斯，吻他）你第一道菜要了什么？

杰尼斯 红菜汤。

津卡 该要面条汤。

维克多 他本人懂外语吗？

罗吉克 不一定，不过……他买了一本法语自学手册。

津卡 （向杰尼斯）我们去散散步吧？走得远远的，远远的……

杰尼斯 （含笑望着她）小宝贝……（挽着她的手）

［他们向河边走去。

拉普钦柯 （追着喊）小心点，别让狗熊把你们吃了。（从容不迫地下）

罗吉克 （稍停）贝加尔湖上吹来一阵微风。（沉默片刻）我去给妈妈写封信……（沉入幻想）寄到清塘街[1]去。

［只留下维克多和谢尔盖。

维克多 唉，信呀，信呀……（停顿）

谢尔盖 怎么，列宁格勒没来信？

维克多 没有。

谢尔盖 （低声）别难过，维克多。

维克多 （苦笑）你真可笑。还安慰我。

谢尔盖 你很爱父亲吗？

维克多 他是一个非常好的人，心地善良，性格开朗……还有母亲……他总是给她讲点什么，母亲笑得真快活。就是现在我好像还听见她的笑声。（稍停）母亲去世的时候，我以为父亲会发疯的……后来他遇见了这个女人。他就走了。同那个女人共同生活

---

1 莫斯科的一条著名街道。

的人，对我来说是个陌生人——一个不通人情、胆小怕事、没有心肠的人……（想了一阵）你看，爱情能把人变成什么样子？

谢尔盖 你不能相信这种想法。别屈服于这种想法，听见吗？这种想法太坏了。

维克多 不好的想法……说得对。（望着谢尔盖）你还打算怎么安慰我？

谢尔盖 （微笑，从衣袋里掏出一小包华夫饼干）你看，果酱夹心华夫饼干，你想来点吗？

维克多 来点吧。

［他们吃华夫饼干。此时此刻，他们显得特别亲热。

谢尔盖 还可以——挺好吃的……很有趣，夹心是怎么放进去的？这件事并不那么容易做……打小时候起，各种技术改革都折磨着我。比如说，伞……这是谁想出来的，怎么想出来的？

维克多 现在能喝杯汽水就好了……哎，我走了。同老爹不能开玩笑。（从衣袋里掏出电影票）劳你驾，把一张票交给瓦尔卡，她在电影院门口等我……八点四十分的。你把情况向她解释解释。另外一张票你自己去吧……她是个不错的姑娘，你放心吧。

谢尔盖 （想了一阵）也许……最好让罗吉克去。

维克多 那危险……（眨眨眼）罗吉卡是首都来的男伴。（望了谢尔盖一眼）最好是你去。（下）

［谢尔盖看着电影票，微笑。

歌队 一个普通的意大利工人的自行车被偷走了。缺了自行车，他没法干活，他会被开除的，又会成为失业工人。——这个意大利人有个年幼的儿子和老婆——如果他找不到自行车，他们就没饭吃。于是这个意大利人在罗马的大街上走着，他在找自行车。

——安加拉河畔一座小型俱乐部的电影院里，放映的不是我国的片子。旁边成千的人在建设他们需要的东西，而这里是别人的、人所不知道的痛苦。这些痛苦令人难以置信。

谢尔盖默默地看电影，他没去拉瓦丽娅的手，没利用场内黑暗去抚摩它……而她呢，却习惯于这一点了。

——自行车没找到。电影结束了。

——你的生活真可恨呀，可怜的意大利人！

［显出电影院旁的一座花园。电影刚刚散场。

［广播喇叭在嘟囔些什么。观众各奔东西。瓦丽娅和谢尔盖站在长凳旁。

瓦丽娅 好啦，谢谢您来陪我。请代向维克多问好。（沉默片刻）电影并不怎么枯燥。

谢尔盖 也许，我应该送送您？

瓦丽娅 不需要。我们大楼那边的小伙子们……他们会笑话您的。

谢尔盖 如果维克多送你的话，也会笑话吗？

瓦丽娅 不会的……他们已经了解他了……而您是新的，他们不喜欢我和各种人玩。

谢尔盖 那您……喜欢吗？

瓦丽娅 当然喜欢，因为不会寂寞。（沉默片刻）人们很快就会使我讨厌。

谢尔盖 为什么呢？

瓦丽娅 我不知道。常常是这样的。您看，不久前有一位文学讲师到我们这儿来过。他说，同志们，应当模仿英雄。他说，每个人应当选择一个英雄，然后模仿他。于是我就选择了一个。

谢尔盖 选了谁呢？

瓦丽娅 您听过收音机里广播的歌剧《卡门》吗？我就选中了卡门。

谢尔盖 不过我想，讲师说的是——应当模仿正面英雄。

瓦丽娅 这么说，照您的看法，卡门是反面英雄啰？嘿，您不吱声。假如她是反面英雄，难道作曲家会写出这么动听的曲子吗？（不赞同地望了望谢尔盖）哎，再见，我该走了……

谢尔盖 再见。（坐到长板凳上）

［瓦丽娅走了几步，然后转过身来，看见谢尔盖坐在那里。

瓦丽娅 您干吗不回家呀？

谢尔盖 想坐一会儿。

瓦丽娅 这儿挺好……看得见伊尔库茨克大桥……还有市立花园。（沉默片刻）您喜欢这部电影吗？

谢尔盖 很喜欢。我喜欢看意大利电影。它们非常真实地反映了人民的苦难生活……这么一来马上就可以看出我们自己的优越性。

瓦丽娅 那您怎么，不喜欢苏联电影吗？

谢尔盖 没有，为什么不喜欢呢……我们也常常有好片子。不过太少。大部分片子都是想叫我们相信我自己熟悉的东西，不看这些片子我也一清二楚。枯燥无味。我有什么可以说服的？我自己也能说服别人。

瓦丽娅 您谈得很有意思。我一点也摸不着头脑。您是哪一年生的？

谢尔盖 我已经不年轻了。再过四年就三十岁了……

瓦丽娅 这么说是二十六岁？可是看起来，您无论如何不到二十二。

谢尔盖 是的，我保养得很好。

瓦丽娅 我这儿有一块糖，高加索牌的[1]。您想吃吗？我们把它分开。我咬一口，另一半给您……

谢尔盖 谢谢。我也喜欢高加索牌的。

瓦丽娅 那您干吗看得这样仔细？

谢尔盖 沾上口红了……

瓦丽娅 您不喜欢吗？

谢尔盖 一般来说，不怎么好。到底是颜料呀。

瓦丽娅 （沉默片刻）您看，我们其实都是些傻瓜，涂口红……想叫人家喜欢我们，谢廖什卡。哎，怎么样，您肯把它吃下去吗？

谢尔盖 我吃下去。（把糖放进嘴里）

瓦丽娅 您是个勇敢的小伙子。

谢尔盖 您本来以为不是吗？

瓦丽娅 那为什么从来没看见您去跳舞？

谢尔盖 我有很多社会工作。因为我是团小组长等等。还得加强自我

1 一种廉价的巧克力糖。

修养。

瓦丽娅 您是我的熟人中最自觉的一个，这一点没错。（嫣然一笑）您的双亲大概还健在？

谢尔盖 健在。他们住在离这儿不远的地方，在切列姆霍夫。父亲是煤炭业能手，母亲是个非常好的普通妇女。我每隔一个星期天去看他们一次，因为路很近。

瓦丽娅 （突然生硬地）我有过一个父亲，是个水手。

谢尔盖 有过？

瓦丽娅 有过。

谢尔盖 那母亲呢……还健在吗？

瓦丽娅 也许活着，也许不在，不起作用了。

谢尔盖 （望着她）这么说，您就孤零零一个人？

瓦丽娅 （沉默片刻）干吗这样说呢？（讪笑）如果您想知道，谢廖沙，我有个女儿。

谢尔盖 女儿？

瓦丽娅 不过她被寄养在保育院里……您看，就是这么回事儿，谢廖什卡。您可怜我吗？

谢尔盖 不，为什么要可怜……（沉默片刻）不过您为什么要在小铺子里当……收款员呢？这种工作难道有意思吗？

瓦丽娅 不比别的工作差。因为各种工作我都试过了！食品铺也有它的好处。

谢尔盖 什么好处？

瓦丽娅 这一点嘛——知道得多，老得快。（沉默片刻）今天我怎么有点反常。不怎么活泼，对吗？

谢尔盖 不过我并不知道您一向是怎么样的。

瓦丽娅 说得是啊。我喜欢自己的性格。要是遇到像我这种性格的小伙子，我真会爱死他的！（瞟了谢尔盖一眼）您从来没结过婚吗？

谢尔盖 结过婚……您笑什么？

瓦丽娅 我不知道……您把她，就是说妻子，弄到哪儿去了？

谢尔盖 我们离婚了。

瓦丽娅 为什么？

谢尔盖 （沉思地）不需要互相帮助了——我想是这样的。（抱歉似的）就是说，不是真正的爱情。

瓦丽娅 （轻轻地）一般来说，它存在吗？

谢尔盖 什么？

瓦丽娅 真正的爱情。

谢尔盖 （稍停）应当有的。

瓦丽娅 （轻轻地）这样真好。

谢尔盖 （没听清楚）什么？

瓦丽娅 有时候感到很可怕……孤苦伶仃的一个人。

谢尔盖 （停顿之后）那维克多呢？

瓦丽娅 （尖锐地）维克多又怎么样？（沉默片刻）谢尔盖，您谈谈自己的情况吧……不过要真实。要不然尽是我在闲扯，而您却不吱声。

谢尔盖 有什么好谈的呀。我有什么出色的地方？出生在西伯利亚！……您别笑，整个二十世纪后半期是我们的，就是说是西伯利亚人的……俄罗斯的心脏将转到这里来——请您相信我吧……早在两百年前，罗蒙诺索夫就说过："俄罗斯的财富将由西伯利亚来增添！……"我们遇到的就是这样的时代……

瓦丽娅 谢廖沙，您最好还是向我谈谈您自己的事……西伯利亚的事我早就听说过了，您早就在水电站工地工作吗？

谢尔盖 两年多……工程一开始我就来了。我很早就在技术学校毕业，一下子就到挖土机上工作，已经快八年了——工龄不短呀！虽然初期是在车里亚宾斯克出的机器上工作，同我们这个十立方的挖土机相比，真是小巫见大巫。我是在挖土机上碰到维克多的。我们在这儿成了好朋友。您是知道的，他遇到好多不顺心的事情。母亲去世了，父亲又跟另一个女人结了婚……真不幸！原来这个女人非常坏，凶得很。战后他们回列宁格勒去了，他留在这里，成了西伯利亚人您明白吗？他想念父亲，痛苦得很，可是又不能宽恕后母……（沉默片刻）您知道吗，他有时在梦中念叨您的名字呢……真的，真的。您爱他吧，瓦丽娅，因为他也是一个亲人都没有……只有您一个人。如果他有时候态度粗鲁一点——请您别在意……

［两个青年出现在长凳附近。

青年甲 是谁坐在长凳上呀？是她，我们的瓦列琪卡。

青年乙 茨冈人，瞧，她又勾引了一个新汉子。哟，贱货瓦尔卡真有一手！

青年甲 （向谢尔盖）喂，你这个小傻瓜，在这里给她做报告吗？我们这位姑娘是不喜欢空话的。她喜欢另外一种活动。

青年乙 看你坐在众目睽睽之下。你带她到暗处去吧。你一定会称心如意的。

［谢尔盖慢慢地站起身来，猛地扇了青年乙一个耳光。

（慌乱片刻之后）走吧，茨冈人。

青年甲 走吧。这个小伙子有点神经病。

［他们下。

瓦丽娅 （沉默之后）请原谅我，谢廖沙。（跑下）

［谢尔盖默默地望着她的背影。

歌队 夜幕缓缓地降临到安加拉河上……

——镇上窗里的灯火，一盏一盏地熄灭了

——一股怡人的凉意，

——隐约可见地在河面上升起。

——很晚了！可是瓦丽娅仍然不见归来……

也许因此拉丽莎不能入眠？

拉丽莎 （站在歌队中）三十四岁了……难道这个岁数已经太大了吗？难道一生就算这样过去了吗？……

歌队 但是，瓦莲京娜回来以后，拉丽莎什么也不会问她。她们窗里的灯火也随即熄去……

——不过，拉丽莎睡得着吗？窗外是气温宜人的夏夜……

拉丽莎 难道三十四岁就算很老了吗？

歌队 过了几天，一个周末的晚上，她们走到安加拉河畔，走到那森林伸向岸边的地方。

[拉丽莎和瓦丽娅伸开胳膊，躺在安加拉河畔的树下。暮色渐浓。

拉丽莎 我和瓦尔卡一起躺在安加拉河岸上，各自想着自己的心事。瓦莲京娜大概在想维克多，我呢，回忆起自己的童年、青春……一九四一年六月二十二日，那个星期天的早晨，天空是蔚蓝色的，显得很高很高……

瓦丽娅 拉丽莎……我们再去扎个猛子吧。

拉丽莎 （不动）算啦……

瓦丽娅 你怎么老是不吱声？

拉丽莎 我在幻想。

瓦丽娅 想什么？

拉丽莎 想不会再重现的事情。

瓦丽娅 什么东西不会再重现呢？

拉丽莎 童年。

瓦丽娅 你要童年干什么？

拉丽莎 我想让一切从头开始。

瓦丽娅 又要上学？我才不干哪！

拉丽莎 你真糊涂，瓦尔卡。

瓦丽娅 真是新闻，我哪一点糊涂？

拉丽莎 我的好景看来过去了。可是你才二十五岁呀……

瓦丽娅 那又怎么样？

拉丽莎 你好好琢磨琢磨，瓦莲京娜……不过……眼下嫁人可不那么容易啊。

瓦丽娅 我就更是难上加难了。名声不好。（生气）要是我想嫁人，早就出嫁了。傻瓜遍地都有！就是太无聊……（笑了）你自己嫁人吧，干吗催我呢？

拉丽莎 我已经晚了。我可爱的未婚夫大概已经埋在柏林附近了。

瓦丽娅 难道你有过未婚夫吗？

拉丽莎 是的，有过一个。不过我同他连面都没见过。

瓦丽娅 （叹口气）是啊，战争……我们来喝点啤酒吧，拉丽斯卡，反正是周末呀。（开瓶子）我给你斟到杯子里去，我自己对着瓶口喝……来，碰杯，亲爱的女公民……为繁荣昌盛干杯！

拉丽莎 （干杯）还挺凉的呢……

瓦丽娅 我把它浸在水里啦……

拉丽莎 （突然）你知道吗，六月二十二日那天，我的全部亲人在明斯克都被炸死了。

瓦丽娅 （低声）再给你斟一点？

拉丽莎 斟吧。

瓦丽娅 这一下见底了——喝了个精光！

拉丽莎 莉斯卡昨天从产院回来了。

瓦丽娅 神经病。生了个什么呀?

拉丽莎 小男孩。我看见了……样子挺吓人，眼睛就像两颗小浆果……两颗小樱桃。

瓦丽娅 我还有一瓶啤酒。

拉丽莎 够了。

瓦丽娅 （稍停）怎么样，会分给他们一间独用房间吗?

拉丽莎 应当分给他们。你知道她的彼得在地槽工地上的表现有多好吗?

瓦丽娅 你别妒忌……尿布呀，洗呀晒呀，盆呀罐呀的！……

拉丽莎 你，瓦莲京娜，这样说，是因为你得不到这样的幸福。

瓦丽娅 （颇有主见地）这有什么了不起！我想要的话——就生一个。有什么难处！不过你知道吗，拉尔卡，我在这儿对一个傻瓜撒了个谎，说我有个小孩。

拉丽莎 哎哟，蠢货……干吗这样说?

瓦丽娅 挺有趣儿，看他怎么反应。

拉丽莎 你真是个爱胡闹的人。

瓦丽娅 本性如此。（看手表）让我看看，你的瑞士表几点钟了？七点多……我的维金卡快来了。

拉丽莎 （稍停）你等他吗?

瓦丽娅 跟他在一块儿，绝不会感到寂寞。

[沉默。

拉丽莎 （突然）唉，我不喜欢自己这个样子。

瓦丽娅 没什么了不起！……只要小伙子喜欢就行。

拉丽莎 我成了一个凶狠的、爱忌妒的女人……

瓦丽娅 看你说的！……你还是听我说吧……今天我收到邮局送来的一封信，无名氏写的。（掏出一个信封）你看见吗？

拉丽莎 都写些什么呢？

瓦丽娅 （读信）“人活在地球上不是徒劳无益的，瓦丽娅。如果他的工作使周围的一切变得好一些，那么这对他来说就是最大的成功。这就是为什么在孤独中永远得不到幸福的原因。祝您一切都好。”

拉丽莎 就这些？

瓦丽娅 难道还少吗？

拉丽莎 你知道不知道……是谁写的？

瓦丽娅 谁写的我不知道，我这个傻瓜却去念它……（沉默片刻）不过这些都是废话。（突然撕纸条）飞吧，碎纸片！……

拉丽莎 你怎么啦？

瓦丽娅 因为我知道是谁写的。

拉丽莎 谁？

瓦丽娅 一个……怪人。

［维克多出现在岸上。他缓步踱向姑娘们。

维克多 向营业员致敬！自我感觉如何，拉丽莎·彼得罗夫娜？

拉丽莎 活着，没什么可抱怨的。（站起来，沿着河岸慢慢走去）

瓦丽娅 你上哪儿去？

拉丽莎 我到岸边散散步。（下）

维克多 她为什么走了？

瓦丽娅 说明她知趣。（沉默片刻）你想喝一点啤酒吗？

维克多 倒点吧……

瓦丽娅 有什么新闻？

维克多 我们的挖土机有了新的计划任务。大坝上的紧张日子开始了，要提高挖掘量。

瓦丽娅 （笑）你们的快活日子完了！……

维克多 瞎说！谢廖什卡会想出点子来的。跟他在一块儿没错！

瓦丽娅 你总是谢廖什卡谢廖什卡的……像个小孩子一样！你们自己有什么本事没有？

维克多 你怎么这样怒气冲冲的？不像是我们的瓦列琪卡。

瓦丽娅 算啦，吃吧，这是炸鱼，我和拉丽斯卡在市场上买的。

维克多 （吃）我妈妈从前用这种鱼做过鱼汤……

瓦丽娅 你想念父亲吗？

维克多 （稍停）他没我也活得下去。

瓦丽娅 难道你一点也不想去列宁格勒吗？

维克多 我的故乡在这里，在安加拉河上。

瓦丽娅 你很不喜欢她……那个后母吗？

维克多 （稍停）谁对你说的？

瓦丽娅 我知道。

维克多 我可怜我的父亲。

瓦丽娅 维金卡，听说你在梦里常叫我的名字，这是真的吗？

维克多 没那回事。

瓦丽娅 （默然）今天我们去划船吗？

维克多 我不能去。晚上八点钟老爹要召集全队开会，讨论如何按新方式工作。

瓦丽娅 这么说，周末的晚上完蛋了……

维克多 我们另找乐趣……

［长时间接吻。

瓦丽娅 （沉默片刻，突然笑了）维金卡，我决定嫁人了。

维克多 别逗乐了……嫁给谁呢？

瓦丽娅 （挑衅地）就算嫁给你怎么样？

维克多 是啊……这可真够乐的。

瓦丽娅 有什么可乐的？

维克多 你别扯了……自找烦恼。我们俩就这样也够快活的。（拥抱她）今天我晚点去找你……不过，你把你同屋的那个怪女人打发去看电影——看最后一场。

瓦丽娅 好吧。

维克多 你就说，片子很有趣……你会说吗？

瓦丽娅 我会说的。

维克多 这不就妥了。（拍了拍她的脸蛋儿）我走啦，要不然又要挨老爹的训了。（下）

瓦丽娅 （独自一人）“这可真够乐的。”

［拉丽莎沿河岸走来。

拉丽莎 谈妥了？

瓦丽娅 （机械地）妥了。

拉丽莎 太阳落山了。

［沉默。

瓦丽娅 维金卡呀，真是个怪人……他说，瓦莲京娜，我们去登记结婚吧。

拉丽莎 真的吗？

瓦丽娅 真的。拉丽斯卡，你晚上本来想上哪儿去啊？

拉丽莎 去看电影，最后一场。

瓦丽娅 你别去。

拉丽莎 为什么？

瓦丽娅 据说片子不好看。

［灯光只打在歌队身上。

歌队 头发剪得短短的、逗人发笑的孩子们，在你住房周围玩耍。一个孩子手指上扎了根刺，第二个在观察小甲虫，第三个打了一下第四个的后脑勺。你在他们身旁走过，他们中谁也不会朝你叫“妈妈”！

——你孤零零一个人走回家，早上也不会有人叫醒你。

——你的邻居的收音机坏了。瓦西廖克下班以后开始修理，吵得周围不得安宁……妻子却很满意——瓦西廖克是个多面手呀。夜深了，他们散步归来，斗一阵子嘴，然后长时间和好……瞧，他们又在接吻呢！……

——你却是孤身一人回到家里，早上也不会有人叫醒你。

［集体宿舍里一间姑娘们住的房间。星期天。拉丽莎和瓦丽娅在桌子上摆放餐具。

拉丽莎 你请谢尔盖来这件事，告诉过维克多没有？

瓦丽娅 没有，算是一条意外新闻吧。我的生日，我想请谁就请谁。

拉丽莎 唉，瓦莲京娜，你在搞什么名堂呀！

瓦丽娅 你别批评我……我准备嫁人了。

拉丽莎 别胡闹。

瓦丽娅 你瞧，不管对谁说，都觉得怪乐的。我才不理你们这些喜欢嘲笑别人的人呢。一个人混日子我也腻味了。怎么，我比别人都差吗？

拉丽莎 维克多……怎么，他向你求婚了？

瓦丽娅 他没求过婚，但他会求的。不过我呢，也许会另选一个。

拉丽莎 可是你谁也不爱啊……

瓦丽娅 可是你看见过它——看见过爱情吗？

拉丽莎 看见过。不过不记得，是在梦中还是在现实中。

瓦丽娅 你看，是不是。（拥抱她）你快到厨房里去一趟，拉丽斯卡，把刀呀叉呀洗一洗。

拉丽莎 好吧……（从瓦丽娅手中接过餐具，走出房间）

瓦丽娅 （走向镜子，照镜子）哎，瓦尔卡－瓦莲京娜……你向大家都证明一下吧。

［敲门声。

请进。

［谢尔盖上。

谢尔盖 您好，瓦丽娅……您寄了张纸条给我，叫我来……

瓦丽娅 是的。

谢尔盖 老实说，我接到信的时候，感到非常惊奇……因为自从上次看电影以后，我和您没再见过面。

瓦丽娅 今天是我的生日。

谢尔盖 您看……您为什么不事先告诉我？

瓦丽娅 故意不说。我不愿意让您为我破费。

谢尔盖 那又何必呢……（微笑）我可是个富翁呀。

瓦丽娅 那就更不该让您破费。因为这对您来说是轻而易举的事。

谢尔盖 那您为什么不……通过维克多事先告诉我呢？瓦丽娅让他感到意外吧。您是他最好的朋友，对吗？

谢尔盖 是的。

瓦丽娅 是您说过——他很爱我……您说过吧？

谢尔盖 说过。

瓦丽娅 请您保证这不是您想出来的……您不吱声？您再说一次谎啊。

谢尔盖 （低声）我觉得是这样，瓦丽娅。

瓦丽娅 您（苦笑）还有什么觉得是这样的？（沉默片刻，笑了）算啦……我上厨房去一趟，帮帮拉丽斯卡。（跑下）

［谢尔盖颇感兴趣地仔细观看姑娘们住的房间。敲门声，维克多上。

维克多 是谢尔盖？你怎么在这儿？

谢尔盖 瓦丽娅请我来的……她想让你感到意外。

维克多 （突然笑了）你看，真了不起……她真是无价之宝！我来的时候就想过——整整一晚上，我一个人怎么对付两位女公民呢……我一到，你已经来了。没说的，这是个好姑娘！

谢尔盖 （沉默片刻）维克多，我想问问你……

维克多 问什么呀？

谢尔盖 我不明白，你对瓦丽娅抱什么态度。

维克多 什么态度，什么态度……我喜欢她。很喜欢。

谢尔盖 喜欢？

维克多 她很活泼。你知道她舞跳得有多好吗？至于别的，我就不管了。

谢尔盖 （看见维克多手中的小包包）是带给她的礼物？

维克多 这里原先有个摄影师围着她转……谢廖什卡，请你相信，当时弄得我心神不定……（苦笑）不过没哭鼻子。

谢尔盖 结婚就好了。

维克多 看你说的，为什么要捆住自己的手脚。还没到时候呢！（沉默片刻）这里对瓦莲京娜有各种议论。我是无所谓的……当然瓦尔卡是个真诚可爱的姑娘——不过，一般来说，我不怎么相信她们，谢尔盖……那些女人。她们恶毒得很。只不过装出一副善

良的样子。有的装得好一点，有的装得差一点。（沉默片刻）要是你能看看我的父亲被她折磨成什么样子就好了。（从墙上摘下吉他）

谢尔盖 （微笑）可我一想起母亲，就觉得所有的女人都是非常善良的。

维克多 那是你走运……（轻轻哼着歌曲，一边给自己低声伴奏）

［瓦丽娅和拉丽莎上。维克多的歌声使姑娘们默默地站在门边。

拉丽莎 （低声）您唱得多动人啊，维佳。

维克多 听了您的话真高兴。祝您的朋友生日愉快，拉丽莎·彼得罗夫娜。（把礼品送给瓦丽娅）瓦列琪卡，请收下吧。

瓦丽娅 嘿，我们的维金卡真舍得……（把维克多送的披巾披在肩上）

谢尔盖 您披上真合适，瓦丽娅……

瓦丽娅 你们看，谢廖沙什么也没送给我。

谢尔盖 那是因为我……

拉丽莎 算啦，算啦，别提了，谢廖什卡……（停顿）也许，我们来打一会儿扑克？

谢尔盖 不过依我看，打扑克的人都是大傻瓜。

拉丽莎 那是为什么呢？

谢尔盖 因为生命是短促的。

瓦丽娅 也许，您要向我们报告一下国际形势吧？这种事您在行。

谢尔盖 （微笑）有过这么一回事！……前些天我确实在女职工宿舍搞过一次座谈会。会上我描绘了一番法国现状。我记得，从你们方面递过来一张纸条。“请您详细解释一下法国出生率下降的原因……”坦白说，当时我认为这张纸条是您写的，瓦丽娅……

瓦丽娅 那您为什么没解答？

谢尔盖 （诚恳地）当时有点不想在女工棚里谈……出生率下降的详细情况。

瓦丽娅 这么说，您吓坏了？

谢尔盖 （快活地）吓坏了。

瓦丽娅 不过，您别太翘尾巴，说您收到小纸条。也有人给我写信呢。

维克多 （笑了）是感恩戴德的顾客？

瓦丽娅 看来是他们。你不相信吗？我可以念给大家听听。您看怎么样，谢廖沙……（拿出一捆信来）念不念？

谢尔盖 您念吧。

维克多 来呀，我们大伙乐一乐。

瓦丽娅 （读）“我一直在考虑您的情况，虽然您并不知道我是谁。瓦丽娅，您的生活大概非常不正常——对己对人都毫无兴趣，在我们的时代这样生活是可耻的。您想想，如果等您后悔莫及，那就多糟啊。”（向大家看了一眼）你们听见没有，说得多凄惨！

维克多 这到底是谁写的？

瓦丽娅 无名的善人。

拉丽莎 都是你瞎编的……

瓦丽娅 不是！你们再听听……（拿另外一封信）“我又给您写信，请您别生我的气。我觉得您很孤独。您无论如何，无论如何不要这样过下去，瓦丽娅。我多想帮助您啊……”（朝谢尔盖望了望）喂，怎么样？挺动人的，对吗，谢廖沙？

［谢尔盖沉默无语。

维克多 也许这是浸礼会教徒给你编写的？

瓦丽娅 请听最近的一封信！……（读）“唉，瓦列琪卡，我亲爱的人儿，叫您的维克多滚开吧，您最好还是嫁给我……”

谢尔盖 不过，这不是真的……没这封信。

瓦丽娅 您打哪儿知道？（转身向维克多）听见没有，别人劝我怎样对待你？不过我最好不嫁给他，还是嫁给你。你说对吧，维金卡？

维克多 你干吗这样胡闹呢？

拉丽莎 别闹了，瓦莲京娜……

瓦丽娅 谢尔盖对我说过，说你梦里都在呼唤我的名字，是吗？

维克多 别逗乐了……

瓦丽娅 也许是他骗我的——你的好朋友？（望着维克多）谢廖什卡，您愿意听吗？我可以告诉您，他为什么要抛弃我？因为我的名声不好，我不配做他的妻子。您记得吗，在电影院门口小伙子们说我什么来着？

谢尔盖 这些不是真的……你对她说，维克多……

瓦丽娅 您袒护他？是啊，这种行为简直十分高尚——袒护朋友。不过他却不吱声，这位朋友啊。现在你们都走吧，生日取消了。何况是我捏造的。我的生日在八月份……总之，我开了个玩笑。

谢尔盖 这些信是我写的，维佳……

维克多 是你?

谢尔盖 （诚恳地）我爱瓦丽娅，我非常爱她。（向瓦丽娅）而且我不知道现在我应该怎么生活，如果你不同意做我的妻子的话……我简直不知道怎么好。

拉丽莎 真是越来越复杂。

谢尔盖 我本来绝不会说出口的，是你，维佳，自己抛弃了她。

瓦丽娅 （向维克多）你听见吗?现在你离开这儿吧。我不需要你，你走吧!

维克多 你怎么……顶真起来了?

瓦丽娅 （坚决地）走吧，维克多。

维克多 这件事我们都记着。（慢慢下）

[瓦丽娅走近谢尔盖，长时间地望着他。

拉丽莎 听我说，瓦莲京娜，别碰他。

瓦丽娅 （慢慢地）为什么别碰他?

拉丽莎 因为你不爱他。

瓦丽娅 你这样说有什么根据?（嘲笑地）等我们结婚以后，闲时我来了解一下。他是个有钱的小伙子——跟他在一起，不会寂寞的。

拉丽莎 我不跟你住在一起了——我搬到塔玛尔卡那儿去住……跟你在一起住真叫人感到可怕，瓦尔卡……（快步下）

瓦丽娅 （沉默片刻）你有什么要说的？

谢尔盖 我们把你的女儿从保育院接回来……三个人一起生活。

瓦丽娅 我什么女儿也没有。这都是我瞎编出来的。都是瞎编的，明白吗？现在你走吧，让我一个人留下……

谢尔盖 （轻声）没有你我不能生活。不能就是不能。

瓦丽娅 你走吧，请你走吧。

［谢尔盖慢慢走出房间，瓦丽娅坐到床上，哭。

［瓦莲京娜的房间慢慢暗下去，舞台上只剩下谢尔久克和歌队。

谢尔久克 我的姓是乌克兰的——谢尔久克，不过，无论从灵魂上，还是从肉体上来说，我是地道的西伯利亚人。

歌队 你到底是一个什么样的人呢，斯杰潘·谢尔久克？

谢尔久克 （想了一下）一般来说，我是个幸福的人。

歌队 那你的幸福在哪里？

谢尔久克 （稍停，尖锐地）找到了自己的位置，并且感到满意。

歌队 （似乎是责备地）不过你是个孤独的人。

谢尔久克 女人不欢迎我。

歌队 你恋爱过吗，朋友？

谢尔久克 恋爱过。

歌队 爱过谁？

女人的声音 爱过我……我们是在第一个五年计划期间，在马格尼特卡相遇的，刚刚开始建设，我们的生活很困难——一言难尽……我们彼此相爱，可是过了两年，我遇见了另外一个人——安得留沙。他是最出色的一个人，我们结婚了，我为他生了三个孩子。我知道，你很痛苦，斯杰潘努什卡，但是，心是勉强不了的。现在我已经不年轻了——我有了孙子，可是夜里时常回想起我的初恋……

谢尔久克 （思考）是我不温存呢，还是怎么样？

歌队 第二个女人……你还记得她吗？

谢尔久克 没忘记。

姑娘的声音 那就是我。我叫克桑娜。战争开始，我还是个小丫头，就去当卫生兵了。我们是一九四三年相遇的。他温柔、勇敢。战争使我们相遇，于是我们在一个掩蔽部里住了十天……分别的时候，我答应给他写信——他甚至哭了。可是我一个字也没有给他写，因为分别后两个小时，我就被打死了，您明白吗？他以为我背叛了他，忘记了他——而我只不过是被打死了……一颗炮弹在我身边爆炸——一切就都完了。

谢尔久克 不，女人们没爱过我，你明白吗，老弟？不过，我并不孤独——挖土机上的人都是我的孩子。谢廖金的作业班对我来说是最宝贵的……

［显出男工棚。夜。罗吉克和杰尼斯坐在桌旁。从窗户外面现出拉普钦柯的身影。

歌队 你看，斯杰潘，夜已经降临，可是他们还没睡……

——也许，出了什么不幸的事？

——谢尔盖在哪儿？维克多在哪儿？

谢尔久克 我不知道，因为我到斯柳坚卡我父亲家去了。我很快就会回来……难道真出了不幸的事吗？

[歌队和谢尔久克徐徐隐去。

拉普钦柯 小伙子们……有什么新闻没有，小伙子们？

杰尼斯 什么也没听说。

拉普钦柯 维克多还没回来吗？

杰尼斯 没有。

拉普钦柯 谢尔盖也不在吗？

杰尼斯 不在。

拉普钦柯 小伙子们，我们快要完蛋了。

罗吉克 我们是快了，快得很呢。

拉普钦柯 老爹还没来吗？

杰尼斯 他在斯柳坚卡……等他回来——他会给我们颜色看的。

拉普钦柯 我可以想象。（回头看看）维克多来了！

[维克多上。他旁若无人，穿着西服就躺到床上去。

杰尼斯 你到哪儿去了？

维克多 （瓮声瓮气）你管不着。

杰尼斯 要是在部队上的话，为这种事……你知道会受什么处分？

维克多 你少说两句。

杰尼斯 我的少校会同你谈一谈的……那才够你受的！

拉普钦柯 老爹来啦！

[接着，谢尔久克的身影出现在门口，弄得门嘎嘎直响。

谢尔久克 （怒气冲冲地环视一遍在场的人，然后坐到凳子上）喂，山鹰们，表现突出吧？

［全体默默无言，神情沮丧。

模范作业班！……一年来没有犯过一次纪律！……（用拳头猛击桌子）挖土机停了多久？

罗吉克 两个小时。

谢尔久克 两个小时！……（气得在工棚里走了一圈）就因为你们胡闹，一万四千人停工整整一百二十分钟！机器为什么停了？说呀？你们干吗你看我，我看你的？

罗吉克 氧化铜整流器坏了。

谢尔久克 明白了。这么说，是电工的责任啰？

维克多 （低着头）是我的责任，老爹。

谢尔久克 第一副司机，你还若无其事地在床上躺着？你这个电世界的上帝！……喂，瞧着我，浪荡鬼！

［维克多坐起来，把脸转向谢尔久克。

谢尔久克 淌眼泪？！要什么娘们儿脾气！你是怎么出事故的？

维克多 喝醉了。

谢尔久克 你撒什么谎？从前没看见你有这种嗜好……你为什么堕落到这种地步？

维克多 别问了，老爹。我不会回答的。

谢尔久克 谢尔盖在哪儿？

拉普钦柯 （蜷缩在门口）他同收款员瓦尔卡在安加拉河边散步呢。

维克多 （气急败坏地）你少说两句！……

谢尔久克 哎，都静点。你说吧，罗吉克。平静地，文明地说。你们之间出了什么倒霉事？

罗吉克 有什么可说的……谢尔盖和维克多为了一个姑娘吵架了。就是那个收款员瓦丽娅，大家都十分了解的著名人物……算啦，我不去评论她的长短。维克多当时不太沉着，所以昨天他和谢尔盖有了点不愉快。今天他来上班的时候……样子不太好看，由于恶劣地玩忽职守，结果出了事故。（向维克多）是这样的吧？

维克多 是这样的。

罗吉克 我想说的是……我们这个作业班本来是一个少有的团结的集体。可是为了一个娘们儿，一下子垮掉了。我非常爱自己的妹妹，也爱母亲，但是，对那种女人，我宁愿躲着点。过去我深深感到满意的是，因为这里，在西伯利亚，女人好像没有中央地区的女人那样会诱惑人。

杰尼斯 哼，你少胡说，罗吉昂。我不允许你这样谈论女人……

［谢尔盖出现在门口。

拉普钦柯 谢廖什卡！……

谢尔久克 喂，静点。首长来了。

谢尔盖 （用视而不见的目光望着大家）是啊……是啊……（走到自己床边，坐下，含笑望着远方）是啊……是啊……是啊……

谢尔久克 这又是什么鬼花样？

谢尔盖 （微笑着）是啊，是啊。

谢尔久克 你们看见没有？梦游症病人。（摇谢尔盖）你是谁——是司机长，还是月球上的居民？

谢尔盖 是老爹？从斯柳坚卡回来了？……

谢尔久克 你到底笑什么，怪东西？

谢尔盖 请你原谅我们——我和维克多，我保证，决不再犯。

维克多 我的事，用不着你管。

谢尔久克 你倒是想轻易混过去，班长。

谢尔盖 不，这一切非常复杂……当然，也许她目前并不爱我，但是我，但是我一定要成为她需要的人……我一定做到。她终于同意了……星期天，七月十五号那天，举行婚礼。十天之后……请大家都来参加吧，小伙子们，都来吧……

罗吉克 什么？

维克多 （走近谢尔盖）你走吧，谢廖什卡……把瓦莲京娜留下来……我恳求你——走吧。

谢尔盖 不，现在我不走。在你的面前我是清白的，维克多，你自己拒绝了她。难道不是这样吗？你不吱声……你请看，老爹，他不吱声。（走近维克多）让我们忘了一切吧，维佳……为了我们大伙儿——让我们仍旧做个朋友吧。

［维克多沉默无语。

星期天，十五号那天……我请求大家都来，请你们把这一天搞成她的幸福之日……只要这一天——这对你们来说并不费劲！……（突然恶狠狠地望着大家）但是，如果你们中有人哪怕是说瓦丽娅一句坏话……那就叫他小心点。我永远不会饶恕他的……叫他小心点！

［工棚的画面暗下去。悠扬的音乐声起，也许这是雨点敲击屋顶的飒飒声。瓦丽娅的身影渐渐显出。她坐在床上，歌队围着她。

歌队 你没睡吗，瓦丽娅？通宵下着雨。贝加尔湖上空夏季暖风呼呼地响着，把乌云赶到安加拉河上空。

——早晨即将来临。七月十五号那个星期天的早晨……

——这是你独自在屋里度过的最后一个夜晚。

——明天开始的新生活，神秘莫测，等待你的又是什么？

瓦丽娅 （勉强听得见地）我不知道……

歌队 你在干什么——你赶快回心转意吧，瓦莲京娜……因为你并不爱他……

瓦丽娅 （轻轻地）我不爱吗？连我自己也搞不清楚，有谁还能知道呢？爱情……它是什么样的？像什么？谁能告诉我？（倔强地）为什么我记住了初见谢尔盖的那一天？他走到我跟前，付了二十戈比，买了一盒火柴……后来我们认识了，我呢，突然相信，他会，他一定会对我说些不寻常的、动人的话。

歌队 这一切真奇怪……

瓦丽娅 当时我还是按照老习惯，同维克多往来，可是心里想的却是谢尔盖，一直在想他……我是多么热切地期待着他的信啊，因为我知道，那是他写的信……

歌队 这么说，你爱上他了？

瓦丽娅 也许是的……不……我不知道。

歌队 你不知道？尽管如此，你还是想做他的妻子？

瓦丽娅 （尖锐地）是的，我想，这有什么不好的？他是个多好的人啊……我呢，一个人过日子已经腻透了。我筋疲力尽了呀，老天……还有周围的这些调笑。我哪一点比别人差？……而同他在一起，我会感到非常好的，难道不是吗？……

歌队 那维克多呢？

［维克多的身影在昏暗中隐约显出。

维克多 瓦丽娅，你还记得我昨天晚上来看你的情形吗？你不信我的话……（走近瓦丽娅，低声说）请你原谅我，瓦丽娅……

瓦丽娅 我并不生气。

维克多 没你我活不下去……我们离开这儿吧……哎，如果你愿意，我们就去登记……一切都照你的意思办。

瓦丽娅 晚了，维金卡。我们的交往结束了。再见……

［又剩下瓦丽娅一个人。

歌队 破晓了，瓦丽娅……你看看窗外，一个阴雨绵绵的早晨。——星期天……七月十五号。

瓦丽娅 我为什么觉得这样可怕？我担心……他的朋友们会谴责我，会抛弃我们——只剩我们两个人孤零零地走在街上……而路人会在背后嘲笑我们……不，应当逃跑啊。

歌队 晚了！你听见吗——有人在敲门……这是谢尔盖……要是你已

经下定决心，那你就打开门，把手伸向他。

瓦丽娅 我下定决心了！（大声地）是你吗，谢尔盖？

［谢尔盖的声音：“是我！”

［风琴奏起音乐。歌队把雪白的结婚礼服披到瓦丽娅身上。

进来吧，谢廖沙……

［谢尔盖站在门口，满身霞光。

谢尔盖 我来接你了！！！

瓦丽娅 太阳出来了？

谢尔盖 雨过天晴了。

瓦丽娅 我们走吧！

谢尔盖 我不是一个人来的，瓦丽娅……

［风琴的乐声渐渐消失，代之而起的是手风琴悦耳、低沉的乐调。同谢尔盖在一起的有杰尼斯和津卡、谢尔久克、拉普钦柯、罗吉克、罗吉克的妹妹迈娅，以及两三个在挖土机上工作的陌生的青年人——他们中一个人拉着手风琴，另外一个人用吉他伴奏。

［全体人员手上都捧着鲜花。

谢尔盖 认识一下吧，这些都是我的朋友……都是挖土机上的。

迈娅 我叫迈娅。我是罗吉克的妹妹……昨天刚从莫斯科来的……我已经升十年级了，是来他这儿作客的，您明白吗？我生来还没有参加过婚礼……我可以吻吻您吗？（吻瓦莲京娜）

谢尔盖 我们走吧……

[一声惊雷。

你瞧——又是雨又是太阳……真莫名其妙!

谢尔久克 打开伞!

哑 场

[婚礼的队列沿着大街，撑着伞，踩着水洼，在音乐的伴奏下行进着。

歌队 一群快乐的人!

——他们急着上哪儿去呢?

还冒着雨……

——可爱的人们，难道你们还不知道，伊尔库茨克城边上，有一座奇妙的大楼——你进去的时候是个单身汉，而出来的时候，就成了一个结过婚的人。就像在童话故事里一样，对吗?

——那还用说!只有这个机关，可以发给你们一张盖着公章的证明，证明你们是幸福的，从某年某月某日起，你们是幸福的。

——不过也有这种不幸的事：有些人忘记了，这座大楼绝不容忍仓促的决定和过于冷静的盘算。

——如果你忘记了这一点，立即就会受到惩罚——你手挽着一个女人从大楼里出来，绝不会想到从此你就成了一个不幸的人!

——遗憾的是，我不是一个发明家。否则，您知道我会想出一个什么机器？这个机器要能透视相爱的人们，确定爱情的深度，然后决定允许还是禁止他们结婚。

——难道你们中没有人能发明这种机器吗？很需要这种机器，非常需要，弟兄们！……

——不过，我们还是赶紧到瓦丽娅和谢尔盖的新房里去吃喜酒吧，那里已经在喊“苦啊！”正在喝得兴高采烈，我真担心我们会什么也吃不到。

［出现婚礼喜宴的场面。手风琴在演奏音乐。坐在桌旁的人，唱着曲调缓慢的西伯利亚歌曲。这不是醉后的哼声，而是悦耳、庄严的歌唱，然后沉寂下来，各人默默陷入歌声唤起的思绪中。

谢尔久克 唱歌的时候，总是会想起往事。

迈娅 或者憧憬未来……

杰尼斯 这首歌非常动听，确实有东西可以思考。

［停顿。

拉普钦柯 本人建议继续喝酒。

罗吉克 我看可以。这项建议值得注意。

［全体又快活地大吃大喝起来。

津卡 大家静点！……你们叫嚷些什么……请让我说两句……

［相对地沉寂下来。

同志们！我们，地槽工地的女水泥工们，注视着你们挖土机的光荣劳动。我们知道，在挖土机上工作并不是那么轻松——你们需要的是休息、体贴和好伙食……在这种情况下，妻子的作用就特别大，因此，我向您呼吁，瓦丽娅，时刻记住这一点。

罗吉克 为好伙食干杯！……

［大家都笑了，碰杯，津卡的抗议声消失在一片欢乐声中。

拉普钦柯 有人敲门！……

［安静下来。

瓦丽娅 请进……

［拉丽莎上。

拉丽莎 （站在门口）可以进来吗？

瓦丽娅 （跑到她身旁）拉丽斯卡……你来了？

拉丽莎 你不生气吗？

瓦丽娅 请你原谅我……别责怪我，好吗？

拉丽莎 既往不咎……

［她们接吻。

瓦丽娅 我给你们介绍一下……这位就是拉丽莎，我的好朋友……

谢尔久克 （激动地）罚一杯！（把一大杯酒递给拉丽莎，她一口喝干了）够劲。（自我介绍）我是谢尔久克，斯杰潘·叶果罗维奇。请坐到我旁边来。

拉普钦柯 有人敲门……又有客人来了。

［紧张的沉默再次笼罩房间。

瓦丽娅 请进……

［维克多上。他慢慢地环视在座的人，长时间地望着瓦莲京娜，

走近她。

维克多 （低声）祝你幸福。

瓦丽娅 （轻轻地）维佳……

维克多 这个戒指送给你……（把礼品交给她）留作纪念吧。

瓦丽娅 谢谢。

维克多 （走近谢尔盖，拥抱他，吻他，轻轻地用拳头敲一下他的背）吵架结束。

［手风琴奏起俄罗斯舞曲。

谢尔久克 喂，谁来跳？

瓦丽娅 拉丽莎跳……你们知道，她俄罗斯舞跳得有多好吗？——来呀，拉尔卡……跳一个！

［拉丽莎走进圈子，热烈地跳着，感情激昂，全神贯注。

维克多 （激动的声音）喂，让开点！……谢廖沙，来一段慢点的音乐……加点快的！

［维克多慢步跳起来，然后晃了一下头，潇洒地猛烈地大跳特跳。叫喊声鼓掌声淹没了手风琴的乐声，后者几乎听不出来，拉丽莎和维克多跳完后，受到长时间的热烈鼓掌。

津卡 嘿，拉丽莎，真有本事！……

杰尼斯 哎哟，维金卡，没说的！……

拉普钦柯 这才叫跳舞呢！……

维克多 （独自）别了，瓦莲京娜！

谢尔久克 （向拉丽莎）确实应该为您干一杯……您跳得真够劲。像一团火！

拉丽莎 哎哟，只剩一点火星了……

谢尔久克 我五十岁了！……您从前在哪儿？

拉丽莎 天涯海角，谢尔久克同志。

迈娅 听我说，瓦丽娅，这一天我永远忘不了……我在莫斯科的一所普通中学学习，我非常想知道我们的罗吉克在这里生活得怎样，他的朋友们都是些什么样的人。妈妈叫我都打听清楚……请您原谅，我老是扯个没完，我好像喝多了点……不过没什么，这个问题我们就暗中了结吧。现在我瞧着您，心里想，婚礼——这是多么幸福呀。难道这不是一件欢乐的事吗？知道您为爱人珍惜了自己，您的良心在他面前是清白的，如同这件雪白的结婚礼服……您哭什么呢，别哭，瓦丽娅，别哭……您最好还是看看您的谢廖沙吧——他多爱您，瞧他多么幸福地望着您……我真羡慕您，因为您多幸福呀……（拥抱瓦丽娅）

［手风琴奏起古老的圆舞曲。几对舞伴在屋里翩翩起舞。

谢尔盖 （走近瓦丽娅）别哭，瓦丽娅……别哭，你看你！……

瓦丽娅 要是我能忍住就好了，谢廖沙……

谢尔盖 你能够忍受住的，瓦丽娅。一切，一切都会忘记的……

瓦丽娅 真的吗？

谢尔盖 你看好了。

瓦丽娅 谢谢你，谢廖沙……（拥抱他）

［他们婆娑起舞。

谢尔久克 喂，公民们，别跳了。新郎新娘在跳舞！

［跳舞的人闪开，只有新郎和新娘慢慢地跳着圆舞。瓦丽娅的手温柔地搭在谢尔盖的肩上；她扬起头，略向后仰。她充满了温情和爱，似乎随着每圈舞显得渐渐不支。

歌队 新婚圆舞……怎么能忘记你啊。年华逝去，记忆淡薄，而你那简单纯朴的旋律会永远使他们记住这个遥远的晚上。

——他们会各奔东西，会失去联系；也许新的爱情火花会照耀他们，但是，不管发生什么事，只要响起这首圆舞曲，他们就会彼此想起来，感激和幸福之情就会温暖他们的心房。

［客人们鱼贯地默默从房间里消失。

——而现在，当这首圆舞曲尚未变成回忆的时候，对你们来说，只存在今天的晚上，这个你们共同度过的夜晚。

［圆舞曲的乐声沉寂下去。

——瓦莲卡！……谢廖沙！……你们听见吗？大门响了。最后一个客人离开了，门关上了。只剩下你们，只有你们……

［夜。房间里只有谢尔盖和瓦丽娅。

瓦丽娅 几点了？……我的头好晕啊……

谢尔盖 一点半。

瓦丽娅 夜里一点半？（笑了）哟，我真蠢，还问什么呢。（沉默片刻）谢廖沙……你的母亲叫什么名字？

谢尔盖 波琳娜。

瓦丽娅 我会非常爱她的……好吗？

谢尔盖 好的。

瓦丽娅 还爱你的妹妹们。是两个吗?

谢尔盖 是两个。

瓦丽娅 她们两个我都会爱的。她们会喜欢我吗?

谢尔盖 会非常喜欢你的。

瓦丽娅 你知道,我喝了那么多的酒——老是说啊,说啊,没个完……我还可以再唠叨一会儿吗?

谢尔盖 行啊。

瓦丽娅 你看,我老是在想:你为什么一次也没吻我?

谢尔盖 (悄声地)我会吻的。

瓦丽娅 (同样悄声地)什么时候?

谢尔盖 等你从睡梦中醒来。

瓦丽娅 就像舞剧《睡美人》里那样吗?柴可夫斯基作曲……

谢尔盖 是啊。

瓦丽娅 我从广播里听到的。(蜷缩在沙发椅上)是啊……太想睡觉了。你看,真遗憾,对吗?……你,我亲爱的,你什么也别对我说了。我太幸福了,因为我是你的妻子……真的,对吗?他们多好啊,你的那些朋友们!……我可以睡着吗?你不会生气吧,谢廖沙?

[他双手抱起她来。

早晨快点来到就好了,对吗?那个时候你会吻我吗?……把手帕给我……

谢尔盖 你怎么啦？……

瓦丽娅 你看，我把嘴上的口红擦掉了……一点口红也没有了。请你，请你早上别担心。

谢尔盖 （把她放在床上）现在——你睡吧。

瓦丽娅 我已经完全睡着了……甚至在做一个梦。你看，是你划着船朝我漂过来……（轻声）不过你告诉我，谢廖沙，我们会白头到老，永不分离吗？

谢尔盖 至死不渝。

瓦丽娅 多好啊……

［远处又响起风琴的声音。瓦丽娅渐入梦境。谢尔盖跪在她面前，仔细地望着她。歌队悄悄地拉上帘子，遮住他们。帘子轻飘、雪白，如同结婚礼服。

歌队 （非常轻地）雨潇潇，似乎整个地球都在下雨！……

——潺潺水流绕着房屋欢腾奔去，水流洗去垃圾和尘埃，洗去昨天的余垢。

——雨水洗净大地……

—— 幕落 ——

第二部

［悠扬的音乐声，有点像催眠曲。一束灯光照亮谢尔盖。他默默地站在那里，双手插进衣袋。他在思考。他身边不远的地方是歌队。

歌队 （向观众大厅）你记得这件事是怎么发生的吗？天刚破晓，她就被送走了，你整天坐立不安……

——事情都不顺心，你心里只牵挂着她，几次打电话了解情况。喂，怎么样？请告诉我呀……

——下班以后，你顾不得回家，跑到那儿去了，站在窗下，既感到不好意思，又感到害怕，一天数次地向值班护士打听……

谢尔盖 （低声）哎，我那位怎么样了？没听说什么？没什么消息？

歌队 当时情况就是这样，你还记得，对吗？

［谢尔盖走在大街上，然后在房子门口停下来，朝窗户里面望望。接着坐到小板凳上，默默地坐着。一个十岁左右的小男孩上，走向谢尔盖。

小男孩 （沉默片刻）您家生个儿子吗？

谢尔盖 但愿如此。

小男孩 我就住在对过。叔叔们常坐在这个小凳上。我已经习惯了。有的叔叔还给糖吃呢。

谢尔盖 我没糖。

小男孩 没关系。您知道，从这个房子里，抱出来过多少个小孩吗？……一千个！

谢尔盖 那不错啊。

小男孩 可也真怪……本来没有这个人——突然出世了。

谢尔盖 （难为情地）事情就是这样安排的，小弟弟。你叫什么名字呀？

小男孩 安东。我是从车里亚宾斯克来的。

谢尔盖 你希望将来做个什么样的人，安东？

小男孩 做个大夫。

谢尔盖 早就定了？

小男孩 上星期六。从前我想当一个旅客，可以乘火车到处去玩。您知道吗，我们院里住着一个小姑娘，她不相信世界上有个卓别林。

谢尔盖 （心不在焉）真的吗？

小男孩 好啦，祝您一切顺利……（把手伸给谢尔盖）

谢尔盖 这一套是谁教给你的？

小男孩 外婆。她说，如果有人坐在小凳上，你就祝他一切顺利。

谢尔盖 向你的外婆问好。

小男孩 好吧，我告诉她。（下）

［谢尔盖站起来，走近窗口。助理护士从门里走出来。

助理护士 谢廖金！

谢尔盖　是我……

助理护士　去吧……你等到了。

谢尔盖　都顺利吧？

助理护士　给你准备了意外的礼物……去吧。（下）

［谢尔盖跟着她跑进房子。

歌队　一个人诞生了！……

［传来婴儿银铃般的可爱的哭声。

一个人诞生了……不，是两个小人儿诞生了。

——哥哥和妹妹。父母给他们起了名字：费奥多尔和列诺琪卡。

——孪生兄妹谢廖金……他们将穿相同花色的衣服，戴同样的小白帽……父母会永远分不清他们。

——他们，两个小人儿，捧着鲜花，手牵着手，同一天跨进学校……

——让我们祝愿他们——列诺琪卡和费吉卡——一切顺利。尽管他们的道路并不轻松，并不平坦。

［谢尔盖从房子里走出来。语言难以表达他的幸福。

谢尔盖　真没想到！……真没想到……我的瓦柳什卡，真有本事，对吗？（吻身旁遇到的一个人，跑步下）

［小提琴和曼陀铃奏起一首简朴的乐曲。

歌队　然后，你长久期待的那一天来临了……你去接自己的家人。

——现在你不是孤零零的一个人了——你们，谢廖金们，添丁加口了。

——去呀，朋友们在街上等着你。

哑　场

［挖土机上的全体人员手持礼物，沿大街走向产院。谢尔盖走在队伍前面，他推着一辆双座儿童车。在拐角处，拉丽莎和津卡加入队伍。天上飘着雪花。这已经是四月阳春的末场雪。

［队伍停在小板凳跟前。小男孩如同这个地方的护卫天使，站在板凳旁边。谢尔盖走近他，递给他一包糖果。瓦丽娅在助理护士的陪同下从房子里走出来，她又害羞又幸福。谢尔盖把鲜花递给她。瓦丽娅吻谢尔盖，把婴儿递给他。谢尔盖小心翼翼地把婴儿放进推车里。大伙儿拥抱瓦丽娅，祝贺她。助理护士把第二个婴儿递给谢尔盖。为了腾出位置，谢尔盖要弯腰整理推车，于是把婴儿递给维克多抱一会儿。维克多看看婴儿，又看看瓦丽娅。谢尔盖把婴儿放进推车，然后走到小男孩安东跟前，握着他的手，似乎向他表示谢意。

［队伍返回。走在前面的是谢尔盖和瓦丽娅——两个人一起推着小车子，其余的人跟在他们后面。在一个拐角处，维克多悄悄离开了朋友们，谁也没有注意到他。他翻起衣领默默注视着继续前进的队伍——剩下他一个人，快乐的小提琴和曼陀铃沉寂下去。

歌队 你怎么啦，维佳？

维克多 我的一生完蛋了。（在黑暗中消失）

［响起摇篮曲，是由一把小提琴演奏的。渐渐现出被微弱的灯光照亮的瓦丽娅的身影，她俯身看看睡着的孪生兄妹。

歌队 （生气地）静一点！……你们别妨碍公民们睡觉，他们还很小呢……

——你们都长大成人了，因此你们可以很长的时间不睡觉……这里可完全是另外一回事！……

——你们别妨碍他们睡觉，因为他们才一个月……

——不，两个月……

——不，三个月了。轻一点……他们需要睡觉，需要增强体力。他们现在还很小很小——这些谢廖金公民们。

［摇篮曲沉寂下去。

歌队 有人敲门……而瓦丽娅在打盹儿。

——得把她叫醒。

——醒醒，瓦丽娅！

瓦丽娅 （精神一振）什么……谁呀？

［瓦丽娅向门口奔去。谢尔盖走进屋里。屋子终于显现出来，轮廓也明显了。

谢尔盖 他们在睡觉吗？

瓦丽娅 是的。（轻声）小心点，别出声。

谢尔盖 我累坏了——非常累。（走向睡着的孩子们）费吉卡样子真可笑……

瓦丽娅 （不赞成地）他的样子有什么可笑的？

谢尔盖 他不知怎么搞的，太胖了——像个资本家。

瓦丽娅 他一点也不胖……你想吃饭吗？

谢尔盖 想吃极了。

瓦丽娅 （把饭端给他）吃吧。

谢尔盖 真香。

瓦丽娅 你往稀饭里多加点奶油。

谢尔盖 在家里忙吗？

瓦丽娅 没闲着。带两个孩子，操心事真多。

谢尔盖 我明白。（吃）你看见报纸上阿登纳说了些什么吗？

瓦丽娅 没看报……莲卡的小肚子上出了一片红斑……是不是要请大夫看看？

谢尔盖 当然可以……

瓦丽娅 我到保健站去的时候，总是非常高兴，谁家的小孩也比不上我们的……费奥多尔才三个多月，却像个半周岁的小家伙……我比了一下。莲卡呢，你知道她多聪明？大夫就是这样对我说的——他说，您的小女孩非常聪明……非常——你明白吗？

谢尔盖 莲卡样子挺讨人喜欢……

瓦丽娅 给你盛点水果羹吗？

谢尔盖 好呀……我喜欢就着面包吃水果羹。

瓦丽娅 给……皮烤得脆黄的。

谢尔盖 你还记得?

瓦丽娅 (吻他的后脑勺)吃吧。

谢尔盖 瓦尔卡,我给你买辆自行车。你要吗?

瓦丽娅 买它干吗?

谢尔盖 你骑呀。

瓦丽娅 (笑)你又想出新点子来了。

谢尔盖 瓦莲京娜,我们那儿有个新闻——也许我们的挖土机要停工了。

瓦丽娅 那是为什么?

谢尔盖 变速器要修理,还有抓斗上的链条要更换。这件事不是闹着玩的。可是我们一点时间都没有。

瓦丽娅 谢尔久克大概急坏了……

谢尔盖 这些天他本来就有点神不守舍。

瓦丽娅 他爱上拉丽斯卡了……(笑)你的首长在胡闹,谢廖任卡。

谢尔盖 胡闹什么?他并不老。

瓦丽娅 哎,这要看怎么说。(沉默片刻)维克多为什么不到我们家来?

谢尔盖 随他便。

瓦丽娅 (稍停)谢廖沙……

谢尔盖 什么事?

瓦丽娅 你是世上最好的人。

谢尔盖 (拥抱她)亲爱的瓦列卡……(沉默片刻)你不寂寞吗?

瓦丽娅 我没时间寂寞。

谢尔盖 你再忍一段时间吧……等我们把孩子们送进托儿所，你就去学习或者工作。

瓦丽娅 （沉默片刻）你叫我去干什么呢？

谢尔盖 当混凝土工。现在混凝土决定一切。

瓦丽娅 可是照我看，摇收款机比那有趣得多。

谢尔盖 你的议论真怪！（热烈地）一个人为了得到幸福，需要什么呢？需要让他的工作比他本人略为好一点……

瓦丽娅 这是什么意思……我不明白。

谢尔盖 哎，我说不好……我不会说。你要明白，如果一个人干着真正的工作，需要的工作，他本人也会因为干这项工作而变得比原先好一些。（温柔地）如果你不想当混凝土工，那就上挖土机工作，先当勤杂工……然后去学习，不脱产，如果有能力，你也许会当上副司机的……或者再向上升！据说在伏尔加河那边，有个姑娘指挥整整一个挖土机作业班呢……这真是锦绣前程啊！你说不是吗？

瓦丽娅 （生气地）算啦，既然你这样希望我自己养活自己——那我就回商店去！熟人常去那儿……不会寂寞的！

谢尔盖 你说什么，瓦尔卡？

瓦丽娅 你别喊——看把孩子们吵醒。

谢尔盖 可你别说庸俗话！

瓦丽娅 原来他不喜欢我的商店！……我在收款机旁边，想挣多少钱就挣多少……

谢尔盖 什么？

瓦丽娅 你以为我原来只靠工资生活？没那回事！不给一个顾客找头，另一个也不给……对他们来说，一二十个戈比算不了什么，而我一天加起来就是一笔大数目！

谢尔盖 （叫起来）瓦尔卡！……（轻声地）瓦列琪卡……（用手轻轻抚摩她的头发）

瓦丽娅 原谅我，谢廖任卡……（跪在他面前）原谅我……

谢尔盖 你怎么啦，瓦丽娅……（把她扶起来，温柔地拥抱她）别这样……

瓦丽娅 我可真累得慌，孩子们的事真多……还得给你做饭，洗呀，擦呀……而你却没头没脑地对我说什么伏尔加河一个姑娘的事……太委屈了……

谢尔盖 （抚摩她的头发）我再也不说了……你别哭，我大概是个笨蛋……不过，我太爱你了，瓦莲京娜……

瓦丽娅 （噙着泪花笑了）太爱了吗？

谢尔盖 你也别哭了，我真不想让你的眼睛再流泪……地球上的人应当是幸福的——这是事实。特别是那些建设共产主义的人们……比如我和你。（把她放到长沙发上）你累了，睡一会儿吧，我替你把所有的碗碟都洗好，房间也仔仔细细收拾好。要是费吉卡，或者列诺琪卡醒过来，我就叫醒你，一切都会井井有条的。现在你睡一会儿吧，尽量别激动……

［瓦丽娅入睡。房间渐暗。

歌队 然而，你永远不会忘记的那一天来临了。

——瓦莲京娜！

瓦丽娅 （悄悄上）我在这儿……

歌队 七月三十号的早晨……来到了。

［瓦丽娅用双手捂住脸。

歌队 你说说，这天早晨是怎样开始的。

瓦丽娅 记得大清早我就起床了……谢廖沙在上班之前，叫我站在木栅栏便门边，拉起我的手……

［显现出一个小花园和木栅栏便门。略远处一座崭新的两层小楼房隐约可辨。瓦丽娅和谢尔盖站在长凳边。

（望着谢尔盖，继续讲述）如果我知道会大祸临头，我就会抓住他，绝不放他走的……但是当时我并不知道——因为那是一个非常平常的早晨，只不过非常热——热得很。（向谢尔盖）今天是休息日，最好多睡一会儿。

谢尔盖 太闷热了，瓦莲京娜……我想去洗个澡。

瓦丽娅 拿毛巾了吗？

谢尔盖 （拿出毛巾）你看！

瓦丽娅 谢廖沙……我穿这件晨衣合适吗？

谢尔盖 合适极了。

瓦丽娅 谢廖什卡，给你买件皮大衣吧。

谢尔盖 可以呀……不过以后再买。

瓦丽娅 我想现在就买。你穿正合适……（拥抱他）

谢尔盖 轻一点……你看，谢尔久克走过来了。

瓦丽娅 样子挺神气哪。

［谢尔久克上。他的穿着比以前考究些。

谢尔盖 （略带调皮的神气）别是来找我们的吧，老爹？

谢尔久克 （觉察出诡计）我吗？我随便走走。

谢尔盖 （勉强忍住笑）那好啊。

谢尔久克 我听说拉丽莎·彼得罗夫娜在这里分到一间屋子……

谢尔盖 也许您是去找她的吧？……胡子刮得干干净净，还穿了一身考究衣服……

谢尔久克 今天我休息。

谢尔盖 （客气地）请原谅，领带是在百货大楼买的吗？

谢尔久克 你听我说，作业班长……你打算去洗澡——那你就去吧。

谢尔盖 我有的是时间。

谢尔久克 哎，你可真捣蛋呀……（不十分有把握地）也许我有事呢。

［谢尔盖和瓦丽娅笑了。

你小心点，作业班长……（用手指头比画着威胁他）我到时候会跟你算账的。（走向房子）

谢尔盖 三号，老爹。

谢尔久克 没你我也知道。（走进房子）

谢尔盖 （笑）好一个老爹。

瓦丽娅 从前你也不见得逊色。还记得你到商店里来买火柴的事

吗？……（惊叫一声）哎哟，老天，我煮的牛奶大概冒光了……（跑进房子里）

［一个小男孩和一个小女孩沿着通向河边的路走着。小男孩手里拿着钓鱼竿，小女孩提着一只小桶。

谢尔盖 （认出小男孩）老熟人，你好！……

小男孩 您好，我也记得您。（向小女孩）你知道吗，他家一次就生了两个小孩。

小女孩 有意思。

小男孩 您的两个小孩长得好吗？

谢尔盖 正在茁壮成长。你怎么样，安东，没改变当大夫的决定？

小男孩 还没有。我们这是去钓鱼。

谢尔盖 （指着小女孩）这是谁呀？

小男孩 熟人。她叫列拉。你记得吗，我跟您谈起过她？她现在还不相信世界上真有一个卓别林！

小女孩 我不相信。

小男孩 （胜利地）您看是吗？

谢尔盖 对极了！……这么说，你们吸收我参加？

小男孩 那还用说。我有一个自制的木排。

谢尔盖 那我们就去吧。

［谢尔盖伸手牵着他们，向河边走去。维克多迎着他们上。

维克多 你好。上哪儿去？

谢尔盖 我想去洗个澡。

维克多　是的……挺热。

［沉默。

谢尔盖　走吧，孩子们，你们先走，我跟着就来。

小男孩　您一定要来哟。

［孩子们下。

谢尔盖　来找我们的？

维克多　不是。

谢尔盖　你好像有点神不守舍？

维克多　谢尔盖……

谢尔盖　（把手搭在他的肩上）我……

［维克多从肩上甩下谢尔盖的手，向谢尔盖挥过手去，想揍他。

亲爱的维佳……你怎么啦？

维克多　我忘不了瓦尔卡。我不能，明白吗？

［沉默。

连我自己也不知道现在该怎么办，你说呢，谢尔盖？（苦笑）我看着你，替自己害怕……我愿你遭难，谢廖什卡。可你以前是……我最好的朋友。

谢尔盖　（声音发抖）为什么说以前是？我现在也……

维克多　不，我们的友谊永远毁了。（沉默片刻）好吧，我走，我彻底走。到列宁格勒去找父亲。同后娘在一起，我会习惯的。（忍受不了绝望的心情）就剩下我孤零零一个人了。

谢尔盖　那，老爹呢？……罗吉克呢？杰尼斯呢？你怎么会想离开我们呢，维吉卡……你忘了头一年，忘了我们夜战的情景？……还有，难道我们的友谊是那么容易建立起来的吗？

维克多 我本以为一切都会过去的，会平静下来的——我会忘记她的，那样也就算完事了。可是不行！……（低声）是你把她从我手里夺走的。

谢尔盖 （稍停）难道你当时爱过她吗？

维克多 怎么没爱过？

谢尔盖 （诚恳地）不是那样爱的。

维克多 （沉默之后）你说得对。确实如此。（尖锐地）别了！……我们不会再见面了……祝你幸福！（跑下）

谢尔盖 （朝他背后）亲爱的维佳……

瓦丽娅 （从房子里跑出来）你还没走吗？这就好……（调皮地）我有一件事想告诉你。

谢尔盖 （微笑）好啊，你说吧。

瓦丽娅 （轻轻地）我非常，非常爱你，谢廖沙……你知道为什么？因为我不断地了解你，可是总不能彻底了解你。明白吗？

谢尔盖 你是个怪人，瓦莲京娜……（吻她）

瓦丽娅 他吻着我，我拉着他的手，望着他。我还不知道，这是我最后一次看见他……最后一次握着他那双热乎乎的手，望着他的眼睛……现在他要走了，永远不回来了。如果我知道就好了！……但是我不知道，我只来得及对他说……（向谢尔盖）小心别把毛巾丢了……

谢尔盖 是!（迅速跑下）

瓦丽娅 我望着他的背影，看见他跑下去。看，他赶上了两个小孩，他们手拉着手向河边走去。我坐到长凳上，无忧无虑地坐着。记不清是坐了十分钟还是二十分钟。然后我想——谢廖沙暂时不在，我最好还是做点家务吧？……

［瓦丽娅把洗好的衣服——谢尔盖的衬衫和两件背心晾在绳子上。拉丽莎和谢尔久克从房子里走出来。

拉丽莎 我们上哪儿去呢，斯杰潘·叶果罗维奇？

谢尔久克 我们到大坝上去。

拉丽莎 可是，您今天休息呀。

谢尔久克 我想看看机器。我们的机器要维修了。

拉丽莎（叹口气）那好吧，走。

谢尔久克 晚上我们到斯柳坚卡去一趟，怎么样？去看看我父亲。让他看看您。

拉丽莎 他高寿多少啦？

谢尔久克 七十五。他在合作社打鱼。目前还挺健康，必要时，还能横渡安加拉河。我想，他看见您会满意的。哎哟!（躲到门后）

拉丽莎 您怎么吓了一跳？

谢尔久克 作业班长的老婆在晾衣服呢。

拉丽莎 这就把您吓得魂不附体了？

谢尔久克 哎，拉丽莎……我毕竟五十一了。

拉丽莎 那又怎么样？

谢尔久克 太蠢了。

拉丽莎 蠢事暂时并不多。至少您还没有向我求婚呢。等您来求婚，那时候人家才会笑话呢。（喊）你好，瓦列琪卡！

瓦丽娅 你们去散步吗？

拉丽莎 斯杰潘·叶果罗维奇请我上餐厅吃饭，又叫我晚上去跳舞。我简直不知道怎么办好。

谢尔久克 （向拉丽莎，低声）我看您身上在闹鬼。（向瓦丽娅，举帽致礼）再见。（跟着拉丽莎下）

瓦丽娅 （望着他们的背影）真好笑……

［维克多上。

（看见他）维佳……你好。

维克多 谢尔盖走了？

瓦丽娅 走了。（沉默片刻）你为什么不来看我们？

维克多 （神气地）忙啊，瓦列琪卡。

瓦丽娅 你瘦了。

维克多 （快活地）常常忘记吃饭。

瓦丽娅 （审视他）好像更漂亮了……

维克多 不能再漂亮了。

瓦丽娅 现在你常和谁去跳舞呀？

维克多 不跳舞了。

瓦丽娅 怎么啦？

维克多 鞋底磨穿了。

瓦丽娅 （沉默之后）你找谢尔盖吗？

维克多 我是来告别的。再见，我要离开这儿。

瓦丽娅 到哪儿去？

维克多 列宁格勒。

瓦丽娅 去很长时间吗？

维克多 看情况再定。我到涅瓦大街上去散散心，欣赏欣赏涅瓦河，站到堤岸上，回想回想我和你在安加拉河上散步的情景。

瓦丽娅 你说的话……真怪。

维克多 我现在站在这里想，我们之间，瓦莲京娜，有过爱情没有？

瓦丽娅 没有过，维佳。那是……逢场作戏。

维克多 回想起来，真叫人伤心。我明白了。

瓦丽娅 哎，维杰奇卡，我的快乐有多少价值？贱货！别人叫我是"贱货瓦尔卡"，不是吗？他，谢廖沙，就是在这种情况下爱上我的……要我做妻子。就是他的这个爱情，使我变成了人。（似乎醒悟过来，看了维克多一眼）你别生气……

维克多 （神气地）有什么可生气的？什么都忘记了。

［房子里响起了收音机的广播声。罗吉克沿着小路走来，他一声不吭地站到维克多和瓦丽娅身旁。

［歌队出现在平台周围。

瓦丽娅 您好，罗吉克……您是来找谢廖沙的吧？他不在。

罗吉克 是的。

［歌队默默地围住平台。

瓦丽娅 您等一等，他马上就来。

罗吉克 好吧。

［全体沉默无语。歌队朝主人公们移动一步。

瓦丽娅 您怎么啦，罗吉克？

罗吉克 没什么。

瓦丽娅 （突然笑了笑）等谢廖沙回来，我们就喝茶吃点心。还有维克多也和我们在一起……您也喝吗，罗吉克？我得往茶壶里加点水……马上就来。（跑进房子）

［歌队围着罗吉克和维克多。

维克多 （轻声地）哎，你说呀。

罗吉克 维佳，你可要镇静点……别激动，听见吗？

维克多 什么事？

罗吉克 （悄声地）谢尔盖淹死了。

［有人绝望地举起手。歌队一动不动。

维克多 没救活？

［罗吉克摇摇头。

维克多 （稍停）怎么搞的？

［歌队晃了一下，又一动不动。

罗吉克 一个小男孩和一个小女孩在钓鱼。他们的木筏是自造的……木筏翻了，周围一个人也没有。谢尔盖游过去救他们……先把小女孩救上了岸，然后去救小男孩……小男孩已经没影了。看来谢尔盖是多次潜入水底，时间很长，筋疲力尽……他只来得及把小男孩放到木筏上，——他自己却……小男孩活下来了。

维克多 唉，罗吉克……

[歌队似乎是忍受不了这种紧张状态，走开几步，站住了。

罗吉克 应当告诉瓦莲京娜……

维克多 为什么……你别说！

罗吉克 可是无论如何也瞒不住的呀。

维克多 这倒是的。

罗吉克 你去……告诉她。

维克多 我不能去。

罗吉克 你去说吧……亲爱的维佳。

维克多 我不行。

罗吉克 好吧，我自己去说。（走进房子）

[歌队走近默然无语的维克多。维克多回头看看，走向房子，坐到台阶上，哭。歌队把手伸向他，似乎想默默地安慰他。

[拉丽莎和谢尔久克从街上返回。

谢尔久克 （担心地）维克多坐在那儿……

拉丽莎 您干吗怕大伙呢……像个小孩子。

谢尔久克 （向维克多献媚似的）你看，浪荡鬼，我给父亲买了一条裤子……不错吧？

维克多 什么？（几乎是用仇恨的目光看着谢尔久克）

歌队 （轻声地）你什么也别说，斯杰潘·叶果罗维奇。——现在不能说话。

——你别吱声，听见吗？

[瓦丽娅和罗吉克从房子里走出来。歌队朝瓦莲京娜走近一步。

瓦丽娅 （向歌队）我把帽子塞哪儿了？（突然看见谢廖沙的衬衫，站住，长时间地望着它）走吧，罗吉克。

[他们下。

维克多 （从台阶上站起来）你照看点孩子们，拉丽莎。（向谢尔久克）就是这么回事，你听着，老爹……谢尔盖淹死了。

谢尔久克 （惊叫一声）你胡说……

维克多 谢尔盖死了。（快步下）

[拉丽莎默默地走进房子。谢尔久克跟着她进去。歌队散开，占满了整个平台。歌队停住脚步，长时间的一动不动。两个小女孩手捧鲜花，唱着快乐的歌，沿着大路走来。

[歌队一动不动。

[安加拉河畔，一个过路人沿小路走来。

过路人 虽然夜幕就要降临，但夕阳仍然温柔地照亮树上淡黄的叶儿。我是白天离开伊尔库茨克的，乘快艇来到水电站工地，现在沿着安加拉河游荡，就在那工人新村小楼消失的地方。据说十天前这里有一个小伙子淹死了……我看见离我不远的地方，在陡坡上坐着五个工人，一个姑娘坐在他们身边。他们坐在那里，没见打手势，似乎是各自想着自己的事。但是，想些什么呢？在他们旁边，花头巾上放着一瓶酒和简单的下酒菜。年长点的给大家斟酒，但没有给姑娘斟。他们依然默默无语。我想继续散步……但是不行。这些人为什么吸引我？他们到底在谈些什么？虽然我仔细听着，可是连一个字也听不清楚。陡坡下面，河边上，一个女人在洗衣服。一个男人发现了她，对其余的人不知说了些什么，于是他们默默地朝下面，朝河边望去。他们之间有什么关系？为什么这些人如此地吸引我？大概是我的职业养成的喜欢偷听偷看的愚蠢的癖好！……我继续站在那里，抱着希望注视着，也许会出现一个机会，向我揭开正在发生的事件的含义……

［显现出过路人刚才叙述的场面。谢尔久克在斟酒，维克多、罗吉克、杰尼斯、拉普钦柯默默地坐在他的周围。津卡坐在离男人们稍远的地方。

谢尔久克 我问你们，一个工人死后，会留下什么呢？（激烈地）事业。他的事业是永垂不朽的。在共产主义社会，根本不会有死亡，因为那时人的事业要比我们的事业美好一百倍。谢尔盖比大家都靠近那个时代——他像个真正的人那样活着，像个共产党员那样工作着，像个英雄那样死去。他将永垂不朽。

［全体碰杯，默默饮酒。

打那天起，已经过了两个星期。我们来考虑一下未来。

谢尔盖躺在地下，而我们活了下来。因此，我们该商量商量。（沉默片刻）挖土机的维修即将结束，队里少了一个人——我们怎么办？

罗吉克 真不想找个外来人……

津卡 （迅速地）杰尼斯昨天也是这样对我说的。

谢尔久克 （严厉地）你这个快嘴丫头，没你的发言权。

拉普钦柯 大家尊敬你的丈夫，才请你来的，你在旁边待着别吱声。

谢尔久克 拉普钦柯，别越权。（沉默片刻）你的意见如何，维克多？你本来想走的……

杰尼斯 你别太认真，老爹。难道他会抛弃同志们吗？

谢尔久克 （向维克多）你走不走？

维克多 （稍停）不想走了。

津卡 （急忙）他绝不会离开你们的，我对你们说的是实话……难道他会……

谢尔久克 快嘴丫头，男人说话，你又插嘴了！

杰尼斯 你对她太严厉了，老爹……

谢尔久克 对女人只要放松一次，她就会骑到你的脖子上去。

津卡 这一点您现在亲自体验到了吗，谢尔久克同志？

谢尔久克 （气坏了）你在说些什么！（想了一下）算啦，你坐在那儿吧。（向维克多）你在看什么？

维克多 瓦丽娅在河边洗衣服呢。

[全体默默地朝下望去。

拉普钦柯 小孩的衬衫……

罗吉克 斯杰潘·叶果罗维奇，我想提个建议……我们队里不需要第五个人——我们四个人干五个人的活。您任命维克多当班长，杰尼斯当第一副司机，管电工，我还是水工，而拉普钦柯当钳工兼润滑工，他也闲够了。我们不需要勤杂工——自己解决。不过，第五份工资我认为应当保留下来。

谢尔久克 慢点！……你开头说得还不错，罗吉昂，可是后来就弄不懂了。作业班为什么要保留第五份工资——你说说清楚！

罗吉克 斯杰潘·叶果罗维奇，瓦丽娅领的抚恤金不多，而她家开支比较大……叫瓦丽娅一下子紧缩开支，恐怕有困难。因此我建议把第五份工资付给瓦莲京娜，就好像谢尔盖并没有离开挖土机一样。

杰尼斯 （走向罗吉克）罗吉克，你是一个好人……一个出色的人。

津卡 哟，罗吉克……（跑到他身边，吻了吻他）

谢尔久克 谁叫你发言的，小丫头！

津卡 我什么也没说呀……至于说我吻了吻罗吉克，这件事您就管不着啦，这件事该由他（指指杰尼斯）找我算账！

杰尼斯 当然，本来是可以用言语表示的……唉，算啦。（拧了一下她的耳朵）

谢尔久克 大多数人的情绪我看出来了。（向维克多）你怎么不吱声？

维克多 我和大家一样。

谢尔久克 你愿意领导作业班吗？

维克多 如果您肯帮一手的话。

谢尔久克 至于你，拉普钦柯……你不会拖大家的后腿吧？

拉普钦柯 说实话，您这是怎么啦，老爹？总不把我当人看。不管怎么说，我总算改造过来了。（指杰尼斯）他是不是太得宠了？前年还是勤杂工，现在要当副班长！……

杰尼斯 你还是管管你自己吧……你干吗缩头缩脑的？……哎，要是能把你送到部队上整整就好了！……

维克多 老爹……

谢尔久克 什么事？

维克多 我想谈谈瓦莲京娜的事。

谢尔久克 说吧。

［停顿。

你干吗不吱声？不想说了？

维克多 是的。

谢尔久克 这是为什么？

维克多 没必要。

谢尔久克 随你便。（沉默片刻）津卡！

津卡 （高兴地）到！……

谢尔久克 你上河边跑一趟，快嘴的丫头，把瓦莲京娜叫来。

津卡 明白啦！（急步跑下）

［河面上传来歌声："在高尔基城，在工人新村……"

维克多 谢廖什卡很喜欢这首歌。

谢尔久克 怎么都不吱声了？

维克多 有什么可说的呢，老爹？

谢尔久克 也许，杰尼斯要给我们谈谈他的少校的情况？

杰尼斯 现在他已经不是少校了。上星期他已经晋升为中校了。

罗吉克 （微笑）你看，你就这样活着活着，别的地方却有人官运亨通。

［津卡上。瓦丽娅跟着她上，盆里是衣服。

瓦丽娅 （似乎没看见任何人）你们好。

谢尔久克 （稍停）你在洗衣服？

瓦丽娅 是的。这就打算回家去。

谢尔久克 你干吗跑这么远来洗衣服？

瓦丽娅 这里的水干净些。

谢尔久克 孩子留给谁照看啦？

瓦丽娅 拉丽莎在照看他们。

谢尔久克 你钱够用吗？

瓦丽娅 眼下还有。

谢尔久克 下一步你打算怎么办？

瓦丽娅 我不知道，老爹。

谢尔久克 你这样称呼我，好得很。（沉默片刻）有一点你要记住——生活中的一切都是有始有终的。最大的痛苦就在这里，但是欢乐也在这里。

瓦丽娅 （低声）现在对我来说，一切都无所谓。

谢尔久克 （坚决地）你怎么这样说！

瓦丽娅 为什么不能这样说？

谢尔久克 你有孩子。

瓦丽娅 （想了一下）那好吧……我回铺子去工作。

谢尔久克 是这样的——作业班决定……替谢尔盖工作，保留他的工资。全部工资给你，一文不留。

维克多 （走向观众）瓦丽娅不吱声……她沉默的时间多长啊。我为什么希望她会拒绝？我为什么特别希望这一点？……如果她说——你们走吧，我不需要你们的钱。如果她这样说的话就好了……

瓦丽娅 谢谢。（略为笑了笑）谢谢……

［陡坡和陡坡上的人消失。只有过路人在小路上望着远方。

过路人 他们到底把姑娘叫去了，至于他们谈些什么，对我来说，仍然是个秘密。你看，他们站起身就走了，各自想着自己的心事。我站在这里，却搞不懂，为什么这些人深深地感动我的心灵？他们之间发生了什么事？（思考片刻）大概是一次毫无意义的闲谈。不过，我从远处觉得好像是一场严肃的谈话。挺有趣……我们总是把事情弄错……

［暗转之后，灯光渐渐照亮歌队。

歌队 当一个人去世以后，他的东西也渐渐离开原处。几个月之后，房间里已经看不出原来居住者的痕迹。

——但瓦丽娅家却不是这样的，一切都原封未动。只是在长沙发旁边挂着谢尔盖的照片，一张挺大的照片——是由伊尔库茨克马克思大街的一位摄影师放大的。

——房间里静悄悄的，一片暖意——孩子们已经睡着了，听得见屋角里挂钟的嘀嗒声……

——忙了一天，你已经筋疲力尽了吧，瓦莲京娜？

瓦丽娅 是很累。

［她独自一人待在屋子里。你看，她洗好了碗碟，把毛巾放到一边去。

唉，一天总算结束了。可以稍微休息一下。（坐到长沙发上，望着谢廖沙的照片）现在我把今天的事全告诉你。等等，我今天都做了些什么事？……

歌队中一个声音 早上到市场去过……

瓦丽娅 是的，是的，后来我和孩子们到保健站去了——你知道，费吉卡在那儿大闹了一场……我教他习惯不含奶头生活，他却不服，老是提出自己的要求……大夫表扬了他几句，说是他快长小牙了。而列诺琪卡突然吃兴大发，简直认不出她来了。是啊，七个多月了——这可不是闹着玩的！完全是成年人了，难道不是吗？后来他们睡着了，我跑到安加拉河边去洗衣服……不过，不太顺利，突然下起了毛毛雨——你知道，我全身湿透了。今天贝加尔湖吹来一阵狂风，吹落了树上的叶子……你看，夏季的最后一点回忆就此结束了。有什么办法呢？十一月开始了，该是时候了。后来我路过俱乐部，那里挂着一张海报："舞会。"我觉得非常惊奇……舞会。你看，真怪。（回忆）等等，还有什么事？

歌队中一个声音 谢尔久克和拉丽莎来喝过茶……

瓦丽娅 他们真可笑，彼此相爱着，却老是发脾气……谢尔久克谈到你的挖土机，现在他们都管这台机器叫谢尔盖的……你要知道，现在工作很困难，大雨冲刷土地，谢尔久克说——倒霉！你那台挖土机上的同事常来看我……

歌队中的一个声音 只有维克多一个人不来……为什么呢?

瓦丽娅 是啊，为什么呢?（沉默片刻）是的，最主要的事我还没有告诉你。今天那个名叫安东的小男孩来过，你记得他吗?他是和妈妈一起来的……他们送给孩子们一批各式各样的玩具，你看见吗?安东还是想当大夫，他是个好孩子……（稍停）哎，你看，一天的情况就是这样。（非常亲切地）你听我说，听我说呀，你是我唯一的朋友啊！……没有你我真难过，谢廖什卡，我亲爱的，真难过……一想起你，就觉得好受一些，快活一些，好像是这样……

歌队中的一个声音 瓦尔卡，我给你买辆自行车，你要吗?

瓦丽娅 买这干吗?

歌队中的一个声音 你骑呀！

瓦丽娅 （轻声笑着）你又想出新点子来了……

歌队中的一个声音 你看见报上阿登纳说了些什么吗?

瓦丽娅 我没看过报。

歌队中的一个声音 你不感到寂寞吗?

瓦丽娅 我没时间寂寞。（担心地）冬天快到了，谢廖沙，然后是春天夏天……今后怎么办呢?我越来越经常地想到这个问题……今后怎么生活，谢廖什卡?（不等回答）唉，我累了，今天好像没有做什么事，却累成这个样子，真累啊……

［小提琴奏起熟悉的摇篮曲，先是女声部，然后是男声部，轻轻重复小提琴奏出的曲调，但是没有唱歌词。

瓦丽娅　（朦胧中）老是跑来跑去，尽力去做——可是，日子天天都是一个样，老是跑来跑去，忙忙碌碌……

歌队中的一个声音　你累了，睡一会儿吧，我替你把所有的碗碟都洗好，房间也仔仔细细收拾好。要是费吉卡，或者列诺琪卡醒过来，我就叫醒你，一切都会井井有条的……

歌队　瓦丽娅在睡觉，安加拉河上秋风怒号，近处汽笛声在呼啸……——瓦丽娅在睡觉，而夜班工人顶着风雨走向巨大的挖土机……——安东也在睡觉，他要当大夫；他的熟人列拉也在睡觉，就是那个不相信世界上有个卓别林的小女孩……谢尔久克半夜突然醒来，为自己的年龄大为苦恼……他睡不着觉，便翻阅法语自学手册，一直看到天亮。

杰尼斯　（站在歌队里）我和津卡在自己的新屋里酣睡……她把自己的头靠在我的肩上，我温柔地拥抱着她，就好像怕早上看不见她在我的身旁似的。

津卡　（站在歌队里）拦水坝上电动机的嘎嘎声，夜间火车头震耳的汽笛声，都不妨碍我们——我们睡得又香又熟，做着幸福的美梦……

维克多　（站在歌队里）可是我睡不着！我走上街头，在夜镇上徘徊——你看，我站在瓦丽娅窗下，但是我不会去敲她的门……多少个夜晚，我站在这儿，然后返回家里，什么办法也想不出来……

歌队 你们看，夜幕消失，早晨降临了！秋去冬来，冬去春又来。——四月！……寒冷多风的四月——但春天毕竟来了——最后的一批雪花，在阳光下迅速融化！

［津卡腰系围裙，手持盘子，庄严地上。

津卡 哦，四月三十号到了，祝贺你们！……费奥多尔和列诺琪卡满周岁了——真难想象！……今天我们要大摆筵席，谢尔盖挖土机上的全体人员都会来的。到底是孩子们的干爹干妈啊……（秘密地）你们知道，我们的孩子现在在哪儿吗？我们把他们送到拉丽莎的房间里去了，他们在那里会觉得安静些……

［显现出谢廖金家的屋子。我们看见瓦丽娅和拉丽莎，她们忙于收拾桌子。

姑娘们，谢尔久克答应什么时候把自己的大军带来？

拉丽莎 七点半，快嘴丫头……

津卡 （摊开双手）快七点啦！

拉丽莎 来得及，你别担心……（向瓦丽娅）你在想什么呀？

瓦丽娅 我没想什么……

［停顿。

津卡 摆上几个人的餐具？

拉丽莎 全队都来。

瓦丽娅 别算维克多。因为他不到我这儿来。根本就不来。

津卡 为什么？

瓦丽娅　他维佳是个乐天派。遇着不高兴的事就要躲开。

津卡　我听说要奖励他，发给他空前的奖品……不知是奖章，还是一千卢布。

拉丽莎　（看了一眼瓦莲京娜）你怎么有点儿六神无主？

瓦丽娅　心灵空虚。

拉丽莎　（轻声地）会忘记的……

瓦丽娅　我不是说那件事。我的生活没有乐趣。你知道，我有时候觉得挺可怕的。

津卡　（在桌子旁边忙碌着）姑娘们！我们的拉普钦柯谈恋爱了。

拉丽莎　真的吗？

津卡　真的。还买了一件捷克西服呢。

瓦丽娅　（微笑）拉普钦柯啊……

津卡　毫无办法。领导开的先例。

［瞟了一眼拉丽莎，哼了一声。

拉丽莎　你这个姑娘，别碰我的谢尔久克。（严肃地）他很值得爱。

津卡　（不好意思）难道我是……（胆怯地）干脆举行婚礼吧，还等什么呢？

拉丽莎　哪儿的话……他说，我不能在众目睽睽之下表白爱情。我不能惹大家笑话。

津卡　有点儿害臊呢……（自豪地）为了谈恋爱的事，他整了我两年。

瓦丽娅　拉丽莎……

拉丽莎　什么事呀？

瓦丽娅 也许我还是回到商店……到你那儿去？

拉丽莎 晚啦，瓦丽娅。我要去学钢筋工。

瓦丽娅 为什么？

拉丽莎 脾气暴躁的谢尔久克强迫我去。你愿意吗，我学给你看？（用谢尔久克的腔调）你不想上进吗？

津卡 （笑了）你学得挺像！……（从屋里出来，下）

拉丽莎 说实在的，瓦莲京娜，我想改变一下生活……要有奔头！……（跟着津卡下）

瓦丽娅 （望着桌上的钱）谢廖沙的工资送来了……（苦笑）他们挺准时……

［维克多站在门口。长时间的沉默。

是维佳吗？

维克多 是的。（苦笑）吓了你一跳吧？

瓦丽娅 没想到你会来。

维克多 可我，你看，来了。你不生气吗？

瓦丽娅 不。

维克多 我和老爹一起来的。他留在那儿照看孩子们，我来看看你……（沉默片刻）费奥多尔太像谢尔盖了。（把一小包东西递给瓦丽娅）这是各式各样的玩具。

瓦丽娅 你把外衣脱下来吧……干吗穿着外套站在那儿。外面在下雨吗？

维克多 已经是春天了。（回头望望）你这儿不错。（坐到沙发上）我原来答应你离开这儿，你没忘记吧？可是我没履行自己的诺言。请你原谅。

［停顿。

瓦丽娅 （轻声地）你为什么不来看我？

维克多 我不会安慰人。

瓦丽娅 那也可以来的。

维克多 （他的声音有点发抖）瓦尔卡，我怕看见你。

瓦丽娅 你怎么啦……维佳？

维克多 （再也无法控制自己）你以为我忘了你？我都记得。我一睁开眼，就看见你，瓦尔卡！我原来以为我们之间只是逢场作戏，可是你看，原来却是这么回事……我知道——一切责任都在我，我亲手毁了自己的幸福。（绝望地）那并不是一场梦啊……因为有过真感情，瓦丽娅，有过！你记得吗，我们一块儿到白山去玩的事吗？我们头上是星光灿烂的天空，你记得吗？

瓦丽娅 别说了。

维克多 （惊慌地望着她）你还在爱他吗？

瓦丽娅 （勉强可以听见）非常爱。

维克多 请你原谅。

瓦丽娅 算啦。

［维克多点烟，双手直打哆嗦。瓦丽娅也觉得十分尴尬，顺手抓起一件事情做做。

维克多 （不动）现在我就走，我应当走……我好久没看见她了——

那嘴角的皱纹，原来是没有的。这么说，她还爱谢廖沙……这件连衫裙——原先也是没有的。现在我站起来就走。不，我不能……一切都是徒劳的。

瓦丽娅 （不动）奇怪，真奇怪啊。原来这就是他这样久不来看我的原因……谢廖沙……谢廖沙的死妨碍了他来看我。他变了。眼神全变了。难道当年我同他在公园里跳过舞？不，他完全变了。但是他为什么不吱声？多静啊。可怜的维佳。

维克多 （沉默一会儿）你过得好吗？

瓦丽娅 （似乎觉得奇怪）就这样。

维克多 你寂寞吗？

瓦丽娅 有时寂寞，（沉默片刻）我觉得谢廖什卡不在了，我也不在了。

维克多 你何必呢……（激烈地）别这样说。

瓦丽娅 你别可怜我。我也有自己的乐趣。寡妇的乐趣。要把孩子抚养大，关心他们的幸福……

维克多 那你自己呢？你的生活乐趣在哪儿？收拾收拾屋子，做做家务，带带孩子。瓦尔卡，这不太少了点吗？

瓦丽娅 我要那么多干什么呢？（苦笑）饿不死。钱，谢谢你们，够花的。

维克多 （激怒地）你愿意让我把实话告诉你吗？你接受了这份钱，我非常不满意！……不满意，瓦尔卡……

瓦丽娅 真新鲜……这是为什么？

维克多 我从小就恨恩赐。你原来是个有自尊心的人，大胆的人……可是现在，你瞧瞧你自己……

瓦丽娅 说呀……干吗不吱声了？

维克多 你眼下是靠别人养活。

瓦丽娅 （略微惊奇地望着他）原来你成了一个这样的人……维佳。

维克多 是我对你的爱使我变成了这样一个人。

瓦丽娅 变成了一个恶人！

维克多 就算是吧。

瓦丽娅 恶人，恶人！……

［拉丽莎上。

拉丽莎 你们在这里吵什么？

瓦丽娅 （不安地）荒唐……

拉丽莎 你去看看孩子们吧，瓦尔卡。去换换谢尔久克……你不在，他们不肯睡……

［瓦丽娅默默地点点头，跑下。

你倒好。半年连个影子都不见，今天来了就大闹一场。

维克多 你并不爱她！

拉丽莎 还想说什么？

维克多 谁也不爱她。

拉丽莎 你怎么，疯了？

［谢尔久克、罗吉克、杰尼斯上，津卡跟在他们后面跑步上。

管管班长吧，谢尔久克同志。您这位班长乱欺侮人。（从屋里

走出）

谢尔久克 你怎么搞的，维克多？

维克多 （阴沉地）算啦……

津卡 拉普钦柯在哪儿？

罗吉克 对社会来说，我们的拉普钦柯不存在了。

杰尼斯 他站在电影院门口，等自己的纽拉琪卡呢。

罗吉克 哎，维佳，只有我和你还是光棍一条啊。

谢尔久克 怎么，这是朝我来的吗？

维克多 （突然尖锐地）喂，你们大家都坐下，我们开诚布公地谈一谈。长期以来我总是随声附和你们的话，现在，够了，到此为止！

津卡 他真有点不太正常……

维克多 你走开点，小丫头，这里男人们在谈话。

谢尔久克 喂，静一点。班长有话说。

维克多 我们对瓦莲京娜的做法不妥当，老爹……我们付给她钱，为什么呢？因为她不干活，游手好闲吗？

谢尔久克 班长，你糊涂了？！

津卡 你怎么啦，亲爱的维佳……

罗吉克 你真不害臊……

维克多 你别说了，罗吉昂，是你用那些文明的办法凌辱她的人格的……

杰尼斯 你在说些什么呀，维金卡！……

罗吉克 嗯，你知道，老兄……

［拉普钦柯和纽拉上。

拉普钦柯 （快活地）你们好，祝婴儿健康！……这位是纽拉——管理局的电工……一个出色的人物。

纽拉 （不好意思地）晚上好……

拉普钦柯 （向纽拉）你认识一下吧，这是我那个作业班。一群山鹰。世上最团结的集体……

维克多 走开，阿福尼亚，顾不上你……

杰尼斯 您怎么不说话呀，老爹？……您听见他在说些什么吗？

谢尔久克 现在我要给他点颜色看看……（把莫名其妙的拉普钦柯推向一边）你在胡说什么——说清楚！

维克多 大家想到了谢尔盖，想到了他的孩子……可是她瓦丽娅难道不是活人吗？

拉普钦柯 （善意地）等等，弟兄们……

谢尔久克 （生气地）拉普钦柯，滚开！

纽拉 你怎么对我撒谎，说什么最团结……快打起来了！

维克多 你要明白，罗吉昂，你们的钱难道是为她好吗？这件事我看不下去！

罗吉克 （平静地）维佳，看来，你有特殊的兴趣？

维克多 什么？（用椅子砸罗吉克）

纽拉 （尖叫）小伙子们，冷静点！……

维克多 （放下椅子）是的，我有。我有特殊的兴趣。（坐到椅子上）

我爱瓦莲京娜。

纽拉 （悄声地）哎哟，亲爱的人们。

维克多 我何必瞒着你们呢？……你们就是我家里的人——你们听我说吧！我没能抓住自己的幸福……为什么？因为我是个渺小的人，就值一分钱。瓦莲京娜嫁给了谢尔盖——这就是我的下场。我想，算啦，会忘记的……可是没忘记。她给他生了孩子，做了母亲，我却为这个更想念她了。因为本来我是可以处在谢尔盖这个地位的，我！……我下决心离开她，结果又不行。我只需要知道她在这儿，在我身边，就行了，别的不需要什么……这就是我的兴趣，罗吉昂。你明白吗？

［又是一阵很长时间的沉默。

罗吉克 请原谅，维佳。

纽拉 （悄声向拉普钦柯）你们总是这样吗？

拉普钦柯 什么呀？

纽拉 丝毫不隐瞒。

拉普钦柯 我们努力做到这一点。

维克多 （注意到纽拉）这又是谁呀？

拉普钦柯 我说了——纽拉，管理局的电工。

维克多 （不耐烦地）你把她带来干什么？

拉普钦柯 我对她有好感……带来介绍给大家。

纽拉 （胆怯地，向维克多）您好。

维克多 （莫名其妙地拥抱她）喂，你好，管理局的纽拉。

纽拉 我早就知道您……两年前我和您跳过慢狐步舞。

维克多 （微笑）有过那么回事，纽拉。（突然猛击桌子）不！……我不愿意让人家平白无故地送钱给她。谢尔盖使她变成了一个真正的人。现在我尊敬她。

谢尔久克 那孩子们呢……你考虑到他们没有？

维克多 （终于下定决心）老爹……我们把瓦莲京娜安排到挖土机上吧。

谢尔久克 不行……她不懂。

维克多 （热切地）叫她先看看，我们替她干活。然后再慢慢教她一点——过一年左右，她就能掌握一门专业了！那时，她拿回家的钱就不是恩赐的，而是挣来的。她会成为一个工人。

谢尔久克 （慢慢地）你刚才在这儿大嚷大叫说你爱她，老实说，我虽然相信，可是并不太相信。现在不同了……（拥抱维克多）你是爱她的。

维克多 老爹……

谢尔久克 但是，你不该对罗吉卡发脾气。他当时是诚心诚意提出来的。那时需要支援瓦莲京娜，因为孩子们还小。现在呢，我想，你的意见是对的，班长。（向罗吉克）你不生气吧？

罗吉克 生什么气？（诚恳地）他做得对。

谢尔久克 （向其他人）你们有什么看法？

杰尼斯 你猜准了，班长。我的少校，他现在已经升为中校了，也会这样做的……

拉普钦柯 少校的事，我们听说过。

津卡 对你来说，拉普钦柯，听听少校的事是有好处的。

纽拉 他拉普钦柯对你有什么坏处？

谢尔久克 唉，女人们，你们的话好像多了点儿。

拉丽莎 （上）您这也是指我吗？

谢尔久克 （生气地）就算是指你吧！就算我爱你，那还不等于要拜倒在你面前！

拉丽莎 （幸福地）说了……当着大家面说了……

谢尔久克 那又怎么样？总之，静一点。都别吱声。（思考一阵）怎么把这一切告诉瓦莲京娜呢？

［瓦丽娅出现在门口。

维克多 老爹，让我……现在我什么也不担心了，我把自己的情况都对你们说了。请允许我也对她说一说……

瓦丽娅 你要对我说些什么呀，维佳？

［全体回头看着瓦丽娅。

维克多 （坚决地）该自己独立生活了。到我们挖土机上来吧。我们教给你技术，你会掌握一门专业的。

瓦丽娅 （稍停）明白了。你在推行自己的路线，班长。（嘲笑）不过我不知道，你有什么权力关心我？（向谢尔久克）谢谢你们的提议，我最好还是一个人生活下去吧。（拿起钱，放到谢尔久克面前）不需要恩赐。（环视全体人员）你们以为我不能吗？我离开这里，世上城市有的是。

杰尼斯 （面红耳赤）你为什么要冤枉我们？为什么？

瓦丽娅 你的首长不合我的心意，大兵。他太记仇了。（走近维克多，望着他的眼睛）看来有些事情他不肯饶我。

维克多 你呀，瓦莲京娜……（走向门，穿外套）再见！（快步下）

谢尔久克 （轻声地，痛心地）瓦丽娅，瓦丽娅啊……

罗吉克 （走近瓦丽娅）你这是冤枉好人呀……他是爱你的……（轻声地）非常爱。

津卡 （迅速地）你不对，不对……干吗冤枉可爱的维佳？

瓦丽娅 这是干吗呀……这是干吗呀，谢廖什卡？……

［房间和人物突然一下模糊不清，只剩下瓦莲京娜一个人，灯光打在她身上。

没有你，我多困难啊，多困难啊。今后怎么生活呢？我不知道，我完全搞糊涂了……

歌队中的一个声音 你别哭了，我真不想让你的眼睛流泪了……地球上的人应当是幸福的——这是事实。特别是那些建设共产主义的人们……比如我和你。一个人为了得到幸福，需要什么呢？需要让他的工作比他本人略为好一点。

瓦丽娅 这是怎么一回事？我不明白……

歌队中的一个声音 唉，我说不好……我不会说。你要明白，如果一个人干着真正的工作，需要的工作，他本人也会因为干这项工作而变得比原先好一些。（温柔地）如果你不想当混凝土工，那就上挖土机工作，先当勤杂工……然后去学习，不脱产，如果有能力，你也许会当上副司机的……或者再向上升！据说在伏尔加河那边，有个姑娘指挥整整一个挖土机作业班呢……

瓦丽娅 谢廖什卡呀！……

[灯光通明。瓦丽娅仍然待在自己的屋里，朋友们围着她。

谢尔久克 把维克多找回来……瓦丽娅，你去找他回来。

罗吉克 我去把他叫回来。你愿意吗？

瓦丽娅 谢谢！……不过他不会回来的。这不合他的脾气。我了解他。

[门开——维克多站在门口。

是你？……回来了？

维克多 不合我的脾气？你还不太了解我，瓦莲京娜。（走向她）我绝不离开你。你要走——我就跟着你，天涯海角也要找到你。你别允许我，而且要禁止我为了你抛弃朋友，瓦尔卡……我现在代替谢尔盖当班长，这里的每一颗铆钉、每一个螺丝，都浇满我的汗水……这台机器像一个人，它也有灵魂，没有这台机器，我既活不下去，也不会幸福……我愿意跪在你的面前——不过别让我在同志们面前做一个卑鄙的人。

瓦丽娅 （走近他）看你说的，别这样，维佳……

维克多 （极其固执地）我说，你到我们挖土机上来吧。忘记自己的委屈、忘记我的爱情——忘记一切吧，因为这是我们的谢尔盖的机器。也是你的谢尔盖的机器。他不在了，我们还要经得起生活的考验。……

歌队 大家在等瓦莲京娜的答复，楼上拉丽莎房间里睡着谢廖金家的两个人——费奥多尔和列诺琪卡。

[一片黑暗。响起我们熟悉的摇篮曲的旋律，又听见哼着曲子的声音。

——他们在酣睡，他们做着你我再也看不见的美梦！

——费吉卡梦见一朵小黄花儿，今天他头一回看见这个莫名其妙的怪东西，从他小鞋子旁边的地里钻出来了。

——列诺琪卡梦见一个浅蓝色的小球。那是早上小男孩安东送给她的，就是那个要当大夫的小孩。

扮演谢尔盖的演员 我羡慕他们的美梦，他们的童年……不过，最羡慕的是他们成年的那一天……世界会发生多大的变化啊！……他们会在我们为共产主义而夺得的这片土地上，看见许多美好的事物。

歌队 不过现在，面临未来的奇迹，他们梦见的是小黄花和可笑的蓝皮球。

[再次显现出小木桥的轮廓。桥上，维克多和瓦丽娅站在一盏昏暗的路灯下。细雨潇潇。

瓦丽娅 维金卡……亲爱的……谢谢。

维克多 谢什么呢？

瓦丽娅 你看看……（她纤小的拳头里握着钱）

维克多 工资吗？

瓦丽娅 第一次工资……（她泪水盈眶）如果他能知道就好了……他会多快活呵。

维克多 是啊。

瓦丽娅 （用自己的脸颊紧贴他的手）谢谢。

维克多 （温柔地）看你……

瓦丽娅 （突然笑了）据说在伏尔加河地区有个姑娘指挥着整整一个挖土机作业班，……你想，这可能吗？

维克多 完全可能。

瓦丽娅 哟！……

维克多 你怎么啦？

瓦丽娅 雨珠落到脖子里了。

维克多 据说要把我们的挖土机调到布拉茨克去……你听说了吗？

瓦丽娅 （很快地）再见吧……我要到托儿所去接孩子们。

维克多 （拉起她的手）瓦莲卡……

瓦丽娅 不……别吱声。

维克多 永远不能说吗？

瓦丽娅 再见……（跑下）

维克多 她热泪盈眶，满怀幸福，从小桥上跑下来，消失在黑暗中……她以后会成为我的妻子吗？谁知道呢！……不过，那已经是另外一个故事，另外一件事了……而这个故事，我们就此结束：我站在路上，望着她的背影，想着我是多么爱她。

歌队 祝你一帆风顺，维克多！（向观众厅）剧终。

—— 幕落 ——

漂泊的岁月

四幕八场正剧

—人物—

韦杰尔尼科夫，亚历山大·尼古拉耶维奇

拉夫鲁欣，米哈伊尔·伊万诺维奇

帕夫利克·图奇科夫

阿尔希波夫，尼基塔·阿历克谢耶维奇

柳霞·韦杰尔尼科娃

奥尔加

加琳娜

尼娜

塔霞姨妈

奥列格·多罗宁

库佳——多罗宁的妻子

过路人

博奇金——汽车司机

车间一姑娘

索尔达坚科夫——上士

炮兵

卓伊卡·托洛孔采娃——女卫生员

士兵甲
士兵乙
士兵丙
（以上三人）渡口处的士兵

故事发生在一九三七年至一九四五年

日子都到哪里去了？

（孩子的问题）

第一幕

第一场　青　春

一九三七年八月

[克利亚兹玛镇的一所别墅。花园。露台的台阶上站着拉夫鲁欣和奥尔加。他们身旁放着几只箱子。拉夫鲁欣三十岁，但是看起来苍老些。他肩宽腰圆；壮实而粗犷的体形，给人以浑身是劲的印象。他那高高的前额布满皱纹。一头鬈发，浓眉下是一双安详而聪慧的眼睛。

[奥尔加十九岁，非常漂亮。

[花园里静悄悄的。炎热的八月天临近黄昏。

[拉夫鲁欣把手伸给奥尔加，她拉住他。他们默默地环视着四周。

拉夫鲁欣　这里真好——是吗？

奥尔加　好极啦。（沉默片刻）你看，太阳快落山了。

拉夫鲁欣　（低声）你到底来了。

奥尔加　（嫣然一笑）我到底来了！……（跳过箱子，跑上露台）这是什么？门上贴着一张纸条……（读）“公民们，请随意安排吧，我到莫斯科去请客人了。奥丽娅，我听到很多人谈到您。米海伊说，您……不过，我还是不说吧。多嘴的人该挨揍。可爱的公民们，吻你们。小有名气的帕夫利克·图奇科夫。写于克利亚兹玛镇，八月五日，一九三七年夏。”……（笑了）真是个怪人……

拉夫鲁欣 你会喜欢他的，你看吧。（从露台的台阶下面掏出钥匙，打开门）他的父母上星期到克里米亚去了，所以他就请我们到他这儿来住。离考试还有十天工夫——你可以在这里好好准备一下功课。

奥尔加 （从箱子里取出毛巾）米沙，我还是去洗个澡吧，洗掉一路的风尘。小河离这儿好像不远吧？

拉夫鲁欣 （阻止她）等等！……（稍停）我的同志们可能乘下一班火车从莫斯科来……总之，如果他们开我们俩的玩笑，你别生气。我向他们解释过了，说我是在你们家长大的，我们纯粹是同志关系，但是他们似乎并没有认真对待这种说法。

奥尔加 那么，你自己认真对待这种说法吗？

拉夫鲁欣 你知道……

奥尔加 （微笑着）米申卡，你知道，我有个不太好的预感，我们俩最终还是要结婚的。

拉夫鲁欣 你这样想吗？

奥尔加 （用手抚摩他的头发）你比谁都好。我没见过比你更好的人。

拉夫鲁欣 （微笑）听了你的话我很高兴。

[过路人走进栅栏便门。他是一个肥胖的圆脸男青年，提着两只公文包，包里塞满了各种食物。

过路人 嘿，这下总算找到了！（得意扬扬地坐到长凳上）电气火车里挤得要命。假日前夕嘛，完全可以理解……好容易才到达你们这儿。喂，瓦夏在哪儿？叫瓦夏来！

拉夫鲁欣 哪个瓦夏？

过路人 房主啊，瓦辛卡……这是古谢夫家的别墅吗？

拉夫鲁欣 这是图奇科夫家的别墅。

过路人 这是怎么搞的……那么，古谢夫不住在这儿啰？

拉夫鲁欣 对。

过路人 原来这样……这么说，扑空了。没办法，我再继续找。（走向便门，转身）请原谅，您知道不知道这附近有卖汽水的亭子？

拉夫鲁欣 这条街的尽头有一家小吃铺，那儿卖啤酒。

过路人 啤酒？！……那么，看来古谢夫家也不远了。他是绝不会放过这个机会的。我去喝一杯。养好精神再去——寻找！（下）

奥尔加 这个人怪可笑的。

拉夫鲁欣 （沉默片刻）奥莲卡，这样吧，我不想用诺言来束缚你……不想用任何东西束缚你，你明白吗？（微微一笑）要是小伙子们嘲笑我们的话，你要坚决回击。

奥尔加 好的！（跑向便门，转身）经过长途跋涉，往水里一跳，真够美的！

拉夫鲁欣 我想，你见过伏尔加河，对我们的克利亚兹玛河不会感兴趣的。

奥尔加 也许会呢！（向拉夫鲁欣挥了一下手，跑步下）

[拉夫鲁欣若有所思地望着她的背影，然后提起箱子走进房里。

多罗宁、库佳、帕夫利克和加琳娜出现在花园里。

帕夫利克 （他二十二岁，是一个瘦削的、机灵的、喜欢幻想的小个子，满怀赞叹和惊奇的神情对待世界）请注意！……他们已经到了！

库佳 （她是一个坐不住的快活人，在她那调皮的脸蛋上，黑边玳瑁眼镜一闪一闪，但这并没有使她显得严肃些）弟兄们，我好奇死了！

多罗宁 （他二十四岁，容貌俊秀，体格健美，从相貌和服装来看，颇像运动员）库佳，安静点！

库佳 （向多罗宁）尊敬的丈夫，把包递给我。（把包里的苹果倒在桌子上）弟兄们，干吧！我们来吃苹果，装聋作哑，向四面呆望，这儿妙极了。

[拉夫鲁欣出现在露台上。

拉夫鲁欣 （举起握着的拳头）敬礼！……舒尔卡和柳霞在哪儿？……

帕夫利克 大概乘下一班火车来。舒拉今天一清早就在解剖间……他没赶上这趟车。

加琳娜 那还用说！他最喜欢的工作是解剖死尸。

多罗宁 不过，我怎么没看见期待已久的萨拉托夫来的姑娘。老伙计，你把她藏到哪儿去了？

拉夫鲁欣 （微笑，不好意思地）她去洗澡了。

库佳 奥列格，我们应当立即学她的样。毛巾在包里，拿出来。我们走，帕夫利克。

帕夫利克 不，我还是在这儿干活吧。（下）

多罗宁 帕夫利克真幸福！我却处处都要跟在这个库佳的后面。这就是我可怜的命运。

库佳 走吧，走吧，唠叨鬼！

［他们跑步下。

［现在值得介绍几句加琳娜的情况：她二十六岁；是一位体态丰满、美丽动人的金发女郎，她的举止中有些男子气。她时而沉思，时而故作快乐。烟吸得很厉害。

加琳娜 （走到拉夫鲁欣身旁）喂，你过得怎么样，小希波革拉第[1]？

拉夫鲁欣 时好时坏。（沉默片刻）你来了，好得很。

加琳娜 哎呀……你好像真的有点激动。

拉夫鲁欣 （点头）有那么一点。

加琳娜 （开玩笑地）她是个大美人吗？

拉夫鲁欣 问题不在这里。（沉默片刻）我总比别人晚一点……我的同龄人都已经在学校里念书，而我却在药房干活，因为父亲从德俄战争回来时，两条腿已经被锯掉了。我无论如何也要帮着养家。我小时候就幻想当个医生。所以，在父母去世以后，我花了两年的时间，通过了九年级的考试。可是团区委不放我去学习。

1 希波革拉第（约前 460—前 377），希腊名医和科学家。

全国开始搞集体化运动。斯大林格勒建了一座拖拉机厂，“五年计划”几个字成了我们的生活内容。我做了六年的共青团工作……你别以为我把那几年的工作看成是浪费时间。我看见了生活，尝到了生活的甜酸苦辣。尽管如此……我已经三十岁了。青春已经逝去，可我还是个大学生。当然，有志者事竟成……可是谈到爱情……看来，这不是人的意志所能达到的……是吗？

加琳娜 难道爱情就不能争取？

拉夫鲁欣 朋友，我就怕这一点。不，老实说，我幻想那种凭空而降的爱情。别人爱上了你，而你却惊奇得张开嘴巴——她为什么爱你？

加琳娜 唉，你有点摆迷魂阵，米舒克。

拉夫鲁欣 我比奥尔加年长十一岁，她还是个黄毛丫头的时候，我就认识她。那时，我们是同院的邻居。她母亲是教师，教过我。她去世的时候，奥尔加才十三岁多一点，妹妹宁卡还不到十一岁……只剩下姨妈纳斯达西娅·弗拉基米罗夫娜和她们住在一起。她原先是个音乐喜剧演员。（微笑）长得很美……全城人都恋着她。我们在一起生活，她们也把我当作亲人。后来纳斯达西娅·弗拉基米罗夫娜病倒了，她不得不离开舞台：她几乎看不见，也听不见。她们的生活变得艰难起来，她的退休金不够三个人用，而小姑娘们又不能停学……

加琳娜 原来你在莫斯科开夜车干活，完成药房的订货，就是这个原因……

拉夫鲁欣 我在她们家里算亲人……（微笑）不管怎么说，我有二十年药剂师的实践经验。

［过路人又出现在便门前。他的帽子滑到后脑勺上，一般来说，他觉得自己快活多了。

过路人 对不起……还是古谢夫的事。您看，我看过纸条了，街名对，门牌号码也对……也许您在开我的玩笑，古谢夫就住在这儿。

拉夫鲁欣 这儿没有叫古谢夫的。

过路人 没有，遗憾，真遗憾，是个非常好的人，我的好朋友……（看着自己准备的食物）原来想休息休息，玩一阵子。

拉夫鲁欣 这样吧，这里有一条小红街……（指给他看）向右第二条街，正好经过小吃铺。

过路人 经过小吃铺？那敢情好。对不起，打搅您了。（朝加琳娜看了一眼）您的样子可是变得挺厉害。再见啦。（下）

拉夫鲁欣 （望着他的背影微笑）我担心他根本走不到古谢夫家……

［从远处传来电气火车的响声。

电气火车到了……大概舒拉来了。

加琳娜 （沉默片刻）听我说，米舒克，我早就想问你：你为什么同他那么要好？

拉夫鲁欣 他一点也不像我，同他在一起我觉得挺有意思。还有，他从来也不装得比实际上好一些。你为什么对这件事感兴趣？

加琳娜 老习惯。不管怎么说，我差一点儿做了他的妻子。（停顿）

是的，大概今天我是不该来的，我知道他要到这里来，可是我还是来了。这对我来说不太光彩，是吗，米沙？

拉夫鲁欣 为什么？我觉得你们的关系好极了……就是有一点……你不该离开机械学院。

加琳娜 （苦笑）我是一个出色的打字员和速记员，因此是社会的有益成员。其余的……其余的都见鬼去吧！

帕夫利克 （从房里走出来）柳霞来了……（跑向便门）

加琳娜 （朝街上望着）可怜的姑娘……

［柳霞走进花园。她十八岁，长得美丽、苗条，声音响亮而清脆，时而流露出好争吵的激愤情绪。她衣着整洁，然而十分简朴。她看见加琳娜以后，收住脚步。加琳娜在这里使她不快。

柳霞 加琳娜·谢尔盖耶夫娜，您也在这儿？您好，米哈伊尔·伊万诺维奇。请原谅我们，帕夫利克，我们误车了。舒拉到新闻电影院去了，那里在放西班牙事件的新片子。凡是与西班牙有关的电影他都不放过，一看就是几遍。

帕夫利克 现在他在哪儿呢？

柳霞 他到小吃铺去喝杯啤酒，就在附近。

加琳娜 我了解舒尔卡。（挽起帕夫利克的手，走向花园深处）

柳霞 我真不明白，米哈伊尔·伊万诺维奇，为什么她叫他舒尔卡……怎么会是她的舒尔卡！往事一去不复返。各走各的路吧！

拉夫鲁欣 加琳娜·谢尔盖耶夫娜是我们的朋友。柳霞，我们都很喜欢她。

柳霞 唉，请原谅我，我说的话好像不对头。请您别见怪，如果我说的话走火了……这对我来说是常有的事。（笑）

拉夫鲁欣 天黑下来了……让我们去河边接奥尔加吧！（喊）加琳娜，帕夫利克，走，上河边去！

柳霞 您别挽着我的手，否则舒拉会有想法的。（下）

［林荫路上，加琳娜和帕夫利克走在他们后面。

帕夫利克 加琳娜·谢尔盖耶夫娜，我妈妈是个大幻想家。她拿定主意说我一定要成为一个卓越的医学家，类似苏维埃式的麦契尼科夫[1]那样的人。可是在这方面我一点才华都没有。然而，您知道，我又不想使妈妈伤心。（他们下）

［天几乎全黑下来了。隔壁别墅在放唱片。奥尔加出现在便门旁。她用毛巾擦着湿头发。

奥尔加 （一边走上露台）米沙！……（大声）米哈伊尔！

［沉默。奥尔加莫名其妙地朝四下里看了看，韦杰尔尼科夫走进便门。他二十三岁，相貌平平。他走向露台，看见奥尔加以后，便在台阶上站住。他们四目相视。

您找米沙？

韦杰尔尼科夫 是的。

奥尔加 他大概马上就来。

韦杰尔尼科夫 没什么，让他来吧。（停顿）我在什么地方和什么时

---

1 麦契尼科夫（1845—1916），俄国著名生物学家、微生物学家。

候见过您？

奥尔加 您从来也没看见过我，我今天刚到莫斯科。

韦杰尔尼科夫 您到莫斯科来上学？您想当医生？

奥尔加 您打哪儿知道的？

韦杰尔尼科夫 您有一双医生的眼睛，在黑暗中闪闪发光。这种特性，我们只有在猫和大夫身上观察得到。

奥尔加 那您的眼睛为什么不闪闪发光？

韦杰尔尼科夫 因为我不是大夫，我是飞行员。

奥尔加 （不相信）飞行员？

韦杰尔尼科夫 好职业——到处飞。今天——日本海，明天——西班牙上空。

奥尔加 您到过西班牙？

韦杰尔尼科夫 （沉思地）好像是……

奥尔加 （弄糊涂了）我不明白您的话。

韦杰尔尼科夫 连我自己也经常不明白自己的话，姑娘。

[奥尔加默默望着他。从远处传来说话声，听得见帕夫利克在说：“然而我认为，谢罗夫的肖像画是俄国民族艺术的顶峰……”拉夫鲁欣、加琳娜、柳霞和帕夫利克走进花园。

拉夫鲁欣 （向奥尔加）原来你在这儿！我们去找你。（向韦杰尔尼科夫）你倒好，刚到别墅来，立刻就上小吃铺……

韦杰尔尼科夫 今天一清早我就在解剖室，众所周知，什么事都不像做尸体切片标本那样能激发食欲；关于这一点，狄更斯好像在一本书里提到过。

柳霞 净说这些可怕的话，难道不问心有愧吗？

拉夫鲁欣 （向奥尔加）你来认识一下，这都是我的朋友……（略为腼腆地）这就是奥丽娅……奥尔加·彼得罗夫娜·维舍斯拉夫采娃——我的同乡和朋友。她将在我们学院念书……

帕夫利克 （鞠躬）我是帕夫利克·图奇科夫，五年级大学生。我很高兴您平安到达。在这里，您就像在家里一样，准备考试吧。我们大家都替米沙高兴。（不好意思）如果您想去参观特列基亚科夫画廊，或者去听音乐会，我愿陪您去。

韦杰尔尼科夫 （向奥尔加）我是亚历山大·韦杰尔尼科夫，医学院学生。不，不是飞行员，也没去过西班牙。这位是我的妻子，她叫柳霞，现年十八岁，在电报局工作。出色的人物。

柳霞 您好。

韦杰尔尼科夫 （向奥尔加）您别这样责备地望着我，姑娘。我不是说谎家……我是所谓的故弄玄虚者。不过，我说的话里总有一点是真的。

加琳娜 有一点真的！……这话说得多好听啊。（把手伸给奥尔加）我叫加琳娜·谢尔盖耶夫娜，这就是我唯一能介绍的情况。

拉夫鲁欣 多罗宁和库佳跑到哪儿去了。

帕夫利克 躲在什么地方接吻呢。（向拉夫鲁欣）嗨，真是一对幸福的夫妇……唉……

拉夫鲁欣 （用拳头吓唬他）不管怎么样，我们准备吃晚饭吧……点上灯……帕夫利克，把椅子搬过来。

［韦杰尔尼科夫走到加琳娜身旁。柳霞从露台上观察他们。其余的人把餐具搬到花园里，在饭桌边忙碌着。

韦杰尔尼科夫 你好，加尔卡。（握她的手）喂，你过得怎么样？

加琳娜 谢谢你，很好。

韦杰尔尼科夫 （沉默片刻）你还抽烟吗？还在吞云吐雾？

加琳娜 说得对，舒林卡。（走近桌子）你有茶炊吗？……别墅生活中最有趣的是茶炊。

柳霞 （走近韦杰尔尼科夫）她对你说些什么？她真讨厌。

韦杰尔尼科夫 （拉起她的双手，温柔地吻着）柳辛卡，我可爱的人儿，别气呼呼的，好吗？人生在世好得很，可是也难得很……甜酸苦辣都有。正是如此：甜酸苦辣！走，我们到河边去，只要不觉得无聊，我们俩就一直坐在那儿，你愿意吗？

柳霞 （她喜欢这个主意）那米哈伊尔·伊万诺维奇怎么办呢？他肯定会生气的。

韦杰尔尼科夫 那没什么，我们买个糖公鸡哄他。

柳霞 我们最好还是回莫斯科，到你妈妈那儿去。昨天我到她那儿去过，她真想你啊……

韦杰尔尼科夫 不去。

柳霞 为什么，舒拉？

韦杰尔尼科夫 她肯定会借钱给我的……然后我会整整一星期骂自己没用。你别急——等我成了名，我一定把妈妈接过来住，那时候，我们一定会过上快活的日子……

柳霞 （非常高兴地望着他）舒拉，你长得多美啊……我的老天，你为什么长得这样漂亮?

韦杰尔尼科夫 我稀饭吃得多。

［多罗宁和库佳走进花园。

拉夫鲁欣 失踪的人来了?……

多罗宁 （把一瓶酒放在桌子上）向贵府叩喜。

拉夫鲁欣 哎哟! 毋庸置疑，迟到的理由是正当的。

［奥尔加出现在露台上，她换了一套家常服装。

你来认识一下，奥尔加，这是我们从前的大学生，今春毕业后留在研究生院学习的奥列格·多罗宁和库佳。

多罗宁 （握奥尔加的手）你已经落后于形势了，米申卡，下星期我和库佳要到纳里扬-马尔去了。我想看见自己劳动的成果，真见鬼! ……我有一颗实践家的灵魂，而不是研究家的灵魂! ……

库佳 （激昂地）是的，我们喜欢和人打交道，而不喜欢摆弄烧瓶、试管等等!

韦杰尔尼科夫 都是胡来! 相比起来，我认为，搞清楚疾病的起因与后果，了解到前人不知道的东西，要重要一千倍……总而言之，真正的医学还没有开始呢!

库佳 真正的医学别是从你头一个开始的吧，韦杰尔尼科夫?

韦杰尔尼科夫 为什么不呢，应当向自己提出重大的任务……谦虚让给失意人——它是失意人的美德。不，如果严肃地说，我真正梦想的是当一名微生物学家，进实验医学研究所工作。我们这一届总应当有人到那个单位去工作啊！（快乐地）那么，就让我去吧！

帕夫利克 那当然，实验医学研究所对我不合适，不过，我实在不愿离开莫斯科，因为这里毕竟有莫斯科艺术剧院、特列基亚科夫画廊、音乐学院……

拉夫鲁欣 你怎么是个婆婆妈妈的人，帕夫鲁什卡！不，生活里只有一样是主要的，其余的都应当服从它，朋友。

韦杰尔尼科夫 只有一样？可是人生在世也只有一次呀。难道诱惑不折磨你吗，米哈伊尔？我呢，半夜醒过来，想到我再也不能成为地质学家、新闻记者、演员、飞行员，就觉得很可怕。过去我幻想过这一切！所以我就给自己臆想出各种遭遇，编造各种故事。比如说，今天我就对一个女人谎称自己是飞行员。难道我就不能当个飞行员吗？可以，完全可以。但是无论如何我不会当飞行员，永远不会。你明白吗，米沙？

拉夫鲁欣 （毫不妥协）不，巴甫洛夫临终时说过：要记住，科学要求人贡献出一生。即使你们有两次生命，那也是不够你们用的。

帕夫利克 还说呢——巴甫洛夫……巴甫洛夫指的是完人，而我们……我们是些凡人，米沙。

拉夫鲁欣 无稽之谈！我们别再去争论什么新型的完人了，就好像他离我们十万八千里一样！战争不可避免，今天在西班牙打，明天就会打到我们跟前……我们很快就要经受重大的考验，朋友们。

对凡人来说，可以轻易原谅的事情，对我们却不能原谅。

［停顿。

库佳 唉，弟兄们，我可爱的人们，多想做一个美妙的人呵！

多罗宁 （摇头）好啦，各择所爱！你们在这里丰富科学吧，我和库兹玛去干实际工作。

韦杰尔尼科夫 那好吧，一路顺风，流浪汉们！唉，库佳，库佳，可爱的眼镜女士，你把我交给谁呢？

多罗宁 喂，布斯拉耶夫先生，你向库佳求过几次爱了？你回答。

韦杰尔尼科夫 一共两次。

多罗宁 怎么这样少？

韦杰尔尼科夫 她不合我的口味。

库佳 哼，原来这样！喂，可怜虫，小心你的小命！

韦杰尔尼科夫 库佳，你忘记我是"医务工作者"体育协会中量级拳击冠军啰。

库佳 该死！……

［库佳用吉他当武器，追赶韦杰尔尼科夫，他在树后躲她，一片混乱。

拉夫鲁欣 （走到奥尔加身旁）你怎么啦，奥尔加？

奥尔加 今天我真快乐。不知怎么我觉得幸福。很幸福。（紧紧地握他的手）亲爱的米沙……

加琳娜 （几乎听不见地）真没有想到，真没有想到。

柳霞 （向韦杰尔尼科夫）你真的向她求过爱？

韦杰尔尼科夫 向库佳？是的，不过她不相信我的话，她是个聪明人。

帕夫利克 注意——请入座！虽然今天酒菜不多，但是……就像库佳说的，干吧，弟兄们！

［过路人出现在花园里。如果说他很快活，那等于白说。他的帽子完全滑到后脑勺上去了。

过路人 （坚决地）喂，听我说，别再把古谢夫藏起来了！告诉我，把他弄到哪儿去了？（看见韦杰尔尼科夫）舒拉，亲爱的……你怎么把我一个人甩下了？

韦杰尔尼科夫 没关系，我们又待在一起啦，阿尔卡沙。

柳霞 这是你的朋友？

韦杰尔尼科夫 是的。我们刚才认识的。在小吃铺。

过路人 我到小红街去过了，被赶了出来，他们说我是流氓。（委屈地坐到长凳上）完啦，古谢夫再也找不到了。

韦杰尔尼科夫 我不明白，你找古谢夫干什么！……听我说，你公文包里装的是什么？……哟！忘了古谢夫吧，阿尔卡沙，把酒放到桌上吧。

过路人 （从包里掏出酒和菜）舒拉，朋友！（向其余的人）我是阿尔卡吉·里普斯基——公共饮食业工程师。

韦杰尔尼科夫 （抚摩他的脑袋）你看，真是个聪明人。是个受过高等教育的摆宴官……亲爱的，走，坐到桌旁去，你来掌宴。

［全体叽叽喳喳地坐下来。

柳霞 （叫起来）哎哟！奥列格·帕夫洛维奇，奥尔加·彼得罗夫娜，你们为什么要抓住同一只玻璃杯？你们将来会结为夫妇的……西伯利亚有这样的迷信说法。真的。

多罗宁 也许将来突然会实现呢，奥尔加·彼得罗夫娜，您说呢？

库佳 我坚决……反对！

拉夫鲁欣 我也是！

［全体大笑。

过路人 从我个人来说，我羡慕每一个单身汉。

多罗宁 为什么？

过路人 因为他明天就可以讨老婆。而我们这些有妇之夫，很遗憾，被剥夺了这种美妙的权利。

韦杰尔尼科夫 （斟了一杯酒，走近奥尔加）可爱的姑娘，奥尔加·彼得罗夫娜，您看，您坐在米沙的身旁，我们不把这件事当作偶然发生的行吗？请允许祝贺您选了一个好邻座。米海伊是个出色的小伙子。说实话，我们同他相比，分文不值。

拉夫鲁欣 （快乐地）别搞得人不好意思，亚历山大……

韦杰尔尼科夫 我为您的幸福干杯，奥莲卡……

奥尔加 （在出现的寂静气氛中，小声地）谢谢！（同韦杰尔尼科夫碰杯）

过路人 （出人意料地）对，为尼娜琪卡干杯！

韦杰尔尼科夫 阿尔卡沙，我要罚你站到屋角去啦。

多罗宁 朋友们……我的弟兄们……过几天我和库佳就要走了。谁知道在那陌生的远方，是什么在等待着我们，我们将来是否还能同你们见面。但是我总觉得，我们当中谁也忘不了今天晚上的聚会……有些日子是一生难忘的。今天并没有发生什么事对吗？也许我们大家都在和青春告别？……

［全体默不作声，一片寂静。

你们听见吗，远处歌声在荡漾；火车驰向莫斯科；我们头上是繁星点点的八月的夜空，月儿已经从树林后面爬了上来……多么安静啊……我甚至听得见你们的心房在跳动……我们都有那么点害怕，就好像我们站在未来世界的大门口一样，前面是什么？谁知道呵！……

第二场　嫉　忌

一九三九年五月

［索科尔镇上一套小型住宅。与其说是城市型的住宅，倒不如说像座别墅。晚上九点多钟。奥尔加坐在沙发椅上。她在看书，时而在书上做批注。拉夫鲁欣坐在窗台上，抽着烟斗。

拉夫鲁欣　天真热。夜里要下雷雨……（沉默片刻）你明天考哪一门课？

奥尔加　动物学。（放下书）真奇怪……再过两星期，我就是三年级的学生了……叫人难以置信！你还记得一年半以前我到莫斯科来，到克利亚兹玛别墅去的事吗？就像昨天的事，你说是吗？

[走廊里传来塔霞姨妈的声音："米沙，米沙！"然后她走进来。她是一个小个儿、浅色头发、一根白发都没有的妇女。她的听力很差，眼睛几乎看不见，但是走动起来，速度很快，信心十足，大概在这个熟悉的环境中，对方位了如指掌。

塔霞姨妈 米沙，你干吗坐在这儿？那只吓人的狗又从院子里跑到厨房里来了。我叫它走，它根本不听我的话。请你把它赶到院子里去，叫它再也别到这里来了。

拉夫鲁欣 （微笑着）好吧，我去叫它走……（下）

塔霞姨妈 各种各样的动物都要到我们厨房里来。比如昨天吧，来了一只不知谁家的公鸡。我认为，总要想想办法，至少要把便门修理好。

拉夫鲁欣 （回来）狗走了，纳斯达西娅·弗拉基米罗夫娜。

塔霞姨妈 好极了。不过，米沙，别蹉着腿坐在窗台上，这样不文明。（沉默片刻）九点多了，尼娜还没有来。真奇怪。说实在的，尼娜身上的那股严肃劲儿，真使我惊奇。十八岁了——一次都没恋爱过。我在萨拉托夫工作的时候，幕后挂着一条标语："生活里少来点激情，舞台上多来点激情。"这一条说得真对呵！遗憾的是，我没有遵守这条规定。

奥尔加 （沉默片刻）我听说实验医学研究所伊万·斯杰潘诺维奇那里空出一个一级助理研究员的位子，不知道是真的吗？

拉夫鲁欣 （望着窗外）是的。

奥尔加 你知道吗？我不知为什么相信他会选中舒拉·韦杰尔尼科夫……（不好意思地）他多么想要这个位子啊。

拉夫鲁欣 （微笑）我们研究所许多人都想要这个位子。

［停顿。

奥尔加 你为什么这样早就从学校回来了，米申卡？

拉夫鲁欣 舒尔卡今天拆了我们大家的台——他没来参加活动，笔记在他手上，结果我们小组的活动吹了。

［加琳娜从花园里走上凉台。

加琳娜 我来拜访你们……不太晚吧？我突然感到很寂寞！就好像故意捣蛋似的，今天晚上又特别闷热，简直像五月的黄昏……莫斯科全城一片稠李花香——我被熏得迷迷糊糊。

拉夫鲁欣 雷雨要来了。

加琳娜 纳斯达西娅·弗拉基米罗夫娜，亲爱的，您好！（吻她）你们索科尔镇这里真好。一片静谧的气氛，就像住在别墅里。还有，地铁就在附近。现在你们也算莫斯科人了。道道地地的莫斯科人。不过，你们的婚礼可推迟得太久了，公民们……已拖了一年多，这样不行。

奥尔加 （没把握地）这都怪米沙……他到现在还没有做好准备工作。

塔霞姨妈 （注意到大伙都默不作声）我们在萨拉托夫市有过一套很漂亮的住宅。二层楼，窗子亮堂得像镜子一样！不过，什么事都能习惯，甚至对莫斯科也能习惯。

拉夫鲁欣 前天我收到奥列格·多罗宁从纳里扬－马尔寄来的信。

加琳娜 你说说，他在那儿怎么样？

拉夫鲁欣 你是知道的——库佳得了肺炎……去世了……

［停顿。

加琳娜 是的……可怜的库佳……一个戴眼镜的女士。（沉默片刻）他一个人生活会感到困难的。

拉夫鲁欣 他叫我去。

加琳娜 那你去吗？

拉夫鲁欣 还没有定下来。当然，应该去，不，这里问题不全在于奥列格……（握紧拳头）独立自主！你知道我现在多么需要这一点？自己承担一切责任……真吸引人，见鬼……但是，今天伊万·斯杰潘诺维奇叫我去，建议我……

加琳娜 （打断）对了！……前两天韦杰尔尼科夫说，你们那位名人伊万·斯杰潘诺维奇要把他调到实验医学研究所去，让他在自己身边工作。

拉夫鲁欣 我不知道。（想了一阵）近来舒尔卡在诊所里和大家都吵翻了……总之，他的情况不妙……他发明了一种新的鸡眼膏，得了一大笔钱，然后乱花一气，分文不剩……总之，那位老兄有点飘飘然了……

奥尔加 伊万·斯杰潘诺维奇有一次对我说起他："您要是能知道就好了，我是多么不喜欢自己可爱的弟子啊！"

拉夫鲁欣 （沉默片刻）我到自己屋里去念一会儿书。到喝茶的时候，叫我一下！（走进隔壁房间）

加琳娜　（看着奥尔加打开的练习本）您还在为考试烦心吗？

奥尔加　（微笑）没办法啊，我一直想当一名医生。我记得，小时候我给自己的布娃娃都看过病。

加琳娜　您家里大概有人当过医生吧？

奥尔加　没有，我们是军人家庭。爸爸是沙皇军队的上尉军官，一九二〇年，高尔察克把他枪毙了，因为他投向红军。我们本来是西伯利亚人，我的曾祖父被流放到托波尔省，他是十二月党人，曾在契尔尼戈夫团服务。

［停顿。

加琳娜　（突然）韦杰尔尼科夫常到你们这儿来吗？

奥尔加　不……他同米沙关系很僵。

加琳娜　那还用说！他们那一届舒拉·韦杰尔尼科夫被认为是最有才华的学生，可是想不到在同届毕业生中第一个得到副博士学位的不是他，而是米沙。（冷笑）是有理由感到悲观失望。

奥尔加　（支吾地）现在他好像生活很困难吧？

加琳娜　当然啰，他们的生活比较困难。生了个女孩，柳霞只好放弃了电报局的工作……不过，舒拉对这毫不在乎。他花起钱来不加考虑，所有的钱都放在口袋里。

奥尔加　可是他向所有的人借钱……甚至也向您借钱。

加琳娜　（惊奇地）这您从哪儿知道的？

奥尔加　他自己说的。（停顿）

塔霞姨妈　肯定要下雨了。可是尼娜出去的时候却没穿套鞋！这样会

严重影响她的声带。（担忧地下）

奥尔加 加琳娜，请问你们之间发生过什么事？您为什么……

加琳娜 （生硬地）我为什么没嫁给他吗？坦率地说是这样的，可爱的姑娘：他看不起我！明白吗？唉，有时候他非常热情和体贴人，但……这是出于礼貌。他过着一种奇特的孤独生活……既不助人，也不求人。这一点特别气人……所以我就离开了他。（苦笑）您看，他并不怎么伤心。不过，他还是有良心的。如果他明白自己的利己主义已经到了什么程度，那么，他大概会自杀的。这就是他不愿意明白的原因。（沉默片刻）他母亲就住在这里，在莫斯科，但是他几乎不去看她。您知道吗，他想，首先要成名！他要像个英雄那样，手里拿着登有他的相片的报纸去见母亲，使母亲大吃一惊。（非常激动）他夺去了我的一切，一切……甚至我对他的爱情。您知道最可怕的是什么？（轻声地）我非常后悔丢下了他。直到现在还后悔。

奥尔加 （坚决地）为什么呢？

加琳娜 照您看，为什么要爱一个人？我看是因为他有才干。才干是人身上最美的东西。看来，我爱他的才干超过爱他本人。我替舒尔卡想出一个神奇的未来，在这个未来中，我把首要的位置留给了自己。哎，您看，现在我是一无所得。学业放弃了，一切都完蛋了。一切。（默然）其实，这同您有什么关系呢？

奥尔加 我看您十分孤独……我真想做您的朋友。

加琳娜 女人的友谊？我不知道。好像有点俗气。友谊是男子汉的事情，我们只有在他们身上才能看到纯粹的友谊。（停顿）不过，我的经历也许可以供您参考。

奥尔加 （活跃）供我？

加琳娜 您很爱米海伊吗？

奥尔加 （稍停）他是我所遇见的人当中最纯洁、最诚实的人。是的，看来爱情这个词儿非常不确切。从前，我还是个小姑娘的时候，觉得爱上一个人就意味着要牺牲一切。现在我知道我错了。爱就意味着教会他生活、帮助他、挽救他。

加琳娜 挽救？照您看，只能爱需要挽救的人啰？

奥尔加 （不知所措）不……我不知道。（停顿）是的，也许是的。

加琳娜 既然如此，米沙没希望了。他自己能挽救任何人。（沉默片刻）可怜的米什卡……不过他还在指望您爱上他呢。这就是他把婚礼拖了一年多的原因。（停顿）嗨，我对您胡扯了一通！……您别太相信我谈论舒拉的话。我本来就很难客观地看问题……也许他比我想象的要好，这是可能的。

［帕夫利克和柳霞出现在凉台上。

帕夫利克 奥莲卡，可以进来吗？加琳娜·谢尔盖耶夫娜，您好。

奥尔加 当然可以，请进吧，帕夫利克……您好，柳霞。

柳霞 晚上好……怎么，亚历山大·尼古拉耶维奇不在你们这儿？我简直不知道该怎么办好……他昨天比赛以后，就没回家过夜。

奥尔加 昨天比赛以后？

柳霞 可不是！……眼下正在进行莫斯科拳击锦标赛，昨天舒拉同……施泰因比赛。唉，如果你们看见他第一局多来劲就好了……他勇往直前，不断进攻，漂亮地赢得了第一局。帕夫利克，你说，难道不是吗？第二局，施泰因抓住他的左手，这一下就开始了……他把舒里克三次击倒在地，但是舒里克还是站了起来，大家都在叫："韦杰尔尼科夫，加油啊！……"不应该叫喊，这样会影响舒里克的。他招架不住，这一局结尾的时候，施泰因左手迎面一拳把他打倒在地——他是从场上被抬下来的。我和帕夫利克等他，可是他从另一扇门溜走了。他输了就觉得很不好意思。

奥尔加 他到底会在哪儿过夜呢？

柳霞 我不知道……（笑了）哎，没什么，一切都会好的。您听说了吗，他要调到实验医学研究所去了。

帕夫利克 （快活地笑着）您看好了，奥莲卡，十年之后人家会问我们："怎么？难道您是著名的韦杰尔尼科夫的同班同学吗？"您看着吧！

柳霞 哟，著名的！看您说的，帕夫利克！……不过我觉得，他还是不出名的好。

加琳娜 这是为什么？

柳霞 （非常真诚地）不出名的好！这样他会更爱我，不会另找新欢。（笑了）我有时候在街上一边走一边想：如果他被电车撞了，我一定会非常体贴地照顾他……

奥尔加 您在胡说些什么呀，柳霞……

柳霞 怎么……我说的是实话。是的，我是这样想的。

加琳娜 是啊。也许最可怕的是飞鱼，对吗？那种有翅膀的梭鱼。您知道吗？

柳霞 我不明白，这同鱼有什么关系？

［塔霞姨妈和尼娜出现在凉台上。尼娜是个身材苗条的十八岁姑娘。

塔霞姨妈 要是下雨的话呢？你应当保护嗓子。嗓子是演员的一切。

尼娜 姨妈，这我知道。（走进屋）你们好……有茶吗？

塔霞姨妈 正在烧呢。但是，很遗憾，煤油炉出了问题。有一根炉芯掉下去了，完全不能用。（下）

帕夫利克 您好，未来的科米萨尔热夫斯卡娅[1]。前几天我看见您在舞台上表演。您在《没有陪嫁的女人》里扮演茨冈女郎。您怎么这样快，刚上一年级就参加演出了？

尼娜 怎么样，我显得不太突出吧？

帕夫利克 我看不……

尼娜 那就好，太突出就要挨骂。（向奥尔加）米沙在家吗？

奥尔加 在做功课。他请求别打搅他。

尼娜 哎，我可以！（走进拉夫鲁欣屋里）米申卡！

奥尔加 看见吗，缺了米沙，她一分钟也活不下去。她一回家马上就叫："米申卡！"

1 科米萨尔热夫斯卡娅（1864—1910），俄国著名话剧女演员。

柳霞　喂，帕夫利克，也许我们该走了？反正舒拉也不在！

帕夫利克　看来是的……我还是乘八路车回博热多姆卡去。过一会儿妈妈值班回来，又会伤心，为什么我不是麦契尼科夫，而是区门诊部的一名普通医生。

奥尔加　我哪儿也不放你们走，我们马上请大家喝茶吃点心。

帕夫利克　（活跃起来）说得也对……怎么样，柳霞？舒拉也许突然会上这儿来呢？

加琳娜　我担心我们的英雄眼下正在打台球。从前这是他最大的安慰。

［尼娜从拉夫鲁欣屋里走出来。

尼娜　（戏谑地向大家鞠躬）在上茶前，主人请各位客人进屋稍坐。谁有兴趣，可以看看"玛莎大婶"——一只天竺鼠。

奥尔加　（向尼娜）你到底还是影响了他看书……（向大家）好吧，我们进去……

柳霞　我非常喜欢天竺鼠。亚历山大·尼古拉耶维奇也说——做天竺鼠标本，比如说，要比做田鼠标本愉快得多。

［众人走到拉夫鲁欣屋里去。塔霞姨妈从厨房回来。

塔霞姨妈　瞧吧，一个人也没有。真有趣，坐在这里谈着谈着，突然一下站起身来就走了。真有趣。（坐到钢琴旁，一边给自己伴奏着，一边低声唱）

要是我愿意，我就爱上你；

要是我愿意，我就不爱你；

我的心是自由的，

我的生活是快乐的。

［韦杰尔尼科夫上。左眼下一块青伤。眉毛上贴着一块黑胶布。他在门旁站住，流露出明显的满意神情，倾听塔霞姨妈的歌声。

韦杰尔尼科夫 （热烈鼓掌）妙极了！妙极了，纳斯塔西娅·弗拉基米罗夫娜！

塔霞姨妈 是舒拉吗？是啊，是您，舒拉……看见您，我总是，总是非常高兴的。虽然“看见”这个词，由我说出来有点可笑。

韦杰尔尼科夫 纳斯塔西娅·弗拉基米罗夫娜，请收下。（递过一盒巧克力糖）是您喜欢的那一种，酒心巧克力……

塔霞姨妈 （她发窘，同时非常快活）又来了。这可太过分了，舒拉！您会破产的。

韦杰尔尼科夫 我一破产，就把子弹送进自己的脑袋，大家谈到您就会说：“看啊，这就是那个害死舒尔卡·韦杰尔尼科夫的女人！”

塔霞姨妈 （放声大笑）您——真没办法！不过，我还是非常爱您的。（吃糖）

韦杰尔尼科夫 正好……我早就打算问您，您为什么没嫁人，纳斯塔西娅·弗拉基米罗夫娜？

塔霞姨妈 （戏谑地）据说我过去长得很美。而聪明的男人害怕美人，都娶丑女人……所以落到我们份上的，尽是一些笨蛋。（突然跳起来）我在这儿同您聊天，厨房里也许出什么祸事了……比如，

水开了，或者那条可怕的狗又来了！（快步下）

［柳霞和帕夫利克从拉夫鲁欣屋里走出来。

柳霞 （看见韦杰尔尼科夫）终于来了！我真急死了……昨天你在哪儿过的夜？

韦杰尔尼科夫 在朋友家里……你好，小人儿。（吻柳霞）带着一副惨败的面容回家多少有点蠢。（疑心重重）大概我昨天的样子非常可怜，是吗？

帕夫利克 不，不，你的表现非常体面。

韦杰尔尼科夫 是的，特别是四脚着地趴下去的时候。

柳霞 哎，刚才你在哪儿？

韦杰尔尼科夫 到……一个地方去了。

柳霞 （摊开双手）你……你去打台球了？（停顿）舒林卡，现在是月底啊。家里一文钱都没有了。今天我是用帕夫利克的钱买菜做的午饭……非常好吃的红菜汤，可是你没来。哎，没关系，马马虎虎凑合到一号，你不是还有三十个卢布吗？

韦杰尔尼科夫 你知道……说实在的，钱花完了。（指着糖果）你看……我给纳斯达西娅·弗拉基米罗夫娜买的。

［柳霞望着韦杰尔尼科夫，默默地坐到沙发椅上。

帕夫利克 不，不，这样不行……（走到柳霞身旁）柳辛卡，亲爱的，您别苦恼，我再给您搞点钱来。

柳霞 （摇头）帕夫利克，他不爱我。

韦杰尔尼科夫 柳霞，傻瓜，你疯了！

帕夫利克 唉，舒拉……你知道我多信任你啊……如果需要的话，我可以赴汤蹈火，但是……

韦杰尔尼科夫 （大为快活）好了，好了，你就等着我出事，好来救我！我是了解你的高尚品质的。没什么，帕夫利克，我们的日子会好起来的！

帕夫利克 唉，哪有我的份。当然，如果想出点什么不平凡的东西，使妈妈和人类都高兴一场，那就好了，但是……（笑了）除非你，舒拉，完成一项伟大的发明，算是我干的。

韦杰尔尼科夫 （大笑）那有什么难？我就这样干，你看好了，帕夫鲁沙！

［拉夫鲁欣从隔壁房间走出来。

拉夫鲁欣 终于找到了？（上下打量韦杰尔尼科夫）哎哟，你的脸蛋又被砸破了？

韦杰尔尼科夫 这是他们的本事，米哈伊尔·伊万诺维奇。

拉夫鲁欣 嗯，到我屋里去，我们谈谈。

韦杰尔尼科夫 有什么拯救灵魂的话吗？

拉夫鲁欣 （沉着地）今天你为什么没有来参加小组活动？十五个人白等了你整整两小时。

韦杰尔尼科夫 我没有来是因为有事。

拉夫鲁欣 什么事？

韦杰尔尼科夫 （挑衅地）打台球来着。有什么了不起，十五个人，小组……你们可都是些皮罗果夫先生[1]!

帕夫利克 （谨慎地，望着拉夫鲁欣）你何必这样说呢，舒拉？这可不是你的真心话……我知道……

拉夫鲁欣 （向韦杰尔尼科夫）你怎么，忘了去年冬天的时候，那天晚上共青团会议讨论你的表现？

韦杰尔尼科夫 我记得，米申卡。你那篇关于这个可恶的韦杰尔尼科夫的发言我也没忘记。

拉夫鲁欣 你指望我会袒护你？打错算盘了，朋友。

［奥尔加和加琳娜被高声谈话所吸引，从隔壁房间走出来。

（走到韦杰尔尼科夫跟前）来，开诚布公地谈一谈。舒尔卡，你的情况糟得很，老弟，糟得很。你想想，以前我们晚上经常争论，时常憧憬未来和医学！多么想在一起工作。我……我通过我们的争论，变得更有学问了，当时我非常需要你！可是现在呢？我为什么不再需要你？为什么我和你待在一起就觉得没意思，舒拉？

韦杰尔尼科夫 （嘲笑地）我没当上副博士，所以配不上你，米哈伊尔·伊万内奇。

拉夫鲁欣 你的表现实在太差劲了，舒尔卡。你的话也说得很差劲。（沉默片刻）老头为你很苦恼……

韦杰尔尼科夫 是伊万·斯杰潘诺维奇吗？

1 皮罗果夫（1810—1881），俄国著名外科学家。

拉夫鲁欣　你逢人就说他要调你去实验医学研究所，可是，这件事是假的。

韦杰尔尼科夫　（确实很惊奇）什么？（停顿）那么这个幸运儿是谁？

拉夫鲁欣　问题的实质不在这里，朋友。

韦杰尔尼科夫　到底是谁呢？

拉夫鲁欣　有人建议我去担任这个工作。

［很长时间的停顿。手提茶壶的塔霞姨妈出场，才打破了这种场面。

塔霞姨妈　嗨，道德总算战胜了。（指茶壶）水开了。（在桌旁忙着）

柳霞　（含着泪水说）我还是走吧……请你们原谅……

帕夫利克　您上哪儿去，柳辛卡，马上要下雨了……

柳霞　我无所谓。（走向门口）

帕夫利克　（责备地）唉，舒拉……（跟着柳霞下）

韦杰尔尼科夫　你很有成绩，拉夫鲁欣同志……所谓步步高升。

［拉夫鲁欣长久地默默望着韦杰尔尼科夫，一言不发地走回自己屋里。

加琳娜　暴露了自己的真面目……太好了。（跟着拉夫鲁欣下）

塔霞姨妈　好吧，请就座。（朝四周看看）又都不见了……真有趣。

［她没注意到韦杰尔尼科夫在屋里，于是关上吊灯，下。昏暗中，奥尔加从凉台深处上。她慢慢地走向韦杰尔尼科夫，把手搭在他的肩上。

韦杰尔尼科夫　（抬起头来，望着奥尔加）那么，看来可以向您表示祝贺啰？您的米沙飞黄腾达了。

奥尔加 （好像这种事使她高兴似的）您满眶热泪。

韦杰尔尼科夫 没那话！（突如其来地）您怎么，真以为我去打台球了吗？其实是因为昨天输了以后，我不好意思去参加小组活动。……您看看，多大一块青伤！……他们会问长问短，表示怜悯，我不喜欢这一套。所以就在希姆基的游泳场上躺了一整天。（停顿）我现在倒是想喝一杯啤酒。（把帽子伸向她作乞讨状）奥莲卡，请借给我二十卢布！

奥尔加 舒拉，您不替自己担心吗？

韦杰尔尼科夫 （不懂）担心什么？

奥尔加 您不担心自己一事无成吗？

韦杰尔尼科夫 （坚定地）我必定会成功。（沉默片刻）也许会一事无成。光阴飞逝，我就像一个傻瓜，站在十字街头欣赏着。

奥尔加 欣赏什么？

韦杰尔尼科夫 生活。听我说，什么是青春，奥莲卡？青春是一种诱惑。有时我觉得，把生活同自己的手艺相比，我更喜欢生活。

［雷雨声。大雨倾盆而下。

我就喜欢这玩意儿。

奥尔加 您不过是个吹牛大王……顶多是个软弱的懒汉。

韦杰尔尼科夫 什么？（走近奥尔加，拥抱和吻她）也许是个吹牛大王。完全可能。

［窗外雨声大作。

奥尔加 您干吗要这样做，舒拉？

[韦杰尔尼科夫默默无语。

我知道……您现在不过是非常忌妒米沙……

韦杰尔尼科夫 （轻声地）是的。

[沉默。拉夫鲁欣走进来。

拉夫鲁欣 你看，奥尔加，我同伊万·斯杰潘诺维奇在电话里谈了……定下来了！我到纳里扬－马尔去，到奥列格·多罗宁那里去工作。

奥尔加 你？……你不去实验医学研究所？

拉夫鲁欣 我要求给我年把时间。实践与独立自主——这是我目前所需要的。

韦杰尔尼科夫 （走向拉夫鲁欣）你未必想象得出我多讨厌自己。未必想象得出。我走了。（把手伸向拉夫鲁欣，又立即缩回）不，不要把手伸向我。不值得。（快步下）

加琳娜 （站在门口）喂，你们喜欢我们这位乖僻的人吗？天知道他要到哪儿去，远行十万八千里！……

奥尔加 米沙……那我呢？

拉夫鲁欣 你需要学习。还有两年。（默然片刻）就是说，明天登程！（微笑着）是的，挺有意思……

奥尔加 （几乎生气地）有意思？什么有意思？

拉夫鲁欣 （狂热地）一切。一切都挺有意思，奥莲卡。过去的一切。未来的一切。

[尼娜出现在门口。她走向拉夫鲁欣，拥抱他。

尼娜 别走，别走，米沙，我求求你，别走……

——幕落——

第二幕

第三场　艰难的日子

一九四一年十二月

［索科尔镇的一间房子。防空窗帘卷了起来。我们看得见窗外大雪纷飞。上午九点多钟。高射炮隆隆轰鸣。塔霞姨妈和尼娜坐在长沙发上。

堪霞姨妈　（继续说）……我在基辅演出大获成功。当我在《美丽的海伦》第三幕唱奥列斯特的小曲时，观众当中发生了难以想象的情景。有一次，一个青年人拼命鼓掌，以致从二楼看台上掉下来，落到乐池里。不过，一切都还好。他身体一复原，我就找到他，并在德聂泊河上划船，整整划了一个通宵。天气非常好，我们一直聊到天亮。后来他发明了点什么东西，报纸上登了他的消息，他还娶了个丑女人。（沉默片刻）不过，这个故事好像是我想象出来的。

［停顿。

尼娜　（注意听）炮打得挺厉害，姨妈。您最好还是到防空洞去。

塔霞姨妈　何必呢，我的朋友？我本来就什么也听不见。

尼娜　（沉默片刻）今天是十二月五号，米沙两个多星期没来信了。

塔霞姨妈 要有耐性，我的朋友，耐性。

尼娜 （焦躁地）唉，为什么，为什么您对米沙这样冷若冰霜，姨妈？

塔霞姨妈 真的吗？他是个非常可爱的人。而且我们多亏他了。但是，优雅的风度不允许流露出过于感激的样子。你记住这一点。那是什么声音？

［门铃声。

尼娜 有人揿铃……我去开门。（跑步下）

［过道里传来说话声。过一会儿，尼娜在拉夫鲁欣的陪同下回到屋里。跟在他们后面的是穿着棉袄棉裤的博奇金。

尼娜 米什卡！……米沙来了……姨妈，米申卡回来了！

塔霞姨妈 （站起来吻拉夫鲁欣）我的朋友，你终于回来了。这么长时间连一封信也不写……

拉夫鲁欣 奥尔加在家吗？

尼娜 不在，她在学院里。

拉夫鲁欣 我们刚刚到那儿去过，她不在。

尼娜 没关系。（拥抱拉夫鲁欣）晚上你们见得着的。

拉夫鲁欣 未必见得着。我最多只有十分钟了。

尼娜 什么？

拉夫鲁欣 我是路过莫斯科的。卡车在门外等着我们。好吧，请认识一下，这是博奇金同志，我的司机。

博奇金 你们好。（咳嗽起来）

拉夫鲁欣 （大声）我们想喝点茶，纳斯达西娅·弗拉基米罗夫娜。外面零下二十度。

塔霞姨妈 就来，就来，我的朋友……（快步下）

尼娜 （不知如何是好）十分钟……怎么这样短，米沙？

拉夫鲁欣 是的，真叫人难过。我真想见见奥尔加。（沉默片刻）奥列格有信吗？他在纳里扬-马尔的情况如何？

尼娜 （微笑着）他在每封信里都骂你为什么把他撇下了。他说他一个人很困难……

拉夫鲁欣 你看这个大傻瓜，他怎么，以为我比他轻松吗？我从七月一号起开始工作，五个月做了两千多次手术，每天换一个地方……（不耐烦地）姨妈怎么不见了？

尼娜 我去催催她。（跑步下）

博奇金 （环顾周围）您这套房子倒满考究的。您爸爸大概是一位教授吧？

拉夫鲁欣 不，他在萨拉托夫城当过擦地板的工人。后来榴霰弹夺去了他的双腿。就是这么一回事，博奇金。

博奇金 这么说，这一切都是您自己挣来的，米哈伊尔·伊万诺维奇？这符合时代精神。就连我的儿子们也超过了我。我不生气，这是国家的指示。

［拉夫鲁欣从五斗橱上取下奥尔加的照片，看照片。

博奇金 是您的妻子？

拉夫鲁欣 不是的……曾经想娶她，可是良心不允许！（看着照片）

你知道，她想要报答我。（痛苦地）我非常怕她的报恩思想，懂吗？

博奇金 （点头）看来您是一个自尊心很强的人。

拉夫鲁欣 说不准。（从镜框里取出照片）这样吧，奥莲卡，跟我们一起去打仗吧。（把照片放入衣袋）

博奇金 这样做得对。让她跟您一同上路吧。（咳了一阵）唉，我的胸口受凉了！……

［尼娜和塔霞姨妈回屋。

尼娜 热茶来了——请喝吧。

塔霞姨妈 请原谅，博奇金同志，我们还有鲜豌豆和糖醋咸鱼。

博奇金 豌豆我们不爱吃，咸鱼倒是想用点。

［尼娜仍不相信他们现在就要离去，她不知所措地笑眯眯地站在他们面前，拉夫鲁欣和博奇金站着吃小菜，站着喝茶，样子很古怪，几乎是立正姿势。

拉夫鲁欣 奥尔加怎么样？

尼娜 谢谢……就是说还好。最后一个学期了，也是最困难的一年，还要到医院去实习。

拉夫鲁欣 你的成就如何？春天就能当演员吗？

尼娜 如果让我们毕业的话。现在我们每天都演出……在医院里，在飞行员那儿，在高射炮部队里……你现在是从哪儿来的？

拉夫鲁欣 从图拉来的。

尼娜 那儿情况怎么样？

拉夫鲁欣 决不放弃城市。帕夫利克在哪儿？还在塞瓦斯托波尔吗？

尼娜 是的，他常常写信来，他的信非常有趣！他问莫斯科演什么戏。

拉夫鲁欣 加琳娜·谢尔盖耶夫娜常来吗？

尼娜 不，她已经被疏散到西伯利亚，十月份就走了……你看，真有趣：她和柳霞在同一个城市里。

拉夫鲁欣 舒尔卡呢？

尼娜 他在莫斯科，在一个什么微生物实验室里工作。

博奇金 真糟糕，米哈伊尔·伊万诺维奇，时间到了。（咳嗽起来）真倒霉。

拉夫鲁欣 那好吧，我们就走。你真严格，博奇金。

尼娜 你们现在到哪儿去？

拉夫鲁欣 到沃洛科拉姆公路去，一个半小时以后我们应当到达前线。

博奇金 （用劲地）我们要准时到达。眼下敌人就在身旁呀。

拉夫鲁欣 是的。不过应当指望这种状况不会维持太久。别了，演员。

[尼娜扑向拉夫鲁欣肩头，哭。

哎，别这样。

尼娜 （勉强微笑）当然。尤其是在舞台上我演得更好……可是在生活里我不善于表达……

拉夫鲁欣 （扫视房间）是的，这次来得不巧。你告诉她，就说我记得她，我……总之，没忘记。好吧，完了。别了，纳斯达西娅·弗拉基米罗夫娜。

塔霞姨妈 （现在才明白他要走了）怎么？要走了？那怎么行，米沙！你等奥尔加来呀，不能这样就走。这可不行。

拉夫鲁欣 我非常同意您的看法。（吻她）时间已到，再见了。（走向门口）

博奇金 别了，莫斯科的公民们！你们的咸鱼很地道。我很感谢。（下）

[塔霞姨妈和尼娜跟着他们下。炮声大作。房间空了一阵。然后尼娜和塔霞姨妈返回。

塔霞姨妈 （沉默片刻）米沙真是一个怪人……站着喝茶。也没等到奥尔加回来。这种乖张举动我还是不喜欢。一切都应当有分寸。

尼娜 看您说的，姨妈！

塔霞姨妈 不过，还算好，他们喝了点茶。街上冷得要命。（走进厨房去）

[奥尔加从街上跑进房间。

奥尔加 米沙在这里吗？邻居告诉我，他来了。（从头上摘下头巾）他在哪儿？

[停顿。

尼娜 走了。

奥尔加 到哪个车站去了？（重新系上头巾）我要找到他。

尼娜 他坐卡车走的，直奔前线。他们喝了茶。（拿起玻璃杯）你看，杯子还是热的。

奥尔加 （坐到椅子上）我刚才在医院里……他说些什么？

尼娜 我不记得……他的同伴一直在咳嗽，他们站着喝了点茶，然后米沙说，他记得你……问题不在这句话，而是他说话的那种表情……

塔霞姨妈 （穿着大衣，系着头巾上）水工刚才到厨房来了。他说德国人离城只有五十公里。（停顿）已经十点了，你该去上学了。好好裹紧脖子，你今天要上台词课。（走到尼娜身旁）你哭了？（仔细审视）奥尔加？你回来了……（悲伤地）他刚走。

［长时间沉默。尼娜站起身来，走向挂衣架，默默地穿衣服。

我想去排队买通心面。至少可以做炒面条吃。（走到奥尔加身旁）不必伤心，我的朋友，米沙会回来的，德国人肯定要战败。他们从来都是打败仗的。

［尼娜默默地吻奥尔加，同塔霞姨妈一起下。奥尔加在室内走来走去，发现照片不见了，露出一丝苦笑。有人敲门。

奥尔加 （转身）请进来。

［韦杰尔尼科夫上。他没有刮胡子，一副疲倦邋遢的样子。手上提着箱子和旧的旅行袋。

韦杰尔尼科夫 您看……我把自己的家当带到你们这儿来了。炸弹掉在我的住房面积上了。这句话多滑稽，对吗？是我来你们家的路上想出来的。（指着东西）残余家当。其余的……（吹口哨）幸亏柳霞走了，她本来不想走的……她说，谁来关心你呢。您看，这下子可有人关心了……（走近桌子，望着面包）面包啊，面包……（盯着奥尔加，突然轻声地说）请原谅，奥丽娅，我好像有点不舒服。

奥尔加 （把手放到他的额头上）您在发烧……

韦杰尔尼科夫 一星期前实验室撤走了，因此就剩下我一个人。每个小时对我来说都是宝贵的，再有几天的时间，再做几次实验就行了。（激动地）可是我没有老鼠，三天前我从邻居那儿偷了一只猫，然而昨天我不走运，今天也是。所有的家畜都到塔什干去了！我好像很久没吃东西了。（喘气）您听我说，我全都告诉您——是一种抗脓毒症和伤口感染的药物！要知道把抗脓毒的化学制剂敷在化脓的伤口上几乎没什么用处。只有具有保护作用的物质才能消灭伤口的细菌……不损伤人体细胞而又消灭细菌的物质。明白吗？这样我就可以救活我们成千上万名战士……（钟响）等一等，我该走了……我要回家去……

奥尔加 您现在无家可归了。

韦杰尔尼科夫 真的吗？（望着自己的东西）可也是啊。（吹口哨）我想喝点……

奥尔加 我们这儿有茶，您等一等，我到厨房去看看。（下）

［收音机响起警报声。播音员平静的声音："公民们，空袭警报！"

韦杰尔尼科夫 （轻声）柳辛卡呀柳辛卡，我的命根子。可怜可怜我吧。我有一个多月没吃没睡了……几十万名士兵没等到特效药就

死了，我是应当帮助他们的。但是，时间，时间呀！再有一点，一点点……（慢慢地倒在地上）

［奥尔加进来，看见韦杰尔尼科夫倒在地上，跑到他身旁。

奥尔加 舒拉，舒拉……亲爱的……

韦杰尔尼科夫 （双手抓住她）老鼠……给我搞点老鼠来……您应当给我搞点老鼠来。

塔霞姨妈 （上）奥尔加？是你？出了什么事？是谁躺在地板上？

奥尔加 （忙着照看韦杰尔尼科夫）是舒拉。

塔霞姨妈 他怎么啦？

奥尔加 （解开他的领子）好像得了伤寒……

第四场　出　发

一九四二年五月

［还是那间屋子。面向花园的窗子敞开着。炎热的白昼过去了，已经到了黄昏时分。尼娜站在窗口望着花园。奥尔加从街上进来，手上提着几个包。看来她是匆忙赶回家来的。

奥尔加 你好。我迟到了。舒拉在家吗？

尼娜 （冷笑）这个问题听起来真可笑：“舒拉在家吗？”（尖锐地）难道他的家在这里吗？

奥尔加 （疲倦地）别谈这个了……

尼娜　他这个人多会折磨周围的人。病了三个月，把死神都折磨苦了，死神只好离开他！

奥尔加　别说了。他病危的时候，你自己不也是号啕大哭了一场……就好像他丝毫没救了……

尼娜　当然，我可怜他……伤寒以后又得了肺炎，而且那么重！但是你已经把他治好了，现在他身体挺好！（无情地）今天是五月八号，他在我们家已经住了五个月！现在他到实验室去上班，而你和姨妈供他吃，供他喝，还给他洗衣服。甚至他还住在米沙的房间里！（扑向奥尔加，拥抱她）奥丽娅……奥莲卡，我亲爱的，你扶养了我，我什么事都信赖你……可现在呢？我看得一清二楚！你怎么把他同米沙相提并论？想都不应该想！他是一个可怜的骗子，吹牛大王，在后方混日子，还对大家胡说什么他在搞发明创造。你却听信他那一套，一有空就和他待在一起，你为了他，把大家都忘了！这些事发生在米沙在前线的时候……

奥尔加　尼娜……

尼娜　不……如果妈妈活着的话，她会对你说的，你的表现不光彩，我们家还没有人干过这种事！

奥尔加　尼娜，我才张口，你就不愿听下去……今天上午我接到要我到军队去的命令，再过几小时我就要到洛佐瓦亚去了。

尼娜　等一等，原来不是打算把你留在附属医院里吗？

奥尔加　原来的打算有什么意义！（热切地）我一下子就做出另外一个决定。

尼娜 奥莲卡……

奥尔加 别为了舒拉骂我——听见吗？是的，我好像很爱他……我知道他是个不走正道的、胡来的、软弱的人，所以我想：让我用爱情把他改造过来……（停顿）

尼娜 亲爱的，亲爱的，原谅我……哎，别这样看着我，我是你的妹妹、朋友，听见吗？但是，如果……如果你真爱他，那你就应该有力量放弃他。

奥尔加 是的，是的……只希望他迟到一会儿，我就不告而别……他不应当知道——你明白吗？！

塔霞姨妈 （上）你来啦，奥尔加？我有一个想法：今天做面疙瘩汤。

尼娜 姨妈，奥尔加要走了……上前线。

塔霞姨妈 啊，原来这样！（她的声音颤动了一下）那好吧……你是医生，毫无疑问，你的岗位在那里——在战场上。归根结底你出身于军人家庭。因此我认为你的运气不错。天知道你原来会落到一个什么临时军医院去，现在你是去作战部队，就是说去直接决定俄罗斯命运的地方。

尼娜 奥丽娅今天走，姨妈……过一小时。

塔霞姨妈 是吗？（稍停）那好吧，这也合乎逻辑。越快越好，不是吗？不过有点可惜，星期天你不能去看尼娜的毕业演出了。是吗，尼娜？

尼娜 是的，姨妈。

奥尔加 已经不早了，我去收拾东西。

[奥尔加和尼娜到隔壁房间去。塔霞姨妈微微一笑，掏出手帕，擦眼泪。韦杰尔尼科夫和帕夫利克从街上进来。帕夫利克穿着海军制服，身体比以前健壮些，气色很好。

韦杰尔尼科夫 纳斯达西娅·弗拉基米罗夫娜，您欣赏欣赏，我把谁给您带来了……

[帕夫利克走近塔霞姨妈，她捧着他的头，认出来以后吻他。

塔霞姨妈 帕夫鲁申卡！……

韦杰尔尼科夫 英雄人物。从被围困的塞瓦斯托波尔飞来的，两天以后回去。

塔霞姨妈 大水兵，胸前挂着奖章。您真是个好样的，帕夫利克。喂，谈谈吧，所有的情况都谈谈。

帕夫利克 晚上我再谈。做一个详细的军事形势报告。我留下来过夜，如果你们允许的话。我妈妈已经到秋明去了。现在我到你们这儿只是打个照面，舒拉把我拖来的，我还要到首长那儿去报到。

塔霞姨妈 您看着办吧，帕夫利克，晚上我们等您。近来我对战略问题很感兴趣，希望您能给我讲讲纵深防御的战术问题。（走进厨房）

帕夫利克 （笑起来）你们这儿还是老样子。

韦杰尔尼科夫 你看得更清楚，旅行家。

帕夫利克 是的，生活的发展真怪。你看，前些年我上艺术剧院看戏，到音乐厅去听音乐，向吉列里斯、萨弗罗尼茨基[1]鼓掌；到博物馆去看展览。总之，过着如意的生活，很有意思。现在我却看清楚了，我就像普希金所说的，曾经是一个懒汉和不问窗外事的人。我只注意艺术的发展，却没注意自己身旁的人！现在呢，你知道吗，舒拉，我在塞瓦斯托波尔了解到什么样的人？正直的，热情的、善良的、宁死不屈的人。而且更主要的是——我已经不是观众，我自己就是剧中人。你懂吗？

韦杰尔尼科夫 （走近他，很近）喂，你不怕死吗？我听说你们塞瓦斯托波尔那儿时常打炮？

帕夫利克 （微笑）坦白说，不想死。还有……太可怜妈妈，她不知道为什么一直等着我一鸣惊人。一直在等着……你知道，妈妈是个脾气很怪的人，舒拉……

韦杰尔尼科夫 （沉思地）是的，一个多月来我也想去看看妈妈……可总是没时间。

帕夫利克 你很忙，可以谅解，舒拉。（兴奋地）不过，你今天告诉我的那件事真伟大！磺胺类药物对伤口感染没有什么效力。你的制剂好像不是化学抗脓毒剂？对吗，舒拉？

韦杰尔尼科夫 当然不是！是从细菌的活细胞中提炼的，它并不能杀死各种活细胞，只能杀死某些脓性细胞。换句话说，它应当有选择地起作用。我的制剂应当是个机灵鬼，你明白吗？

1 吉列里斯、萨弗罗尼茨基，均为苏联著名音乐演奏家。

帕夫利克 （抓住他的双手）嗨，如果你能搞成，舒拉，如果能搞成就好了……这是一项伟大的发明！……

韦杰尔尼科夫 （生气地）是的，如果，如果！光阴似箭，人们在牺牲，而我却像个瞎子，还在三棵松树之间稀里糊涂地绕来绕去，找出路，碰运气！

帕夫利克 那你为什么不找个有名的专家、教授商量一下……

韦杰尔尼科夫 见他的鬼！我不是小孩子，我不需要保姆！

帕夫利克 （热切地）你这样做不对，舒拉。

韦杰尔尼科夫 一切问题我都自己解决！（停顿）不，我什么也解决不了。原先我干起来很轻松，现在一接触到正事、大事——我就无能为力……一点都无能为力，帕夫利克！我把真实情况告诉你，你愿意听吗？我在你面前感到惭愧，愧见你这两枚诚实的奖章。在电车上我不敢正视军人，我觉得我欺骗了所有的人。给了大家希望，却没做到。（坐到桌子旁，绝望地用双手捂住脸）

帕夫利克 （稍停）你看看这本笔记……是我在塞瓦斯托波尔医院里写的。各种有趣的情况，还有别的东西。你翻翻，也许有用……（看表）请你原谅我，我要到果戈理大街部里去一趟……有什么情况的话，我打电话给你们的邻居，他们会转告你吗？

韦杰尔尼科夫 你哪怕同奥尔加和尼娜谈谈也好哇。我这样放你走，她们不会饶我的。

帕夫利克 晚上，晚上吧，要不然扯个没完，我会受处分的。（站在门口犹豫不决）我本想说一件重要的事，忘了。（看着窗外）太阳快落山了……多美啊，对吗？博物馆里的画上，完全不是这个样子……（沉思）你知道吗，好得很，舒拉，我总算过了一阵真正的生活。（戴上帽子）完啦，再见。（快步下）

韦杰尔尼科夫 晚上见，帕夫利克！……（拿起他的笔记本，翻阅，微笑）笔迹……

［奥尔加和尼娜上。

尼娜 好像都整理好了。

奥尔加 （低声）轻一点，舒拉回来了。

尼娜 我去想办法领点面包给你路上吃。（回头看看韦杰尔尼科夫）你注意点……

奥尔加 我知道，你去吧。

［尼娜下。

韦杰尔尼科夫 （抬起头）您是从学校回来的？

奥尔加 是的。

韦杰尔尼科夫 您怎么全身上路的打扮？打算上哪儿去呀？

奥尔加 是像上路的样子吗？（停顿）

韦杰尔尼科夫 帕夫利克刚才来过这儿。他今天刚从塞瓦斯托波尔乘飞机到这里。

奥尔加 帕夫利克？那您为什么不告诉我？

韦杰尔尼科夫 他有事。他过一会儿再来，还要在我们家过夜。你们还来得及好好谈谈。

奥尔加 是吗？那好吧……（停顿）柳霞都写些什么？

韦杰尔尼科夫 一般的东西。她在坦克厂工作，舒拉奇卡长大了，生活困难……（想了一阵）我想念她们，奥丽娅。

奥尔加 那您就去一趟吧。

韦杰尔尼科夫 您不相信我会做完自己这项工作？

奥尔加 您的衣袋破了，把上衣脱下来，我给您缝上。

韦杰尔尼科夫 您讨厌我。（窗外管乐队奏起进行曲）士兵走过去了。（望着窗外）大概是去火车站。

奥尔加 是吗？（缝他的上衣）

韦杰尔尼科夫 您现在像我的妈妈。（微笑）小时候她太宠爱我了。

奥尔加 （若有所思）我想对您说……哎，是的！请您保重自己，舒拉，因为您还没完全复原。您记得吗？伤寒之后，您不听话，提前出去了，结果怎么样？得了克鲁布性肺炎！您得伤寒病也是因为不注意……

韦杰尔尼科夫 其实是因为实验室里太冷，我就……

奥尔加 只要您谈谈您在搞什么，马上就会给您一切条件，暖和的房子、助手、经费……

韦杰尔尼科夫 我不需要助手！我想自己干到底。

奥尔加 不想同别人共享荣誉，是吗？

韦杰尔尼科夫 荣誉？废话！如果我能成功，我会毫不犹豫地把自己的著作权送给任何人。不，我想做出点成绩。因此一切都要亲手来实现。自始至终。

奥尔加 别这样说，舒拉！因为许多人的生命取决于您的工作。

韦杰尔尼科夫 这么说，就要去求人家啰。大慈大悲的人们，舒尔卡·韦杰尔尼科夫自己的头脑不够用，请发发善心，借给他一点吧！……（停顿）唉，我不走运，问题就在这里，奥莲卡！

奥尔加 不，您很幸运！老实说，我没指望您能活下来。

韦杰尔尼科夫 （笑了）您知道，奥丽娅，我觉得我曾经离死神很近，甚至我的灵魂离开我飞走了一会儿，后来又飞了回来，不过有点变了。

奥尔加 （微笑）变好了，还是变坏了？

韦杰尔尼科夫 是您把灵魂还给我的，您应当知道。我可以秘密地告诉您：我总觉得我身上至少有一打互相作对的人。（沉思）如果我是作家，我会写一本关于人类错误的书，叫大家再也别重复这些错误。（把自己的手掌放在奥尔加的手上）

［短暂的停顿。

奥尔加 （不好意思地）那是一本什么笔记？

韦杰尔尼科夫 帕夫利克留下的。（翻阅笔记本）他的笔迹完全像小孩子的……（沉默片刻）很怪的记录……（读）“二月六日，华西里耶夫中尉肋骨下部被弹片击伤。脉搏勉强摸到……”，不，还有……（继续读）“但是，第二昼夜，体温降低，气性细菌培养物改变了自己的毒性，华西里耶夫的状况有所好转……”（嘟囔着）体温降低……降低……

奥尔加 （把上衣递给他）好了，您拿去吧。

韦杰尔尼科夫 （把上衣扔到一边去）降低！不是升高，而是……（停

顿）我为什么早没想到这一点？……为什么？（扑向桌子，好像在找某个本子）

尼娜 （上）看，面包和三百克白糖，正好够路上吃的。（看见舒拉，低声说）学校派车子来送你上火车站。（停顿）你怎么啦，奥尔加？

韦杰尔尼科夫 我到底把温度记录表塞到哪儿去了？……

尼娜 你们出了什么事？

塔霞姨妈 （把箱子提出来）嗯，好像都准备好了……你可以走了，亲爱的……

尼娜 面包和白糖我已经放到包里了。

奥尔加 （走近韦杰尔尼科夫）舒拉……

韦杰尔尼科夫 您等一等……（发狂地翻阅自己的文稿）温度记录表应当在这张桌子上……

尼娜 奥丽娅，我把东西放到车上去。

塔霞姨妈 把包给我，你在演出之前累着了不好……

［塔霞姨妈和尼娜提东西下。

韦杰尔尼科夫 在这儿！……终于找到了……（拿起表格）液剂提炼温度是三十六到四十二度……（口里念念有词，从书架上取下一本厚厚的笔记本，迅速翻阅）

［街上传来汽车喇叭声。奥尔加再次环视房间，望着韦杰尔尼科夫，快步走上街去。

（合上笔记本，闭上眼睛，默默地站了片刻）是这样。丝毫不用怀疑。解决办法就在这里。降低体温！……这里，就在这里找！早先我怎么没想到？这本来很简单，小孩子也能明白，而我却……（哈哈大笑，幸福地）奥丽娅！奥莲卡！

［窗外昏暗下来，塔霞姨妈从街上回来。

（奔向她）纳斯达西娅·弗拉基米罗夫娜。她们都上哪儿去了？

塔霞姨妈 帕夫利克刚才打电话给邻居，请他们转告说，他不能来了……他接到了命令，叫他立即返回塞瓦斯托波尔。

韦杰尔尼科夫 怎么搞的呀？真遗憾！（很快地）奥尔加在哪儿？

塔霞姨妈 她走了。

韦杰尔尼科夫 怎么走了？那她什么时候回来？

塔霞姨妈 （微笑，莫名其妙）您怎么啦，舒拉？

——幕落——

第三幕

第五场　柳霞——韦杰尔尼科夫的妻子

一九四三年二月

［博尔斯克——西伯利亚一座不大的城市。木板平房里的一间小屋子。炉火正红。柳霞在洗衣服。加琳娜坐在桌旁写东西。夜色深沉。窗外暴风雪狂舞着。

柳霞　仗一打完，我就和舒拉到高加索去。加琳娜·谢尔盖耶夫娜，我从来没去过高加索。克里米亚没给我留下什么特别的印象，很一般。兹韦尼戈罗德市要好看得多。

［风声大作。

加琳娜·谢尔盖耶夫娜，暴风雪不使您烦恼吗？

加琳娜　不。

柳霞　只要风呼呼一响，我的心就不安。今天您那儿没电，到我这儿来干活，我真高兴。一个人待着怪可怕的。我小的时候也怕暴风雪。我总觉得雪花后面藏着一个人——非常非常可怕的人。（停顿）在莫斯科，不觉得暴风雪可怕。第一，房子是砖砌的；第二，有许多居民。而这里，在西伯利亚，完全是另外一回事。（洗完衣服，拧干）今天我累得直不起腰来。真的。焊接毕竟是件粗活……体力负担太重。眼睛也有点痛。今天连书也没法看。是的，我在莫斯科电报局里的工作完全是另外一回事——干干净净，井井有条。结婚以前我非常喜欢电报局，比待在家里要有意思得多。又宽敞，又快活！我本来是个非常快乐的人，加琳娜·谢尔盖耶夫娜，您记得吗？

加琳娜 记得。

柳霞 就是现在我还是个乐天派。但是，环境当然不同了。（把孩子的衣服晾在绳子上）战争进行了一年多，周围有多少悲痛的事呵，有时候真觉得惭愧。我还是坐一会儿吧。（坐到炉子旁）您这是在写什么？加琳娜·谢尔盖耶夫娜？

加琳娜 整理速记稿。

柳霞 尼基塔·阿历克谢耶维奇把您搞苦了。

加琳娜 没什么！（翻一页速记稿）您知道，昨天在厂长那儿谈什么问题来着？在五月份以前坦克生产量要提高一倍。

柳霞 哎，这可不那么容易。

加琳娜 可不是吗。但是，也许尼基塔·阿历克谢耶维奇在打埋伏。他想出点子来了，真的……是啊，他是个聪明人！柳霞，一个人有才干，又聪明，真是件叫人高兴的事！最主要的是他的才干富有仁爱……（好像醒悟过来）行啦，别啰唆了……我最好回家去吧。

柳霞 也许米哈伊尔·伊万诺维奇会从医院来呢？他答应晚上来的。

加琳娜 （看表）八点多，天晚了。还有，今天天气不适合散步。

柳霞 真遗憾。我喜欢他来。我一想起舒拉，心里就非常快乐，好像不在打仗一样，我们坐在莫斯科的一个地方，天南地北地闲聊。他被送到我们市的医院来治伤，真是件好事……

加琳娜 （走近小孩床，看）今年冬天舒拉奇卡长得多快，长高了不少啊。

柳霞 亚历山大·尼古拉耶维奇来的话，会说些什么呢，真有意思，他有一年半没见过舒拉奇卡了。我在等他，还有两三天他就要来了。他在最近的一封信里说二月中旬来……（停顿）

加琳娜 风吼得多凶啊。据说在暴风雪天里常做好梦。（摇头）好啦，我回家去了。

［门开。阿尔希波夫从街上进来。他是驻柳霞和加琳娜那个厂的党中央代表，三十五岁。他的皮夹克上落满白雪。他站在门口，用劲掸雪。

阿尔希波夫 向善良的人们致敬！喂，你们喜欢这种胡闹吗？就连我们西伯利亚人也不习惯。我也真笨，就在你们门口跌进雪堆里了……我想，嗨，这一下完蛋了！使出吃奶的劲，叭的一声，头撞到一个硬家伙上。原来是一辆卡车停在门口，被雪盖上了。你们看看，头上老大一个疙瘩！是的，我们区搞得乱七八糟，柳霞同志！

柳霞 是啊，简直是一辆可怕的卡车。大家都被它碰得鼻青脸肿。至于是哪个单位的卡车，谁也不知道。

阿尔希波夫 身体好吗？我听说您的眼睛不太好？

柳霞 是眼镜的关系，尼基塔·阿历克谢耶维奇。别伦杰耶夫答应明天给我另外带一副来。我想，没什么了不起。

阿尔希波夫 其实我是来找您的，加琳娜·谢尔盖耶夫娜。厂长要召开一次小型的技术性会议。正式速记员病了，今天研究的问题又非常重要……

加琳娜 我愿意……

柳霞 您可别让加琳娜·谢尔盖耶夫娜耽搁太久了，否则她连睡觉的时间都没有。她从车间一回到家里，就要整理您的速记记录。

加琳娜 哎，柳霞，看您说的。

阿尔希波夫 （感到惭愧）原来是这样？其实我也想到了这一点。我建议这样办：您转到厂部来当速记员吧……车间里没您也混得下去。

加琳娜 不，我在机械学院念过书，所以我对车间里的许多东西都感兴趣。

阿尔希波夫 我明白。（微笑）那好吧，我把您看作承担额外工作的积极分子吧。对了……我答应的事办到了，我搞到了那张登着你们熟人消息的《真理报》。（掏出报纸）看，这就是他的照片和文章。

加琳娜 柳霞，您看——帕夫利克！

柳霞 帕夫利克？

加琳娜 （念）“帕威尔·图奇科夫。为保卫塞瓦斯托波尔壮烈牺牲。因杰出的医学发明，追授斯大林奖金。”

柳霞 当时还说他没本事，嘲笑他呢。尼基塔·阿历克谢耶维奇，他真是个好人！又好，又可爱。舒拉的朋友当中，我最喜欢他。

阿尔希波夫 这里，柳霞，也谈到了您丈夫。

柳霞 真的吗？我的眼睛痛，真倒霉……您读给我听听，加琳娜·谢尔盖耶夫娜。

加琳娜 （读）“图奇科夫大夫的制剂是苏维埃医学同伤口感染做斗争的一种新型的强大武器。在功勋医生契尔库年科领导下所进行的临床观察表明，这种制剂能迅速清除化脓伤口的细菌和坏死组织。坦克驾驶员大面积烧伤化脓在使用图奇科夫制剂之后，几天之内即可治愈。遗憾的是，年轻医生的过早去世未能使他完成自己的全部探索。因此，继续图奇科夫工作的任务就落在苏联科学家的身上。”

柳霞 关于舒拉的话在哪儿？

加琳娜 就在这儿……（读）“实验医学研究所学术委员会向亚·韦杰尔尼科夫大夫表示感谢。他收集和整理了帕威尔·彼得罗维奇·图奇科夫牺牲后遗留下来的材料。”

柳霞 说得多好：“向亚·韦杰尔尼科夫大夫表示感谢。”郑重其事，对吗？帕夫利克也被尊称为帕威尔·彼得罗维奇，而我连他的父名都不知道。这是给悲痛的母亲一点安慰，对吗？要知道她多盼帕夫鲁申卡出名啊。

［拉夫鲁欣进来。他变了——比过去瘦削和苍白。

（高兴地）米哈伊尔·伊万诺维奇，您终于来了……

加琳娜 你可不太珍惜自己的身体，米沙。

拉夫鲁欣 你们门口埋伏着一辆什么样的卡车啊？你们看看，多大的一个疙瘩……

阿尔希波夫 我的还要大一点。（指着）

拉夫鲁欣 这么说，我们是难友啰……既然这样，我们来认识一下吧。我是拉夫鲁欣，中校军医。

阿尔希波夫 我是阿尔希波夫，尼基塔·阿历克谢耶维奇。在工厂担任党中央代表。（他们握手）您在哪儿打过仗？

拉夫鲁欣 在好多地方都打过。是在沃罗涅什附近离队的。老实说，没抱太大的指望。不过，您看，还是把我给装配起来了，缝得还不错。

加琳娜 在这种暴风雪天气，就更不应该出来。你做完手术就该休息休息。

拉夫鲁欣 休息够了。哎，姑娘们，祝贺我吧，今天我在医院里做了两台手术。

加琳娜 这是怎么一回事？我不明白。你在医院里到底算什么人：医生，还是伤员？

拉夫鲁欣 你知道吗，我们的外科大夫生病了，所以我就说服院长允许我做手术。好像一切都很顺利。大家向我握手道贺。院长笑呵呵。他说，按编制我怎么算你呢？算病人还是算医生？

加琳娜 （笑了）擅自行动，米什卡！……干了这件荒唐事以后，你就应该躺在床上，可你却到熟人家里串门。

拉夫鲁欣 思念妇女界和好茶，这力量，能把大山移走。

柳霞 （向阿尔希波夫）米哈伊尔·伊万诺维奇是我丈夫的同窗好友。他被疏散到我们这儿的医院，这真是我们的幸福。回想起莫斯科和过去的生活，真叫人愉快！您知道，离我们家不远就是糖果点心店，那里卖包子。随便买，只要有钱就行。（微笑）很难相信，对吗？现在这家糖果点心店被炸毁了，我们那幢房子也一样……不知道我和舒拉将来住到哪儿去。我认为，战争结束以后，重建莫斯科至少要二十年。很长一段时期不会有一家糖果点心店。

阿尔希波夫 （含笑望着柳霞）军医同志，您看，我的干部都是些什么样的……特殊的人……

拉夫鲁欣 （笑了）是的，老实说，我不怎么羡慕您。

阿尔希波夫 不过您大可不必这样。从前这里博尔斯克的工厂小得可怜——就像个手工业作坊，两百名左右工人。但是一年半以前从列宁格勒疏散来了第一流的设备。还有这些妇女也来了，她们用自己可爱的、没有经验的双手创造出奇迹……柳辛卡在我们这儿带头干电焊工作，其余的人就跟着她干开了。这些娇嫩的人也在造坦克，这是闹着玩的吗？希特勒没日子过的原因就在这儿！

加琳娜 我过去有个熟人，不可救药，他非常喜欢讲演……所谓习惯就是第二天性。

阿尔希波夫 算啦，别说笑话了……我们走吧。

加琳娜 至少让我把毡靴穿上。

拉夫鲁欣 你们这是上哪儿去？

加琳娜 我们很快就回来……哎，全忘了。你看吧。（把报纸递给拉夫鲁欣）帕夫利克的消息……

阿尔希波夫 您穿暖和点。（低声吟唱）

像神话般永远难忘，

如同诱人的火光……

加琳娜 （披头巾）是啊，要知道这首歌也是说我们的。也许这个夜晚，这场暴风雪，会像神话般永远难忘，如同诱人的火光。要不然就是那个夜晚，一九四二年四月，当第一辆坦克，轧着融雪走出厂门的情景。（沉默片刻）过几年这里大概会建起高楼大厦……我们去年夏天在列宁大街上种的菩提树也将长大成荫。而我们则将远离此地——在莫斯科，这一切都会成为别人的……

阿尔希波夫 对此您感到惋惜吗？

加琳娜 我不知道……大概是的。昨天我在电影里看到莫斯科高尔基大街，哭了起来。喂，您干吗用这种怜惜的眼神看着我？

阿尔希波夫 （微笑）"怜惜"这个词儿用得不太恰当，加琳娜·谢尔盖耶夫娜。我常常羡慕您。羡慕您的顽强精神，羡慕您热爱生活的态度。

加琳娜 （不安地）您大概是在开玩笑吧？

阿尔希波夫 我说的是实话。

加琳娜 在莫斯科的时候，大家都认为我是懒虫，失意的人。

阿尔希波夫 这真是瞎说。

加琳娜 （苦笑）也许，这是您安慰人的方法？阿尔希波夫同志，这个方法对我不会起作用的！……来吧，把我背后的头巾系上，紧一点。就这样。我们走吧，我的话太多。原来它，喜欢讲演的细菌，感染力特强。

［阿尔希波夫和加琳娜走出房间。

拉夫鲁欣 （放下报纸）难道是图奇科夫吗？这个人可做了一番事业！多少士兵的生命将得到拯救……其实舒尔卡是会做到的……这一点我相信。

柳霞 看您说的，米哈伊尔·伊万诺维奇，帕夫利克做事比较认真……

拉夫鲁欣 认真？（微笑）好啦……就算是这样。（停顿）是啊，我羡慕……

柳霞 羡慕帕夫利克？

拉夫鲁欣 现在舒尔卡肯定会继续他的工作。眼下最主要的是不要浪费时间……是的，他注定要干一番伟大的事业。而你，米什卡·拉夫鲁欣，没那运气！

柳霞 （抚摩他的肩膀）别犯愁，您还来得及大干一番。还有许多事情需要做，需要规划。

拉夫鲁欣 （突然激烈地）我应当工作。从明天起，一大早就开始。否则我就完了。您明白吗，柳霞？

柳霞 当然明白。我和加琳娜·谢尔盖耶夫娜也这样想。

拉夫鲁欣 啊，原来是这样？（笑了）您和她做朋友是件大好事。

柳霞 （辩解似的）毕竟是自己人。（沉默片刻）您知道，我多么想念舒拉，真想快点见到他。我只是担心他看见我会大大失望。我邋遢极了，还有，您看，手成什么样了……看起来吓人！从前我多漂亮，尤其是在电报局工作那阵子，又匀称，又漂亮，又可爱，许多人简直感到惊奇。您知道我同舒拉是怎么认识的吗？真可笑！他同一个姑娘约定在电报局门口见面，而她却没有来。他整整等了一小时，气极了……我正好下班走出来，他一见我就爱得发狂。真好笑，对吗？……好啦，别再谈舒拉了，最好来谈谈奥尔加·彼得罗夫娜吧，免得您受委屈。米哈伊尔·伊万诺维奇，很久没有她的消息，请您别伤心。……当然，八个月时间很长，然而现在是在打仗啊，什么情况都会发生……还有，她不知道您的地址，也不知道您负伤了。

［敲门声。走廊里传来女人的声音："柳霞！柳辛卡，您没睡吧？"

邻居叫我呢。（从房间走出，随即返回）您看多好，米哈伊尔·伊万诺维奇……邻居下班回来了，原来她那儿有一封舒拉的信，早上送来的。肯定是说坐哪趟车来。（拆开信封）不行，我的眼睛痛，您念念，米哈伊尔·伊万诺维奇。

拉夫鲁欣 不过，里头也许有私人的事情，柳辛卡……

柳霞 您本来就是自己人嘛……还有，这种信他写起来像文艺作品……（把灯推向他）念吧。

拉夫鲁欣 （念）"柳霞，亲爱的，别了，几个小时以后我就要上前线去……你知道，在我生病的时候，奥尔加救了我，使我获得重生……不，问题不在生命，她使我脱胎换骨——变得好一些，纯洁一些，诚实一些。现在我痛苦地相信，没有她，我将很困难，我活不下去……”（抬眼望着柳霞）

柳霞 （轻声）没什么……您念吧。

拉夫鲁欣 （继续念）“不久前我遇到一个人，他同奥尔加一起在洛佐瓦亚待过……他说，奥尔加受伤了，可能落到法西斯匪徒手里。你要体谅我，我再也不能待在后方了。我感到羞愧难容。这就是我为什么决定抛弃一切离开这里的原因。今天我去看妈妈，但是没有遇见她。结果我们没见着面。你把我听说的事情告诉米沙，转告他，我记得他，爱他。战争把我们抛向四面八方，谁知道，我们是否还能再见面……但是，我决定把真实情况告诉你，因为我再也不愿欺骗人了。别了。吻舒林卡。原谅我。舒拉。”

［拉夫鲁欣念完了。他们久久相对无言。外面暴风雪在怒号。

柳霞 您听见吗，风刮得多厉害？得把二道门关上。

拉夫鲁欣 是的。

［他们又默默地坐着。

柳霞 （毫无表情，平淡地）唉—唉—唉……唉……（沉默片刻）请您什么也别对加琳娜·谢尔盖耶夫娜说，好吗？别让她知道。求您。

拉夫鲁欣 不……我弄不懂。（震惊）你明白吗？！不顾一切地离开……抛弃一切！（轻声）我不懂。

［敲门声。进来一个姑娘，身上裹得严严实实的，脸颊绯红，

心情快乐。

姑娘 您好像就是柳霞·韦杰尔尼科娃？工长叫您到车间去。他有要事找您……

柳霞 好的，我就去，我立刻去……（急忙穿靴子、大衣）

姑娘 （向拉夫鲁欣）暴风雪真厉害，对吗？……简直是马戏团！……我在你们家门口还撞上了卡车，您看，一个大疙瘩……我用雪擦了半天——真是荒唐！您听新闻广播了吗？我们的军队已经攻进顿巴斯了，无线电在广播进行曲……大胜利！

柳霞 我们走吧……快点！（两人下）

［拉夫鲁欣走近广播喇叭，打开，响起军队进行曲。

［拉夫鲁欣默默地站着。

第六场　征　途

一九四五年四月

［夜。德国。几乎被战争毁坏的车站。靠墙有三个睡着的士兵的身影。索尔达坚科夫坐在台中央的木箱上。他是一个上了年纪的满脸胡子的上士。他身旁是一名炮兵，一个身材高大、脸色苍白的青年，手中拿着手风琴，轻轻弹起征途之歌。一个妇女枕着布袋睡在角落里。

［远处大炮在轰鸣。探照灯的灯光不安地在空中巡游。地平线上时而闪起远处战斗的火光。士兵们醒过来。

士兵甲　唉，德国！我在这儿尽做噩梦。

士兵乙　我倒不做噩梦。我梦见了故乡。

士兵丙　那就行了。

［三人又都睡去。

炮兵　（弹手风琴并唱）唉，征途——尘土飞扬，云雾重重……

索尔达坚科夫　（喝茶，吃面包）是啊……俄国的庄稼汉在欧洲游荡，心情并不安宁——他在怀念故乡。

炮兵　（继续弹）我并不是为此悲伤。（中断弹琴，朝战斗进行的方向望了一眼）唉，我没走到柏林。

索尔达坚科夫　你会走到的，炮兵。

炮兵　送我回国了。

索尔达坚科夫　怎么回事？

炮兵　我没用了。

索尔达坚科夫　常有的事。

炮兵　（生气地唱起来）周围大地在旋转……

［士兵们醒来。

士兵甲　炮兵在犯愁了……他的风琴不错。

士兵乙　那不是风琴，是手风琴，笨蛋。

士兵丙　那就让它喂狗去。

［士兵们睡去。传来汽车开近的嘎嘎声。

索尔达坚科夫　你看啊，救护车来了。你治吧，我不想！炮兵，也许你需要？

炮兵 我什么也不需要了。

［韦杰尔尼科夫快步走上月台。他身后是卓伊卡，一个胖乎乎的矮个子卫生员。她背着一支自动步枪，头用绷带包扎着。

卓伊卡 （环视）好端端的一座车站——给炸毁了。

韦杰尔尼科夫 奥德河的渡口在哪儿，上士？

索尔达坚科夫 渡口刚刚在建造，军医同志。明天早上可以建好。

卓伊卡 你别骗我们，步兵老兄……昨天渡口还在使用。

索尔达坚科夫 说得对，聪明鬼。不过，我们老是不得安宁。比如昨天吧，这个小车站还是完好无损的，你看法西斯匪徒把它炸成什么样子了。

韦杰尔尼科夫 这样吧，卓伊卡，我到下面河边去一趟，你在这里等我一下。（下）

［士兵们醒来。

士兵甲 什么响声？别是又来了一批人？

士兵乙 不，那是我们梦见女同乡了。

士兵丙 喂，别嚷嚷啦，中尉命令我们睡觉。（他们睡去）

索尔达坚科夫 （指着卓伊卡包扎着的头）你怎么啦，受伤啦？

卓伊卡 （无所谓地）你造什么谣呀？这是炊事员用大勺子敲的。事实如此，上士。

索尔达坚科夫 哟，你倒挺严肃。

卓伊卡 这一点你可以相信。

索尔达坚科夫　那自动步枪有什么用？

卓伊卡　我们不是在炉子旁边闲聊。

索尔达坚科夫　给你挂上的奖章可太多了点啊！

卓伊卡　奖章是不少，就缺一颗小星星[1]。

索尔达坚科夫（惊叹）要金的？

卓伊卡　次一点的我不要。

炮兵　嘿，看这姑娘。

卓伊卡　过去是姑娘，现在不是啦。

索尔达坚科夫　哎，你的首长身上怎么没有奖章？

卓伊卡　他比我的多一倍。不过他不肯戴。

索尔达坚科夫　那是为什么？

卓伊卡　做手术的时候，奖章碰得直响。

炮兵　真的吗？……

卓伊卡　你知道他亚历山大·尼古拉耶维奇是个什么样的人吗？他亲手救了几千个战士的生命。比如说，你的头被炸掉了，他会给你安上一个：士兵，你可以去干事了。科涅夫元帅亲自吻了他的嘴唇，你懂吗，笨瓜？

索尔达坚科夫　你谈论起他来，有点太热情了。看来你对他有意思。

卓伊卡　有过意思，现在没有了。我哪配得上他！他对我来说，就像远方的星星。（想了一下）确实如此。

1　指金星勋章。

索尔达坚科夫 明白了。这么说，他另有所爱？

卓伊卡 （叹一口气，点点头）她失踪了，三年前的事……也是一名军医。（稍停）天快亮了。（突然跳起切乔特卡舞）唉，妈妈，你为何把我生下来！（沉默片刻）炮兵，弹个伤心点儿的曲子吧。

炮兵 可以啊。（轻轻地弹圆舞曲）

［士兵们醒来。

士兵甲 马上要发生一件奇妙的事情啦。

士兵乙 哪有什么奇妙的事情？

士兵丙 听他胡说……

士兵甲 你们就等着瞧吧……

［三个人又都睡去。

［炮兵继续弹圆舞曲。沉睡的妇女醒来。这是奥尔加。她变化很大。

奥尔加 （低声，向索尔达坚科夫）已经是早晨啦？好像天渐渐亮了。渡口还没修好吗？

索尔达坚科夫 没有。您睡吧，别担心。一有情况我会叫醒您的，一定照我答应的办。

奥尔加 谢谢。（把军大衣盖到身上）今天夜里好冷。天空却是晴朗无云。明天一定是个大晴天。（转身睡去）

炮兵 （把手风琴放到一边去）行啦，弹够了……（走到卓伊卡身边）您运的是伤员？

卓伊卡 （点头）从勃拉肯堡运来的。

炮兵 您谈谈，那儿的情况怎么样？

卓伊卡 部队正冲向柏林。看样子，战争快结束了，炮兵。

［韦杰尔尼科夫返回。

韦杰尔尼科夫 渡口再过一小时才能修复，只好等啦。绕道太远了。你到车子那儿去，卓伊卡，叫他们开到树林里去，这里常常遭到轰炸。

卓伊卡 是……（跑步下）

索尔达坚科夫 请坐到我们这儿来，军医同志。您不用点茶吗？

韦杰尔尼科夫 你给倒一杯吧。（停顿）你早就在打仗吗？

索尔达坚科夫 从一九四二年七月起。

韦杰尔尼科夫 同我们这一行打过交道没有？

索尔达坚科夫 怎么没有呢！我当时情况很严重，我以为会丢掉两条腿。谢天谢地，多亏图奇科夫大夫的制剂救了我。

炮兵 关于这种制剂，我在医院也听说过。据说是一种了不起的药。

索尔达坚科夫 确实如此。不过这种制剂不是在所有的情况下都起作用。就拿我们医院来说，瓦季科夫准尉害坏疽病。是呀，当然也给他的感染伤口敷了点这种制剂。可是他，那个准尉，因为出血过多死了……

韦杰尔尼科夫 （忧郁起来）要知道，上士，这种制剂只在个别情况下对坏疽病有效……

索尔达坚科夫 他怎么，这个图奇科夫大夫，没把自己的制剂改进一下？

韦杰尔尼科夫 （沉默片刻）他……图奇科夫大夫，在战场上牺牲了。

索尔达坚科夫 （轻声地）明白了，人死了，没有办法。那么，别的医生怎么样呢？

韦杰尔尼科夫 气性坏疽病不是闹着玩的，上士。不过，只要有时间，也能制服它。

索尔达坚科夫 是啊，如果想一想，战争对你们这一行来说，是一场伟大的实践。

韦杰尔尼科夫 不过岁月在流逝，一去不回头。我在世上漂泊半生，终于明白了——在生活中，如同在战场上一样，不能独来独往。（沉默片刻）我特别思念母亲，上士。我们曾经住在一座城市里，却很少见面。现在想起这一点，就觉得可怕。我怎么能那样生活……（沉默片刻，然后拿起索尔达坚科夫面前放着的一块镜子碎片，照着自己）是啊，老啦……岁月不饶人。小时候我想，日子不是无形地消逝，而是到一个什么地方去了，在那里过着自己稳定的生活。（沉默片刻）日子都到哪里去了，上士？

索尔达坚科夫 它们能到哪儿去呢？它们就在这里，在我们身边。过得有意义的日子，我们就是死了，它也还是活着。（沉默片刻）看吧，战争一结束，我们的生活会更严酷。（庄严地）对活下来的人，现在要提出特殊的要求。

韦杰尔尼科夫 你这样看吗？

索尔达坚科夫 我有七个好朋友在这场战争中牺牲了。难道说您认为，他们献出了自己的生命，是为了让我高卧享乐，酒醉饭饱吗？您以为他们是为这种前景去死的吗？

韦杰尔尼科夫 那么，你说怎么办，中士？

索尔达坚科夫 军医同志，我们不是用猪肉罐头去赎买法西斯的，而是在公开的战斗中消灭他们的。就因为这一点，千百万人都寄希望于我们。只要地球上还有痛苦，我们就不能安心。

炮兵 这句话说到点子上了。

［卓伊卡出现在月台上。她在略远的地方站住，严肃地望着谈话的人。

韦杰尔尼科夫 你来这里有事吗？

卓伊卡 没有事。

韦杰尔尼科夫 坐下喝茶吧。上士请客。

卓伊卡 （走近）那就倒上吧。

索尔达坚科夫 您这位卫生员很严肃。

韦杰尔尼科夫 宠坏了。

卓伊卡 是的，对我的宠爱就是爬到枪林弹雨里去。（喝茶）你怎么喝这种淡而无味的茶，步兵老兄？

韦杰尔尼科夫 我的副官爱发脾气……我受她的罪已经一年多了。

卓伊卡 您等着吧，等您见到您的小星星，我就把您完好无损地交给她，然后就永别了，您再也见不着卓伊卡·托洛孔采娃的影子啦！……喂，来一段悲伤的曲子，炮兵！

炮兵 来一段就来一段。（又弹圆舞曲）

索尔达坚科夫 军医同志，我听说您的女朋友失踪了？

韦杰尔尼科夫 （转身向卓伊卡）又乱扯出去了。

索尔达坚科夫 军医同志，您别失望……您逢人便问。战场上比哪儿都容易见面。人们都以为被打死了，可是却还活着。您看，那位妇女睡在那儿。说不定有人以为她被打死了，可是她却活着。

韦杰尔尼科夫 那是谁？

索尔达坚科夫 普通的女人。被德国人俘虏过。后来跑到游击队那里去，接着便在德军后方搞侦察。几年来被列入失踪人员名单，现在，您看，像您一样，在等着过河到对岸去。

[炮兵继续弹奏。韦杰尔尼科夫慢慢走向奥尔加，悄悄地跪在她的面前。

卓伊卡 您笑什么，亚历山大·尼古拉耶维奇？

韦杰尔尼科夫 （看着奥尔加）多好看的脸蛋啊……不过瘦得很厉害。并且像奥尔加。有一点点像。

炮兵 （结束演奏）够了，音乐使我伤心，没劲弹。

[停顿。

韦杰尔尼科夫 哎，该走了。卓伊卡，我们走吧。

卓伊卡 谢谢你的茶，步兵老兄……再见，炮兵。（下）

韦杰尔尼科夫 （返回索尔达坚科夫身旁）我的烟卷灭了，让我对个火，上士。

索尔达坚科夫 哎，别动，军医同志。（仔细听）德国鬼子飞来了。

[全体停止谈话。听得见轰炸机飞来的隆隆声。

它马上要炸渡口了……

炮兵 （推醒奥尔加）空袭……空袭了！……

［渡口处高射炮射击声。

索尔达坚科夫 趴下来，明天就是胜利，死了没意思！

奥尔加 （莫名其妙地望着韦杰尔尼科夫）舒拉！……舒拉！……

［高射炮声大作。听得见轰炸机俯冲渡口的声音。

韦杰尔尼科夫 奥尔加！……

［奥尔加跪在地上，双手伸向他。他奔向她，拥抱，倒下来，似乎用自己的身体掩护她避开子弹。飞机停止俯冲，隆隆声随即远去，出现令人难以置信的寂静。

索尔达坚科夫 （站起来，抖去身上的土）又活下来了……真难相信！

［韦杰尔尼科夫慢慢抬起身子，仔细打量着奥尔加。

奥尔加 我亲爱的……

［韦杰尔尼科夫捧起她的头，温柔地吻她的双唇。士兵们醒来。

士兵甲 不打架，哪儿来的响声。

士兵乙 听我说，米什卡，我梦见好像我们被打死了。

士兵丙 瞧你说的！多稀奇。

［三人又全都睡去。

炮兵 （向索尔达坚科夫）下边有人在叫喊，我去看看。（走向渡口）

索尔达坚科夫 （向韦杰尔尼科夫走去）瞧，我说得怎么样？您看，见面了，军医同志。

韦杰尔尼科夫 （向奥尔加）我本来没认出你，差一点儿走了。你睡着的时候，你的脸显得非常陌生……这绺头发也灰白了。（瞧着她，还不相信这不是一场梦）我的命根子……

［炮兵从渡口上来，卓伊卡躺在他手上。

炮兵 （把卓伊卡放到地上）完了，军医同志。

韦杰尔尼科夫 （俯身看她）卓伊卡……

卓伊卡 （轻声）你们见面了，亚历山大·尼古拉耶维奇？好啦，永别了。过去有个卓伊卡——现在没有了。（死去）

索尔达坚科夫 死的死，活的活。

［沉默。

韦杰尔尼科夫 （低声）对活下来的人，现在要提出特殊的要求。是这样的吗，上士？

—— 幕落 ——

第四幕

第七场　归　来

一九四五年五月

［索科尔镇。拉夫鲁欣家房子前一座不大的花园，一堵围墙同邻居的花园隔开。深夜时分，满天星斗。从邻居亮着灯光的窗户里传出无线电的声音——红场的钟声。便门开了，奥尔加和韦杰尔尼科夫提皮箱进门。

奥尔加　窗子里一片漆黑。大概睡了。

韦杰尔尼科夫　十二点……你听，克里姆林宫的钟响了！

［他们手牵着手，倾听远处的钟声。

奥尔加　我们真的到家了吗，舒拉？

韦杰尔尼科夫　（稍停）一切都可能。

奥尔加　（悄声）我去敲门。

韦杰尔尼科夫　（也轻声地）你不害怕吗？

奥尔加　（沉默片刻）我们对米沙说些什么呢？

韦杰尔尼科夫　都告诉他。（快步跑上台阶，敲门）

奥尔加　难道……一个人也没有？

韦杰尔尼科夫　（用手电筒照门）门上挂着锁。（坐到台阶上）

奥尔加 （沉思地）奇怪。我常常想象自己归来的情景，结果全不对头。完全不对头。

韦杰尔尼科夫 （抓住奥尔加的手，温柔地拉她坐在身旁）谁叫你不听我的话。我们本该从车站直接到妈妈家去的……（微笑）我真希望你们能做好朋友。

［奥尔加温情地拥抱他。

我和你，真像两个流浪儿……

奥尔加 为什么？

韦杰尔尼科夫 我有这样的感觉。

奥尔加 你在想什么？

韦杰尔尼科夫 想我们的房子。你看，我用树枝在地上画了一个。你喜欢吗？

奥尔加 喜欢。（笑了）大门特别漂亮。

韦杰尔尼科夫 这座房子在哪儿，奥丽娅？

奥尔加 不知道。（指着画）就在这儿……别的任何地方都没有……（瞧着韦杰尔尼科夫）你总是在想柳霞和舒拉奇卡……想她们的情况怎么样……对吗？

［韦杰尔尼科夫默默点头。

我也是……（轻声地）你知道，在战争中我常常想——难道我们会再见面吗？当时觉得这是多大的幸福啊！可是现在，我们终于在一起，却……

韦杰尔尼科夫 你已经不觉得这是幸福了？

奥尔加 （绝望地）别说啦！我们互相寻找，花了多少时间啊。现在总算找到了。（握紧他的手）其余却一无所得。对吗？

韦杰尔尼科夫 大概是的。

［听得见邻居的房子里有人在低声唱歌。韦杰尔尼科夫警觉地仔细听着。

奥尔加 你怎么啦，舒拉？

韦杰尔尼科夫 一首曲子……记得在我们医院里有一个少校唱过。（稍停）后来他死了。（咬紧牙）死于坏疽病。（热切地）你知道，人死了，可是他死前的眼睛……目光……这些在记忆中是磨灭不了的。怎么也磨灭不了。

奥尔加 你认为他的死你有责任？

韦杰尔尼科夫 也可以这样认为。

奥尔加 可以有别的看法吗？

韦杰尔尼科夫 可以。正因为这样才更不幸。

［歌声沉寂。

少校不唱了。（双手抱着头）

奥尔加 （温柔地）舒拉……

韦杰尔尼科夫 （迅速地）是的，是的，要工作！结束两年前中断的工作。要是你知道我现在是多么需要米海伊就好了。见鬼，我老得太快了！已经三十出头——青春早已逝去……（停顿）不！就让一切，一切从头开始吧。

奥尔加 （轻声地）好的。不，这样孤零零地坐着太蠢，半夜三更，在花园里……我们到邻居那里去打听一下，我们的人都在哪里。也许他们到别的地方去了。

韦杰尔尼科夫 走吧。

[他们走进邻家院子。街上传来说话声。然后便门打开，塔霞姨妈、尼娜、拉夫鲁欣和加琳娜走进花园。

拉夫鲁欣 （看表）十二点多了。我们游来荡去的，真像个夜游神。

塔霞姨妈 要是我处于尼娜的地位，我根本就不会去睡觉！找一辆马车，或者像现在所说的，找一辆维里斯小汽车，在莫斯科兜风，一直兜到天亮。不管怎么说，她谢了十四次幕！

拉夫鲁欣 我们马上就来庆贺这件事。蛋糕和香槟酒已经准备好了。我们要一直乐到天亮。

塔霞姨妈 亲爱的，我到厨房去。否则你们要等一辈子才能喝到茶。唉，这些现代化技术，例如煤油炉之类，可把我害苦了。

尼娜 我帮您搞，姨妈。

塔霞姨妈 用不着。（走进房子）

加琳娜 尼娜，我可以吻您一下吗？（紧紧吻她）您今天演得好极了……我有这样一种感觉，就好像您在某个重要问题上，帮了我一个大忙。

尼娜 （难为情地笑了）您这样夸奖我，我都要脸红了。谢谢……多好啊。是吗，米沙？（沉思地）你们知道，我今天总是在想谁？想帕夫利克……他看过我在《没有陪嫁的女人》里演茨冈女郎，而今天我演主角拉莉莎。亲爱的帕夫利克……（沉默片刻）我去

躺一会儿。好像成绩冲昏了我的头脑，这不是比喻，头真的昏了。（下）

加琳娜　你知道，我认为她是个奇才。年纪轻轻的却演得这么逼真。

拉夫鲁欣　是啊……遗憾，奥尔加没能看到她演出。

加琳娜　你不相信奥尔加会回来？

［停顿。

拉夫鲁欣　舒尔卡还是没有信来？

加琳娜　一个字也没有。

拉夫鲁欣　柳霞肯定在担心。

加琳娜　她不谈这件事。她从来不诉苦，不哭鼻子，总是一个人待着。她的邻居想追求她，请她去看电影。柳霞打了他一个耳光，然后自己关在屋里，打电话把我叫去……后来这个倒霉的米金卡向她赔了三个星期的不是。

拉夫鲁欣　（微笑）我觉得你爱她。

加琳娜　（稍停）我们在一起工作和生活了两年。那是奇妙、幸福的时光……

拉夫鲁欣　你别是思念搏尔斯克吧，加琳娜·谢尔盖耶夫娜？

加琳娜　有点儿……不过这一切都很荒唐，米什卡！（热切地）在博尔斯克那里，我觉得自己是个有用的人。而在这里，又是一个人……可以说单独同打字机相处。就好像让我重度过去的生活！

拉夫鲁欣　（笑了）那好吧……你还是到阿尔希波夫同志担任党中央代表的那个工厂去吧。

加琳娜 阿尔希波夫……（沉默片刻）正好，他明天来。

拉夫鲁欣 （哈哈大笑）你这话说得真妙——“正好”。这样吧，你把他带到我们这儿来，一起吃午饭。

加琳娜 我一定告诉他，但是……（看了看表）哎呀，我得赶快跑！地铁还有六分钟就要关闭了。（跑向便门）

拉夫鲁欣 他几点钟来？

加琳娜 （转身）早上七点。有什么事？

拉夫鲁欣 正好。现在我正好明白了你为什么急着上地铁。

加琳娜 看你这个傻瓜！（跑下）

拉夫鲁欣 （笑呵呵地）明天见！……

[拉夫鲁欣注意听邻居房里传来的音乐声，点燃烟斗。韦杰尔尼科夫出现在花园里。拉夫鲁欣从长凳上站起来。他们无言地对视了一会儿。

是你？

[韦杰尔尼科夫默默地把手伸向拉夫鲁欣。

我们多久没见面了？

韦杰尔尼科夫 差不多有五年……记得吗，你同奥列格从纳里扬－马尔来过，我们一起迎接过一九四一年的元旦，是吗？

拉夫鲁欣 是的。（看着他的勋章和奖章）哎哟，你的真不少！……（沉默片刻）你为什么那么久不写信？这里大家都在替你担心。你到家里去过吗？

韦杰尔尼科夫 家里？（一下子没弄明白指什么）我是直接从车站

来的……

拉夫鲁欣 柳霞现在住在你母亲家里。

韦杰尔尼科夫 是吗？（停顿）她们的情况好吗？

拉夫鲁欣 住得有点挤，不过好像挺和睦。不久前我去过她们家。（谨慎地）你知道吗，你母亲心脏血管硬化。她发过一次病，柳霞来找过我。

韦杰尔尼科夫 硬化？……严重吗？

拉夫鲁欣 （温和地）她身体很不好……（停顿）你最后一次看到她是什么时候？

韦杰尔尼科夫 我？等等，让我想想……奇怪——五年多了。

拉夫鲁欣 光阴不饶人啊，舒拉。

［长时间沉默。

你说，你为什么不给我回信？你记得吗，一年前我向你要过帕夫鲁欣论文的底稿。

韦杰尔尼科夫 底稿没什么意思，米沙。

拉夫鲁欣 没什么意思？

韦杰尔尼科夫 我是自力更生搞这种制剂的。万事俱备，只缺最后一个环节。我就是在帕夫利克的日记里找到了一句话，这句话使我得到正确的解决方法。

拉夫鲁欣 这么说，制剂的作者不是帕夫利克，而是你？

［韦杰尔尼科夫不吭声。

原来这样。我当时首先想到的就是这一点。把自己的成绩算到别人头上。为什么要这样呢？（停顿）是怜悯帕夫利克的母亲吗？

韦杰尔尼科夫 是的。（稍停）如果把真情都说出来，那么这不是主要的，米沙。（热切地）你知道吗……我扪心自问，我明白自己有愧于奖励。因为我没能一个人解决全部问题。全部，自始至终！我觉得这不是彻底的胜利——你明白吗，米什卡？

拉夫鲁欣 （轻声地）这一下我们谈到点子上来了，舒拉。（沉思地）你总想一个人干出来。谁的帮助都不要——是这样吗？（停顿）喂，你干吗不说话？你打仗归来胸前的勋章闪闪发光，却不吭声？你在战场上是在捍卫什么？我们的苏维埃生活方式！为了它你才奋不顾身。好吧，在那儿奋不顾身，而在这里呢？你自己却破坏了它的法则。这就是你的第一条罪状，韦杰尔尼科夫！

韦杰尔尼科夫 还有第二条吗？

拉夫鲁欣 （激烈地）你怎么能放弃自己的……自己的东西！是你自己孕育出来的东西。你的思想！我当时羡慕你，羡慕死了，这样伟大的工作落到你身上，可是你……

韦杰尔尼科夫 是的……现在只有一种赎罪的办法——完成这项工作。我一定要做到——我向你保证，米舒克。

拉夫鲁欣 你记得我那封谈到原稿的信吗？是这么回事：我决定继承帕夫利克的事业，找到能够治疗最严重的坏疽病的制剂。一年前我在实验医学研究所开始了这项工作。

韦杰尔尼科夫 （稍停）好啊，现在这项工作进行到什么阶段？

拉夫鲁欣 通过长期的探索，我们改变了药物，找到一种毒性较小的成分，可以注射到病人的肌肉里。

韦杰尔尼科夫 （急不可耐）说下去！

拉夫鲁欣 实际结果是——十例中的八例，伤口完全愈合，不需要进行外科手术。

韦杰尔尼科夫 你……你做到了这一点？（沉默一阵子，然后拥抱拉夫鲁欣，使劲地吻他）

［奥尔加出现在花园。

奥尔加 （低声）你好，米沙。

拉夫鲁欣 （转身，长时间地，似乎不明白是怎么回事，望着她）你还活着？

奥尔加 你看，我回来了。

拉夫鲁欣 （轻声地）我对谁都没说我相信……甚至对尼娜也没说。我一直非常担心。你为什么这样晚才来？

奥尔加 难道舒拉没对你说？

拉夫鲁欣 舒拉？

奥尔加 我们是一起来的。

拉夫鲁欣 （稍停）我明白了。

［沿围墙隐约闪过一个人影，便门打开，柳霞跑步进入花园。她衣着不整，头上披着一条别的老太婆用的头巾。她看见拉夫鲁欣后，扑向他。

柳霞 米申卡，我又来找您了，舒拉的妈妈病情很重，帮帮我们吧，米沙！

韦杰尔尼科夫 什么事?

柳霞 （走到他身旁，小心翼翼地用一个手指碰碰他）舒林卡……

韦杰尔尼科夫 （抓住她的双手）带我去……快点！我们走！走，柳霞!

[他们沿花园跑去。远方某处雷雨声响。

第八场 活下来的人

[次日清晨。白雾茫茫。雷雨已过，然而还在飘落最后的雨滴。听得见无线电广播早操课的声音。

[便门打开，韦杰尔尼科夫沿花园走向拉夫鲁欣的房子。他没戴帽子，军大衣披在肩上。他看了看窗户，意识到时间太早，房子里的人还没有起床。但是他无处可去，只好站在房子前淋雨。

[柳霞跟着韦杰尔尼科夫走进花园，她手上拿着他的帽子。柳霞在衣袋里摸了一阵子，掏出眼镜，戴上，走近韦杰尔尼科夫，小心翼翼地用手拉拉他。

柳霞 你看……你的帽子掉了。我在后面拾到的。

韦杰尔尼科夫 谢谢。

柳霞 我担心你出事。（停顿）大概你被雨淋透了。已经是早晨了，你还在走啊走的。

韦杰尔尼科夫 没什么。

柳霞 你别为了她的死而责备自己。已经晚了，你也帮不了什么忙。你没有过错，舒拉……

韦杰尔尼科夫 （苦笑）可能是的。

柳霞 你……在笑？

韦杰尔尼科夫 不。（沉默片刻）你早就住在妈妈家？

柳霞 三个多月了。疏散回来以后就搬去的。我们生活得十分愉快，下班后一块儿吃饭、听无线电、打扑克……等待你的来信……不过就是没信来。

韦杰尔尼科夫 （沉默片刻）你的手为什么这样粗糙？

柳霞 我做过电焊工，我写信告诉过你。你知道，这种活多难做，难极了。（望着他）你怎么啦，舒拉？

［韦杰尔尼科夫奇怪地低下头，好像在鞠躬，甚至好像想跪在她面前。

舒林卡……

韦杰尔尼科夫 （轻声）我走了。我需要一个人待一会儿。别担心。一切都会过去的。（下）

［柳霞望着他的背影。奥尔加从房里出来走到台阶上。

奥尔加 柳霞！

柳霞 （回头看看，长时间望着奥尔加）您好。

奥尔加 舒拉呢？

柳霞 （指着街上）您看，他刚走……

奥尔加 舒拉的妈妈……去世了？

柳霞 是的。（停顿）舒拉来迟了一步。他没给她服任何药——什么也没给。他说他非常爱母亲。（沉默片刻）可是母亲还是去世了。

奥尔加 舒拉到哪儿去了？

柳霞 哪儿也没去。他在街上随便走走，老是在想些什么。他已经走了好久了，有四个钟头。（解释）是的，他不知道今后该怎么办。

［奥尔加沉默无语。

您的变化可不小，我几乎认不出您来了。（稍停）您看，到头来是这样。

奥尔加 是啊。

柳霞 舒拉都告诉我了……谈到您被俘和您在德军后方的情况……您吃了许多苦。

奥尔加 （沉默片刻）这些年您的生活大概也很困难吧，柳霞？

柳霞 怎么说呢，第一，我不是一个人——许多人都十分关心我。比如，阿尔希波夫 - 尼基塔 · 阿历克谢耶维奇。我在坦克厂工作过。自然，这不是接收电报，完全是另外一种玩意儿。不过，很清楚，同您相比那些都算不了什么。

奥尔加 干吗去回想呢！——过去的工作已经结束了。柳霞，新生活开始了。

柳霞 是的，是的……只希望别再打仗了，对吗？这个问题我现在想得很多。因为看见了许多痛苦。非常希望各国人民今后不再受苦了，对吗？

奥尔加 您的眼睛怎么啦？您为什么戴眼镜，柳霞？

柳霞 没什么，随便戴戴。（停顿）好了，我该走了……再见。

奥尔加 柳霞！

柳霞 （转身）什么事？

［奥尔加跑到她身边，欲言又止，低下头来。

（轻声地）别这样。因为您没什么过错。难道您不应该得到幸福吗？（自豪地）您别担心，我不会妒忌的……我现在不是个可怜虫。（跑步下）

奥尔加 怎么办呢？和我想的都不一样，都不一样！

［塔霞姨妈从街上走来，拉夫鲁欣从房子里走到台阶上。

塔霞姨妈 是你吗，奥尔加？今天《共青团真理报》有一篇报道尼娜的文章……很称赞她呢。（笑了）是呀，这一下我可以瞑目了，我的理想实现了。

奥尔加 （抓住她的手吻，轻声说）姨妈，亲爱的……

塔霞姨妈 是啊，是啊，我们又在一起了！战争结束了，最困难的日子过去了。

拉夫鲁欣 您这样认为吗？（吻塔霞姨妈）

塔霞姨妈 当然啦！就怕美国人搞什么名堂。还有那个杜鲁门……他是一个非常不可信的人物。不是吗，米沙？

拉夫鲁欣 （微笑）看来是的。

塔霞姨妈 我把报纸放到尼娜的枕头下面。看，太阳出来了！幸福的一天到了！（下）

拉夫鲁欣 （稍停）柳霞来过这儿？

奥尔加 是的。舒拉的妈妈夜里去世了。

拉夫鲁欣 他在哪儿？

奥尔加 我不知道。（停顿）在火车上还觉得很简单的事，今天却……

塔霞姨妈 （走到台阶上）尼娜醒了，在看报。她心情十分平静。十分平静。

［阿尔希波夫从街上走进便门。

阿尔希波夫 （笑着，有点难为情）喂，接待客人吧，米哈伊尔·伊万诺维奇。

拉夫鲁欣 尼基塔！哎呀，是你，我亲爱的！（拥抱他）

阿尔希波夫 我来得这样早，你不感到惊奇吗？你知道，是件重大的事。加琳娜·谢尔盖耶夫娜还没来？

拉夫鲁欣 认识一下吧。这位是纳斯达西娅·弗拉基米罗夫娜，这片领地的女主人。这位是奥尔加，你不止一次听到过大家谈起她。

阿尔希波夫 （含笑）有幸听说过……（握她的手）

拉夫鲁欣 这位是阿尔希波夫，尼基塔·阿历克谢耶维奇。所谓的后勤之神。此外，是个伟大的人，像某些人所断言的那样。其中包括加琳娜。

阿尔希波夫 （乐呵呵地）唉，你可真厉害，大夫！

奥尔加 有人向我谈了不少您的情况……柳霞·韦杰尔尼科娃谈的。

阿尔希波夫 （高兴地）柳辛卡？嗯，你们知道，她是我的掌上明珠。

她现在情况怎么样？在工作？还是在学习？

拉夫鲁欣 她准备考机械学院。这个主意原来好像是你出的？

阿尔希波夫 是的，真盼望这样好的一位女同志能得到幸福。她谈起自己的丈夫是那么愉快，怀着一种异常的爱！听了她的谈话，就会感到自己太差劲：为什么你这个傻瓜还是光棍一条！（向奥尔加）顺便问一句，他从前线回来了吗？

奥尔加 （沉默片刻）回来了。

阿尔希波夫 那就祝他们和睦相爱。咳，你们为什么不吭声？

奥尔加 （迅速地）我……我去烧茶。（走进房子）

塔霞姨妈 但是你一点也不会用我们的煤油炉。唉，它还是那样调皮和活泼。（跟着奥尔加下）

阿尔希波夫 （轻轻地拍一下拉夫鲁欣的肩头）好了，她，你的奥尔加，总算找到了……（笑嘻嘻地）幸运儿！

［加琳娜快步走进花园。

加琳娜 早上好，米舒克！（看见阿尔希波夫）您已经来了，尼基塔·阿历克谢耶维奇？

阿尔希波夫 正如您所看见的——我急了点。党中央提前放我假了。您笑什么？

加琳娜 （愉快地）我不知道。（停顿）

拉夫鲁欣 她笑得正是时候。

阿尔希波夫 什么？我不明白……

拉夫鲁欣 我把你们俩留在这儿。我觉得这样做并不会使你伤心……

这样做正好。（走进房子）

加琳娜 （对着拉夫鲁欣的背说）去你的吧！（沉默片刻，向阿尔希波夫）您的事怎么样？

阿尔希波夫 好得很……好像是这样。

加琳娜 （稍停）尼基塔·阿历克谢耶维奇。我应当对您说几句非常严肃的话。

阿尔希波夫 我听您说，加琳娜·谢尔盖耶夫娜。

加琳娜 我本想昨天上午就告诉您的，但是下不了决心。是这样的，我……总之，我应当回博尔斯克。不，您别打断我，我想全说出来，您对我来说，无限宝贵。亲爱的尼基塔·阿历克谢耶维奇……但是问题不在这儿！博尔斯克是我了解人们价值的城市，其中也包括自己的价值。这一点不是小事。总之，我下定决心回到您那儿去。一辈子，您明白吗？

阿尔希波夫 （非常激动）明白……啊，不明白。（停顿）您打算在工厂做什么？

加琳娜 我想回到设计处去。以后嘛……再看情况。（停顿）

阿尔希波夫 加琳娜·谢尔盖耶夫娜，问题在于我不到博尔斯克去了。我要留在莫斯科学习，这是干部部刚刚通知我的。

加琳娜 （不知如何是好）不，您等等……

阿尔希波夫 确实是这样。我到这儿来的路上一直在想，现在我和您可以常常见面了。

加琳娜 那，这个情况……一点儿也不能改变吗？

阿尔希波夫 （含笑地）亲爱的加琳娜·谢尔盖耶夫娜，党中央干部部比谁都清楚，我需要不需要学习。我个人是这样看的。

加琳娜 （沉默片刻）您在这儿学习，要学很久吗？

阿尔希波夫 半年以后我再回博尔斯克。他们是这样答应我的。

加琳娜 您要学个“优秀”才好，免得我在博尔斯克替您难为情。我也努力使这半年不白白浪费掉。

阿尔希波夫 不过还是有点伤心。

加琳娜 有什么办法呢，亲爱的尼基塔·阿历克谢耶维奇，我照您的教导办。

阿尔希波夫 总之，我这是……自找烦恼。

［两人一起哈哈笑了。

加琳娜 没什么，我在莫斯科还要待一个星期……我们去玩玩！（又笑了）您记得吗，每逢星期六您的老木工们就说：“嘿，阿尔希波夫，我们去玩玩！”

塔霞姨妈 （出现在台阶上）尼基塔·阿历克谢耶维奇，等您就座呢。简直不可思议，水总算开了。

阿尔希波夫 这真是叫人高兴的消息！特别是对无家可归的饿汉。走吧，加琳娜·谢尔盖耶夫娜。（走进房子）

塔霞姨妈 （拉住加琳娜）惊人的乐天派！他使我想起演员穆拉托夫演的卡尔·莫奥尔，强盗的首领[1]。当时我爱上了他，可是他却去

1 德国伟大诗人、戏剧家席勒的名剧《强盗》的主人公。

撒马尔罕了。聪明的男人总是笨头笨脑。（跟着阿尔希波夫下）

［加琳娜也想走进房子，但是奥尔加出现在台阶上。

加琳娜 （看见她）奥尔加……是您吗？

奥尔加 您好，亲爱的……（吻加琳娜）真奇怪——好像大家都怕我似的。

加琳娜 不是的，不过……昨天夜里就在这条长凳上，我和米沙还谈到您，并且……

奥尔加 并且不相信我还活着？可是，您看，我在这儿！不，不，以后再谈我自己。还是让我先来看看您。您完全变了样，十个人的幸福都落到您身上了！……

加琳娜 （笑了）我的天，难道这么明显吗？

奥尔加 从眼神里看得出来……

加琳娜 您知道，奥丽娅，我今天有一种感觉，好像从山上坐雪橇往下滑——气都喘不过来，可我什么也不怕！……我甚至不想隐瞒自己是多么幸福。您看，滑到什么地步了……哎，现在您谈谈吧，您的情况怎么样？您是什么时候回来的？

奥尔加 我们是昨天来的……天已经晚了。（沉默片刻）我不是一个人来的……我和舒拉，（轻声地）一起来的。

加琳娜 （长时间沉默以后）奥尔加，你们……

奥尔加 是的。（几乎尖锐地）我爱他。您早就猜到了。从那时候起，已经过去六个年头……战争的年代，东奔西跑，生离死别，又是东奔西跑！……我们终于在一起了。这一天我们等了几年，却……（绝望地）帮帮我吧，我不知道该怎么办。我有一种感觉，好像我夺了别人的东西……别人的，不是我的。

加琳娜 您离开这里吧。今天就走，立刻就走！

奥尔加 不，不……

加琳娜 记得您有一次说过，爱上一个人就意味着帮助他，教会他生活，挽救他。如果是这样的话，您真的帮助他脱了胎换了骨，那他和您在一起不会幸福的。

奥尔加 这样太残酷了。

加琳娜 真理往往是残酷的。（苦笑）然而它总比好心的谎言好。

奥尔加 是的……

加琳娜 至于舒尔卡的未来……您不必担心。因为柳霞……她完全变样了。她那颗小小的心房充满了善良、温暖、可爱的机灵……她对舒尔卡来说，是非常宝贵的，舒尔卡未必配得上这样一个宝贝。

奥尔加 （稍停）谢谢您。

加琳娜 为什么？

奥尔加 您太狠心了……就为了这个谢谢您。

拉夫鲁欣 （从房里走出来，向加琳娜）你快到阿尔希波夫那儿去吧。他的样子真可怜：总是四处张望着寻找呢，可怜人。对他来说，甚至塔霞姨妈也代替不了你，加琳娜·谢尔盖耶夫娜……

［加琳娜什么也没回答拉夫鲁欣，默默地走进房子。

［拉夫鲁欣注意地望着她的背影，然后走近奥尔加，把手放在她的肩上。

哎，你干吗不说话……小妹妹？

奥尔加 （转身对着他）米申卡……（拥抱他）我应当离开这里。（停顿）

拉夫鲁欣 你想离开舒尔卡？（沉默片刻）我理解什么东西使你痛苦，但是，你们相爱着……你再考虑考虑，奥尔加。

塔霞姨妈 （从房子里走出来）你们的表现真好，没话说。自己走了，把客人扔下不管。（笑了）不过，好像我们不在，他们也有话说。（走上街）

奥尔加 我今天就应该走。现在就走。

拉夫鲁欣 （稍停）你想上哪儿去？

奥尔加 到纳里扬－马尔去，找奥列格。

拉夫鲁欣 随你便。（望着奥尔加）你收拾东西吧——我去想办法搞车票。

奥尔加 我只带必需品，其余的东西你以后给我寄来。

拉夫鲁欣 （轻声地）好吧。

奥尔加 （轻轻拉他的手）由于我……你现在很不幸。

拉夫鲁欣 无论什么事你都不要责备自己，听见吗？真正的感情，即使是单方面，也会使人幸福……这就是分不开你我的原因。你是照亮我一生的光辉……直到最后。

奥尔加 （非常轻地）好米什卡……

拉夫鲁欣 （稍停）我叫辆汽车来……（走进房子）

塔霞姨妈 （从街上走过来，捧着一大束花）好啦，看，花有

了！……是法学院学生送给尼娜的……这些未来的检察官们听说尼娜·彼得罗夫娜在家，放下花就溜了。（走进房子）

［韦杰尔尼科夫从街上走进花园。奥尔加看见他，想离开，但是她缺乏勇气这样做，于是低声呼唤他。

奥尔加　舒拉……

［韦杰尔尼科夫走到她身边。

我知道妈妈的事……

韦杰尔尼科夫　不过别说我没过错。这不是真话。

奥尔加　我明白，你很痛苦。但是这种心情不应当摧毁你，听见吗？工作吧。记着，你要完成你的制剂研究工作。

韦杰尔尼科夫　米沙已经完成这件事了。

奥尔加　米海伊尔？

韦杰尔尼科夫　他成功了。（苦笑）你知道，我以前以为自己是唯一的能人。又犯了一个错误。我犯的错误太多了，奥莲卡。超过规定的数字。现在我无权再犯任何错误了。

奥尔加　是的，战争结束了。但是，看来最困难的事现在才开始出现。我们要像战争中那样生活，那样诚实和圣洁。

韦杰尔尼科夫　（轻声地）对活下来的人，现在要提出特殊的要求。你记得吗？

［停顿。

奥尔加　你军大衣上的扣子要掉了……（摘下扣子）给，拿去吧，否则你会丢掉的。

韦杰尔尼科夫 谢谢你……为了一切……（吻她的手）

奥尔加 我也谢谢你……（抚摩他的头发）

韦杰尔尼科夫 今后你不会为我感到惭愧的。永远不会。

奥尔加 （轻声地）这么说，我可以走了？

韦杰尔尼科夫 去吧……当然可以。

［奥尔加慢慢走进房子。远处街上管乐队突然奏起进行曲。部队沿白俄罗斯车站[1]公路行进。拉夫鲁欣出现在台阶上。

米海伊……米什卡！……（双手伸向他，拉夫鲁欣从台阶上跑下，拥抱韦杰尔尼科夫。他们拥抱着站了几秒钟）原谅我……我没能做一个好朋友……虽然答应了，却没有做到。原谅我，别抛下我一个人——我多么需要。你，米什卡……让我们一起工作吧。

拉夫鲁欣 （望着他）你……你下定决心这样做吗，亚历山大？

韦杰尔尼科夫 我努力做你需要的人……像过去一样。

拉夫鲁欣 （抓住他的手）这么说，今后永远在一起，是吗，舒尔卡？

韦杰尔尼科夫 永远。

［传来汽车开过来的嘎嘎声。

这是……来接奥尔加的？

拉夫鲁欣 如果你愿意，我去告诉她，她会留下的……

韦杰尔尼科夫 （低声）今天我才明白失去母亲意味着什么——你还想让我的舒尔卡失去父亲吗？

---

1 莫斯科的火车站之一。

[传来汽车喇叭声。

拉夫鲁欣　我很快就回来，我把这些年来我的生活情况讲给你听，你也把自己的情况告诉我，我们会互相谅解的，对吗？

韦杰尔尼科夫　你回来吧。我等你。

[拉夫鲁欣走向房子，尼娜在台阶上迎接他。

尼娜　汽车来了……大门的钥匙在你身上？奥尔加想开那扇门。

拉夫鲁欣　好吧。（走上台阶）

尼娜　（忍不住）让她留下来吧……你对她说——让她留下来吧……

[拉夫鲁欣默默地搂住尼娜的双肩，带她进房里去。

[街上传来说话声。柳霞走进便门；她莫名其妙地看看四周，最后看见韦杰尔尼科夫。

柳霞　舒林卡，原来你在这儿。我还以为出什么事了。你干吗站在这里？……像个小兵。

韦杰尔尼科夫　是的，我站在这儿。

柳霞　他们为什么搬箱子？是谁要走？

韦杰尔尼科夫　奥尔加。

柳霞　到哪儿去？

韦杰尔尼科夫　不知道。

柳霞　去很久吗？

韦杰尔尼科夫　很久。永远去了。

柳霞　那你呢？

韦杰尔尼科夫　我在这儿。

柳霞 （猜透了）舒林卡！……（抗议似的口吻）舒拉！

［汽车的喇叭声。韦杰尔尼科夫稍微动了一下。传来汽车开走的声音。然后一片寂静。鸟儿大声地欢唱着。

韦杰尔尼科夫 不，不是现在……不过，也许将来有一天你会原谅我的，柳霞……（慢慢地坐到长凳上）

［柳霞悲哀地望着他，她理解现在他是多么痛苦。但是，她此时却是非常幸福的，尽管她想掩饰这一点。然后她突然醒悟过来：这一点是根本用不着掩饰的。

柳霞 刚才我把舒拉奇卡送到幼儿园去了……你知道，她们那里多快活？真快活。她，我们这个亚历山德拉·亚历山大罗夫娜到底是个出奇的孩子……我对她说："你听我说，舒拉·韦杰尔尼科娃，明年你就要上学了，你却是个马大哈。这怎么能行？你首先要学会自己管好自己，我是不会替你做功课的，我自己也有不少功课要做——上帝保佑！"她却说："你别担心，邻居家的娜达莎答应帮我忙。看吧，我们三个人都来做功课，爸爸会从家里跑出去的！他会说，怎么，姑娘们，你们不让我休息一会儿？我下班回来累了，你们在这儿大声背功课；我只好去看电影，再见吧！……"

［韦杰尔尼科夫抬起头来，望着柳霞，拉起她的手，贴到自己的脸颊上。

——幕落——

阿尔巴特旧区的传奇

两部喜剧

—人物—

巴里亚斯尼科夫·费奥多尔·库兹米奇——木偶制作师。

一个极好的人，六十岁

库兹玛——其子，大学生。长得很像父亲。二十二岁。

赫里斯托福尔·勃洛欣——巴里亚斯尼科夫的帮手，也是他心地温和的挚友。六十开外

维克多莎——一位来自列宁格勒的可爱的姑娘，未来的名人，二十岁。

廖乌什卡——维克多莎的未婚夫，颇有个性。已十九岁。

矮胖子——年龄不详。

—时间—

二十世纪六十年代。

—地点—

莫斯科　阿尔巴特旧区的小巷。

喜剧在费奥多尔·巴里亚斯尼科夫别致的书房里展开。

在整个剧情发展中，户外天气晴朗，只有第五场时下着雨。

演出本剧时，建议速度要快，甚至在感伤的气氛中也要加上狂热的色彩。

第一部

第一场

［话说——一个初秋的早晨，时间已经不早，窗外天气晴朗。从邻屋传来相当清晰的哼歌曲的声音。接着，哼歌者本人，费吉卡·巴里亚斯尼科夫出现在书房里。他是一个丝毫不显老的六十岁的人。他的样子毫无疑问地说明他刚刚睡醒。他比绝大部分的同龄人善良、热情、身材魁梧、快活懒惰。他穿着一件敞开的外套在屋里走了几步，然后又走近写字台，找到一块昨天剩下来的面包片。这个发现使巴里亚斯尼科夫大为高兴，他把面包片吃下去。真侥幸，墨水瓶旁的啤酒瓶也不是空的，因此，他用面包片就着剩酒吃下去。这个插曲使巴里亚斯尼科夫感到十分满意，于是他拍拍自己的肚子，一瞬间又哼起了歌曲。搁板上许多坐着的和站着的木偶以及玩具动物都满怀欢乐的心情激动地倾听着他的演唱。但是，费佳拿起一把玩具手枪，在屋里又走了几步。他停在五颜六色的快乐的长颈鹿旁边，用不满的口吻叫道："无赖！"随即朝它开了两枪。最后他走到电话机旁，一屁股坐在沙发椅上，拨电话号码。

巴里亚斯尼科夫 （朝话筒说）是伊琳娜·费奥多罗夫娜吗？我是埃

拉兹木·鹿特丹斯基。

［女子的声音："爸爸，是你吗？"

我再说一遍，是鹿特丹斯基在打电话。据说再过二十天您正好满二十岁。因此，请您下楼到电梯司机那里去一趟，那儿有一箱香槟酒是送给您的。

［"喂，爸爸，别装傻——我已听出你的声音啦。"

我再说一遍，我是鹿特丹斯基，您快到电梯司机那儿去一次吧。（挂上电话，然后拨另外一个号码）是布尔科夫同志吗？（用男低音说）我是西蒙娜·西尼奥雷[1]，请立即偿还您向大好人巴里亚斯尼科夫借的一百卢布。他要到伏尔加河去了，所以请您把欠的债还给他，否则我的伊夫[2]会给您点颜色看的。友谊第一！（挂上电话）

［过道里传来响声，然后赫里斯托福尔·勃洛欣上。他提着两只网袋，从里面露出一些好吃的东西。勃洛欣的样子极不体面。打扮得远不如巴里亚斯尼科夫那样好看。

赫里斯托福尔　我买了许多香肠。

巴里亚斯尼科夫　为什么要买？

赫里斯托福尔　这些香肠挺好的。（取出买来的食品）

巴里亚斯尼科夫　你把香槟酒送到伊琳娜家去了吗？

1　法国女电影明星。

2　指伊夫·蒙坦，法国歌星，电影明星，是西蒙娜·西尼奥雷的丈夫。

赫里斯托福尔 留在电梯司机那儿了。你为什么不把房间收拾好？今天轮到你收拾。

巴里亚斯尼科夫 你知道……今天是休假的第一天，为了庆祝休假开始，我决定什么事也不干。我们来瞧瞧，到底会怎么样。

赫里斯托福尔 （怀着爱意望着他）咳，那就算了吧。

巴里亚斯尼科夫 我已经把水壶放在炉子上。这样就不错了。

赫里斯托福尔 （高兴地）你真行。（退到厨房去）

[这时，巴里亚斯尼科夫走近食品。接着是很长一段哑剧——巴里亚斯尼科夫动手品尝食品，他对有些食品竭力赞叹，啧啧咂嘴，高兴地嘟囔着什么。另外一些食品令他失望，他惊奇地耸耸肩，表示惋惜，不高兴，烦恼地唉声叹气。品尝活动随着赫里斯托福尔的出现而结束。后者提着一壶开水。

（责备地）费佳，你最好还是别用手抓东西吃，稍微等一会儿，等到我来。

巴里亚斯尼科夫 （若有所思）勃洛欣！……

赫里斯托福尔 （倒茶）什么事？

巴里亚斯尼科夫 我心里有点不安。我认真考虑自己的情况，竭力想搞清楚，我的情况是好还是不好？不，勃洛欣，有点不大对头。

[电话铃响。

（拿起听筒）我是西拉诺·德·别热拉克。[1]

1 法国十九世纪剧作家埃德蒙·罗斯坦同名剧本的主人公。

［男子的声音：“别热拉克同志，劳驾叫一下收货员卡佳。”

（有点意外，发慌）您是给谁打电话呀？

［男子的声音：“是第七洗衣店吗？”

这里不是洗衣店。（挂上话筒）

赫里斯托福尔 （教训的口吻）你看，结果多蠢，一点也不滑稽。

巴里亚斯尼科夫 （用怀疑的眼光望着电话机）整个上午不吱声，终于响了……找第七洗衣店的。勃洛欣，这一切都很怪。不知为什么，突然间谁也不需要我了。

赫里斯托福尔 你放心吧，费佳，喝点茶。哪怕是吃点香肠也好。

［早餐开始。他们直接从打开的纸袋里取食，并不盛到盘子里去。

巴里亚斯尼科夫 为什么没人给我打电话？勃洛欣，这个情况十分可疑。

赫里斯托福尔 厂里知道你休假了，亲爱的，你要理解，谁也不愿意打搅你。而你的木偶剧团又出去巡回演出了。

巴里亚斯尼科夫 勃洛欣！……我本来不该休假的。（开始非常激动地吃香肠）我认真考虑自己的情况，觉得……这次休假很使我担忧。唉，我怎么办呢？

赫里斯托福尔 明天我们到阿斯特拉罕去，从那儿再回莫斯科。我们有一间极好的舱房。

巴里亚斯尼科夫 从莫斯科出发到莫斯科来，你不觉得有点怪吗？

赫里斯托福尔 （耐心地）不。因为沿途我们可以看到许多美景。沿伏尔加河旅行，会留下不可磨灭的印象，随便你问谁好了。

巴里亚斯尼科夫 还有什么印象？我今年六十岁了，已经走遍了天下，什么都见过了。

赫里斯托福尔 你并没走遍天下。

巴里亚斯尼科夫 那好吧，就算几乎走遍。赫里斯托福尔，我向你发誓，有时候我觉得，我目睹了几百年的事。我爬到亚历山大花园[1]里的一棵树上，看到沙皇尼古拉二世坐在马车里沿涅瓦大街走去。我激动地观看了攻打冬宫的情景。我过去是梅耶荷德手下的演员，同年轻的库克雷尼克斯是好朋友，弗谢沃洛德·维什涅夫斯基差点没把我打个半死，而沃洛佳·马雅可夫斯基同我打弹子的时候，弄断了球杆……我到过土耳其斯坦——西伯利亚大铁道，马格尼特卡钢城，德聂伯水电站工地！我毕业于高级工艺美术学校，画过宣传画，写过标语，我的第一批木偶曾使卢那察尔斯基大为赞叹！……战前，法国报纸曾经写道："巴里亚斯尼科夫的讽刺木偶简直是神奇的艺术。"……我这个被震伤、两耳聋了的人终于在一九四五年五月进入柏林。当时正患感冒，四肢无力，看见勃兰登堡凯旋门以后就昏倒了！……还有，我几次结婚都不顺利；我在梵蒂冈同罗马教皇谈过话，不止一次感到绝望，多年来无法忘记那个打破跳高纪录的女运动员。赫里斯托福尔，你决定要把我藏到船舱里过三个星期，这到底是为了什么？还

1 莫斯科克里姆林宫外的一座花园。

有，除了上述我列举的一切之外，你还能给我提供什么印象？

赫里斯托福尔 （给他倒上第二杯茶，放了糖，搅一下）费佳，你知道吗，你必须集中思想。有人告诉我说，伏尔加河岸上的景色对于一个人集中思想十分有利。

巴里亚斯尼科夫 （吞下一大块火腿）我应当工作，勃洛欣！艺术家只有在工作中才能集中思想。

赫里斯托福尔 对呀！但是你已经六十岁了，退休吧……

巴里亚斯尼科夫 （猛嚼奶酪）绝不退休！

赫里斯托福尔 我们来给心爱的剧院制造木偶……你像以往一样，开始构思自己那些绝妙的玩具……但是，每天早上去玩具厂上班，坐在办公室里扮演什么负责人的角色……请你相信，这是极大的浪费。

巴里亚斯尼科夫 别说了！否则我就不吃早饭了！歌德说过，人到老年要比年轻的时候做更多的事。你十分清楚，我认为，没有集体就没有我，我应该到人群里去！我很器重所有这些怪人、幻想家、木偶制造工、能工巧匠。他们具有道地的儿童幻想，但是一旦他们不得不同官僚主义者和胆小怕事的人打交道时，就感到束手无策，十分幼稚……我应当站在搏斗的中心，应当疏通、出主意、帮助他们，我认为，我的生活缺不了这种魔鬼式的搏斗！

赫里斯托福尔 费奥多尔·库兹米奇，你少卖点劲儿，还是回顾一下度过的岁月吧。

巴里亚斯尼科夫 （把一块白面包塞到嘴里）绝不！只有未来是由人

决定的，而对过去，他是无能为力的。还有，别再争吵了，你已经干了一件坏事——逼着我休假……可是我有五年了，从来没堕落到这种地步。

赫里斯托福尔 你是个不明智的人，爱吵爱闹的人，费佳。（哀叹）你简直无法想象，我同你在一起已经累成什么样子了。

巴里亚斯尼科夫 （兴高采烈）活该！人生下来就是要受累。由于无所事事而疲劳才是可耻的！（兴奋地）你知道我想出什么主意来了吗？我们一上轮船就可以开始工作。我们的大师突然想出一个绝妙的主意：木偶剧团上演《美丽的海伦》。想象力可以大大发挥，勃洛欣！……帕里斯、墨涅拉俄斯、阿伽门农……多有意思的性格，多有趣的外形！……还有美丽的海伦呢？我要把一切最迷人、最神奇的东西，我从女人身上没有得到的一切东西，都体现在这个木偶身上！

赫里斯托福尔 可是，还没有同你签订合同呀……费佳，我们神妙的大师对这件事没有表态。

巴里亚斯尼科夫 但是他能把这项工作交给谁呢？你要明白道理，勃洛欣，别惹我笑了。（用餐巾擦嘴，从桌旁站起来）

赫里斯托福尔 （关注地）费佳，我想你已经吃饱了？

巴里亚斯尼科夫 不仅饱了，而且在用餐的过程中，有几次几乎感到很幸福。

［楼梯上传来门铃声。

有人敲门……

赫里斯托福尔　毫无疑问。

巴里亚斯尼科夫　你去开门……但是，只许把讨人喜欢的人放进来。

赫里斯托福尔　我试试看。（下）

巴里亚斯尼科夫　（大发议论）铃声本身是叫人高兴的——说明大家没忘记我。不过我马上想到，会不会是那个人来打扰你了。

赫里斯托福尔　是库佳来了……

［库兹玛·巴里亚斯尼科夫跑进屋子。他是一个打扮得相当时髦的青年，同时特别像老巴里亚斯尼科夫。无论怎么说，他们的气质非常相似。

库兹玛　（咄咄逼人地）你好。

巴里亚斯尼科夫　（小心翼翼地）你好哇。（稍等片刻）你身体好吗？

库兹玛　（把自己的波伦尼亚风衣扔到远一点的沙发椅上）一切正常！

巴里亚斯尼科夫　（谄媚地）你不想喝点茶吗？

库兹玛　（颇感兴趣地瞟了一眼食物）不必了。（默默地在屋里走来走去）

赫里斯托福尔　请坐到沙发椅上，库佳……别老是这样在屋里走来走去……

库兹玛　你最好给我说说，你怎么能老是这样长时间地同这种人打交道！……

巴里亚斯尼科夫　库兹玛，我要求你注意一点分寸。

库兹玛　（怒气冲冲）办不到！（无意中吃下一大段香肠）伪君子！

巴里亚斯尼科夫 （突然温情地）你再尝尝灌肠。

库兹玛 用不着！（用拳头击桌子，然而自讨苦吃）见鬼！

赫里斯托福尔 库佳，亲爱的，开口就鬼呀鬼呀的，现在已经不时髦了，这我已经对你说过好几次了。

库兹玛 （吹拳头）可是我手上的骨头裂开了。

巴里亚斯尼科夫 （小孩似的）活该。

赫里斯托福尔 费佳，别说了……（向库兹玛）你也安静点吧。同你们分别相处还可以，但是同你们俩待在一起就叫人吃不消。

巴里亚斯尼科夫 （向库兹玛）到底出了什么事？

库兹玛 （炫耀地）今天上午尼古拉耶夫把我叫到美术电影制片厂去，建议我参加他那部美术片的工作。我自然同意了，但是我感到怀疑，因此就问他，为什么选中我这个四年级大学生？……于是这个家伙就宣布说：您父亲的推荐就是法律，而他再三推荐您。怎么样啊！你不仅推荐我，而且你竟敢再三推荐！（不自觉地吞下一大块火腿，其动作酷似老巴里亚斯尼科夫）昨天我收到一笔电汇……（突然高兴地笑了）五十卢布，鬼东西！我自然很想知道，汇款人是谁，于是我就看了看汇款人的地址……“银松林，鲁宾孙·克鲁佐。”（向赫里斯托福尔）喂，你说，是谁授权让他打扮成慈善家，还戏弄人？他到底是谁呀？

巴里亚斯尼科夫 我是你的父亲啊，库兹玛。

库兹玛 你？胡说八道。

巴里亚斯尼科夫 无论如何……在某种程度上……

库兹玛 说得多漂亮——在某种程度上！我所热爱的小姨绝对正确，母亲去世后她坚决反对你把我据为己有，没有把我交给你。你一生都在嘲弄和讥笑身边的人。你所有那些电话、编造、骗人的玩笑，都是什么意思？你连我的妹妹都不肯放过！……你为什么要千方百计地同被你自己过去遗弃的人恢复来往？活见鬼！

巴里亚斯尼科夫 库兹玛，我发誓，你还是不明白事情的真相：情况知道得不全面！是我所有的妻子遗弃了我！

库兹玛 是你把她们弄到这个地步的——你不关心人，轻浮、尽出洋相……幸亏近来你老实一点，不再去引诱这些被你弄得神魂颠倒的可怜虫。（越来越激动）你从来不需要任何人——你只要木偶，不要活生生的人！……你也许把人同木偶搞混了，现在还在玩弄他们？

巴里亚斯尼科夫 （气坏了）好呀，我是个废物，那你是个什么人？你甚至连选择职业的想象力都没有！奴隶般地跟着我走……可怜的模仿者。

库兹玛 根本不是那回事！不过是因为我从小就梦想超过你！向所有的人证明这一点！……还有，你知道为什么吗？因为你从来没有爱过我……

赫里斯托福尔 库佳，立刻住嘴。我简直忍受不了。

库兹玛 （盛怒地）只有一点我非常感激这个人——他要妈妈给我起库兹玛这个名字，弄得我日后所有的熟人一个个都感到惊奇。

巴里亚斯尼科夫 （大为愤怒）你真不害臊！我给你起库兹玛这个名

字，是为了纪念你的爷爷库兹玛·巴里亚斯尼科夫，莫斯科近郊最伟大的笛子制造能手！难道说你想起个名字叫什么可怜的瓦列里或者倒霉的埃吉克吗？叫这些名字的人，如今多得不计其数。

库兹玛 （怒气不减）你一辈子都在极力达到一个目的——一鸣惊人。但是，你已经六十岁了，然而你没有使任何一个人真正感到惊奇。

巴里亚斯尼科夫 你这是以什么身份在说话？病入膏肓的一代！一文不值的魔术师。我们归天以后，就什么人才都没有了！

库兹玛 你对我们这些人有多少了解呢？你只顾孤芳自赏，没注意到你的时代已经结束了，完结了！甚至木偶剧团也不想要你去效劳了。

巴里亚斯尼科夫 你在胡说些什么？（不安地）你在说什么？

库兹玛 无论如何，他们请了……请了列皮奥什金去为《美丽的海伦》做木偶。

巴里亚斯尼科夫 胡说！（沉默一阵）谁跟你说的？

库兹玛 剧团所有的人都知道的。

巴里亚斯尼科夫 （稍停）那又怎么样？很自然。巴里亚斯尼科夫太好了，绝不会去搞那种下流的康康舞。归根结底，难道列皮奥什金不是我培养出来的吗？你以为我动员剧团请他来就那么容易吗？

库兹玛 （长时间地看着他）我觉得你很可怜，爸爸。（走向门口，转回身来）五十卢布会通过邮局退还鲁宾孙的。

巴里亚斯尼科夫 （向他背后喊道）你呢……你一直是个庸碌无能的人……在五周岁之前连卷舌音都不会发！

库兹玛 （停在门口）别是因为这一点你才抛弃了我们的吧？不过，我到底学会发卷舌音了。不需要你帮忙。为此我高兴极了。（下）

巴里亚斯尼科夫 （思考了一下）是啊……看来父与子的问题正是在于不承认它的存在。

赫里斯托福尔 不管怎么说，他越来越像你了，费佳。

巴里亚斯尼科夫 （无力地）你这样认为吗？（一边思考着）不过，他确实并不那么无用。（轻轻地）如果十分坦率地说……我只希望一点——他能住到这儿来……同我在一起。

赫里斯托福尔 我知道，亲爱的……

巴里亚斯尼科夫 不过，我这样放肆实在恶劣……骂起年青一代了……勃洛欣，我是个废物！

赫里斯托福尔 （小心翼翼地走近他）你怎么啦，费吉卡？

巴里亚斯尼科夫 （绝望地）列皮奥什金！……列皮奥什金！……（吃了一惊）赫里斯托福尔，这是老化！我成了废物……作为一个艺术家完蛋了。为什么不呢？每个人的命运迟早都是这样……完结了。

赫里斯托福尔 瞎说！不过，我们非常需要集中思想。我确实坚信，在充满阳光的辽阔的伏尔加河上，我们会搞清楚的。因为人在大自然中能看清自身。

巴里亚斯尼科夫 （跳起来）毫无疑问！（走向搁板，从搁板上取下一个未完工的玩具动物）你瞧，今天清晨我想出一个办法，可以使它的尾巴摇来摇去……这边摇摇，那边摇摇……（展示）巧妙得很，对吗？而且它还可以摇耳朵——向上摇摇，向下摇摇……似乎有点惊奇的样子。（映映眼）怎么样啊？

赫里斯托福尔 妙极了！……这边摇摇，那边摇摇……你是最伟大的天才，费奥多尔·库兹米奇。不过，我暂时先回家一趟。

巴里亚斯尼科夫 何必呢？简直不可理解，是什么东西老是吸引你往家里跑？在这里你连一分钟都坐不住。

赫里斯托福尔 你知道吗，我认为，房子有时需要打扫一下。难道你没注意到，费佳，自从玛申卡去世以后，我根本就不喜欢待在那个房子里。但是玛申卡的皮大衣和两件秋大衣需要好好保存。为此必须常常刷一刷，透透空气。其中有一件大衣，正好是我和她搬到那套房子那天买的……那真是一个非常快乐的日子。记得我和她还喝了点酒，甚至还有点醉意呢。你知道，当时多快乐啊。（沉默片刻）总之，我应该去一下。

巴里亚斯尼科夫 勃洛欣，你别走！

赫里斯托福尔 为什么，费佳？

巴里亚斯尼科夫 今天是我休假的第一天……这件事是你想出来的！别抛下我，勃洛欣……我们在莫斯科散散步，我把自己度过青春的地方指给你看……这会是令人心醉的一天！（打量他）不过有一点很糟，就是你的样子……太不雅观。胡子不刮，头发也乱蓬蓬的……还有这套衣服像什么？勃洛欣，你太不吸引人了！

赫里斯托福尔 你是指我，还是指衣服？

巴里亚斯尼科夫 任何一个姑娘都不会朝你看一眼的！

赫里斯托福尔 如果她只端详我身上的衣服，我有什么好快活的？

巴里亚斯尼科夫 别顶嘴……还是赶快穿上我的上衣。（把自己的上衣给他穿上）这样嘛……好多了。

赫里斯托福尔 （束手无策地望着自己）费佳，难道你不觉得这件衣服穿在我身上有点古怪吗？

巴里亚斯尼科夫 没什么！有的地方我们用大头针别一下……

赫里斯托福尔 这一来，我的样子不会太滑稽吧？

巴里亚斯尼科夫 怕显得太滑稽，这种担心本身就十分滑稽！我们走吧！到列宁山上去，到普留西纳，到克里沃科莲内依去——我把自己度过幸福时刻的地方指给你看！……

第二场

[当天晚上。巴里亚斯尼科夫书房里的窗户大开。房顶上有几处露出一片星空。从院子里传来各种晶体管收音机发出晚上广播节目的悦耳的声音。书房里空无一人。接着从过道里传来一阵纷乱声，门开了，费奥多尔·巴里亚斯尼科夫和赫里斯托福尔·勃洛欣出现在门口。一个思绪重重的、明显不是首都居民的矮胖子陪着他们。他们酒醉饭饱，却表现得十分可爱和文雅——他们时而聚精会神，十分严肃，时而又像孩子般

活泼。

巴里亚斯尼科夫 看呀，我们好像来到了一个地方。

赫里斯托福尔 是的。这毫无疑问。然而这是什么地方呢?

巴里亚斯尼科夫 这件外衣使我想起一个人……赫里斯托福尔，我们好像到家了。

赫里斯托福尔 嗯，我也有同感。

［矮胖子坐到沙发椅上，随即入睡。

你瞧，我看我们这里好像有客人。

巴里亚斯尼科夫 不必特别看重这件事。（怀着爱意望着他）今天你漂亮极了，勃洛欣。

赫里斯托福尔 我也是这样想的。我的头发理得特别好。

巴里亚斯尼科夫 遗憾的是，我不能把自己度过幸福时刻的地方指给你看。小树林呀，长椅子呀，门洞呀——都不知道到哪儿去了，却出现了同位素商店。唉，赫里斯托福尔，这些巨型的新建筑物夺去了我们的回忆，我们的前半生。

赫里斯托福尔 随它去吧，费佳……不过我们今天愉快地消磨了时光。茶也喝过了。我甚至觉得精神也好些了。

巴里亚斯尼科夫 可是我不走运。我整天都等着遇见什么不同寻常的事情。可是没有遇见……

赫里斯托福尔 这是常有的事。

［矮胖子醒来，从搁板上取下快乐的长颈鹿，吻它。

巴里亚斯尼科夫 （指着矮胖子）喂，这是个什么人？

赫里斯托福尔 （惊奇地）我不知道。

巴里亚斯尼科夫 （震惊地）我也不知道。（想了一下）也许他早就待在这里了？

赫里斯托福尔 我看不是。

矮胖子 （再次吻长颈鹿）商店里根本没有快乐的动物。这只长颈鹿最好。讨人喜欢。

赫里斯托福尔 您是什么人？

矮胖子 （聚精会神地）应当回想一下。

赫里斯托福尔 （向巴里亚斯尼科夫）他不记得。

巴里亚斯尼科夫 叫他给我们弹弹吉他吧。

赫里斯托福尔 他大概不会。

巴里亚斯尼科夫 那他到这儿来干什么？

赫里斯托福尔 哎，他来了，你明白吗，费佳？想来，就来了。

巴里亚斯尼科夫 现在就坐在那儿。

赫里斯托福尔 是啊。

矮胖子 （高兴地）我想起来了！

赫里斯托福尔 你看是吧——他想起来了。

矮胖子 我的老婆生了一个儿子。电报来了……

巴里亚斯尼科夫 这是件大好事！

矮胖子 不。

赫里斯托福尔 为什么？

矮胖子　五年前我同她离婚了。

巴里亚斯尼科夫　真怪。那她为什么现在才把孩子生下来？

矮胖子　她嫁人了。（辩解地）我是格多夫市人。

［沉默。

巴里亚斯尼科夫　看来他不会弹吉他了。

赫里斯托福尔　当然，不会弹了。

矮胖子　她生儿子我高兴死了。她一直想要个儿子。他也是个可爱的人。是个社会活动家。我们的关系好得少见。

巴里亚斯尼科夫　他是个浪漫派。这一点毫无疑问。不过，他怎么会到这儿来的？

赫里斯托福尔　可能是他在某个地方同我们一块喝过茶。今天我们喝了一晚上的茶。他可能是自己参加进来的。（向矮胖子）您喝过茶吗？

矮胖子　一般来说，我是——滴酒不沾。今天破例喝了点。有必要。

巴里亚斯尼科夫　他是个非常好的人。

赫里斯托福尔　简直是个非常可爱的人。我理解他。你呢？

巴里亚斯尼科夫　我也是。尽管他不想弹吉他。

赫里斯托福尔　（解释情况）他不会弹呀。

矮胖子　（从钱夹里掏出一张照片）你们看，她多漂亮。我们却离婚了。突然间就离了。她好极了。

巴里亚斯尼科夫　我们把照片放大一下。

赫里斯托福尔　（顺着墙向上爬）然后就挂到这儿来。

矮胖子 谢谢。（吻长颈鹿）它也挺好。

巴里亚斯尼科夫 它是个无赖！

矮胖子 就算是吧，可是我爱上它了。我跑了一整天的商店。找不到可爱的动物。这是最好的一个。

巴里亚斯尼科夫 人家说它是废品。

矮胖子 （亲切地拥抱长颈鹿）为什么？

巴里亚斯尼科夫 它不典型。

矮胖子 （高兴地）不需要当典型。（小心翼翼地）能卖给我吗？谢谢。他们一定会非常、非常高兴的。（痛苦地）在格多夫市。

赫里斯托福尔 你看是吗，他是格多夫市人。

［矮胖子拿起放在沙发上的吉他。

巴里亚斯尼科夫 无法想象！……他要弹吉他了。

赫里斯托福尔 我根本没指望。

矮胖子 （唱得够好的，自弹自唱）

亲爱的人儿，你听我说呀，

我手持吉他，站在你窗下……

巴里亚斯尼科夫 不可想象！他是个浪漫派。

赫里斯托福尔 他是个好人。

巴里亚斯尼科夫 我们别放他走。我们把他留下来。

赫里斯托福尔 这很难做到，他是从格多夫市来的。

矮胖子 （停止唱抒情歌，四周望望）我这是在哪儿？

赫里斯托福尔 在这儿。

矮胖子　是吗？我怎么会跑到这儿来了？

巴里亚斯尼科夫　您加入到我们中间来了。

矮胖子　是啊！一个人不快活。（指着长颈鹿）请包上吧。贵店收款处在哪儿？

巴里亚斯尼科夫　（用报纸包长颈鹿）您已经付过钱了。

矮胖子　是啊。（望着其余的木偶）我还想再买点，可是钱花光了。（紧紧抱住长颈鹿）反正这个最好。

赫里斯托福尔　请代向新生婴儿致意。

矮胖子　（想了一阵）万一不让我看他呢？（腼腆地笑了）再见吧。（走到门口，坐到椅子上，一动不动）

巴里亚斯尼科夫　（望着他）他的情况很糟。

赫里斯托福尔　糟透了。

巴里亚斯尼科夫　吉他倒弹得不错。我的酒都醒了。

赫里斯托福尔　（伤心地）我是听了他说：万一不让我看他呢这句话后，才醒过来的。

巴里亚斯尼科夫　这时我第二次清醒过来了。

矮胖子　（清醒过来）谢谢你们的关心。（解释）我在这儿想出神了。

巴里亚斯尼科夫　你把他送上出租车。（向矮胖子）勃洛欣同志会陪你去的。

矮胖子　您做得对。我非常希望有人能陪陪我。随便谁都可以。（在门口转过身来）一个人不快活。（在赫里斯托福尔的陪伴下离开房间）

［巴里亚斯尼科夫拿起吉他，唱刚才那个人唱过的抒情歌。通向过道的门轻轻开了，一个活泼美丽、令人赞叹的姑娘出现在门口。她进屋时提的箱子看来不轻。她轻轻地把箱子放到地板上，不知是出于礼貌，还是出于兴趣，等着他唱完抒情歌。快结束的时候，巴里亚斯尼科夫越唱越激动。

维克多莎 您好……

巴里亚斯尼科夫 （长时间地望着她）多有趣啊！我曾经确信我今天会遇到令人惊奇的事……可是一天快结束了，却没有遇见，所以非常难过。但是您总算出现了。感谢您。

维克多莎 我并不是出现了，我……

巴里亚斯尼科夫 您别抵赖啦——您出现了。唯一感到遗憾的是，我根本不认识您。您是仙女吗？

维克多莎 哪里，哪里，我不想……只不过是因为有两个聚精会神的人从您家里走出去。他们非常忙，因此没回答我的问题。（解释地）您知道吗，我是在找您的女邻居，娜达莎·克列托娃。也许您知道她到哪儿去了？

巴里亚斯尼科夫 现在她上哪儿去了，我不知道，不过前天夜里从她屋里传出欢叫声，一夜没停，当中夹杂几声枪声。到了早晨，一切都安静下来以后，我终于明白他们互相开枪以后，这才进入甜蜜的梦乡。

维克多莎 我看您非常像那两位互相扶着下楼的矮个子。

巴里亚斯尼科夫 我求您别把我们想得那么坏，我们不过是想试着快活快活，因为我完全不该休假。

维克多莎　滑稽。我也是今天开始休假的。

巴里亚斯尼科夫　这个巧合在某种程度上有助于我们互相接近。不过，您确实不是仙女吗？

维克多莎　不是，不是，确实不是。

巴里亚斯尼科夫　可惜。在我这种年龄，同仙女们打交道要稳重些。

维克多莎　（嫣然一笑）难道您是个老头子吗？

巴里亚斯尼科夫　我不太相信这一点。我这个年龄还装成年轻人当然很愚蠢，但是向老年表示屈服则更加愚蠢。

维克多莎　这个想法非常明智。

巴里亚斯尼科夫　老年即将来临这件事微不足道。青春过去了——这才叫人难受。

［赫里斯托福尔返回。

不过，回到屋里的是一位非常出色的人。走过来点，赫里斯托福尔……别怕。起先我也认为她是一个仙女，但是幸亏一切都对付过去了。

［赫里斯托福尔腼腆地向维克多莎鞠躬。他很难为情。

维克多莎　（环视屋子）您在收集玩具吗？

巴里亚斯尼科夫　多少收集一点。一般来说，我们是极好的人。您真不知道您会多么喜欢我们。您看好了。不过您快点告诉我们您的大名。

维克多莎　（她觉得非常快活）到您府上来的是维克多莉娅·尼古拉

耶夫娜。

巴里亚斯尼科夫 她没搞错地方。我完全相信这一点。

维克多莎 可是娜达莎·克列托娃呢？她怎么办呢？我们还是不能忘记，我正在千方百计地寻找她。

巴里亚斯尼科夫 是啊，赫里斯托福尔，你看，我们还是在千方百计地寻找娜达莎·克列托娃。（向维克多莎）您真的那么需要她吗？

维克多莎 那还用说！我本来就是从列宁格勒飞来找她的。刚刚到。

巴里亚斯尼科夫 好吧。我们去找找她。赫里斯托福尔！你到楼下去找一下舒里克·达维多维奇，这时他一般都在打扑克赢别人的钱呢。（向维克多莎）舒里克·达维多维奇是一个出色的人物，他是工会的盘子射击赛冠军。此外，他经常想要“现代人剧院”的一名女演员做妻子。因此他的思想总是非常进步的。所以，你去问问万事通舒里克·达维多维奇，娜达莎·克列托娃到哪儿去了。

赫里斯托福尔 好吧，我就去找舒里克·达维多维奇，不过请你别站在窗口。有点凉了。（轻盈地向维克多莎鞠躬，然后离去）

巴里亚斯尼科夫 我应当告诉您，尊敬的维克多莉娅，赫里斯托福尔·勃洛欣是一个非常热爱劳动的人，一个具有巨大天才的人。（谦虚地）而且他还是我最亲近的助手。

维克多莎 他在哪方面帮助您？

巴里亚斯尼科夫 我是木偶制作师。您在这里所看到的一切，都是我在赫里斯托福尔·勃洛欣的帮助下制造出来的。我同他有着足足二十五年的交情。

维克多莎 您当木偶制作师真好呀！……小时候，我父母还健在的时候，我和妹妹有过许多木偶，我还给它们缝过连衣裙呢。什么样的漂亮衣服我没设计出来啊！有一回我给灰姑娘缝了一件结婚礼服，我的妹妹因为高兴和忌妒哭了一夜。后来我和妹妹成了孤儿，我就给幼小的女孩做连衣裙——用这种办法挣点钱。因为我已经十六岁了，而妹妹只有十四岁——所以我应当关心她。现在她已经是大学生，春天就出嫁了……尽管是第一次。因此我就剩下孤零零一个人。连我最要好的女友涅莉娅也出嫁了。（微笑）倒霉。我只有娜达莎·克列托娃一个朋友了。

巴里亚斯尼科夫 您打算做什么工作？

维克多莎 （兴奋地）当裁缝！

巴里亚斯尼科夫 真不简单！您早就决定了吗？

维克多莎 三岁的时候决定的。您知道吗，我一天也没有放弃自己最初的愿望——我同自己的朋友们不同，他们一天要换十个职业。您看我多有恒心。现在我才念完了两年制的服装设计师训练班，目前在列宁格勒时装之家进修……您想想看，到了中年，我会成为一个什么样的大名人啊。什么巧事都会发生，也许正好是我能够使全国人民穿上式样繁多，而且漂亮美观的服装。您想，如果伦敦和巴黎的著名时装设计师都羡慕得要命，那该多好啊。那才叫人心醉呢！

巴里亚斯尼科夫 我看您有一套深谋远虑的计划。

维克多莎 当然啦，因为我非常机灵。

巴里亚斯尼科夫 您是个吹牛大王！肯定是这种人！

维克多莎 可是总得想办法振作起来……我在个人生活方面非常不走运。

巴里亚斯尼科夫 唉，您总是瞎说……

维克多莎 为什么说总是呢……激烈的争论常常迫使我说实话。

［赫里斯托福尔返回。

赫里斯托福尔 费佳，我都打听到了。

巴里亚斯尼科夫 舒里克·达维多维奇都告诉你些什么呢？娜达莎·克列托娃到哪儿去了？要去多久？

赫里斯托福尔 她嫁人了……至于说要多久，舒里克·达维多维奇没说。

维克多莎 不可思议！我的印象是我身边的人都在嫁人，尽管这件事本该由我来完成。（沉默片刻）不，等一等！……两星期前她还写信告诉我说，她根本不爱自己的未婚夫……

赫里斯托福尔 对呀。这一点舒里克·达维多维奇也证实了。不过，她不是嫁给自己的未婚夫，而是嫁给她的好朋友。婚礼办得好极了——喝了一晚上的香槟酒，早上都到杰别尔达去了。

巴里亚斯尼科夫 香槟酒？一切明白了！……夜间的枪声原来是开香槟酒的声音。

维克多莎 她怎么能到杰别尔达去，怎么能嫁人？她明知道我在莫斯科根本没有落脚的地方。

赫里斯托福尔 （热心地）这个情况没能留住她，简直令人奇怪。

维克多莎 （伤心地）如今我连列宁格勒也回不去了……

巴里亚斯尼科夫 为什么？

维克多莎 我……我是从那儿逃出来的。

巴里亚斯尼科夫 逃出来的？为什么？

维克多莎 因为明天……我应当出嫁。

巴里亚斯尼科夫 难道真有必要在自己结婚的时候从列宁格勒逃出来？赫里斯托福尔，这件事有点新奇。

赫里斯托福尔 费佳，别当落后分子。你要明白——青年人总是正确的。也许他们忽然想在我们祖国的首都结婚呢？

巴里亚斯尼科夫 是呀，看来其中自有讨人喜爱的古怪之处。（向维克多莎）既然这样，那您的未婚夫在哪儿？

维克多莎 我正是从他那儿逃出来的！

巴里亚斯尼科夫 有人强迫您嫁给他吗？

维克多莎 根本没有！只是因为我担心他跟我在一起得不到幸福。这一点我简直怕极了。

巴里亚斯尼科夫 那为什么呢？

维克多莎 您知道，他太聪明了。他只比我小一岁，但是在他面前，连我都觉得自己知识十分贫乏……是的，是的，廖乌什卡是个出类拔萃的青年，因此指望他的感情能持久，那就太可笑了。

巴里亚斯尼科夫 但是……您是这么漂亮……

维克多莎 那有什么用呢？聪明人要个漂亮的妻子有什么用？他并不是个傻瓜呀。

赫里斯托福尔 对呀，费佳。有什么用？……

巴里亚斯尼科夫 勃洛欣，少说两句！（向维克多莎）您多大岁数了？

维克多莎 我已经二十岁了……（伤心地）二十岁。

巴里亚斯尼科夫 二十岁？哈，我要是这个岁数就好了！

赫里斯托福尔 费佳，难道你还会结婚吗？

巴里亚斯尼科夫 你知道……（转身向维克多莎）一方面，毫无疑问，结婚本身有吸引人的特点。但是另一方面却不然。

赫里斯托福尔 我看全部问题在于不要老是离婚……问题就在这儿。

巴里亚斯尼科夫 这个想法你发挥了不止一次了，而此时此刻我们需要的是新思想。维克多莉娅·尼古拉耶夫娜，我求您允许我建议您在邻屋过夜。我和赫里斯托福尔在这间书房里过一夜。这些沙发椅和软榻都很有用，可以想出种种办法拼凑起来。

维克多莎 谢谢……您真可亲……

赫里斯托福尔 （精力充沛地）我的上帝呀，费佳，我们两个真糊涂！我们早先怎么没想到啊。（高兴地）为了彻底集中一下思想，我们明天就要坐船到阿斯特拉罕去……这样，我们在莫斯科就要留下两套空无一人的住宅了！

巴里亚斯尼科夫 我们要走？（颇感兴趣地朝他看了一眼）你到底是个非常好的人，勃洛欣。

第三场

［一个星期很快过去了。但是屋里仍然未收拾好，尽管从某些方面可以感到有女性的存在。

［又是晚上。天气依然非常好。

［巴里亚斯尼科夫同维克多莎从街上走进昏暗的房间，他们既快乐又疲倦。

巴里亚斯尼科夫 （开灯）嗯，您已经到家了！

维克多莎 我累坏了！……（坐在沙发椅上）我哪及得上您啊……我们在莫斯科溜达了五个小时，而您毫不在乎……

巴里亚斯尼科夫 （快活地）我也累得够呛。

维克多莎 （环视一遍）赫里斯托福尔·伊万诺维奇在哪儿？

巴里亚斯尼科夫 回家了，现在大约像个乖孩子一样睡着。因此，我也该走了……去跟他做个伴。（向房门走去）

维克多莎 您再稍微坐一会儿吧。

巴里亚斯尼科夫 （站住）难道我没有使您厌烦吗？

维克多莎 还没有。您身上有一种令人心醉的东西，费奥多尔·库兹米奇。

巴里亚斯尼科夫 有那么一点。（走近窗户）外面的月色多么美啊，对吗？

维克多莎 而且莫斯科是奇迹中的奇迹，我活到二十岁却一次也没有来过！我毕竟是个少见识的人。

巴里亚斯尼科夫 懒虫一个。

维克多莎 您别骂人。我要养活一个脾气古怪的任性的女孩子。尽管我在缝纫方面成就不小，但只能勉强维持生活……当然，我本可以把她送到孤儿院去，自己去旅游。但是这样做不合我们家的传统。我们家是一个非常好的家庭。我的父母是两位老派的怪人——他们同年去世，他们大概是谁都缺不了谁。

巴里亚斯尼科夫 真是一对幸福的人。我羡慕他们。

维克多莎 是啊，少年时期我的日子有时不太好过……我也许早就消沉下去了，假如我不自始至终坚持一个理想——把全体苏联妇女打扮得漂漂亮亮，使她们显得既美丽又雅致，我甚至愿意再加上一句：而且迷人。

巴里亚斯尼科夫 而您知道迷人的女人是什么样的吗？

维克多莎 当然知道。

巴里亚斯尼科夫 请原谅，打哪儿知道的？

维克多莎 我天生知道的。

巴里亚斯尼科夫 您是个无赖。

维克多莎 妈妈说我三岁的时候在帕夫洛夫斯克迷住了一个五岁的人。我们离开别墅的时候，他差一点得了急惊风。总之，您看，小时候我过着轻浮的生活。不过稍微长大一点就不得不付出代价，我年轻时顾不上旅行。

（沉默片刻）您知道，我现在并不后悔从前没有见到过莫斯科。一个星期以前我到了您这儿，真是幸运极了……您是一位伟大的导游——向我打开了那么多的奇迹……单是贵族生活习俗博物馆就是个无价之宝！……现在我会设计出非常漂亮的莫斯科传统服装，全世界都会目瞪口呆的。再说您那样介绍莫斯科……真是没说的！

巴里亚斯尼科夫 （微微一笑）莫斯科……它十分古怪……十分可爱。有时候它一时糊涂，突然之间会耍出令人不解的花招，有时候又显得特别可亲……使人感动得流泪。几十年来我在这些小胡同里溜达，急着上班，娱乐，思考，发怒……在每个十字街口，我都遇到过各种各样的事情。有时候是奇事。譬如说吧，在特维尔大街上大约遇到过十次奇事。我甚至还死过两次。一次活下来了，另外一次没活成。

维克多莎 这是怎么一回事?

巴里亚斯尼科夫 就这样死了。一个虚伪的、输得精光的、一文不值的巴里亚斯尼科夫死了。我不允许他再活下去。我把这个下流胚弄死了。您明白吗?

维克多莎 不太明白。

巴里亚斯尼科夫 （不安地）人应当像蛇一样蜕皮，如果他想成为一个完美的人的话。成为一个独特的人——这就是幸福，这就是生活的意义。（为新主意而兴奋）或者成为最好的人。这才是美好的。

维克多莎 （叹口气）成为一个谦虚的人——大概也不错。

巴里亚斯尼科夫 （嘟囔）“谦虚”“谦虚”……这个跑不了。您知道，我死去以后会多么谦虚地躺在那里啊。

维克多莎 您还是个……爱说俏皮话的人……

巴里亚斯尼科夫 （滔滔不绝）成为一个俏皮鬼，就意味着成为一个正确的人。我们的一切苦难都怪那些缺乏幽默感的人。至于说死嘛，那么，你越是想到它，就越不怕它，只有在你忘了它的时候，它才会使你害怕。

维克多莎 费奥多尔·库兹米奇，我太喜欢您啦。

巴里亚斯尼科夫 又是假话。晚安！

维克多莎 （追问着）您幸福吗？

巴里亚斯尼科夫 （转回身）幸福。

维克多莎 不过您可是……一个人呀。

巴里亚斯尼科夫 那有什么？对幸福的追求比幸福本身要有趣得多。（沉默片刻）还有，为什么说是一个人？我的忠实的赫里斯托福尔呢？还有这些孩子们呢？（指搁板上的木偶）难道这个集体不好吗？

维克多莎 （拿起一个木偶）孩子们大概很爱您……

巴里亚斯尼科夫 （不信任地）您这样认为吗？可是我非常害怕他们。我差不多每天晚上都梦见他们。他们用棍子和镖枪武装起来，随时准备暗算我。

维克多莎 为什么呢？

巴里亚斯尼科夫 因为我这个老笨蛋没能做出更好的木偶！孩子们是最伟大的乐观主义者，他们相信世上还存在一些东西，比他们知道的东西要好。

维克多莎 这么说，凡是非常满足现状的人就是最大的悲观主义者吗?

巴里亚斯尼科夫 当然是这样！他们的想象力毁灭了，他们心满意足。其实有什么快活可说。

维克多莎 您实在是一个废话大王，尽管我仍然喜欢您。不过您的屋子里太乱了。您有时也收拾收拾屋子吗?

巴里亚斯尼科夫 每天收拾。不过它总是为所欲为。您看见这盏灯了吗?（神秘地）是这样的。一天之内我有好几次把它放到桌子上，可是它总是出现在地板上。

维克多莎 这是很有趣的事。您怎么解释呢?

巴里亚斯尼科夫 我百思不得其解。看来在某种程度上得怪它们（指着木偶），您瞧瞧，它们有多少。（几乎悄声地）每一个都聪明伶俐。请您相信，它们什么事都会做。就拿这个猴子来说吧，有两个星期它不愿成形，尽力反抗。木偶同人完全一样——不愿变得十全十美，真没办法。不过，我最后还是把它做出来了——您看，现在它的样子还可以。但是甚至现在我还觉得它在同我耍滑头……是的，是的，我向您发誓！它本可以更好一些。

维克多莎 （端详猴子）您别伤心，就这样也挺好的。

巴里亚斯尼科夫 我不知道……我太爱它们了，但是有时候我感到伤心，因为它们本来可以更美一些。我常常在想，一个人有了本领以后，灵魂是否就会消失呢？不幸的是，人随着年龄的增长，就会越来越清楚地掌握美的规律。这一点真害人。

维克多莎 害人？为什么？

巴里亚斯尼科夫 （伤心地）有的时候，什么都不能像良好的审美力那样妨碍工作。（沉默片刻，忽然微微一笑）这一点您还不能理解，因为您是个小姑娘。

维克多莎 您说得对。毫无疑问，我的前程远大。这一点使我特别高兴。

巴里亚斯尼科夫 不过我想年长的同志们会照顾您……在工作中帮助您的吧？

维克多莎 何必呢？只应该帮助那些有才能的人。但说实在的有才能的人并不需要人家帮助！（快活地）我们最好来看看窗台吧——那上面不知怎么放着一瓶没喝完的托凯酒。我们把它喝光吧。

巴里亚斯尼科夫 您是个酒鬼。

维克多莎 从来不是！我只能喝甜葡萄酒。（把托凯酒斟进小酒杯里）您不想发表祝酒词吗？

巴里亚斯尼科夫 我愿意。（举起酒杯）为我的儿子干杯！

维克多莎 （有点惊奇）您有个儿子？

巴里亚斯尼科夫 我们两个互相为敌。已经有二十一年了。

维克多莎 那他几岁了？

巴里亚斯尼科夫 二十二。为他的健康干杯！（稍停）我只有一个愿望——能同他在一起生活。

维克多莎 好吧，就为这个干杯！（饮酒）不过，说实话，我还以为您会发表一段颂扬我的赞词呢！……落空了！不，看来我应当回列宁格勒去。

巴里亚斯尼科夫 在您离开我的那一天，我将成为最最不幸的人。（拿起吉他戏谑地，但是有点严肃地，唱）“你别走呀，我的好人儿……”

维克多莎 您知道吗，您就这样，背着吉他，也能挣碗饭吃。

巴里亚斯尼科夫 好呀，我走街串巷去试试看。不过眼下对这种事非常严厉——会得到一个不劳而获的罪名的。（不在乎地）您想回列宁格勒了……您终于决定嫁给自己的廖乌什卡啰？

维克多莎 改变主意了。但是需要耐心地向他讲清楚，说他早就不爱我了。自然，开头他不会相信这一点的，会竭力反对的……不过，碰碰运气，也许能成功！拆散恋人是我的嗜好。

巴里亚斯尼科夫 是啊，您是一个危险人物……您的廖乌什卡真可怜。

维克多莎 您错了——他并不那么可怜。这个家伙比我厉害。随便什么人都说不过他。统计学、控制论——这些简直是他的癖好。他满脑子的信息……还有，在朋友中间享有盛名。我起初爱他爱得发狂，后来渐渐冷淡下来……也许是感到厌倦了。不过要理解这一切，必须见到他。廖乌什卡是个罕见的人。

巴里亚斯尼科夫 （不耐烦地）但是说真的，您诚心诚意地爱过谁没有？

维克多莎 大概等我年老的时候，这个问题会……自然而然搞清楚的。

巴里亚斯尼科夫 您别抱太大的指望！在我这个年纪，对类似的问题也是相当糊涂的。这个地球装下那么多的人，要找到自己所爱的人是极其困难的。特别是忙人。但是更可悲的是，等你找到她的时候，已经太晚了……不过，实现自己的愿望就等于失去这些愿望。这就是我们为什么要把这些愿望束之高阁的理由。

维克多莎 您有点难过了……（又各斟一杯酒）为乐观主义干杯！

巴里亚斯尼科夫 如果您认为这是一句使人非常愉快的祝酒词，那您就错了。因为乐观主义者，如上所述，就是那些勇敢地正视现实的人。而现实并不经常是快乐的。

维克多莎 太玄乎了。您允许我祝酒吗？

巴里亚斯尼科夫 有什么办法呢，您说吧。

维克多莎 （站起来）向巴里亚斯尼科夫·费奥多尔·库兹米奇祝颂。（举起小酒杯）多么幸福呀，娜达莎·克列托娃嫁给自己未婚夫的好朋友了。多么高兴呀，他们到杰别尔达去了。如果不发生这件事的话……想起来就可怕！亲爱的费奥多尔·库兹米奇，您把我弄得神魂颠倒，为此我十分感激您。等我成为老太婆，我将坐在一个原子壁炉旁边，含着眼泪把您的事讲给我的孙子们听。请接受我对您的深深的敬意。（一饮而尽）

巴里亚斯尼科夫 非常感谢您。（拿起吉他，弹吉卜赛舞曲）

维克多莎 （站起来，摆出跳舞的姿势）您允许吗？

巴里亚斯尼科夫 来吧！

［维克多莎快乐地，热情奔放地跳起吉卜赛舞。巴里亚斯尼科夫非常兴奋地看着她跳。弹完以后，他把吉他扔向空中。

跳得好极了！

维克多莎 这就是我的本色！（倒在沙发椅上）

［他们一声不吭地坐了许久。

您的舒里克·达维多维奇别醒过来才好。

巴里亚斯尼科夫 （低声地）十二点四十分了……他还没睡，在打牌赢人家呢。

维克多莎 我喜欢跳舞。

巴里亚斯尼科夫 去当演员就好了。

维克多莎 没有我，那里已经聚集了一大批形形色色的女士，可是谁又能把我们这些可爱的女人打扮得漂漂亮亮呢？我左看右看，明白了——只有指望我了！

巴里亚斯尼科夫 您是个好样的。我们在工作中应当相信，一切都决定于你……

维克多莎 这不会有骄傲的意思吧？

巴里亚斯尼科夫 那有什么办法呢？应该这样。你既然自称是蘑菇，就别做出不是的样子。我就确确实实知道，谁的木偶都没有巴里亚斯尼科夫的好。

维克多莎 妙极啦！……（举起酒瓶，快活地瞟了巴里亚斯尼科夫一眼）我们把它喝光吧？……干吗留一点在瓶底呢……

巴里亚斯尼科夫 哎哟！……（用手指吓唬她）您要把我灌醉。

维克多莎 您别担心。您不会出事的。（站起来）现在呢，为我的儿子干杯！……不能老是为您的儿子干杯呀。

巴里亚斯尼科夫 上帝啊……您也有个儿子？

维克多莎 暂时没有。可是将来会有的呀。（举起酒杯）我祝愿他，我可爱的儿子，万事如意……希望他多少有点像您。但愿如此！为这个干杯吧。

［他们默默饮酒。

巴里亚斯尼科夫 （稍停）您知道吗？应当惩罚您一下才好。

维克多莎 （轻声）多蠢呀……这是为什么？别惩罚我！因为我现在心情很好。（几乎悄声地）不，您说，为什么我觉得心情好？我知道，因为我坐在这间异常优美的房间里，还有这些快乐的小动物，这个快乐的小猪崽，这个蛮横无理、毫不在乎的小狗——它们都同我坐在这里，注意听我和您谈心……我们俩谈得多好。对吗？现在您给我讲点什么美妙的事吧。

巴里亚斯尼科夫 我最好念一段。

维克多莎 念什么？

巴里亚斯尼科夫 诗。丘特切夫的诗。这是我的咒语。不，是祈祷词。每天晚上我都要念。（读，快活地，得意扬扬）

一旦我们失去活力，

一旦我们年老体衰，
我们应当让位，
犹如旧人让位给新才。

善良的天使啊，
保佑我们别去谴责，
别去中伤，别去怨恨
那背弃我们的生活。

别去偷偷地怒斥
那万象更新的人间：
那里新客入座畅饮，
那是为他们摆设的华宴。

别痛苦啊别怨恨，
激流已将我们甩开；
世上自有后来人，
后人自会向前迈。

热情越是早早埋入心中，
那它就会越猛烈地燃烧。
因此老者念念不忘的痴情，

比暮年的爱情更可笑。

维克多莎 （轻轻地）多美啊……多好啊……多快乐啊。

巴里亚斯尼科夫 （走近她，温柔地紧紧拥抱她，吻额头）我该走了，晚安。（快步跑出房间）

——幕落——

第二部

第四场

[次日黄昏。

[赫里斯托福尔·勃洛欣系着一条花花绿绿的漆布围裙，在屋里忙着。而刚从街上回来的漂亮的、忧心忡忡的费佳·巴里亚斯尼科夫站在门口。

巴里亚斯尼科夫 喂，情况如何？

赫里斯托福尔 我觉得我们完全可能成功。

巴里亚斯尼科夫 小心别出洋相，勃洛欣，我对维克多莎说，你是最伟大的饺子大师。

赫里斯托福尔 求你别这样高声谈论，费吉卡……她还在睡觉呢。

巴里亚斯尼科夫 好得很。她需要恢复体力。你知道她在这儿的生活是多么紧张。（赞赏地）她从早到晚急急忙忙赶到各个时装之家去，参观时装展览，到各个服装厂，会见服装设计师，参观各种展览会……比如今天，我们就在特列基雅可夫画廊度过了一天。我们默默地观赏了伟大的艺术品，不过，我对那些不学无术的人和模仿者是毫不留情的——嗓子都喊哑了，鬼东西！而且昨天我也使她累坏了——我们在莫斯科散步直到深夜，我把自己度过幸福时刻的地方都指给她看了。

赫里斯托福尔 这么说，你把同位素商店也指给她看了？

巴里亚斯尼科夫 为什么一定是同位素呢……我在全城各个角落里度过幸福的时刻。（快乐地叹口气）你注意，我觉得自己的精力非常旺盛！我觉得现在我可以做出伟大的事业来。我渴望工作，简直无法忍受。

赫里斯托福尔 这当然非常好，费吉卡，不过我想知道，你为什么忍不住了？

巴里亚斯尼科夫 为什么？（思考片刻）勃洛欣，有些东西追根溯源是危险的。（心里十分高兴）不管怎么样，我们明天就动手干活……给《美丽的海伦》做木偶！

赫里斯托福尔 那年轻的列皮奥什金呢？木偶是请他做的呀。

巴里亚斯尼科夫 （稚气地和调皮地）随他去！难道为我们自己工作就不快乐吗？

赫里斯托福尔 你这种说法在我们这个有头脑的社会里，是得不到任何支持的。上帝保佑你，你大概是想爬进象牙塔吧？唉，费奥多尔，你一定会吃大亏的。

巴里亚斯尼科夫 勃洛欣，住口！我早就没有像此时此刻这种创作欲望了。美丽的海伦……三位女神！在木偶身上要表现出女性的全部美，女性的美德……到目前为止，只有日本人做到了这一点——现在轮到你我了，勃洛欣！……（戴上礼帽，奔向门口）我马上回来……

你就一心一意做饺子吧……（跑下）

赫里斯托福尔 不管怎么说，这个人绝不肯平静下来。热情奔放——没办法。跟他在一起就等于把辣椒和大葱一锅煮。热得要死，却没有意思。不过同时你也会兴奋起来——跟着一块儿沸腾。

［铃声。

这又是找谁呢？

［下，随即同库兹玛一起返回，略感吃惊和腼腆。

库兹玛 （打量他）嗯……有意思的画面。

赫里斯托福尔 （解释自己为什么系围裙）我在做家务事，库兹涅契克[1]。

库兹玛 一周前你们曾打算去伏尔加河旅行……

赫里斯托福尔 改变主意了。决定在这里集中思想，在岸上。

库兹玛 （意味深长地）他在家吗？

赫里斯托福尔 （思考了一阵之后）他在睡觉。

库兹玛 这是怎么搞的？（走向邻屋）

赫里斯托福尔 （抓住他）库佳，你别去，求求你……他累坏了，一时醒不过来……之后你再来看他。或者我们明天再见面吧——晚上七点，在电报局大钟下面。现在我要到厨房去了。

库兹玛 干什么？

赫里斯托福尔 （机灵地）我要去做饺子。

1 螽斯的意思。

库兹玛　你们在这儿完全变糊涂了。（抬脚到邻屋去）

赫里斯托福尔　库佳，站住！

库兹玛　哎……等一等……（尖刻地看了赫里斯托福尔一眼）他一个人在屋里吗？

赫里斯托福尔　他吗？……他倒是一个人……

库兹玛　你看我的时候神态有点儿……可疑。坦白吧，你们为什么没到伏尔加河去？

赫里斯托福尔　（谨慎地）我们决定工作。因为我们必须超过日本人。

库兹玛　什么日本人？

赫里斯托福尔　难道你不明白吗？我们要给《美丽的海伦》做木偶。

库兹玛　这是什么意思？

赫里斯托福尔　对呀——这个可恶的列皮奥什金挡着我们的道。随他去吧。我们反正要开始工作了。

库兹玛　（稍停）列皮奥什金的事，是我向父亲撒的谎……根本没有人请他到剧团来。

赫里斯托福尔　那请谁了呀？

库兹玛　我。

赫里斯托福尔　哎哟！（抓住心口）这真是一颗炸弹！（望着他）到这儿来，我亲爱的，让我吻吻你。这就成功了！（拥抱他，吻他）你现在快去找我们的大师，并且立即拒绝这项工作。

库兹玛　拒绝？

赫里斯托福尔　你还年轻，库兹涅契克，前程远大，而你父亲呢……

也许这是他最后的作品……杰作……

库兹玛 （沉默片刻）赫里斯托福尔，我来找你就是为了这件事……你从年轻时候就了解我——我和父亲打架，你劝开过多少次。因为我从记事那天起，就同他作对……你记得，我满五岁那年，我们坐在桌子旁喝茶，父亲却把大家嘲笑了一通……我呢，一边吃着华夫饼干，一边想，他这个傻瓜干吗要取笑大家？……于是走到他身边，用力咬了他一口……当时你救了我，你还记得他生了多大的气？

赫里斯托福尔 他还生气呢——小家伙，像个小天使，却用牙咬他的小手指。

库兹玛 当时我实在忍不住……就是现在不管什么事情我都不能宽恕他！特别是看到他同女人待在一起的时候，我简直浑身冒火……

赫里斯托福尔 （朝邻屋的门望了一眼）库佳，宝贝，我们最好到厨房里去。

库兹玛 这是为什么？

赫里斯托福尔 你看看我是怎么包饺子的。

库兹玛 不，你听我说完……我应当战胜他！把我从产院抱回家以后，当他说我像个猴子时，我就给自己提出了这个任务……我应当证明给他看……我会证明的。（拥抱赫里斯托福尔）你生气吗？

赫里斯托福尔 （亲切地）库佳，你已经长大成人了，用不着我来开导你。不过，你要记住一点：你来日方长，而太阳照耀父亲的岁月已不多了……再见吧。

库兹玛 你别对他说我来过。用不着。

赫里斯托福尔 （如卸重担）你走吗?

库兹玛 不过，我要给学校打个电话。（走近电话）

赫里斯托福尔 （高兴地）你注意把门带好。（快乐地奔向厨房）

［库兹玛拨电话号码。这时维克多莎出现在门口，她穿着睡衣和便鞋。

库兹玛 （大吃一惊）这到底是怎么一回事?（打量她）您怎么到这儿来的?

维克多莎 （颇感兴趣地）您又是怎么来的呢?

库兹玛 您在这儿干什么?

维克多莎 我?……在休息。

库兹玛 您竟敢这样!……

维克多莎 我竟敢……什么呀?

库兹玛 现在我去给他说两句好话!（奔向邻屋，又立即返回）活见鬼，一个人也没有。

维克多莎 您到那儿去找谁呢?您这个人可真怪……

库兹玛 不，是您怪。因为在您这种年纪，您还敢……在这间屋里走动。

维克多莎 您在这儿发什么疯?首先，我根本不知道您是谁……

库兹玛 不过我可是把您看透了。没说的，好一个玩意儿!外表看起来是一个令人愉快的，甚至在某种程度上还讨人喜欢的，可亲可爱的女人，但归根结底……

维克多莎 （不知所措）真倒霉呀……他要大哭一场呢……请您别激动。（抚摩他的头发）您是谁呀？

库兹玛 （痛苦地）别说了。

维克多莎 那好吧。不过，您叫什么名字？

库兹玛 问题就在这儿。叫库兹玛。

维克多莎 库兹玛……多好听的名字啊。

库兹玛 （大为惊奇）真的吗？

维克多莎 只有珍爱儿子的母亲才会给儿子起这样一个稀有的、勇敢的名字。

库兹玛 这根本不关母亲的事，而是他……您的巴里亚斯尼科夫！

维克多莎 等一等……我怎么一下子没认出来呢……您真的非常像他！

[有人敲门。随即一个非常年轻、非常严肃的人出现在门口，他手里提着一个小箱子。这就是廖乌什卡。他温文尔雅，穿着一般，喜欢说话。头上翘起一绺不服帖的头发。

廖乌什卡 （客气地和从容地）维克多莉娅，你好……我非常高兴，总算找到了你。（向库兹玛）晚上好。

库兹玛 （手足无措）您好……

维克多莎 廖乌什卡……（她无论如何决定不了，对未婚夫的出现是否应当表示高兴）你怎么会跑到这儿来的？

廖乌什卡 在一个叫舒里克·达维多维奇的帮助之下，娜达莎·克列托娃的邻居叫我到这里来的。舒里克·达维多维奇说，你在这里已经住了整整一个星期了。

库兹玛 （大怒）活见鬼！……真狡猾！……

廖乌什卡 （向库兹玛）您这样认为吗？不过，完全可能。（向维克多莎）你的失踪起先使我感到惊奇——不管你怎么说，你选择失踪的日子，并不怎么合适。但是后来我明白了，在这种情况下我们遇到的纯粹是一种自发的自我表现。归根结底你不过是需要把自己思想深处的东西暴露出来而已。但是，尽管这个术语由于年代长久而暗淡下来，我仍然爱你。你看，我不坚持任何东西，不要求任何东西，甚至也可能什么都不想要……不过，不应当忘记，我妈为了我们的婚礼已经买了一些食品。其中一部分已经坏了，另一部分看来下一周也会坏掉的。

库兹玛 （向维克多莎，悄悄地，有点惊慌）这个疯子是谁？

维克多莎 我的未婚夫……

库兹玛 （仍然处于被廖乌什卡的言论搞得垂头丧气的状态）就是这个人？

廖乌什卡 （满意地）总之，你在这个房间里已经住了一个星期！那好吧，我的爱情也经得起这个考验。首先，我的朋友，我们应当把现有的各种说法进行某种分类。（向库兹玛）比如，您能否说明您贵姓？

库兹玛 巴里亚斯尼科夫。

廖乌什卡 （诚恳地握他的手）这可以澄清不少问题。（向维克多莎）

这么说，我的朋友，你是同他一起度过这一周的？

维克多莎 廖乌什卡，不是的……请你相信我，不是的。

廖乌什卡 （友好地，但多少有点傲气地）我想，你不会以为我妒忌你吧，亲爱的。假定你们发生了某种关系，巴里亚斯尼科夫，假定这种关系完全可能是现实的，也就是说完全可以感觉得到的。

库兹玛 去您的吧，快住口！

廖乌什卡 不过请您相信我，巴里亚斯尼科夫，我对您没有任何意见。当然，对您同我的未婚妻发生关系的事，我不能感到绝对的高兴……但是，从另一方面来说，不是正该把自古以来就被理智和现实的落后形式所压制的感情，充分暴露出来吗？

维克多莎 哎，廖乌什卡，我请你别再说了。这事与这位库兹玛完全无关。这套房子是他父亲——老巴里亚斯尼科夫的。

廖乌什卡 噢，这么说你的伴侣并不年轻。那也没什么。晚婚的统计表明，这种婚姻相对来说是不长久的。再说上年纪的恋人的节目单十分贫乏：他们拨弄拨弄吉他，送点花篮，唱些吉卜赛人的抒情歌，顶多朗诵朗诵诗歌。总之，年龄的重担压得他们透不过气来。

[费吉卡·巴里亚斯尼科夫出现在屋门口，他拖着一个巨大的装满鲜花的花篮。不过这个情景屋里的人暂时尚未注意到。

维克多莎 但是，廖乌什卡，请你相信，即使是这样，你也大错特错了。

廖乌什卡 有一点是毫无疑问：在很大程度上，老头们的追求是毫无根据的。他们出于感情内因而产生的动作，几乎总是不成功。这就是他们的理智的和进步的举动通常效果极微的原因。（发现巴里亚斯尼科夫和花篮）您是从花店来的吗？把花放到屋角里就走吧。

［巴里亚斯尼科夫被这个建议弄得简直呆住了。

我还是觉得应当尊重老年人。不管怎么争论，老一辈为我们做了不少事，我们不要特别责怪他们。我们也不必过分责怪您的父亲，巴里亚斯尼科夫。

巴里亚斯尼科夫 （大怒）滚开，你这个浑蛋！（抓住他的衣领，提着他走向门口）

赫里斯托福尔 （走进屋子，惊奇地望着这个情景）费佳，请你说说，你要把他拉到哪儿去？

巴里亚斯尼科夫 （神气活现地）拉到门外去。

赫里斯托福尔 那么，请你再解释一下，这个人是谁？

巴里亚斯尼科夫 一个年轻人。（一只手就把廖乌什卡提出房间）

库兹玛 活见鬼……你夺不走我父亲的戏剧效果。

赫里斯托福尔 真难以想象，这里竟大动感情！我刚开始往开水里下饺子，突然听见一阵阵的喊声……你呢，库兹玛，做得不对。你说你要走，我就相信你了，可是你根本没走，还在这里。

维克多莎 （向库兹玛）我看您一点也不喜欢我的廖乌什卡，是吗？

库兹玛 如果我处在他的地位，发现您这副样子，我会立即就地枪决您的。

维克多莎 （感兴趣地）真的吗？

库兹玛 我发誓。

维克多莎 看来您简直是个流氓，而他却是个严肃的、有头脑的青年。

巴里亚斯尼科夫 （返回，抖抖手）我想，这大概就是您那位臭名昭著的未婚夫啰？

维克多莎 （叹口气）我看您也不喜欢他。

赫里斯托福尔 你们知道吗，什么事情最妙？我在这里已经站了好几分钟，可是完全弄不懂你们这儿发生了什么事。

［廖乌什卡出现在门口。仍然是那样温文尔雅和安详。他走向巴里亚斯尼科夫。

廖乌什卡 我想您了解我为什么不能把小箱子留在贵府，因为箱子里装着我的干净衬衫，还有家母在列宁格勒给我准备的早餐。维克多莉娅，我再说一遍，我是爱你的，尽管个体所有制的利己主义及失去自身小堡垒的兽性恐惧，同不可救药的过时的弗洛伊德臭名昭著的复合体一样，在当代是十分可笑的。（向库兹玛）我喜欢您，我在楼下食品店等候您——我们何不就某个题目争论一番。（向巴里亚斯尼科夫）您别这样激动得不顾一切。您记得人出现在地球上，是因为猴子有一次发疯了。您我面临完成相反的演变。（走近赫里斯托福尔，作自我介绍）我是列夫·亚历山大罗维奇·加尔特维格，列宁格勒数学学院的学生。（走向门口，在门槛旁停住）世界充满火药；为了使地球不至于爆炸，我们应

当保持绝对的安宁。（庄重地下）

赫里斯托福尔 一位多可爱的青年！遗憾的是，完全无法理解他刚才说的话是什么意思。

巴里亚斯尼科夫 无法理解！您竟能答应做这个神经分裂症患者的妻子？

维克多莎 当然能够呀！有时候我准备做出的还不仅是这样的行动。你们就是连做梦也想不到。不过我几乎总是在适当的时间溜走——这是我的第二个嗜好。

库兹玛 几乎总是！……听起来意味十分深长。

巴里亚斯尼科夫 （非常不耐烦地望了库兹玛一眼）这个家伙怎么到这儿来了？勃洛欣，是你把他放进来的？

赫里斯托福尔 你知道，费佳，我百思不得其解：为什么那边饺子煮开了，我却待在这里。（急着下）

巴里亚斯尼科夫 （向库兹玛）喂，你还犹豫什么，那个安静的癫痫病患者在食品店外面等你哪。你们两个在一块儿就是一对动人的伙伴。

库兹玛 你先解释一下，这个女孩子住在这里该怎么理解……

维克多莎 （发怒）首先，我不是什么女孩子……

库兹玛 哦，原来是这回事。

维克多莎 我是个女孩子，不过我的名字叫维克多莉娅。

巴里亚斯尼科夫 （寻找和解的办法）你看是吧。

维克多莎 （比较温和地）不过有些朋友叫我维克多莎。

库兹玛 希望我不要这样称呼您。

维克多莎 这究竟是为什么？请您解释一下。

库兹玛 （十分激动，但有点生气）首先，我根本不喜欢您待在这里……我同您的未婚夫不一样，不太时髦，而且“爱情”这个词对我来说并没有失去光彩……更何况我一次恋爱都没谈过，尽管我已经二十二岁了。如果我爱上一个人的话，那就……那就……

维克多莎 哎，那就怎么样？这可是怪有趣的。

库兹玛 您会看得见的！

维克多莎 可是我怎么看得见呢？

库兹玛 （找不出合适的回答，感到慌乱，因此发起火来）本来可以不要提这种糊涂问题的！（怒气冲冲地下）

巴里亚斯尼科夫 见鬼！……我不知为什么担心他又会咬我一口。

维克多莎 是啊……他是个非常没有教养的青年。您不觉得其中也有您的一部分过错吗？

巴里亚斯尼科夫 他们长得那么快，我们甚至来不及意识到自己的过错。

［被不幸事件弄得浑身无力的赫里斯托福尔，踏着沉重的步伐走进来，伤心地坐到沙发椅上。

赫里斯托福尔 这太可怕了。我怕对你说实话，费佳。

巴里亚斯尼科夫 尽管如此，你还是说出来吧，勃洛欣。时时处处都说实话，人家就会知道你是个机智聪明的人。

赫里斯托福尔 我简直彻底绝望了，费佳。刚才我在这里的时候，实际上应当待在那里，同饺子待在一起。我错过时间了，费佳，你知道，最后几分钟之内，它们的样子变得实在惊人。一方面它们非常像糨糊，另一方面呢，非常奇怪，像是一锅粥。不过我小时候非常喜欢吃这种粥。

维克多莎 （快活地惊讶不已）想想吧——从来没爱过人！您这个库兹玛真是个有意思的家伙。

赫里斯托福尔 费佳，你知道我这会儿在想些什么吗？我们大家必须尽快集中思想。

第五场

［又过了十天，天气终于变坏了。

［外面下着倾盆大雨。

［黄昏初临。库兹玛刚刚进屋。

［赫里斯托福尔用责备的眼光看着他脱去雨衣，抖去身上的雨水。

库兹玛 赫里斯托福尔，我成落汤鸡了，几乎淋了两个小时的雨……

赫里斯托福尔 我猜得出来，库兹涅契克。你把地板弄得一塌糊涂。

库兹玛 那还用说……（哀求地）我湿透了，浑身发冷……总之，我太不幸了。

赫里斯托福尔 你又出什么事了吗？

库兹玛 不谈啦！我真伤心呀——这是第一。（活跃起来）第二呢，我把木偶的设计图样交给剧团了。破釜沉舟，在此一举了。

赫里斯托福尔 真不幸啊。（小心翼翼地）它们至少还讨人喜欢吧？

库兹玛 （带着一种好幻想的忧郁情绪）美得很。美极了，赫里斯托福尔。（沉默片刻）明天大师就要回莫斯科了，一切都会决定的。（激动地在屋里走了几步）父亲在家吗？

赫里斯托福尔 第一，这里眼下不是我们的家——维克多莎临时住在这里。就是你曾经见到过的那位值得尊敬的姑娘。第二呢，你父亲刚刚同她一起到西夫采夫·甫拉热克去玩了。毫无疑问，她对他产生了创造性的影响。我早就不记得他这样卖力地工作过……怀着从未有过的兴奋和激动！简直就像米开朗琪罗！某种内在的火焰吞噬了他，库佳，我甚至为他担心。

库兹玛 但是这一切并不妨碍他同那个女孩子在西夫采夫·甫拉热克散步……还冒着倾盆大雨！

赫里斯托福尔 （易理解地）他在西夫采夫·甫拉热克同她一起散步是因为他今天早晨结束了自己最主要的一部分工作。早上钟响五下的时候，他累得差一点昏过去。整整一星期他没同维克多莎散步了，他把她交给我照顾。你瞧瞧，我身上的西装多漂亮。这是我们买的，为了使我同维克多莎游玩的时候，给人留下好印象。因为我不仅同她到各博物馆去，她要在那儿临摹各种服装；有时候她还带我去看时装展览，我不得不和那些非常灵巧的时装模特儿打交道。你看，我连发式也改了，大家都说这样多少能弥补我的缺陷。

库兹玛 （激动地）赫里斯托福尔……听我说，赫里斯托福尔，我下定决心了！今天我全部告诉他！

赫里斯托福尔 你要告诉他些什么？

库兹玛 和盘托出！……关于木偶的事。因为如果他突然之间……不是出自我的口，听说我胜利了，那就太卑鄙了。

赫里斯托福尔 等一等……你有把握吗？

库兹玛 （几乎绝望地）我对你说吧——它们漂亮极了！他知道后会觉得怎么样呢？再说，这件事还有一些非常不公平的地方……为什么不把《美丽的海伦》交给他做？难道我父亲老成这个样子了吗？……（抓住赫里斯托福尔，抖他）毫无用处了？

赫里斯托福尔 （挣脱出来）放开我，别把我这套崭新的漂亮西服搞皱了……否则维克多莎永远不会原谅你的。

（注意听）轻点！……他们来了。库兹玛，我求求你，注意点礼貌……

［淋得湿透的维克多莎和巴里亚斯尼科夫进屋。他们十分快活。

维克多莎 （笑着）您在水洼里跳的样子好看极了，费奥多尔·库兹米奇……我从来没看见过有人这样兴高采烈地在水洼里蹦跳。

巴里亚斯尼科夫 在水洼里跳是我的癖好……而且一般来说——雨是大自然最快乐的现象之一……如果稍微不那么清醒地去看待它。

（发现库兹玛）哦，你在这儿。（有点提心吊胆地）你很可爱……是来看看赫里斯托福尔，现在就要走吗？

库兹玛 （生气）你真会猜。（走向门口）

维克多莎 （非常亲切地）喂，停一停，停一停……您干吗要离开这儿呢？……还要冒着这么大的雨？我认为如果您能留下来，和我们大家一块喝茶，那有多好哇……

库兹玛 可是我……可是我们……

维克多莎 好极了。您看，费奥多尔·库兹米奇，他多么兴高采烈地留下来了。

巴里亚斯尼科夫 （向库兹玛）你知道，你到这儿来，我是多么高兴……尽管平时都是不欢而散，但是为什么不再试一试呢？何况今天……又是这样一个日子！

库兹玛 （不安地）什么日子？

巴里亚斯尼科夫 你很快就会知道的。现在我们到厨房去，赫里斯托福尔。我来试试泡一壶独特的茶。（下）

赫里斯托福尔 请你们在这儿别发闷。（急忙跟着巴里亚斯尼科夫到厨房去）

维克多莎 （默然一阵之后）喂，您看怎么样，我们就在这儿发闷吗？

库兹玛 （他又害怕起来）我……我不知道。

维克多莎 不过你倒是真的害怕起来了……我甚至在这儿都听得见您的牙齿在打战。

库兹玛 您听我说，您……我可以……可以……

维克多莎 可以什么呀？

库兹玛 （思考片刻）我可以走了——就是这回事！

维克多莎 我吓坏了，不过您不要走。您是一个胆小怕事的人。整整一周来您到处盯我的梢，您垂头丧气，您躲在门洞里……您甚至不想找机会同我谈谈。您要知道，现在不是这样干的。

库兹玛 （掩饰内心活动）那怎么干呢？

维克多莎 （亲切地）用另外一种办法。我是不会来教您的。（严肃地）这样做简直不礼貌。（颇感兴趣）顺便说一句，您为什么老是晚上来？白天您在哪儿？

库兹玛 白天我上学。

维克多莎 不过我听说您同时在工作。

库兹玛 我是夜里工作。

维克多莎 妙极了。那您什么时候睡觉呢？

库兹玛 中午休息的时候。

维克多莎 这一点要学到手。（怀着毫不掩饰的喜悦）现在您就解释一下，您为什么到处盯我的梢？……

库兹玛 实在是因为我珍惜自己的父亲，所以我自然而然地……

维克多莎 但是在这个星期里，我要么是一个人，要么是同赫里斯托福尔·伊万诺维奇在一起散步。

库兹玛 赫里斯托福尔对我来说也非常宝贵！

维克多莎 这样……您，撒起弥天大谎来了。但事情是非常简单明了的。（和蔼地）您爱我爱得发狂了。

库兹玛 （吓坏了，不过略带一点无赖腔）发狂就发狂，怎么样？……

维克多莎 请您相信我。大家都会爱上我的。尽管并没有给他们任何理由。（亲切地）这些人怪不怪……您说呢？

库兹玛 （忽然振作起来）您听我说吧，别扯了！您到底是什么人？

维克多莎 （自豪地）我是个裁缝！

库兹玛 那有什么？有什么了不起！……简直是胡来。

维克多莎 您认识的那位廖乌什卡断言说，我的性格是由锶元素形成的。（亲切地）也许全部原因就在这儿？

库兹玛 （精疲力竭）我要走了……够了！……

[欢欣鼓舞的巴里亚斯尼科夫上。他手里的托盘上摆着喝茶的全副用具；赫里斯托福尔走在他身后，端着各种点心。

巴里亚斯尼科夫 我们到底搞成了！

赫里斯托福尔 （把茶具摆到桌子上）喂，怎么样，我们不在，你们没发闷吧，孩子们？

库兹玛 我看是没发闷。

维克多莎 库兹玛·费奥多罗维奇今天真来劲——机灵、聪明、侃侃而谈……

赫里斯托福尔 侃侃而谈？嗯，这是他天生的本事。

巴里亚斯尼科夫 勃洛欣，别无礼！我喜欢说，是因为我见到的世面太多。我脑子里各种印象已装不下了，（略感悲哀地）以至于夜里我一个人的时候，我还在争论——不过是自己同自己争论……是的，是的，我召开会议，在辩论中发言，自己给自己做出决议……我好像有点累了，孩子们……也许是因为在艺术中最难宣传明智的思想；因为要去论证明显的道理，似乎不太好意思。（沉默片刻）不幸的是：要找到解决自己问题的办法比找到解决别人问题的办法要困难得多。

[喝茶。

赫里斯托福尔 可是依我看，全部问题在于要做一个善良的人。做一个善良的人——就意味着要做一个谨慎的人。仅此而已，费佳。人一生都在玩玩具，只是童年的玩具是大人从商店里给他们买来的，而后来呢……想起来就叫人害怕。

库兹玛 后来他就玩活人？是这样的吗？

巴里亚斯尼科夫 库兹玛……别说了。（若有所思地）也许我自己也开始明白了一点。有趣……灵魂随着岁月变得聪明起来。可是肉体，见鬼，仍然继续胡闹。你还无法理解这一点，库兹玛。因为青春时代肉体和灵魂几乎是不可分割的……然而随着年龄的增长，灵魂渐渐学习单独生存——大概是想习惯于自己必然的归宿。每天夜间在睡梦中它学习飞离肉体——一旦它终于学会了……（悲哀地吹一声口哨，沉默片刻）唉，人不应当只关心一件事——死亡。

维克多莎 够了！……我年轻，我利已，还想活很久很久！……库兹玛·费奥多罗维奇，您不感到害臊吗？我们把您留在这儿，不是为了让您用悲观主义和灰心丧气的想法来破坏我们的气氛。

库兹玛 （他简直哑口无言）哎，您知道……

巴里亚斯尼科夫 这和他有什么关系？（快活地）只是我自己有点伤心……不过茶使我精神振作起来了。这是一种极好的饮料——它曾经代替了我的早饭、中饭和晚饭！唉，年轻的时候我挣的钱特别少，但是够我用了。

维克多莎 您看，赫里斯托福尔·伊万诺维奇，这个人多快活，多乐观。现在呢，您再看看他的儿子——意志衰退、灰心丧气、心灵空虚……

巴里亚斯尼科夫 干吗要夸大呢——小伙子到底是小伙子。（朝库兹玛看了看）喂，也许是牙痛吧？你的牙好像抖得挺奇怪的。

维克多莎 （痛苦地）他的上下颌一直在打战呢，费奥多尔·库兹米奇……也许他受凉了？因为现在他常常不得不在街上待很久……而且下雨天也是这样。

巴里亚斯尼科夫 （暂停吃东西）说到雨，我就想我们可怜的列皮奥什金在搞些什么呀？这位年轻天才的日子过得怎么样？

库兹玛 你对列皮奥什金感兴趣吗？这是为什么呀？

巴里亚斯尼科夫 你听我说，勃洛欣，他以为我们怕那个列皮奥什金呢……哈哈！

赫里斯托福尔 嘿嘿……当然，我们不会怕列皮奥什金的，不过嘛……

库兹玛 不过嘛有点羡慕？

巴里亚斯尼科夫 羡慕？为什么不羡慕呢？只有上了年纪的废物才不羡慕别人呢！那个被老年夺去一切愿望的废物。（激烈地）唉，要是你们知道我多羡慕别人就好了……我羡慕别人的青春、美貌、智慧……

维克多莎 难道还有……值得羡慕的成就吗？

巴里亚斯尼科夫 值得羡慕的成就？不，我不知道……不应当羡慕别人的成就，而应当或者高兴，或者生气。

库兹玛 （高兴）你说得对！完全对！我的力量就在于我就是我，而不是另外一个人。保持自己的本色——这就是力量的象征。

巴里亚斯尼科夫 正是如此！

赫里斯托福尔 他们终于在某些方面取得了共同意见。多好啊。

巴里亚斯尼科夫 （极为友善地）我应当向你承认，库兹玛，我已着手给《美丽的海伦》搞木偶了。是的，是的，这个故事情节过去一直吸引着我。

库兹玛 （警觉地）你这项工作已经做了不少了吗？

巴里亚斯尼科夫 （兴奋地）帕里斯和海伦的木偶今天清晨我们已经做好了。早上赫里斯托福尔把它们送到我们的裁缝那儿去了。（看了看表）他就要来了，我在等他。

库兹玛 你打算把自己的木偶送给剧团看吗？

巴里亚斯尼科夫 让他见鬼去吧！让列皮奥什金去得意吧。

库兹玛 （怀疑地）你认为你的木偶做得那么好，剧团一看见，就会把列皮奥什金赶走吗？

巴里亚斯尼科夫 （高兴地）当然啰！立刻把他赶得远远的。

库兹玛 什么？（发火）够了！该和盘托出了！……你要知道，列皮奥什金——这根本不是列皮奥什金，而是……

［铃声。

巴里亚斯尼科夫 （跳起来）叶果雷奇来啦！肯定是他！（急步跑进过道）

赫里斯托福尔 木偶！帕里斯和海伦拿来了！（紧跟着巴里亚斯尼科夫，下）

维克多莎 哎，您同列皮奥什金又搞了些什么名堂？可以认为您只考虑——怎样使您的父亲感到苦恼……

库兹玛 （痛苦地）这同列皮奥什金有什么关系？……是剧团建议让我给《美丽的海伦》一剧做木偶的。

维克多莎 这件事您竟敢瞒着您父亲？

库兹玛 我本来就应当战胜他。我从出生就幻想这一点。（沉默片刻）尽管这样……有一次当我想到父亲在同我的竞赛中将会失败，我就突然感到非常痛心……痛心他的时代正在过去。

维克多莎 您这个疯子，知道为什么会把这项工作交给您吗？是您父亲推荐您的……

库兹玛 （立即大怒）什么？又是他？

维克多莎 剧团认为列皮奥什金比您好，他听了气坏了。

库兹玛 他还敢推荐我？

维克多莎 那又怎么样？

库兹玛 不，我永远不会原谅他的这种侮辱……还有，您要明白，我是非常爱他的。

维克多莎 爱谁？

库兹玛 我的父亲。

维克多莎 真话吗？您真是个好人呀。（吻了吻他）

库兹玛 （绝望地）这件事您可要对我负责！

维克多莎 非常愿意。

［巴里亚斯尼科夫手捧两个大盒子，欢欣鼓舞地走进屋子；赫里斯托福尔兴高采烈地走在他后面。

巴里亚斯尼科夫 （得意扬扬地把盒子举起来）把它们送来了！

赫里斯托福尔 （解释）送它们来了。

巴里亚斯尼科夫 （同样大声地）请看——我们的木偶！

赫里斯托福尔 （轻声地）请看，请看……

［他们由于高兴而感到精疲力竭，彼此看了一眼，倒在沙发椅上。长时间不动。维克多莎摸盒子，巴里亚斯尼科夫立即跳起来。

巴里亚斯尼科夫 （他的眼睛炯炯发光）您想看看它们，对吗？你们大家都想看吗？（聪明地）啊，我完全理解你们。（向赫里斯托福尔）那好吧，勃洛欣，我们不会私吞的。（兴高采烈地）请看吧！（取下盒盖，把木偶拿给库兹玛看）这是海伦！（打开另外一个盒盖，把木偶拿给维克多莎看）这是帕里斯！

赫里斯托福尔 （轻声地）不，你们只要看，它们多可爱呀。

维克多莎 （低声地）不同寻常……（转身向巴里亚斯尼科夫，悄悄说道）不同寻常……（审视木偶）等等……不过，这是库兹玛呀！

巴里亚斯尼科夫 （轻轻地微微一笑）哪里……是我在做的过程中想起了自己的青春。

赫里斯托福尔 喂，你干吗不吱声，库兹涅契克？

库兹玛 （一直盯着木偶海伦）我吗？（走近巴里亚斯尼科夫，惊奇地端详他，耸耸肩，莫名其妙地说）你看是吧。（转身向木偶海伦，又看看维克多莎）您真美呀！（温柔地吻她，摇摇晃晃地走向门口）

巴里亚斯尼科夫 这到底是什么意思啊？

库兹玛 （轻声地）结束了……

巴里亚斯尼科夫 你到哪儿去？

库兹玛 （在门口转回身来）我去告诉列皮奥什金，说他一文不值。（下）

赫里斯托福尔 库佳！……等等……亲爱的……（追着库兹玛，跑下）

巴里亚斯尼科夫 （发火）活见鬼……他为什么吻您？

维克多莎 （望着木偶海伦）他吻的根本不是我。

巴里亚斯尼科夫 这是什么意思？……那，吻了谁？

维克多莎 吻了您的海伦。

巴里亚斯尼科夫 （可怜地）我真莫名其妙……（指着海伦）不过，您至少还喜欢它吗？

维克多莎 非常喜欢。但是您搞错了……（嫣然一笑）我没它那么漂亮。

巴里亚斯尼科夫 慢着！（望着木偶海伦，然后向维克多莎）真奇怪。

（诚恳地）我现在才明白了。（沉默片刻）感谢您。

维克多莎 谢什么呀？

巴里亚斯尼科夫 （轻声地）大概，没有您在，我是什么都搞不出来的……您给我带来了幸福。

赫里斯托福尔 （返回）他离开我们这条街的时候，心情非常激动。（望望维克多莎和巴里亚斯尼科夫）你们在这儿怎么不吱声？

维克多莎 （走向窗户）雨好像停了……我还是出去走走吧……不，我一个人……（急下）

巴里亚斯尼科夫 （重新细看木偶）真怪……现在我才明白，她们十分相像。

赫里斯托福尔 而我一下子就看出来了，费佳……从头一天起。

巴里亚斯尼科夫 （充满热情地）赫里斯托福尔！她离开以后，我们怎么办啊？

赫里斯托福尔 我简直无法想象，费吉卡。大概我再也不会穿上这套非常合身的漂亮西服了。还有头发，我也不会再理这样的，这个发式再也不会做了。

巴里亚斯尼科夫 这太叫人难受了，勃洛欣！我总觉得，如果她离开的话，生活也就完了。

赫里斯托福尔 别伤心，也许还会有人偶然到我们这儿来的。

巴里亚斯尼科夫 赫里斯托福尔！请你别吃惊，看来……我爱她，赫里斯托福尔。

赫里斯托福尔 爱维克多莎？那又怎么样……我也爱她，费佳。

巴里亚斯尼科夫 勃洛欣，你真糊涂。（意味深长地）我爱她。

赫里斯托福尔 （吃惊）你在说些什么呀……不，费吉卡……

巴里亚斯尼科夫 我对你说——真的！我爱她爱得发狂……就这么回事。

赫里斯托福尔 在你这个年岁？

巴里亚斯尼科夫 见鬼，因为在我这个年岁爱情才带有疯狂的色彩！（绝望地）不过，想一想……十年、十五年之后我会化为乌有，而她呢，将仍然这样非常美丽！……

赫里斯托福尔 费吉卡，亲爱的，你完全想错了，你爱的根本不是她……你不过是突然明白了，女人是一种多么惊人的奇迹！……同时你还发现你永远是孤独的，仅此而已，费佳。（沉默片刻）是谁的过错呢？（叹口气）你把身边的人都吓跑了。

巴里亚斯尼科夫 也许是的……（不安地）我的年岁那么大，勃洛欣，但是爱情……我从来没像现在这样需要它！也许你是对的，问题并不在于维克多莎，而是因为我身上激发出一种爱的需求，心里很激动，我的心在燃烧！……（兴奋地）一起阅读快乐的书籍和悲哀的诗句，在陌生的城市里迎接朝霞，工作到精疲力竭，互相以此为荣，在星光灿烂的夜晚默默无言，在阴雨天笑破肚皮——啊，见鬼，我多愿这么干呀！……但是晚了，晚了……（望望身边）我们的木偶呢？也许它们也是一堆废物？这些善良的孩子们只不过是在安慰我们这些可怜的老头们？安慰一番就溜之大吉！他们，维克多莎，库兹玛，在哪儿？他们为什么走了？（束手无策地）勃洛欣……勃洛欣，谁也不需要我了。

第六场

［又是临近黄昏。户外又是晴朗天气。赫里斯托福尔坐在窗边的沙发椅上打绒线，嘴里哼着小调。

［巴里亚斯尼科夫从街上进来。他精神振奋，高兴。但是赫里斯托福尔使他十分吃惊，他在门口站住。

巴里亚斯尼科夫 清醒点，赫里斯托福尔……你在干什么呀？

赫里斯托福尔 （怀着安详的喜悦）我在打绒线，费吉卡。许多聪明人说，这是集中思想的最好办法。我正好非常需要集中思想。不幸的是，我有点抓不住绒线针，因此非常着急。

巴里亚斯尼科夫 周围的人都过着紧张的劳动生活，鬼知道你在搞什么名堂……你使我感到很痛心，勃洛欣。

赫里斯托福尔 那好吧，请原谅。不过同时请你解释一下，你的情绪怎么一下子好起来了？你到底上哪儿去了？

巴里亚斯尼科夫 （不无得意地）到自己的工厂去了一趟。

赫里斯托福尔 （继续打绒线）但是你告诉我，你干吗这样做？离你休假结束还有整整一个星期呢。

巴里亚斯尼科夫 （快乐地）我突然感到发愁，勃洛欣，有点发愁！我到那儿去，大家都非常高兴，到处拉着我不放。我也非常高兴——看见大家拉着我不放，心里总是很高兴！他们给我看了几种新型玩具。其中有一些挺讨人喜欢。特别是活动狗弄得我哈哈大笑。还有带高礼帽的烟囱清扫工——特别使我感动。但是特别叫人高兴的是，有的地方很需要我，你明白吗？（在屋里走了几步）维克多莎在哪儿？

赫里斯托福尔 她到时装之家去了。她在那儿要会见一位著名的时装设计师，这位设计师甚至还要被请到巴黎去设计呢。

巴里亚斯尼科夫 你看，请她到巴黎去，而我们的《美丽的海伦》木偶却闲着没事干。

赫里斯托福尔 （天真地）我实在没法相信，你根本不想让我们的木偶登台，费吉卡……

巴里亚斯尼科夫 当然想！生活在世上，而不能把自己创造的东西同人们分享，想不出比这更坏的惩罚了。但是这个鬼大师却认为一个孩子比我强……不，这件事已经毫无办法了。

赫里斯托福尔 那你就错了，费吉卡。（狡猾地）这里甚至可以想出许多办法。

巴里亚斯尼科夫 赫里斯托福尔，你又想出什么点子来了？回答我！

赫里斯托福尔 我什么点子也没想出来，只不过是一小时之前，我把你的木偶送到我们出色的大师那里去了。

巴里亚斯尼科夫 你怎么敢？……

赫里斯托福尔 这完全是某个人劝我做的。

巴里亚斯尼科夫 什么人？

赫里斯托福尔　我绝不能说出来。总之，你不应该在这里干瞪着眼睛，失去信心。最好还是让我们的大师大大高兴一阵吧。

巴里亚斯尼科夫　（急切地）怎么样？他高兴吗？

赫里斯托福尔　这个嘛，我就一点也不知道了，因为木偶我没交给他，而是交给他那出众的老婆，因为他到服装店去改旅行时买的裤子。现在他大概已经回到家里，在欣赏你的木偶呢。

巴里亚斯尼科夫　如果他不欣赏呢？如果恰恰相反，他正在感到莫名其妙，或者正在温情脉脉地搂着老婆讥笑我们的作品呢？那会怎么样，勃洛欣？

赫里斯托福尔　那样的话，事情当然很糟，不过这不可能。

巴里亚斯尼科夫　为什么？

赫里斯托福尔　因为依我看，你是个天才。

巴里亚斯尼科夫　勃洛欣，别瞎说。

赫里斯托福尔　我干吗瞎说呢。你自己想一想，费佳。

巴里亚斯尼科夫　（思考）一般来说当然是的。

赫里斯托福尔　你看是吧。

［电话铃响。

巴里亚斯尼科夫　（高兴地抓起话筒）我是涅莫船长。

［男子的声音："费奥多尔，别装糊涂……你还不感到厌烦吗？真是的。"

（向赫里斯托福尔）是他！……大师！

［男子的声音："我应当说，你的表现前后实在太矛盾了。起先

你向我推荐年轻人，但后来自己却又秘密地做起海伦的木偶来了。不过我已经习惯于你这种说变就变的性格。不管你用什么办法也不会使我吃惊的。”

好吧，见鬼！……不过，我的木偶呢？你看是否多少有点可取？

［男子的声音：“做得好极了！我一看见，就取消了候补的人。海伦特别漂亮——我简直迷上她了……你大显了身手，费佳。”

（向赫里斯托福尔）他迷上海伦了！……

［男子的声音：“明天早上我在剧团等你。再一次祝贺你。你的才智无穷无尽。”巴里亚斯尼科夫挂上话筒。

赫里斯托福尔 怎么样？

巴里亚斯尼科夫 （热泪盈眶）我的才智无穷无尽。

赫里斯托福尔 你看是吧！我对你说过吧。

［巴里亚斯尼科夫想了一下，走近赫里斯托福尔，默默地吻他。

你无法想象我看到你这么幸福是多么高兴，费吉卡。我们快点到冰箱那边去，喝一瓶捷克啤酒来庆贺一下。我今天一大清早就买来了。

巴里亚斯尼科夫 无穷无尽……（耸耸肩）一切都可能。（同赫里斯托福尔一起到厨房去）

［门打开——维克多莎和库兹玛从过道上。他们动作缓慢，彼此谁也不看谁，如醉如痴，漫无目的地在屋子里走来走去，嘴里轻轻地嘟囔着。接着维克多莎坐到沙发椅扶手上，傻笑着。库兹玛走到她身旁，兴奋地朝四周看看，最后吻她。接着是长

时间的沉默。

库兹玛 你知道吗，小时候我从三层楼跳下去。是自己想出来的。现在我一直在想这件事。

维克多莎 不过依我看，迎面来的车子一定会把你撞倒的。你穿马路的时候，从来不看车子。

[接吻。

库兹玛 我在学校里念书的时候，成绩不太好。特别是九年级。一直在想你——没有取得好成绩。

维克多莎 但是你不该参加登山运动。还有，不要去管打架的事。你干吗这样做呢?

库兹玛 我并没有去管，实在是因为我在舞会上总感到太寂寞。我一直在等你。但是你没来。

[接吻。

维克多莎 你常常伤风吗?

库兹玛 不。不过我总是想有一个养鱼缸。

维克多莎 最好给你买一双厚袜子。

库兹玛 在没爱上你以前，我非常喜欢鱼。我能长时间地观察它们的生活。

维克多莎 够了。行了。再也不要了。

[接吻。

库兹玛 等一等……我们俩将来住在哪儿呢?

[舞台节奏变了——他们似乎从梦境中醒来。

维克多莎　是啊，我们住哪儿呢？

库兹玛　（考虑片刻）住我那儿。（兴奋地）我的阿姨很快要从塔什干回来。她的脾气很怪，不过我非常爱她。

维克多莎　不……（沉默片刻）我们就住在这儿。

库兹玛　（发火）跟他在一起？绝不！……

维克多莎　他说想同你住在一起——这是他唯一的愿望。

库兹玛　他是这样说的吗？

维克多莎　你要明白——他多么孤独呀。

库兹玛　（反抗）怪他自己！

维克多莎　也许是她们——那些女人的过错？……他的性格使她们难以接受，这些笨女人不明白他是个多么惊人的奇才。

库兹玛　不可能！你只不过是偏爱他！……

维克多莎　当然是的。而且我永远不想同他分离。

库兹玛　什么？

维克多莎　没有一个人，库兹玛，你听我说，世界上没有一个人能像费奥多尔·库兹米奇那样讨我喜欢……不过，我不知为什么却爱上了你。（端详他）尽管同他相比，你是个小人物。非驴非马。一片黑蒙蒙的森林，使人晕头转向。我的冤家。只是请你别再跳伞了。

［又是一个吻。这次时间相当长。

库兹玛　（有主见地）你知道吗，维克多莎，我刚刚考虑了一下，就照你说的办。

维克多莎 我也是这样想的。（温情地）大家都和和睦睦，那才好呢。

库兹玛 不过你同他谈谈……我有点怕。（注意听）他和赫里斯托福尔在厨房里……我暂时到小巷子里走走。

维克多莎 （调皮地）一切都会成功的，别担心……

库兹玛 （赞赏地望着她）我知道。（摸摸她的头发，快步下）

维克多莎 （走近通向厨房的门）费奥多尔·库兹米奇！……

巴里亚斯尼科夫 （立即出来）您回来了？好极啦！……

维克多莎 您怎么这样高兴？

巴里亚斯尼科夫 决定性的胜利，维克多莎！费吉卡·巴里亚斯尼科夫还活着，没成为废物……而且他将要给《美丽的海伦》做木偶！

维克多莎 那列皮奥什金呢？

巴里亚斯尼科夫 停止流通了，可怜虫……（微微一笑）您到哪儿去了？面临衰老命运，智者寻找孤独，而愚者寻求交际……我好像是个愚者，亲爱的维克多莎……我非常想念您。

维克多莎 （激动地）我有条新闻……交好运的不止您一个人。我刚刚从时装之家回来——我同一个名家谈了谈，把自己的设计图纸给他看了一部分……（勉强压制住兴奋的心情）费奥多尔·库兹米奇，亲爱的，他们表示愿意吸收我在这里工作，在莫斯科……还答应提供非常好的工作条件！……

巴里亚斯尼科夫 奇迹！（快乐地）这么说，不仅我一个人是好样的——我们两个人都不错！（拉着她的双手）这么说……你要成为莫斯科人了？

维克多莎 （近乎窃窃私语地）嗨……什么事都可能。

巴里亚斯尼科夫 （庄严地）莫斯科人维克多莉娅·尼古拉耶夫娜……您等等……（惊奇）我甚至连您姓什么都不知道。

维克多莎 亲爱的、优秀的费奥多尔·库兹米奇呵，我担心在这里，在莫斯科，我会换一个新姓氏呢。

巴里亚斯尼科夫 （他的声音抖了一下）姓什么呢？

维克多莎 （微笑着）这个姓您会喜爱的……真的。（轻轻地）巴里亚斯尼科娃。

巴里亚斯尼科夫 什么？

维克多莎 维克多莉娅·尼古拉耶夫娜·巴里亚斯尼科娃。

巴里亚斯尼科夫 （不吱声，然后吻她的双手）不……不……永远不能，维卡。

［维克多莉娅恍然大悟，害怕再开口。

您刚才说的事，对我来说是莫大的幸福……如果这不是开玩笑，而且您真的决定了……这么说，在这方面青年人也没赶上我。（绝望地）在这方面费吉卡·巴里亚斯尼科夫也没成为废物！……是吗？

维克多莎 （充满担心、激动、不知为什么甚至幸福）是的。

巴里亚斯尼科夫 不过今天我和您把这件事忘了吧。永远忘记它。（又生气又快乐）太晚了，维克多莎……您只要想想看，十五年以后我会成为什么样子……那才可笑呢！而您呢，依然这样年轻……漂亮。不——到此为止！今天我不怕对您说出这一点。（非常激动地）今天我取得两项胜利……如今他们赶不上我了，维克多莎——而且我还在向前奔！可笑，不过我现在甚至觉得自己是永生的。但是戏到此收场。我们俩把一切都忘了。好吗？

维克多莎 （笑得有点怪）好的……

巴里亚斯尼科夫 （快乐地改变语调）您搬到莫斯科来吧，我们说服赫里斯托福尔搬到我这儿来，而您暂时住到他的房子里去……（安慰她）您别伤心，过一阵子您会忘记我的，一定会忘记的……会有个漂亮的小伙子使您心醉的。将来我听说这件事以后，会难受的，而且一定恨死他。

维克多莎 恨死他？

巴里亚斯尼科夫 当然。不过——唉——不会杀了他的。也不会当胸给他一刀。过些年以后，我请他来喝杯茶，吃樱桃酱。不过我们可以相信，离这一步还远呢。（戏谑地）您至少把这个希望留给我，好吗？

维克多莎 （亲切地）凡是能使您高兴的希望，我都会给您的。

巴里亚斯尼科夫 您别伤心，一切都会过去的。

维克多莎 （苦笑）大概是的。（沉默片刻）稍微偏离一点我们的严肃话题……您一直想让库兹玛同您住在一起……我觉得这一天到了。

巴里亚斯尼科夫 （激动地）您认为——他会同意？

维克多莎 我差不多坚信这一点。让这件事成功吧……这是我最后的请求。

巴里亚斯尼科夫 最后的?

维克多莎 今天最后的。(微微一笑)还有……您不应当生他的气。剧团本来就没人建议请列皮奥什金，而是请他做的……他怕向您承认……您原谅他，好吗?

巴里亚斯尼科夫 (努力理解事情的全部含义)他也做木偶了吗?……

维克多莎 他甚至交到剧团去了……

巴里亚斯尼科夫 交到剧团去了……我的库兹玛!……他们否决了我儿子?他们胆子那么大?那好吧，亲爱的大师，现在给您点颜色看看!……(拨电话)

[男子的声音:“喂……”

你听着，是我!

[男子的声音:“是费奥多尔吗?……出了什么事?”

活见鬼!原来我的儿子已把木偶草图交给你了，而你不仅不告诉我，甚至拒不接受他的作品。你注意——凡是拒绝我儿子的人绝不能继续做我的朋友!

[赫里斯托福尔从厨房上。维克多莎在门口站了一会儿，然后消失在自己屋里。男子的声音:“哎，费吉卡，你多少得理智一点。库兹玛的作品很好，我已经决定同他签订合同，恰好这时你的木偶送来了。”

哦，原来是这么回事!不管什么人一插手，就立刻挤掉我的儿子！……

［男子的声音：“费奥多尔，你疯了，我总不能同时既选你，又选他呀。”

你别支吾搪塞了……你应当立即改正错误。

［男子的声音：“非常遗憾，我是爱莫能助。今天你儿子把自己的草图收回去了。”

那么，我立刻效法。（挂上话筒，看见赫里斯托福尔）你看多差劲，勃洛欣！这个恶棍竟敢拒绝我儿子……你知道，他竟然敢认为另一个人比我儿子强。

赫里斯托福尔 （不耐烦地）你知道吗，费佳，尽管我不太高兴，可是还得告诉你一条新闻：我看你是突然神经错乱了。

巴里亚斯尼科夫 勃洛欣，你别反对！（跑向门口）他一定得把我的木偶还给我，随他去吧，这个倒霉的大师。（跑下）

赫里斯托福尔 看，又要集中思想。待在这个屋子里就像坐在火山上一样……我把绒线针甩哪儿去了？……

［维克多莎从邻屋上。她穿着风衣，提着箱子。她没注意到赫里斯托福尔，走到桌子旁写条子，然后走向屋门口。

亲爱的维克多莎！

维克多莎 （转身）赫里斯托福尔·伊万诺维奇……

赫里斯托福尔 您这是到哪儿去呀？

维克多莎 （近乎窃窃私语地）这样好一些。

赫里斯托福尔 您要走吗？

［维克多莎默默地点点头。

彻底走了？

维克多莎 我好像已经尽力而为了。（微微一笑）现在我可以走了。（沉思）不——应当走。

赫里斯托福尔 难道不可怜库佳吗？（轻轻地）我可是都知道了，维克多莎。

维克多莎 （很快地）您看……请您把条子交给他，这里只有两句话。（读）“永远不要离开父亲。记住你的诺言。”（把纸条交给他）

赫里斯托福尔 我非常喜欢您，维克多莉娅·尼古拉耶夫娜。我甚至真诚地向您保证，永远不忘记您。

维克多莎 我也是的。

赫里斯托福尔 只是有点可惜我那套漂亮的西服了。我再也不会穿它了。（鞠躬）祝您永远健康。

维克多莎 谢谢。（吻赫里斯托福尔。仔细听）他来了！（在屋里跑了几步，躲在门帘后面）

［巴里亚斯尼科夫上，嘴里叫着：“勃洛欣，我改变主意了！”走进邻屋。

（急速地）别了！（下）

巴里亚斯尼科夫 （从邻屋返回）维克多莎在哪儿？

赫里斯托福尔 （站在原地不动）走了。

巴里亚斯尼科夫 好极了！让她出去走走吧，外面天气好得很。（怀疑地望了望赫里斯托福尔）你怎么一动不动地站在这儿？你的尊容，老实说，不怎么样。

赫里斯托福尔 （痛苦地）你真蠢呀，费佳，别说了。

巴里亚斯尼科夫 （善意地）勃洛欣，别发火！再说我并不那么蠢。你看，我没到大师那儿去。（兴奋地）我有个特别妙的主意！我发誓，我是个非常机灵聪明的人。

［库兹玛悄悄地出现在门口。他们没有注意到他。今天呢，我的表现特别棒，赫里斯托福尔。

赫里斯托福尔 这是为什么？

巴里亚斯尼科夫 我不告诉你。我不愿意说大话，勃洛欣。不过今天我遇到了有生以来最大的诱惑。我克服了它。同希望告别了。结果怎么样呢？我既感到悲伤，又感到轻松。勃洛欣，我的悲哀特别令人喜悦……（沉默片刻）维克多莎到哪儿去了？

赫里斯托福尔 （稍停）她彻底走了。

巴里亚斯尼科夫 这是怎么一回事……怎么彻底走了？

赫里斯托福尔 （严肃地）你知道吗，费佳，我早就说，我们必须集中思想。但是依我看，眼前这比任何时候都需要。

巴里亚斯尼科夫 （恍然大悟）她……到列宁格勒去了？

［赫里斯托福尔点头。

永远走了？

赫里斯托福尔 大概是的。（沉默片刻）天黑了。该开灯了。

巴里亚斯尼科夫 等等……（环顾，在屋里走动）真怪啊……真怪。也许她根本就没有来过？

库兹玛 （走进屋子）来过。你们的维克多莎大概是个非常喜欢开玩笑的人。

赫里斯托福尔 孩子，如果你永远不说她的任何坏话，那就好了。拿去吧……（把条子交给他）

库兹玛 （读完条子，流露出绝望的神色）究竟为什么呢？……

赫里斯托福尔 难道能理解她吗，库兹涅契克……最好别去想。（决定换一个话题）你知道吗，费吉卡，是库兹玛叫我把你的木偶送给大师看的。

巴里亚斯尼科夫 （用拳头轻轻地捅了一下库兹玛的腰部）我有一个特别妙的主意，库兹玛，让我们一起来做《美丽的海伦》的木偶吧。

库兹玛 （稍停）这么一来我大概得搬到你这儿来啰？

巴里亚斯尼科夫 你知道吗，勃洛欣，他两周岁的时候，我看见他，说他像小猴子，是的——是的，当时我确实就自豪地想过，能战胜我的人终于出世了。

库兹玛 不过遗憾的是，我还没有战胜你。

巴里亚斯尼科夫 这个问题目前还没有定局。

［赫里斯托福尔企图用吉他弹出不久前那个外省矮胖子弹过的抒情曲。

库兹玛 （扫视搁板，木偶心情悲伤，躲在搁板上）到底是为什么？她为什么走了？

巴里亚斯尼科夫 （他的秘密还保留在他的心灵里）而我好像猜到了

一点……不，不知道。

赫里斯托福尔 （轻声地）既然你知道，就别作声了。（终于拨出曲子，低声吟唱）“亲爱的，你听我……”

［巴里亚斯尼科夫满面笑容，十分幸福。

——幕落——

附录

会见苏联剧作家阿尔布卓夫纪实

奥扎罗夫斯卡娅，奥丽佳·斯坦尼斯拉沃夫娜

（Ожаровская Ольга Станиславовна）

一九八四年，我回国探亲时，为了把我丈夫白嗣宏翻译、一九八一年上海译文出版社出版的《阿尔布卓夫戏剧选》转交给作者，会见了著名剧作家阿尔布卓夫。这位剧作家的地址，及其他两位作家（瓦西里·贝科夫和达尼伊尔·格拉宁）的地址是高尔基市作家组织告诉我的。后两位作家的作品也有白嗣宏的中文译本。我随身带有这几本中文书，以便转交给他们。可是这样随便去找他们，我下不了这个决心。

我有事去全俄戏剧家协会的苏联戏剧文学研究资料室时，得到了阿尔布卓夫的电话号码，还听说他是一位平易近人的人，不用担心，可以直接联系他。我打了电话给他。接电话的是一位女士。我自报了家门，说我是阿列克谢·尼古拉耶维奇（阿尔布卓夫）中文译者的妻子，很想把他的中文版选集转交给他，不知道方便不方便。对此，接我电话的女士热情地回答说："非常方便。"她说，请我稍晚，等阿列

克谢·尼古拉耶维奇回家后，再打电话给她。我当天晚上九点钟打了电话。阿尔布卓夫已经在家了。他说："您就来吧！"我只好解释说，现在我人在郊区，此刻来不了。他就说，次日下午三点半接待我，并问，我知道不知道他住在哪里。我说出了手上的地址（加里宁大街）。他笑了起来，说："恰恰相反，我住在普柳希哈大街。"他妻子详细说明如何可以找到他家——"带绿颜色阳台的大楼"。

次日，一九八四年十月二日，在约定时间前几分钟，我到了他家楼前。阿尔布卓夫一家住在11号楼24室。这里是市中心，离嚣杂的干道很近，但同时又是闹中取静的地方。这条街很安静。只需步行三分钟，就是宽敞的、嘈杂的、车水马龙的、有许多地下过街通道的花园环形大道。从地铁站斯摩棱斯卡亚站上来，在"鲁斯兰"商店旁边向右转，走过巍峨的现代化大楼"贝尔格莱德饭店"，就是莫斯科古老的大街——普柳希哈大街。秋叶缤纷，落在院子里。庭院深处，有一座独门洞带绿颜色阳台的六层楼。拾步上楼到六层，按了门铃。开门的是作家的夫人，有些年纪，但面容显得十分年轻，穿着相当朴素。她说，她叫玛加丽塔·乌里扬诺夫娜，不过我可以称她玛加丽塔大婶。说实话，我没动用她给的权利。

走廊里我一眼就看见了墙上大幅照片——日本著名演员杉村春子和尾上松绿出演阿尔布卓夫戏剧《老式喜剧》的剧照。

玛加丽塔·乌里扬诺夫娜把我引进客厅，我听见从相连的房间里传过来她指斥丈夫的声音，说他迟到了，不应该从早上就陪她去商店购物，因此才累着了。

客厅相当宽敞，巨大的壁橱占满了一面墙。另一面是长沙发和沙发椅，堆满杂志和剧院节目单的矮桌子。旁边是一扇通往相连房间的门。那里大概是剧作家的书房。

阿列克谢·尼古拉耶维奇走出书房，向我问好。他穿着家常绗过的夹衣，长领子。贴身穿着一件花衬衫。是的，这就是那位阿尔布卓夫，以前我多次见过他的照片，只是显得苍老了不少。身材硕大，浓密的头发略为散乱（就像我在许多照片上见到的那样），染上了一些银白色。看起来真像一个老者。但是，同时又令人感到他按本性来说，是一个活跃的、积极的、对许多事物有兴趣的、乐观的人。

他表示感谢送给他的书。他问，是不是多年前曾经把他的剧本《塔尼娅》译成中文的译者。我回答说，那本书是另外一个人译出的，接着我列举了这本选集收了哪些剧本（《塔尼娅》《漂泊的岁月》《伊尔库茨克的故事》《我可怜的马拉特》《阿尔巴特老区的传奇》和《老式喜剧》）。我说，译者选择这几部剧本是为了使中国读者看到他的创作回顾展。剧作家关心地问，是否打算在中国舞台上排演他的剧本。

阿列克谢·尼古拉耶维奇说，他至今记得一九五六年访问中国的事，历历在目。他和一批各国戏剧家一起参加一个中国戏剧节。那一次他参观了几座中国城市，他特别记住了杭州和广州（他用的老名称 Кантон），看了许多戏。作家说，有一位演员的表演简直震撼了大家（他不记得演员的姓名）。这位演员在军事题材的剧中扮演政委的角色。可能是说长征的故事。毫无疑问，是一位有才华的演员。他热情地回忆起许多中国文学家和戏剧家，同他们的会晤是非常有意思的。

他还保存着同周扬、田汉及其他人的合影。他说，他们的翻译是一位非常可爱的人，他们成了好朋友。翻译的妻子是演员，一位漂亮、美丽又雅致的女士。他觉得这位翻译的级别相当高（可能是指萧三的儿子，他妻子是北京人艺的演员），是专给高级官员做翻译的。阿尔布卓夫说，二十世纪六十年代末，他去里加市，突然在宾馆的大堂里看见了这位翻译。翻译也认出了他。他们热情拥抱。阿尔布卓夫精心保存着他同梅兰芳的合影。不久前，有人问他要相片，给"苏联国家奖金获得者文库"用，他说"有那么一套可笑的丛书"。他就把这张合影送去了。可是退给了他，说是需要作家本人的照片，不带其他人的。（阿尔布卓夫是一九八〇年"因近年来的剧作"荣获苏联国家奖金的）

访问中国给他留下了非常好、非常愉快的印象，正像他说的，如果再次请他去访问中国，他会非常乐意去的。"不过不能坐飞机。"作家妻子插话说。阿列克谢·尼古拉耶维奇快活地回答说，他喜欢坐火车行路，再说这条道很有意思。不久前他乘飞机去日本，途中感到不适，因此医生严格禁止他使用航空交通工具。

阿列克谢·尼古拉耶维奇回忆说，他成了中国厨艺的爱好者。他同妻子到巴黎时，一定要去中国餐馆。阿尔布卓夫经常出国。他去过英国、法国、日本、印度、捷克斯洛伐克和其他许多国家。他的剧本在世界上许多国家（如匈牙利、德国、波兰、捷克斯洛伐克、罗马尼亚、英国、丹麦、美国、印度、冰岛、比利时、荷兰、阿根廷、澳大利亚、巴基斯坦等）的剧院上演。他去这些国家是为了参加自己剧本的首演。他谈到同一些外国导演的友谊，包括同日本著名导演宇野重吉的友谊。后者曾导演过《伊尔库茨克的故事》和《失去的儿子》。

在谈到他去过的国家时，阿列克谢·尼古拉耶维奇还说："您知道，哪个国家给我留下了沉重的印象吗？印度。太穷困了，令人发指，简直没法看。"

当我列举哪些剧本收入中文版本时，他说："您知道我最喜欢哪个剧本吗?《不幸人的幸福日子》！可是不知道为什么没人搬上舞台。"（有些评论家认为这是阿尔布卓夫最富有哲学意义的、最具戏剧性的剧作。剧本中心人物是一个只关心工作的人，除了工作，别无他物。同时。他也是一个失败的人。这是一部令人不安和可悲的作品。几乎所有的演出都失败了）

这里我插了一句。译者最喜欢的剧本是《阿尔巴特旧区的传奇》。

"我这里还有一部可笑的剧本——《我太欣赏的东西》(他就是这样说的，"可笑的")。他说，时不时地他要读读这部剧本，以满足自己，他还乐呢。这里我又插了一句话。我读过这部剧本。我感觉到，这句话，他听了很愉快。

阿列克谢·尼古拉耶维奇问我，是否观看过根据他的剧本上演的戏。我回答说，很久以前看过《欧洲纪事》和《失去的儿子》。不久以前看过电视里的《老式喜剧》，由苏哈列夫斯卡娅和特宁出演。对此，他回想起由阿丽莎·弗雷德里赫和伊戈尔·弗拉基米罗夫出演的影片《老式喜剧》。他的意见是，这部影片拍得不成功。他认为不成功的原因在于拍这部影片的时候，弗雷德里赫和弗拉基米罗夫正在闹离婚。因此，这个时刻他们无法扮演一对恋人。（原来这时弗雷德里赫已经不在列宁格勒苏维埃剧院工作了，尽管她的舞台生涯都是在这家剧院度过的。她目前在大话剧院工作。阿尔布卓夫认为，她目前还没有在这家剧院体现出自己的才能，没有创作出像样子的作品）

我问他，近来在写些什么。剧作家说，最近发表的剧本是《女胜利者》（又译《女强人》），还赞扬戏排演得好，叶莲娜·索洛维伊出演的主角也很精彩。此前我提过有可能去列宁格勒。阿尔布卓夫说："您直接去找伊戈尔·弗拉基米罗维奇（伊戈尔·弗拉基米罗维奇是什么人，我不好意思问。过了一段儿时间，我才想到，那是列宁格勒苏维埃剧院的总导演伊格尔·弗拉基米罗维奇。也就是苏联人民演员伊戈尔·弗拉基米罗夫），就说是我请您去的。您就可以看看那些戏。（注：这家剧院上演过阿尔布卓夫的《塔尼娅》《我可怜的马拉特》《老式喜剧》）

阿列克谢·尼古拉耶维奇和玛加丽塔·乌里扬诺夫娜问在中国大家是如何看待苏联的，以及是如何对待苏联文学的。他们听说近年来苏联文学作品有许多都被译成中文了，很感兴趣，还问到我们家的生活情况。我把随身带的家庭照片给他们看，还说我们的儿子住在高尔基市。他们说，我儿子有机会到莫斯科的话，就请他来家里做客。

玛加丽塔·乌里扬诺夫娜有时参加我们的谈话，有时去处理家务。

一位女士进来了几分钟。阿尔布卓夫给我们做了介绍："你们认识一下，这位是俄国的法国女士，这位是俄国的中国女士。"

拜访快结束的时候，我突然决定问一下他是不是偶尔去塔鲁萨市？“关于塔鲁萨市，”阿列克谢·尼古拉耶维奇说，“我女儿可以说得更好。她正好来了。”他把女儿叫了过来，给我们介绍了一下。加丽娅·阿尔布卓娃是一位可爱的青年女士。她说，每年夏天她都住在塔鲁萨市，住在巴乌斯托夫斯基家里。（后来我们了解到，巴乌斯托夫斯基是她继父，意思是说，阿尔布卓夫和巴乌斯托夫斯基“交换了妻子”）她了解我们家在塔鲁萨市老房被拆迁的历史。她说我们家的房子是所谓俄式“乡村帝国风格”的最佳典范，也很气愤最后被拆掉了。尽管许多画家和其他社会各界人士极力反对。

我从加丽娅·阿尔布卓娃那里得知了巴乌斯托夫斯基的《金蔷薇》的中文译者李时的事。他是在二十世纪六十年代到苏联来的。

我在阿尔布卓夫家坐到六点钟。在我离开之前，阿列克谢·尼古拉耶维奇从壁橱里取出一本他的剧作选，是一九八一年出版的，交给我，要我转交给白嗣宏，写下了如下题词：“亲爱的白嗣宏，感谢，祝幸福！阿尔布卓夫，一九八四年十月二十七日。莫斯科。”

1984 年 10 月，于合肥

艺术家的忧患

——访阿尔布卓夫遗孀丽达

白嗣宏

七月初，莫斯科的夏天刚刚显示它的魅力。走在市中心的阿尔巴特大街上，会使人感到一阵阵暖意。时间一长，阳光倒也有点儿灼人，激出细细的汗珠来。热闹的步行大街上，熙熙攘攘，艺术品沙龙、古玩铺、旧书店、化妆品商店、著名的咖啡馆、百事可乐亭子、旅游品门市部，一家接着一家。大街上，许多人围住一个冷饮摊点。只见头戴小白帽的年轻人，做出一个个引人馋涎欲滴的紫雪糕，食客们为大饱口福而笑逐颜开。生活的潜流在艳阳的照射下，浮上了水面。

从阿尔巴特大街向西南步行十几分钟，即可走进一个闹市中的静区。绿油油的参天大树丛里，安详、悄然地屹立着一幢公寓大楼，一幢带着绿色阳台的公寓。这就是苏联著名戏剧大师阿尔布卓夫的住处。他的遗孀、莫斯科列宁共青团剧院的著名演员丽达，听说我到莫斯科来了，约我一定要见见面。于是，我在孩子（他正在苏联念大学）的陪同下，前来拜访她。我第一次看到阿尔布卓夫的戏，还是二十世纪五十年代在列宁格勒大学读书期间。离我们宿舍不远的地方，就是列城共青团剧院。当时正在公演他的名剧《朝霞中的城市》。一天晚上，我抽空去看了这出充满浪漫激情的戏。共青城建设者们在艰苦条件下创业的精神，体现了一种激荡人心的青春美。这个剧本首次被搬上舞台是在一九四一年二月，由作者本人担任导演。在排练过程中，作者与演员一起即兴修改，从而使剧本更富于表现力。不久，一九六一年初，我看了列宁格勒大话剧院公演的阿尔布卓夫的另一名剧《伊尔库茨克的故事》。这部戏写青年人在爱情与劳动这样的生活试金石考验下，体现自我价值的艺术过程，引起全苏文化界的重视，几乎全国的剧院都上演了这部戏，一年间上演了九千多场。日后法国、荷兰、意大利、日本等国家相继公演。阿尔布卓夫获得了"青春歌手"的美誉。

大约是在一九六五年下半年，从报刊上得知，阿尔布卓夫的新作《我可怜的马拉特》轰动了苏联剧坛。写成后半年之内，就有四十五家剧院同时公演。它还席卷了西欧舞台。英国前后不仅有三十五家剧院上演这部戏，它还被拍成了电影。评论界围绕这部剧本展开了白刃战。反对者认为剧本是在为青年一代唱挽歌，赞成者认为剧本揭示了现实生活的矛盾，历史给青年带来的创伤，歌颂了青年人寻求自我价值的勇气。有些权威评论家指责这个剧本是"愤怒一代"的文学、"新现实主义"、"新颓废派文学"等。无论如何，说明作者有了突破。

接着，很长时间我们被隔绝在外国文化之外。任凭世界剧坛天翻地覆，我们自有“八大样板”压台。直到一九七八年，才逐渐开放。外国文化慢慢流传进来。就在这个时候，我看到了阿尔布卓夫的一些剧本，萌发了系统译出几个剧本，重新介绍一下这位苏联剧坛长老的想法。一九八一年我共译出了六个剧本，汇集为《阿尔布卓夫戏剧选》。一九八三年由上海译文出版社出版。此后，我国公演了阿尔布卓夫的《老式喜剧》《伊尔库茨克的故事》《残酷的游戏》《女强人》，使他成了我国舞台上演最多剧目的当代外国剧作家。

一九八四年，我的妻子有机会去莫斯科，带着我的问候和我译的《阿尔布卓夫戏剧选》去拜访了他。他见到中文版的剧作选，不胜高兴，深情地回忆起他当年（一九三五年）与梅兰芳大师在莫斯科的会见，拿出珍藏了五十年的与梅大师的合影。接着又回忆他在二十世纪五十年代来中国访问时见到我国戏剧界著名人士的情况，对中国戏曲崇拜得五体投地。他一再表示，这些年来他的剧本在西方上演，他去过不少国家，但最希望的还是将来有机会重访中国，再看一眼戏曲，见见他的老朋友们。临别时，他亲笔题签，托妻子带给我一部纪念他戏剧创作五十年和荣获国家奖金的剧作集。扉页上写着：“亲爱的白嗣宏，谨致谢意并祝幸福。一九八四年十月二日于莫斯科。”作为他剧作的中文译者和研究者，我确实希望他能看一看他笔下的人物在中国舞台上的神态。可惜的是，一九八六年初，他带着未实现的夙愿，离开了人间。我也永远失去了同他畅谈戏剧艺术的机会。

今年夏天，我们中国翻译家代表团应苏联作家协会的邀请，前去参加国际会晤，使我终于能有机会亲自前去拜访他的亲人。从一九五九年看他的戏，到一九八七年去访问他的故居，这条路是如此之漫长，如此之坎坷，我走了二十八年才走到他的家门口。

开门迎接我的是一位中年俄罗斯妇女。深褐色的头发里偶尔显出几丝银发。一双蓝眸流露出热情而深沉的目光，素白抽花衣裙裹着她那依然秀气的身段。黑白相间的工艺项链，配上黑色的宝石戒指、黑色的石英手表，立即给人一种淡雅、庄重、潇洒的印象。艺术家特有的一股灵气感染了我。她自我介绍说，她就是丽达。我们虽系初次见面，但神交已久，所以一见如故，像老朋友一样畅谈起来。

刚刚在沙发上坐定，我就向她介绍孩子。一听说他的小名叫阿廖沙，丽达突然泪如泉涌，弄得我大吃一惊，但是我很快就醒悟过来。阿尔布卓夫的爱称也是阿廖沙。她的亲人去世不久，难免伤情。为了悼念这位老剧作家，我们一起默哀了两分钟。

接着，丽达拭去眼泪，点燃一支香烟，深深吸了一口，渐渐平静下来。我取出特为此次拜访所准备的两件东西：一是阿尔布卓夫的《老式喜剧》和《伊尔库茨克的故事》在北京公演的剧照相册，二是作为小礼品的檀香扇。我先向她介绍阿尔布卓夫剧作在中国翻译出版和上演的情况，提到有人已将《老式喜剧》中国化，改写成中国故事并拍成电视片，由表演艺术家秦怡主演。丽达说，这倒是阿尔布卓夫剧作的特殊命运。以前有过改编为电影的事，却没有外国化的先例。同时这也说明，他的剧本蕴藏着深刻的全人类共有的内涵：让老年人也得到幸福。阿尔布卓夫为了鼓起老年人的生活勇气，写了几个以老年人为主角的戏，揭示他们身上的青春意识和浪漫情调。阿尔布卓夫的一段话在我的耳际回荡："我开始写这个剧本时，我的主人公六十五岁，我本人六十六岁……我不能相信自己已经是个老人了。有一件事激发我着手写这个剧本：有一天晚上，我在阿尔巴特大街上遇见两位可爱的老人。他们大约六十岁。他们彼此体贴，相互搀扶着走在大街上，善良而又整整齐齐的一对。最有趣的是他们哈哈笑着。这种年龄的人很少在大街上笑。他们却边走边大声笑着，像是一对非常幸福的人。于是我恍然大悟，他们的同龄人认为自己的生活已经结束，那是多么大的损失呀。"

话题转到阿尔布卓夫一生探索的目标。我说，他的三个剧本《塔尼娅》（1938 年）、《伊尔库茨克的故事》（1959 年）和《女强人》（1983 年）体现了他审美历程的三个阶段：劳动是幸福的源泉—爱情和劳动是锻铸自我价值的坩埚—个性的和谐是人性复归的前提。丽达说，阿尔布卓夫原来想把这个剧本称作《82 年的塔尼娅》。一八八二年的塔尼娅已经不是一九三八年的塔尼娅了。在这个充满矛盾的世界里，在这个疯狂的生活节奏里，人如何找到和谐与内心平衡，就是阿尔布卓夫所关心的事，也是他强烈的忧患意识的呈现。他希望女人就是女人，女人是大自然的组成部分，就应当成为大自然和谐的一部分。如何使人回归到大自然的和谐中，是阿尔布卓夫通过人性（这里是女性）扭曲给人带来的失落感、心理骚动所表达的审美理想。

一说到大自然的和谐，丽达显得特别激动。眼睛流露出一股忧心忡忡的神色，夹着香烟的手指微微颤动。她说，现在，人赖以生存的生态环境不断遭到破坏。这样下去愧对后人，因此，她积极参加莫斯科一批著名艺术家为改善生态环境而开展的社会活动。他们常常聚会讨论这方面的问题，参观现场，动员舆论，向有关单位提出建议和批评。总之，尽一个人生活在大地上的责任。

这时，我回想起前几天在莫斯科音乐师范学院附近看到的一幅情景。老百姓为保护一棵已有二百五十年历史的榆树，几个月来，天天有人在大树旁值班，不许砍伐。老榆树不远处有一块木牌，上面写着："为了人民，保护绿化！"我们确实被他们这种高尚的精神感动了。保护生态环境已经不是某个地区某个国家某个民族的事情，而是全世界各国各民族都要尽自己的一份力量的事情，因为我们生活在同一个地球上。

丽达是一位艺术家。她有艺术家的痴想、傻想、空想、理想。她希望人间和平相处。只有这样人们才能过上好日子。她说，她想有朝一日能把各国政府的头头儿都送上太空，请他们从太空的高度看看我们这个纷争的世界。当他们摆脱尘世间的一切，也许会意识到保护地球的迫切性和重要性。当然，这只能是她的奢望而已。不过这个愿望却反映出她为人类的命运、地球的命运、大自然的命运担忧的意识。这种全球忧患意识，是苏联文艺界近来的重要特点。著名诗人叶甫图申科在长篇小说《浆果处处》里设想："银河系人……都得以和谐的发展……"这部小说的结尾有一段话："那些飞到地球上空，看见它的全部美和脆弱的人，心里就会发生变化。起先只是个别人，然后是几百人，然后是几百万人，这将完全是另外一种文明，另外一个人类。他们将完全按新观点评价地球的美和它的每一颗浆果的美味……”我想，这就是艺术家的忧患与索求。

丽达的话锋很健。这时我们已经坐在餐间品尝她新煮的咖啡。餐间的墙上挂着各种木制餐具——刀、叉、勺，还有厨房用的木切板等。大者有三四十公分，小者有十来公分。这些质朴的民间工艺制品，都是素色，涂着一层薄薄的清漆。就像阿尔布卓夫的作品一样，朴实无华。丽达说，阿尔布卓夫没有念过大学，十一岁沦为孤儿，十四岁就登上舞台，完全是自学成才，许多国家尊称他为教授。晚年他体会到人生真谛，不懈地为保卫大自然四处奔波。在《女强人》里他诉说，人们拔去大雁的羽毛，西欧的高山羚羊濒临灭绝，捕杀斑马的事常有发生，大象的数量在减少。生态平衡遭到破坏。多么可怕的景象。丽达要继承阿尔布卓夫的遗志，完成他未竟的事业——保护大自然，为和谐的人性斗争。

夕阳从窗外斜射进来，洒满房间，给阿尔布卓夫生前居住和写作的地方，他的书籍、藏画、墙上的戏剧海报，都镀上了一层淡淡的金光。突然间我觉得，正是这无限温暖的阳光曾经给逝去的阿尔布卓夫以力量。正是太阳分了一部分暖流给他，通过他的剧作化为善良和对大自然的关注。

告别出来，我默默地祝愿丽达能实现阿尔布卓夫留下的访问中国的夙愿，由她代替在天之灵看看我们这块黄土地。

1987 年 12 月

阿尔布卓夫创作年表

阿列克谢·尼古拉耶维奇·阿尔布卓夫，1908 年 5 月 26 日生于莫斯科一个贵族家庭。祖先曾是十二月革命党人安东·阿尔布卓夫。父亲曾任外交官，后任彼得堡一家银行的职员，家道中衰。外公系希腊人出身的贵族。小姨是小剧院演员。

1916 年 入学，因 1917 年爆发革命、父亲离家出走、饥荒、母亲因病去世而辍学，成了流浪儿，由教养院收留。11 岁去彼得堡大话剧院观看席勒名剧《强盗》，从此着迷于话剧，观看了大话剧院的全部剧目。

1922 年 14 岁，开始演剧生涯，成了彼得格勒马林剧院的群众演员。

1924 年 16 岁，考入戏剧讲习所学习，毕业后进入流动剧院工作。

1928 年春 离开剧院，与一批青年演员创办自己的“实验话剧车间”。这个剧团寿命不长，很快解散。阿尔布卓夫组织铁道剧团（“宣传车厢”），在各小城市巡回演出。剧团没有专任编剧，他开始动笔编写小剧团用的活报剧本。

1930年 创作《阶级》，又名《广大的生活》，演出效果不佳。前往莫斯科，加入梅耶荷德剧团。不久改入无产阶级文化派剧团，任文学部主任。

1935年 创作《六个恋人》(1958年改写)，一炮打响。写农业集体化的故事。

创作《路漫漫》，写莫斯科地铁建造的故事。

创作《幸福的哨兵》。

1938年 创作成名作《塔尼娅》(1947年改写)。上演后大获好评，至1956年，本剧上演1000场。阿尔布卓夫运用大跨度时段表现一个热恋中的女大学生成长为一个具备自觉意识的成年医生。初版中这个成年医生形象缺乏说服力，因此，1947年改写。

1939年 与著名导演普鲁切克创办莫斯科戏剧讲习所，又称阿尔布卓夫戏剧讲习所。

1940年 创作《朝霞中的城市》(1957年改写)。

1942年 创作《意外之秋》(曾用名《千古不朽》，与阿·格拉特科夫合写，1965年改编)写卫国战争故事。

1943年 创作《城郊小屋》(初用名《契尔吉卓沃小屋》，1954年改写)，写卫国战争的故事。

1948年 创作《青春之约》，写卫国战争故事。

1950年 创作《漂泊的岁月》(曾用名《韦杰尔尼科夫》，1954年和1980年两度改写)。

1952 年　创作《欧洲纪事》。

1955 年　创作《前夜》（改编自屠格涅夫的同名小说）。

1959 年　创作《12 点》（1980 年改写）。

创作《伊尔库茨克的故事》（1959—1964 年共上演 9000 多场），写共产主义建设的故事。主题却是爱情能帮助青年人走上充满活力的生活。

创作《垂名千古的前夜》。

1960 年　创作《失去的儿子》。

1962 年　创作《有人在等我们……》。

1964 年　创作《再约青春》。

1965 年　创作《我可怜的马拉特》（又名《勇于做一个幸福的人》，1980 年改写）剧情发生在围困中的列宁格勒，作者运用他特有的拉长剧情至多年的手法。1965—1969 年共演出 3253 场。

1967 年　创作《夜忏悔》。

1968 年　创作《不幸人的幸福日子》。

1970 年　创作《阿尔巴特旧区的传奇》，1970—1973 年共上演了 1827 场。阿尔布卓夫在剧中表现了自己的同龄人，60 岁的木偶制作艺术家，恋上 20 岁的仙女，并描写了他同儿子和朋友的关系，通过抽象的方式叙述老龄与生活的哲学。开始他的“蓝色时期”创作（《阿尔巴特旧区的传奇》《这座可爱的老房子》《老式喜剧》），以喜剧和浪漫主义著称）

1971 年　创作《选择》。

1972 年　创作《这座可爱的老房子》（又名《苦恼啊》）。

创作《我欣赏的人》（又名《瓦夏的日子过得真好！》）。

1974 年　创作《夜光芒》。

改编《塔尼娅》为电影剧本。

1975 年　创作《老式喜剧》。讲述老年人的故事，却充满青春的活力。这活力就是爱，就是对爱的追求。

1976 年　创作《期待》。

1978 年　创作《残酷的游戏》。剧情发生在西伯利亚油田和莫斯科。作者不安的是，一个人鲁莽的行为会给别人造成多大的伤害。

改编《老式喜剧》为电影剧本。

1980 年　荣获苏联国家奖金。

1981 年　创作剧本《回忆往事》，针对“性革命”，提出爱情与责任问题，倡导爱情与信任。阿尔布卓夫说：“无论剧情如何发展，无论剧中人物的职业，还是工作中的冲突，爱情是衡量一个人精神状态的标准。”

1982 年　改编《阿尔巴特旧区的传奇》为电影剧本。

1983 年　创作剧本《女强人》（工作用名：《82 年的塔尼娅》），主人公是塔尼娅的反面，为追求名利，放弃人性，放弃爱情。

1984 年　创作剧本《罪人》。

1986 年 4 月 20 日　因病逝世于莫斯科，享年 77 岁。

译后记

阿尔布卓夫是我国读者和戏剧界熟悉的一位苏联剧作家。他生于一九〇八年五月。十一岁沦为孤儿，不得不中途辍学，流浪街头。一个偶然的机会使他十四岁就登上舞台，在彼得格勒马林剧院（今列宁格勒基洛夫歌剧舞剧院）担任歌剧群众演员。从此阿尔布卓夫开始了自己漫长的戏剧生涯。一九二四年他进入戏剧讲习所学习，一年之后转入盖杰布罗夫剧院附属戏剧学校，毕业后在该院担任话剧演员。一九二八年开始从事导演工作。在经历了八个年头的舞台实践之后，他动手创作剧本。第一个剧本写于一九三〇年，但是并未引起戏剧界的注意。一九三五年他创作了喜剧

《六个恋人》，在苏联各地上演，获得好评，因而一举成名。同年他还写了一部戏:《路漫漫》。这部戏体现了阿尔布卓夫的创作特点：青年人思想和道德成长的严肃题材；细腻淡雅的抒情风格；缓慢持久的剧情发展。这些编剧艺术的手法，便于阿尔布卓夫描绘人物成长的过程，特别是青年人思想活动的详貌，便于他剖析人物的心理，使剧本具有更强的感染力。日后，阿尔布卓夫的许多戏剧作品都具有这些特色。

阿尔布卓夫认为自己的第一部成熟作品是写于一九三八年的《塔尼娅》。主人公塔尼娅是一个天真烂漫、活泼美丽的姑娘，同自己心爱的人结婚以后，陶醉在热恋之中。在她看来，偌大的天下只存在于她的小家庭之内；而人生的乐趣，仅在于他们的爱情生活之中。她放弃了学业，脱离了社会，脱离了朋友，成了一个家庭主妇，认为自己找到了真正的幸福。然而她发现自己并未使丈夫得到幸福，于是出走。不久她生了一个孩子；孩子夭折，她再次受到命运的打击。她失去了爱情、家庭、孩子，几乎痛不欲生。后来她投身到艰苦的劳动生活中去，才看到人们需要她的工作，她在为广大群众的服务中找到了幸福。艰苦的生活和繁重的工作磨炼了她；使她更加坚强更加幸福：爱情和家庭并不是青年人的唯一幸福，青年人只有投入火热的劳动生活中才能获得真正的幸福。这个主题贯穿全剧。

一九四一年苏联卫国战争爆发，阿尔布卓夫率领剧院奔赴前线。战后阿尔布卓夫继续从事戏剧创作。一九五四年，他的剧本《漂泊的岁月》问世。他依然是写青年人追求幸福、寻找真正的生活意义。放荡不羁的青年医生韦杰尔尼科夫，在生活的洪流中漂泊。通过科研工作、战地生活的考验，终于成为对社会有重大贡献的人。评论界特别指出，阿尔布卓夫打破旧的框框，把作为正面人物的韦杰尔尼科夫写成有血有肉、不无瑕疵的凡人，一反模式化的“高大英雄形象”，改变了机械划分正面人物与反面人物的做法。然而这种创作观却引起一场争论，但是大多数人对剧本持肯定态度。

一九五九年，莫斯科瓦赫坦戈夫剧院首演阿尔布卓夫的新作《伊尔库茨克的故事》。爱情改造了贪图小利、庸庸碌碌的姑娘瓦丽娅。但是，只有集体劳动才能使她脱胎换骨。作者淋漓尽致地描绘了瓦丽娅从沉湎于轻浮的生活到追求真正的爱情、从满足于爱情生活到理解人生意义的成长过程，意在指出：劳动与爱情是青年人幸福的不可分割的组成部分。阿尔布卓夫在剧中借用了希腊古典戏剧中歌队的手法。歌队组织情节、抒发情怀、评论人物、渲染气氛，从而加强了演出效果。

《我可怜的马拉特》发表于一九六五年，上演后引起一场轩然大波。这个以三角恋爱为主线的戏，写了青年人应当追求什么样生活的主题。尽管剧中三个人物的理想都实现了，但是并不感到幸福，因为他们精神空虚，没有按最高理想来要求自己。由于触及青年人的理想问题，上演后受到观众的欢迎。但是不久却被评论界权威指责为“愤怒一代”的文学，“新现实主义”和“新颓废派”文艺等。

同年阿尔布卓夫还发表了一部富有传奇色彩的剧本《阿尔巴特旧区的传奇》，被评论界认为是“当前阿尔布卓夫最好的剧本”“阿尔布卓夫戏剧创作的珍品”等。剧本描写一个姑娘维克多莎，犹如善良的仙女，下凡到过着孤独日子的木偶制作师家里，在老人的暮年生活中掀起一阵浪花。她不仅激起了老人的生活欲望和创作灵感，同时还使儿子与父亲和好，儿子搬回家里照顾老父。她呢，最后飘然而去。剧中抒情与嘲讽、欢乐与凄凉、幽默与泼辣、喜与悲，交织在一起，构成了一部动人的传奇。

到了一九七五年，阿尔布卓夫又写了一部以老人生活为题材的剧本《老式喜剧》。这个剧本深刻挖掘人物的心理活动，充满浓郁的抒情气息和幽默感，尽管只有两个人物在台上演戏，却无枯燥之感。这是一曲人的幸福的颂歌。他们年轻的时候，有过幸福，有过痛苦，如今过着表面上看来是平静的生活，然而感情上却是空虚的，下班以后回到家里是孤独的。通过一段时期的接触，他们发现彼此缺不了对方，只有相依为命才能同老年化斗争。全剧以两位老人的幸福结合告终。阿尔布卓夫熟悉老人的生活和思想感情，知道即使像爱情这种强烈的情感，老年人和青年人也是不相同的。因此，他在写老年人爱情的时候，已经不是渲染奔放和陶醉，而是突出含蓄与淡雅。《老式喜剧》上演后受到好评，并被改编为电影。

在半个多世纪的戏剧生涯中，阿尔布卓夫创作了四十个多幕剧和大量的活报剧。本书限于篇幅，只选译了六部作品，试图反映阿尔布卓夫各个时期、各种题材、各种体裁戏剧创作的特色。译者期望本书的出版，不仅能向戏剧界和广大读者介绍一位苏联戏剧家创作的情况，而且能从他的戏剧创作中看出外国编剧技巧的发展。

白嗣宏

图书在版编目（CIP）数据

阿尔布卓夫戏剧六种 /（俄）阿·尼·阿尔布卓夫著；白嗣宏译. 一北京：
中国工人出版社，2024.2
ISBN 978-7-5008-8400-2

Ⅰ.①阿… Ⅱ.①阿… ②白… Ⅲ.①剧本－作品集－俄罗斯－现代 Ⅳ.①I512.34

中国国家版本馆CIP数据核字（2024）第050690号

著作权合同登记号 图字：01-2024-1435

本书文字作品由中国文字著作权协会授权，E-mail: wenzhuxie@126.com

阿尔布卓夫戏剧六种

出 版 人 董 宽
责任编辑 李 骁 宋 杨
责任校对 张 彦
责任印制 黄 丽
出版发行 中国工人出版社
地 址 北京市东城区鼓楼外大街45号 邮编：100120
网 址 http://www.wp-china.com
电 话 （010）62005043（总编室）
（010）62005039（印制管理中心）
（010）62379038（社科文艺分社）
发行热线 （010）82029051 62383056
经 销 各地书店
印 刷 北京盛通印刷股份有限公司
开 本 880毫米×1230毫米 1/32
印 张 19
字 数 240千字
版 次 2024年6月第1版 2024年6月第1次印刷
定 价 88.00元